KB092649

여성문학의 이해

Female

여성
문학의
이해

고은미 · 이수라 · 이월영 · 이화경 · 이희경

Literature

태학사

고은미 /전북대학교 문학박사, 전주대학교 교양학부 객원교수
『강경애 소설의 여성의식 연구』, 「여성주의적 관점에서 본 판소리 〈심청가〉」, 「『혼불』의 생태여성주의
담론 연구」, 『판소리사설전집7: 현대어역본 춘향가』(공저)

이수라 /전북대학교 문학박사, 전주대학교 교양학부 객원교수
「탁류의 여성주인공 '초봉'의 이미지 연구」, 「근대적 공간과 여성 인물의 운명」, 『색깔있는 문화 – 젠더
·영화·애니메이션』(공저), 『여성과 미디어』(공저) 외 다수

이월영 /전북대학교 문학박사, 전북대학교 국어국문학과 교수
「야담집 소재 여성신분 상승담 연구」, 「침묵과 부재 – 여성과 언어의 악인연」, 『페미니즘 이론』, 『여
성문학의 어제와 오늘』, 『삼의당 김부인 유고』

이화경 /전북대학교 문학박사, 소설가
「90년대 소설 속의 여성이미지」, 『이상문학에 나타난 주체와 욕망연구』, 『수화』, 『나비를 태우는 강』

이희경 /전북대학교 문학박사, 전북대학교 국어국문학과 강사
「페미니즘 문학론 개관」, 「여성시의 생태적 상상력」, 『페미니즘 관점에서 본 노천명 시』, 『한국현대문
학의 이해』

여성문학의 이해

초판 1쇄 발행 2020년 3월 20일

지은이 고은미·이수라·이월영·이화경·이희경
펴낸곳 ㈜태학사   **등록** 제406-2020-000008호
주소 경기도 파주시 광인사길 223
전화 (031)955-7580 / 전송 (031)955-0910
홈페이지 www.thaehaksa.com   **전자우편** thspub@daum.net

값 20,000원

ISBN 979 - 11 - 90727 - 05 - 1 93810

성에 대한 단어를 떠올리면 무슨 생각을 하는가? 좀 더 구체적으로 남성은 여성을 무엇이라고 생각하는가? 반대로 여성은 남성을 무엇이라고 여기는가? 문학이란 말을 들으면 어떤 생각이 드는가? 문학에서 성은, 혹은 여성과 남성은 어떻게 그려지고 있는가? 간단하면서도 막상 대답하려면 쉽지 않은 질문들일 것이다. 이 책은 누구나 한 번쯤은 생각해보고, 상상해보고, 고민해보았던 질문에 대해 부족하지만 나름의 대답을 모색하고자 했던 노력의 소산이라고 할 수 있다.

여자 아니면 남자로 태어난 우리는 대다수 자신의 생물학적 성을 인정하고 여성 혹은 남성의 성정체성을 지니고 살아간다. 이 땅의 대다수 남자와 여자는 성이 마치 존재하지 않는 것처럼 의도적으로 왜곡하는 가정에서 성장하면서 남성성과 여성성에 대해 고민하지 않다가 청년기를 넘어서면서 정체성의 문제에 격렬하게 직면하게 된다. 더욱이 성에 대한 사적이고 은밀한 담론은 횡행하면서도 공적인 담론은 금기시되는 우리 사회 분위기에서 성정체성에 대한 의문과 성찰은 도외시되었다. 성기와 성교에 대한 담론만이 은밀하게 교환되고, 성적 공동체인 가정에서는 역설적으로 성이 존재하지 않는 것처럼 행동하는 위선적이고 불합리한 태도는 성을 왜곡하는 결과를 낳기도 했다.

특히 우리는 남자와 여자가 아주 많이 다르다고 배웠다. 남자와 여자가 다르다는 것을 인정하고 수용하는 것이 남녀 사이의 복잡다단한 문제들을 해결하는 지름길이라고 하는 인식하는데 의심한 적은 없는가. 남자와 여자가 다르다는 것을 받아들이는 것에는 혹시 어떤 이데올로기나 사회적 고정 관념, 문화적 편견이 은폐되어 있는 것은 아닐까. 도대체 남자와 여자는 얼마나 또는 어떻게 다른 것일까. 다르다는 인식 속에는 어떤 현실적 실효성과 문제가 숨어 있는 것일까. 과연 화성인과 금성인의 좁힐 수 없는 거리처럼 같은 지구인인 남자와 여자 사이에는 너무나도 먼 숙명적인 거리가 존재한 걸까. 염색체와 호르몬, 생식기와 같은 생물학적 조건이나 요인으로 인해 달라지는 여성과 남성에 대한 인식이 너무도 굳건하게 자리를 잡고 있는 우리 사회에서 생물학적 조건에 의해 규정된 성에 대한 인식이 때로는 이데올로기로, 때로는 윤리와 도덕으로, 때로는 권력과 제도의 이름으로 각각의 개인들을 억압하지는 않았을까. 사회에서 부여한 성적 통념을 타율적으로 내면화하면서 여성 차별을 사회질서로 보는 데 자연스럽게 동의하지는 않았을까. 여성 해방 운동을 여전히 남성을 억압하면서 여성 상위 시대로 만드는 불편한 정치적 행동으로 받아들이지는 않았을까. 성해방이나 양성평등이라는 말에 어쩐지 속이 거북하고 심지어는 불쾌감마저 드는 이유에 대해 누가 명쾌하게 해명해주었으면 바란 적이 있는가.

이러저러한 질문들에 대한 답을 찾아가는 과정이 이 책에 고스란히 담겨 있다. 문학 전공자이자 대학에서 문학을 가르치는 일을 하고 있는 글쓴이들도 이런 질문을 던져보고 저런 고민들을 해왔다. 사실 여성과 관련된 다양한 강좌가 대학에 개설되면서 많은 학생들이 미처 깨닫지 못한 여성의 억압과 불평등 구조와 양성평등에 대한 문제점들을 인식하게 되는 계기를 마련했다. 그런 고무적인 현상에도 불구하고 여전히 여성에 대한 남성 중심적인 성별 정치학이 문학 작품 전체를 관통하는 중요한 재현 양식이 되고 있다는 사실에 대해서 여성이면서 문학을 전공한 글쓴이들은 안타까움을 금할 수 없었다. 특히 여성의 성을 문학 작품 속에서 재현하는 방식에 있어서 여성 주체가 끊임없이 부정되고, 남성 주체를 설명하는 타자나 은유로만 나타나는 것에 대해 문제를 삼지 않을 수 없었다. 이런 현실을 도외시하면 여성은 물론이고 남성마저 비인간화될 수밖에 없다는 인식을 밑거름 삼아 이 책을 쓰게 되었다. 견고한 성별 위계 체계 위에 구축된 성과 문학의 모순과 불합리와 부조리를 밝히고 드러내는 것이 쉽지만은 않았다. 문학을 구성하는 가치판단들이 역사적으로 가변적이라는 사실과 이 가치판단 자체도 사회의 이데올로기들과 밀접한 관계를 맺고 있다는 사실과 전제들을 밝히는 것이 이 글이 복무해야 할 의무라고 여겼다. 여성주의에 대해 아무것도 알지 못하거나 더 나쁘게는 왜곡된 인식을 갖고 있는 이들에게 문학을 통해 여성주의적 접근방법을 시도할 때마다 느끼는 곤혹스러움과 어려움은 글쓴이들이 누려야 할 즐거운 고통이라고도 여겼다. 그래서 글쓴이들은 쉬우면서도 가능한 정확하게 다가갈 수 있는 방법 모색하고자 노력했다. 각자 몫을 나누어 여성주의가 구성되고 변모된 과정을 정돈하기도 하고, 여성주의의 면모를 실증하는 자료로서의 문학에 관계되거나 문학 작품 자체의 해석을 하기도 했다. 각자 쓴 원고를 돌려가며 읽고 토론을 하면서 서로에게 아낌없이 비판과 조언을 나누었던 시간은 미처 깨닫지 못한 나름의 한계를 다시 한 번 인식하게 한 소중한 세월이었다. 토론의 과정을 통해 우리는 더 뚫고 나아가야 하는 지점을 보았고, 더 치열하게 바투 잡아야 하는 문제점을 보았다. 그럼에도 글쓴이 모두는 이 글을 통해 다른 성에 대한 오해와 반목과 편 가르기를 지양하기를 바라고, 자유와 해방을 원하는 이들에게 조금이나마 도움이 될 수 있기를 바랐다. 글쓴이들의 바람과는 달리 여전히 부족하고 오류가 많은 글이라는 것을 뼈저리게 깨닫는다. 하지만 마지막으로 이 글을 읽은 모든 이들에게 양성평등이 가져 올 진정한 인간 해방에 대해 격려와 지지를 부탁드리며 애정어리고도 혹독한 질정을 부탁드린다.

2007년 7월

필자

_차례

1장

여성과 문학

이화경

1_

성(性)이란 무엇인가

1. 당신은 여성인가, 남성인가?
성 정체성에 대한 질문

당신은 여성인가 아니면 남성인가? 당신은 남성인가 혹은 여성인가? 이 질문은 너무도 본질적이어서 오히려 답변하기가 쉽지 않을 것이다. 우리는 태어날 때 성에 대한 자율권과 선택권을 갖지 못한 채 세상을 향해 존재를 드러낸다. 이 지구상에 인간은 단 두 가지 범주로 분류된다. 남성과 여성, 혹은 여성과 남성. 순서를 바꾸어도 인간을 가르는 범주는 간단하고 견고하다. 모두가 알듯이, 인간을 분류할 때 가장 기본적인 것이 성별 분류이다.

어떻게 남자 혹은 여자가 되는가. 일차적으로 출생하자마자 생득적으로 얻게 된 생식기의 종류와 모양에 따라 여자와 남자로 구별된다. 과학자들은 태아의 성을 결정하는 데 일차적으로 영향을 주는 생물학적 요인은 유전적 구성 요인과 성호르몬의 분비라고 단언한다. 엄밀하게 말하면 이 두 요인이 태아의 성적 분화를 일으킨다고 해야 할 것이다. 최근의 태아 발달에 관한 연구들은 성의 결정이 한 순간에 이루어지는 것이 아니라 태내에서 여러 단계를 거쳐 점진적으로 결정된다고 밝히고 있기 때문이다. 성의 결정에 작용하는 유전적 구성은 여성의 난자와 남성의 정자가 만나 수정란을 이루었을 때 형성된 성 염색체의 유형을 가리킨다.

지구상의 생물은 세포로 이루어져 있는데, 다세포 동물인 인간도 기본단위는 세포이다. 사회생물학 이론에 의하면 다 성장한 인간의 몸은 약 50조 내지 100조 개의 세포들로 이루어져 있다고 한다. 세포가 자기증식을 위해 분열과정을 시작하면 유전물질이 엉겨 붙어 염색체라는 구조를 이루고, 염색체를 전자현미경으로 들여다보면 실타래와 같다고 한다. 그 실을 길게 풀어낸 것이 바로 이중나선 구조의 DNA이다.

인간에게는 난자와 정자를 제외한 나머지 모든 세포들에 23쌍의 염색체들이 들어 있다. 이 23쌍의 염색체들을 짝을 맞춰 크기순으로 나열해보면 남성의 경우 한 쌍은 짝이 맞지 않는다고 한다. 여성이 되는 경우에는 크기에 따라 염색체 7번과 8번 사이에 들어가는 염색체가 있는데, 남성의 경우에는 그 중 하나가 이상하게 너무 작다고 한다. 이 염색체들이 바로 성염색체 X와 Y이다. Y염색체는 X염색체의 1/3 정도밖에 되지 않는다.

여성은 반듯한 X염색체를 두 개 가지고 있어 XX의 상태이지만 남성은 XY가 된다. 생물학에서는 X와 Y염색체를 흔히 성염색체라고 이른다. 이들의 존재 유무가 일차적으로 성을 결정하기 때문이다. 인간은 모두 어머니로부터 하나의 X염색체를 물려받는다. 거기에 아버지로부터 X염색체를 받으면 여성이 되지만 Y염색체를 받으면 남성이 된다는 결론이 나온다.

일차적인 성은 물론 X염색체를 지닌 정자가 먼저 난자의 벽을 뚫고 들어오느냐 아니면 Y염색체를 가진 정자가 들어오느냐에 따라 결정되지만, 인간의 성은 단지 유전적 요인뿐 아니라 호르몬과 환경의 영향을 받아 복합적으로 결정된다고 한다. 인간의 생식계는 임신 첫 몇 주 동안에도 계속 발달하지만 각각 여성과 남성의 구조가 될 볼프관과 뮐러관을 모두 지니고 있다고 한다. SRY라는 유전자의 발현으로 남성 호르몬인 테스토스테론이 분비되면 뮐러관이 퇴화되고 볼프관으로부터 남성 생식구조가 발달하지만, 그렇지 않으면 자동적으로 여성의 생식기를 갖게 된다고 한다.[1]

지금까지 생물학적으로 남성과 여성이 어떻게 생성되는가를 다소 지루하고 건조하게 살펴보았다. 왜 생물학적 성이 중요한 의미를 지니는지, 그리고 성 정체성에 어떻게 기능하는지를 알아보기 위해 생물 시간이나 가정 시간에 배울 법한 지식을 나열했다. 이런 상식 혹은 지식을 나열한 이유는 염색체와 호르몬, 생식기와 같은 생물학적 조건이나 요인으로 인해 달라지는 여성과 남성에 대한 인식이 우리 사회에 너무도 굳건하게 자리를 잡고 있기 때문이다. 생물학적 조건에 의해 규정된 성에 대한 인식이 때로는 이데올로기로, 때로는 윤리와 도덕으로, 때로는 권력과 제도의 이름으로 각각의 개인들을 억압하기도 한다.

여자 아니면 남자로 태어난 우리는 대다수 자신의 생물학적 성을 인정하고 여성 혹은 남성의 성 정체성을 지니고 살아간다. 성 정체성

---

1) 최재천, 『여성 시대에는 남성도 화장을 한다』, 궁리, 2003 참조.

은 인간에게 아주 중요한 심리적, 사회적 기제로 작용한다. 일반적으로 정체성Identity이란 자아 동일적이기 때문에 시간이 지나도 같은 모습을 유지하며 통일적이고 내적으로 일관된 것이라는 전제의 기반이 되는 것을 말한다.

남성성과 여성성의 범주는 개인적 정체성의 구성에 도움이 될 뿐만 아니라 우리의 일상적인 사회적 존재성에 핵심적 요소이다. 어떤 것이 자아의 구조 속으로 병합이 되면, 그것은 자아 속에서 '내면화'된다. 자아의 구조라는 말은 자아가 다른 자아뿐만 아니라 다른 사물들과도 구별되게 해주는 그러한 방식의 인식과 자기 인식을 가리킨다. 자신이 독특하고 귀중한 개인이라는 의식은 자기가 어떻게 인식되는가 하는 의식과 결부되어 있을 뿐만 아니라, 자기가 아는 것, 특히 자기가 할 줄 아는 것과도 결부되어 있다. 이것이 '내면화'의 두 번째 의미이다.

가령 '여성적' 혹은 '남성적'으로 느껴지는 몸, 적절한 관행들을 통해서 사회적으로 구축된 몸을 갖는다는 것은 대개의 경우 여자/남자가 갖고 있는 여자/남자로서의 자아의식에 아주 중요하다. 현재는 사람이 주로 남자나 여자로서만 존재할 수 있으므로 사회적으로 구성된 몸은 여자/남자가 갖고 있는 개인적 존재로서의 자아의식에도 중요한 의미를 가지고 있다. 그러한 몸을 소유하는 것은 또한 자기가 성적 욕망과 매력을 갖고 있다는 자아의식에도 아주 중요한 것이다. 몸은 단순히 객관적이고 자연적인 생물학적 조건이라기보다는 특정 사회에서 이해할 수 있고 수용할 수 있는 담론들의 효과로서 존재하고, 또 특권화된 몸의 체험이 다른 몸의 체험까지도 규정하는 지배적인 지식과 진실의 인식 조건이 된다.

그러므로 성 정체성을 구성하는 것이 무엇인가에 대한 논란은 인간의 성을 결정하는 일차적 요인을 무엇으로 보는가 하는 문제와 밀접하게 연결되어 있는 것이다. 사실 일상에서 각 개인이 자신을 정의하는 데 가장 중요한 토대가 되는 것이 성인데, 우리는 대부분 자신의 성에 대해 별반 의문을 갖지 않고 타율적으로 성 정체성을 확립하면서 성장한다.

2. 정말 남자와 여자는 다른 걸까?
같은 지구에서 살고 있는 화성인과 금성인

학자이기도 하고 미술평론가이기도 한 전인권은 자신의 유년기를 통해 본 한국 남자의 정체성 형성과정을 밀도 있게 그린『남자의 탄생』이란 책에서 성과 사랑을 적실하게 묘파하고 있다. 다소 긴 글이지만 한국 남자의 보편적인 성 인식을 들여다볼 수 있기 때문에 인용하기로 한다.

초등학교 5학년 무렵 내 마음에는 두 개의 서로 다른 성이 공존하고 있었다. 하나는 성기와 성교에 대한 음담패설적 관심이고, 다른 하나는 순수한 사랑이었다. 세상 만물을 신분적 관계로 이해하는 '동굴 속 황제'에겐 성적인 관념도 예외가 아니었다.

순수한 사랑이 자신이 도달해야 할 성스러운 성에 대한 열망을 표현한 것이라면, 음담패설적 성 관념은 자신보다 열등한 존재를 필요로 하는 동굴 속 황제의 욕구를 충족시켜 주었다. 친근하고 자연스러운 성은 존재하지도 않았고 존재할 수도 없었다. 권위적인 사회일수록 여성은 '성녀聖女 아니면 창녀娼女'의 양극적인 이미지로 나타난다더니, 나야말로 그런 성 관념을 갖고 있었다.

그 같은 성 관념은 음란서적을 탐독하고 못된 그림책을 본 데서 시작된 것이 아니었다. 그 뿌리는 다른 곳이 아니라 우리 집이었다. 우리 집에서 어머니와 아버지가 여자 또는 남자로 행동하지 않았다. 두 사람은 결코 서로 성적 표현을 하지 않았다. 어머니는 부엌에서 일을 하고 아버지는 직장에 다니는 사람이란 의미에서 부부유별夫婦有別의 성적 표현은 많았다.

그러나 서로 사랑하고 질투하며 싸우고 다시 화해하고 기뻐하는 성적 표현은 하지 않았다. 두 분은 하나의 사랑이 시작되고 유지, 발전되어 기쁨을 얻기까지 서로에게 얼마나 많은 햇빛과 영양이 필요한지에 대한 관심이 많았다. 그리하여 두 사람은 남녀로서 상호작용하기보다는 각자에게 주어진 길, 여자의 길과 남자의 길을 분담해서 걸었다.

한마디로 우리 집은 성의 무풍지대였다. 우리 국토의 허리를 가로질러 남북한의 대결을 피하기 위한 비무장지대가 있듯이, 우리 집은 마치 그곳에서 성적 접촉을 하면 안 된다는 '성의 무풍지대DSZ, De-sexualized Zone'같은 모양을 하고 있었다.

그것은 위선적이고 불합리한 것이었다. 가정이야말로 가장 당당한 성적 공동체가 아닌가? 그렇지만 두 사람은 우리 가정에서 성적 의미가 있는 모든 것을 지우려고 했다. 어머니가 청결을 중시했다는 것도 그런 위선과 무관하지 않았다. 안방이 두 개의 공간으로 나누어졌던 것은, 아버지가 시시한 성적 요구를 하거나 어머니에게 성적

친절을 베풀지 않겠다는 선언이었다. 아이들도 덩달아 성과 관련이 없는 사람들처럼 행동했다. 우리 집은 참으로 성性이 없는 성聖스러운 가정이었다.[2]

전인권이 표현한 것처럼 우리는 성이 마치 존재하지 않는 것처럼 의도적으로 왜곡하는 가정에서 성장하면서 남성성과 여성성에 대해 고민하지 않다가 청년기를 넘어서면서 격렬한 정체성의 질문과 직면하게 된다. 성에 대한 사적이고 은밀한 담론이 횡행하면서도 공적인 담론은 금기시되는 사회 분위기에서 성 정체성에 대한 의문과 성찰은 도외시되기 마련이다. 성기와 성교에 대한 담론만이 은밀하게 교환되고, 성적 공동체인 가정에서는 역설적으로 성이 존재하지 않는 것처럼 행동하는 위선적이고 불합리한 태도는 성을 왜곡하는 결과를 낳기도 했다. 특히 근대화에 따른 사회 변화와 서양의 자유로운 성 개방 풍조와 보수적이고 가부장적인 성 이데올로기가 충돌하면서 겪게 되는 성에 대한 착종과 혼란, 의식과 현실 사이의 괴리감은 이 땅의 많은 청년들을 혼란스럽게 하는 것이 사실이다.

여자와 남자, 남자와 여자, 두 종류의 인간이 서로에 대해 인식하는 양상이 얼마나 다른지를 재미있게 보여 주는 또 하나의 이야기가 있다. 함부르크 대학의 교수이자 작가인 디트리히 슈바니츠는『남자 · 지구에서 가장 특이한 종족』이란 책에서 남녀의 문제에 있어 금기시되거나 미지의 영역들을 종횡무진으로 누비며 관찰하고 해부하고 있다. 독일 남녀의 종교나 성 문제, 결혼관, 유럽의 정신사, 신화 등을

---

2) 전인권,『남자의 탄생』, 푸른숲, 2003, pp.279-280.

통해서 현대사회의 제도들이 가부장적 사고에 의해 조작된 단순한 '신화'에 불과할 수도 있음을 설파하고 있다.

남녀가 동성의 공동체에서 성장하는 사춘기 동안에는 소녀들은 인간관계의 언어를 배운다. 그들은 세계를 공동체의 네트워크로 인지하게 되며, 말을 통해 상대방의 친근감을 얻는 것의 중요함과 공감을 배우며, 상대방의 진술을 확인해주는 법을 배운다. 따라서 여자들은 거의 대칭적 대화만을 한다. 이것은 결속력을 다지는 데 기여한다.

이에 비해 남자들은 세계를 위계질서의 체계로서 인지하게 되며, 여기서는 좋은 자리를 차지하는 것이 중요하다. 이들에게 있어 의사소통은 경쟁과 위압적인 분위기 조성에 기여한다. 이들에게 중요한 것은 누가 더 우수한 자인가를 분명히 가려내는 일이다. 이들은 말로써 서로를 누르려고 하며 더 높은 서열을 주장하고 다른 자들을 해당 서열로 내려보내는 것이다. 따라서 그들은 고압적인 자세로 확정적 언어를 사용한다.

이 두 가지 방언들이 서로 충돌할 때 오해가 시작된다. 남녀가 대화할 때 막상 서로 다른 두 가지 언어를 사용하면서도 그 사실을 모르기 때문에, 남자는 남자대로 여자는 여자대로 상대방의 말을 자신의 성별에 따른 언어로 번역해서 이해한다. 그러므로 여자들은 가까워지고 친근감을 주기 위해 번번이 되물으며 확언하며 공감을 표명하며 용서를 구한다. 그런데 이런 말들이 남자들의 고압적 언어로 번역되면 전혀 다른 의미를 얻는다. 그것은 굴복과 불확실성의 제스처로 작용한다.

남자는 모든 사람을 차별하는 것이지 여자만을 차별하는 것이 아니다. 남자에게 경쟁은 유희이며 여자도 그 규칙을 마스터하고 있을 것이라고 추정한다. 남자는 여자도 그것을 일종의 의식 거행으로 받아들이기를 기대한다. 이 의식은 위계질서 내에서 보다 나은 지위를 정복하는 데 기여할 뿐만 아니라 자신의 정체성을 확인하는 데 기여한다.[3]

슈바니츠는 남자와 여자와의 관계를 개와 고양이에 비유하며 양성 사이의 상반된 불화와 오해를 유머러스하게 묘사하고 있다. 그 중에 소년과 소녀가 어휘와 문법은 동일하나 언어를 사용하는 규칙이 다른 언어 세계에서 성장하기 때문에 일어나는 불화를 소개한다. 저자는 남녀 간의 의사소통은 늘 오해에 빠져들어 도처에서 비틀거리고 다른 방식으로 대화한다고 전제하면서 여자는 '남자의 다름'을 전제로 남자를 바라보아야만 남자를 이해하고 사랑할 수 있다고 말한다. 남자와 여자가 사용하는 서로 다른 방언 때문에 충돌과 차별이 생겨나는 이유가 궁극적으로 사회문화적으로 성을 규정하고 훈육하고 있기 때문이라는 것을 보여 주고 있다.

그렇다면 정말 남자와 여자는 본질적으로 다른 것일까? 존 그레이가 쓴 『화성에서 온 남자 금성에서 온 여자』는 어떻게 이성 간에 차이가 나타나서 서로 사랑하고 존중하는 관계를 이루지 못하는가에 대해 설명한다. 존 그레이는 남녀 사이를 화성인과 금성인의 이질적인 관계처럼 묘사하면서 남녀 간의 의사소통과 정서적 욕구, 행동방식에서 드러난 뿌리 깊은 차이를 조목조목 사례를 들어 역설하고 있다. 예를

---

3) 디트리히 슈바니츠 저, 인성기 역, 『남자·지구에서 가장 특이한 종족』, 들녘, 2002, pp.206-207.

들어 '남자들은 누군가 자기를 필요로 한다고 느낄 때 힘이 솟구치고 마음이 움직이는 데 비해, 여자들은 누군가가 자기를 사랑하고 있다고 느낄 때 힘이 생기고 마음이 움직인다', '화성인들은 혼자 동굴 안으로 들어가 해결책을 찾고 나서야 기분이 좋아지는 반면에 금성인들은 누군가에게 자기 문제를 솔직히 터놓고 이야기하고 나면 기분이 좋아진다'라는 경구를 제시하면서 서로 다름을 인정하고 이해할 때 불화가 극복된다고 주장한다.

남자와 여자가 다르다는 것을 인정하고 수용하는 것이 남녀 간의 복잡다단한 문제들을 해결하는 지름길이라고 하는 인식은 의심의 여지가 있다. 남자와 여자가 다르다는 것을 받아들이는 것에는 어떤 이데올로기나 사회적 고정 관념, 문화적 편견이 은폐되어 있는 것은 아닐까. 남자와 여자는 얼마나 또는 어떻게 다른 것일까. 다르다는 인식 속에는 어떤 현실적 실효성과 문제가 숨어 있는 것일까. 과연 화성인과 금성인의 좁힐 수 없는 거리처럼 같은 지구인인 남자와 여자 사이에는 숙명적인 거리가 존재하기나 하는 걸까.

많은 학자들이 생물학과 유전학으로 인간을 많이 설명하고 있지만, 그 설명들은 한계가 있다. 자라나는 환경과 여건이 같을 수 없고 여기에 우연이라는 요인들이 인간의 삶에는 필수적으로 개입하기 때문이다. '인간의 후손은 생물학적으로 태어나지만 정서와 문화, 환경에 따라 정의된다. 개개인들의 인성과 가치는 게놈에 의해 결정되는 것이 아니며, 가정과 문화적 환경으로부터 강력한 영향[4]을 받는다.

사회에서 부여한 통념을 여성이 어떻게 내면화시켰는지 여성의 의

---

4) 김중회, 최혜실 엮음, 『문학으로 보는 성』, 김영사, 2001, p.37.

식과 심리적인 면에 중점을 두고 여성 차별을 사회질서로 보는 데 자연스럽게 동의하는 뿌리 깊은 의식이 배태한 여성 콤플렉스를 다룬 책이 있다. 『여자는 당연히 알고 남자는 마땅히 알아야 할 일곱 가지 여성 콤플렉스』라는 책은 "자네는 잠잘 때 수염을 이불 속에 넣고 자는가, 아니면 밖으로 내놓고 자는가?"라는 질문을 시작으로 여성 문제를 우회적으로 펼쳐나간다. 탐스럽고 긴 수염을 가진 한 노인이 친구로부터 받은 이 질문 때문에, 이 노인은 수염을 이불 안에 넣었다 뺐다 하면서 밤을 꼬박 새게 된다. 친구가 묻기 전까지 잠잘 때 수염의 위치를 생각해 본 적이 없던 이 노인은 잠잘 때의 수염까지 고민하게 되어버린 것이다. 여성 문제와는 전혀 상관이 없을 것 같은 이 이야기가 전하려는 의도는 무엇인가. 사람들은 사회가 자신에게 직접 문제로 와 닿을 때 비로소 그 사회를 깊이 들여다보기 시작한다는 것, 즉 남성 우월을 당연시하고 여성에게는 여성다운 삶을 살도록 만드는 사회에 묻혀 살다가 여성다움의 신화에 빠져 있는 여성이 성차별이라는 벽에 부딪혀야 여성 문제에 관심을 기울이게 된다는 것5)을 노인의 수염 우화를 통해 보여 주고 있다.

특히 서구와는 다른 전통을 가지고 있는 우리나라 여성이 전형적으로 깊이 빠져 있는 콤플렉스로 착한 여자 콤플렉스, 신데렐라 콤플렉스, 성 콤플렉스, 외모 콤플렉스, 지적 콤플렉스, 맏딸 콤플렉스, 수퍼우먼 콤플렉스를 들고 있다.

그와 반대로 우리나라 남성이 겪고 있는 콤플렉스로는 사내대장부

---

5) 여성을 위한 모임, 『여자는 당연히 알고 남자는 마땅히 알아야 할 일곱 가지 여성 콤플렉스』, 현암사, 1999, pp.5-7.

콤플렉스, 온달 콤플렉스, 성 콤플렉스, 지적 콤플렉스, 외모 콤플렉스, 장남 콤플렉스, 만능인 콤플렉스를 들고 있다. 이는 우리나라 사회 구조가 여성에게만 콤플렉스를 겪게 하는 것이 아니라 남성 역시 콤플렉스를 겪게 하는 억압적이고 가부장적이라는 것을 보여 주고 있다. 아울러 이 땅의 다양한 여성 콤플렉스를 인식해서 여성의 삶을 변혁하는 실천의 바탕을 만들 것을 요청한다. 여성의 적은 여성이 아니라 여성이 서로 자매가 되어 사회에서 당하는 불이익에 도전하는 데 하나된 '여성의 힘'을 보여 주고, 그러한 여성의 힘을 통해 남성의 해방에도 공조하자고 고무한다. 한 사회의 절반을 이루는 여성이 억압을 받을 때 남성 역시 억압받는다는 것은 누구나 다 알고 있는 사실이다. 남성은 독립적이고 무엇이든지 해내며 냉정하고 책임감 강하며 가족을 부양하는 능력을 지니고 있어야 한다는 통념은 사내대장부 콤플렉스를 만들어내며 남자를 억압하는 기제로 작용하기도 한다. 최근 서구에서는 남성 해방 운동이 일어나고 있는데, 이들은 남성을 억압하는 성 차별을 중지하여 인간성을 회복하고 실현 불가능한 남성다운 이미지로부터 해방시켜 달라는 슬로건을 외치고 있다. 요즘에는 남녀평등이라는 단어조차 적절하지 못한 용어라고 인식해서 양성 평등이라는 용어로 대체하고 있는 실정이다. 여성해방운동은 여성 상위 시대를 만들자는 정치적 행동이 아니다. 양성 평등에 대해 일부 왜곡된 편견을 가지고 있는 사람들은 여성해방운동이 여성이 밥상 위에 올라가는 일이냐고 비아냥거리기도 하지만, 대다수의 인식이 있는 사람들은 양성평등이 가져 올 진정한 인간 해방에 대해 격려와 지지를 보내고 있다.

3. 섹스, 젠더, 섹슈얼리티에 대하여

도대체 남자는 무엇이며, 여자는 무엇인가. 남자와 여자라는 표현은 기본적으로 자연적 혹은 생물학적 성sex에 기초한다. 그러나 생물학적 성이 사회적 성, 즉 젠더gender를 의미할 수는 없다. 여성성과 남성성은 분명히 존재한다. 그러나 한 개인의 육체와 정신에는 여성성과 남성성이 모두 공존한다. 다만 정도의 차이가 있을 뿐이다. 뉴질랜드의 유명한 성과학자인 존 머니John Money는 우리들 대부분 여성적 혹은 남성적 형질들이 절묘하게 조합된 개체들이라고 설명한다.

서구 자본주의 문명은 19세기 말부터 20세기에 이르러 성의 혁명과 개방의 시대를 맞게 된다. 그 일례로 혼외의 성 관계에 대한 금기가 약화되고, 성쾌락주의가 확산되어 전통적인 성 관습에서 이탈하는 다양한 성 형태가 증가하고 있다. 또한 성의 휴머니즘을 재발견하려는 노력과 함께 성에 대한 과학적인 연구가 정신분석학, 심리학, 의학 등을 중심으로 활발하게 전개되면서 성과학sexology이 성립되기도 했다. 성과학은 전통적인 성도덕의 문제점을 인식하고, 현대적 의미의 성교육, 성 상담, 성 치료법을 위한 지식의 토대를 제공한다. 이 시기의 가장 중요한 변화 중의 하나는 부르주아 가족이 종전의 성도덕주의 대신 부부의 사랑과 성생활의 조화를 중시하게 된 것이다. 개인주의의 발달과 함께 성의 자유와 쾌락을 추구하는 풍조가 사회에 만연하면서, 성 쾌락에서 남녀 상호성과 성적 평등의 문제가 제기된 것이다. 우리 사회 역시 서구의 풍조가 유입되면서 비슷한 문제와 인식이 제기되고 있는 실정이다. 가부장적이고 인습적인 성 담론이 급변하는 현대 한국 사회에서 새롭게 논의되고 구성되는 성에 대해 제대로 성찰하지 못 한다면 여러 문제들과 직면할 수밖에 없을 것이다. 그런 맥락에서 간략하게나마 성이란 무엇인가 살펴보기로 하자.

다시 성이란 무엇인가라는 질문으로 돌아가 보자. 성 연구에서 논쟁적으로 사용되는 개념 혹은 용어는 젠더^{gender}, 섹스^{sex}, 섹슈얼리티^{sexuality}이다. 일반적으로 우리말에서 섹스나 젠더 그리고 섹슈얼리티 등을 번역하여 쓸 때 성이라고 말하지만, 흔히 섹스는 유전적 요인에 의한 성, 즉 생물학적 조건에 의해 구분된 성을 의미한다. '섹스'라는 용어는 16세기에 처음 사용되었는데, 이때 이 용어는 남성 집단과 여성 집단 간의 엄정한 분할과 관련해 사용되었다. 즉 섹스란 용어는 남녀를 생식 구조로 구분해서 나온 것이다. 그러나 19세기 초 이래로 '섹스'라는 말이 담고 있는 지배적인 의미는 양성 간의 육체적 관계, 즉 '성 관계를 맺는 것'과 연관되어 사용된다. 그래서 섹스라는 용어에는 남녀의 생물학적 차이뿐만 아니라 남녀의 성행위, 성적 쾌락, 친밀성 등의 의미가 함축되어 있다.

한국 사회에서 이 개념들이 차별적으로 정의되고, 한국어로 번역되어야 한다는 필요성과 문제 제기가 많고, 또 많은 학자들이 개별적으로 번역해 사용하기도 한다. 지금까지 통일된 합의가 이루어지지는 않았지만 대체로 섹스를 물리학적 성차^{性差}로, 젠더를 사회 문화적인 성별^{性別} 혹은 성 역할$^{性 役割}$로, 섹슈얼리티는 성^{性}의 맥락으로 쓰고 있는 실정이다. 여기서 섹슈얼리티인 성은 성별성인 젠더의 하부구조물로 간주되는 경향이 있어 왔다. 그래서 성폭력, 매춘, 낙태, 피임, 포르노, 출산, 청소년의 로맨스 성 문화, 부부 관계 등에서 다루어지는 성은 비대칭적 성별 구조가 낳는 성적 문제들로 여겨졌다. 사실 한국 사회에서 성을 둘러싼 논의에는 성별주의, 성에 대한 본질주의, 성과학, 그리고 역사주의적이고 구성주의적인 관점들이 혼재되어 있다.

섹슈얼리티는 '성 본능과 그것의 만족에 관계된 행동의 총체'를 의미하며, 심리학이나 성과학에서는 '성적 만족의 다양한 양태들 전체'를 의미하기도 한다. 즉 섹슈얼리티는 섹스의 본능적 쾌락과 그에 관한 문화적 관점을 망라한 삶의 총체적 맥락을 일컫는다.

젠더는 성을 사회문화적 조건 속에서 설명하는 것을 의미한다. 즉 성은 자연적으로 주어진 것이 아니라 사회화 과정 속에서 형성되며, 그 역할이 구성된다는 것이다. 섹스가 생물학적 성인 반면에 젠더는 사회적으로 생산, 구성된 것이라는 개념적 구분은 1970년대 여성해방 운동을 하는 입장에게 중요하게 받아들여졌다. 원래 섹스와 젠더의 구별은 '생물학은 운명이다'라는 도식에 대한 논박을 겨냥하고 있다. 이런 구별을 통해서 섹스가 아무리 생물학적으로 고정되어 있을지라도, 젠더는 문화적으로 성립되는 것이라는 점을 밝히고 있다. 젠더가 사회적 구성물이라는 관점은 남녀의 성차를 본질적으로 다르다고 규정하여 여성의 사회적 지위도 생물학적 구조에 의해 결정하는 생물학적 결정론에 대한 근본적인 반박의 토대가 되었다. 즉 이러한 관점은 섹스가 아니라 젠더가 여성성과 남성성을 구성하는 것이며, 그것은 고정불변한 것이 아니라 문화적 환경에 의해 변한다는 것을 내포하고 있다.

성이 역사성을 갖는다는 것과 문화마다 성적 욕망과 실천의 형태가 다르다는 발견은 인간 존재의 객관적인 토대로 간주했던 몸이나 성에 대한 사고에 급진적인 전환을 가져왔다. 그리고 몸과 성 그 자체가 정치적 의제가 되기 시작했다. 남성과 여성의 성이 자연의 산물이 아니라 문화의 산물이라는 주장은 1970년대 이래로 꾸준히 제기되어 왔다.

성은 일반적으로 자신을 여성과 남성이라고 인식하는 데 사용되기도 하지만, 이것은 성별 개념과는 차별되는 개념이다. 여성주의에서는 여성다움과 남성다움을 정의하는 개념을 포함하여 여성과 남성 간의 사회적, 문화적 차이를 언급하는 데는 성별gender이라는 개념을, 그리고 여성과 남성 간의 친밀한 성애적 활동은 성적sexual이라는 개념으로 사용해 왔다. 여기서 성애적 의미를 가지면서 개인적, 사회적 삶을 지시하는 성sexuality의 개념은 고정된 것이라기보다는 그 내용과 범위가 유동적이라고 하는 정의를 함축하게 되었다. 성적이라는 것을 남성과 여성 간의 관계에 관련된 것이라고 하는 말 속에는 광범위한 의미에서 성은 성애적 욕망, 실천, 그리고 정체성이라는 것을 포함하고 있다.

즉 성은 독립적으로 존재하는 것이 아니라 그것이 존재하는 사회적 맥락 속에 위치한다. 문제는 사회적 맥락을 어떻게 설정하고, 여성과 남성을 어떻게 문제화하느냐에 따라 성을 남성과 여성에 관계 짓는 방식이 달라지게 된다. 성차sex가 주어진 것이거나 기원이거나 어떤 궁극적인 것이 아니라 성sexuality의 사회적, 담론적 지배의 산물이라는 푸코의 영향을 받은 성 구성주의자들은 성과 성별을 문제화하면서 성적 주체라는 것이 어디에 표식되며 무엇을 의미하는가를 질문했다. 이들은 성 정체성으로 인해 정의되는 동성애의 성을 논하면서, 성과 차별, 성차 그리고 몸, 욕망, 쾌락 등의 관계에 대해 문제를 제기해 왔다.

1980년대 이후에 성별성 자체가 고정되어 있는 것이 아니라 재현의 산물이라는 입장을 갖는 성 구성주의자들의 등장은 성별과 성, 그리고 몸에 부가되는 성적 의미라는 것을 둘러싸고 이전보다 훨씬 복잡한 논의를 전개시켰다. 최근 성 연구에서 가장 많이 언급되는 성적 주체성의 문제는 본질적이고 자연적인 초월적 자아의 속성으로서가 아니라,

변화하는 역사로서의 성과 특정한 역사적 시점에서 구성되는 주체(개인)들의 위치와의 관계들이다. 주체는 다양한 담론과 실천의 총체들 - 결혼, 의학, 가족, 시장 경제, 대중 매체 등등 - 사이에서 기존의 의미망과 관련을 맺으며 형성되고 또 자신을 형성한다[6]고 성 구성주의자들은 주장한다.

지금까지 젠더[gender], 섹스[sex], 섹슈얼리티[sexuality]가 성이라는 이름으로 어떻게 다른 개념과 다양한 담론을 생성하는가를 살펴보았다.

4. 누가 여성인가?

여자란 무엇인가. 이 질문은 그것이 이미 주어진 범주로서의 '여자'를 수용한 후 여자의 본질, 원형, 근본을 묻는 질문이기 때문에 이 범주 자체를 수용하지 않는 이에게는 질문 자체가 성립될 수 없는, 대단히 복합적이고 상충적인 대답들에 직면하고 있다. 그러나 '여자란 무엇인가'라는 질문 대신 '어떻게 하여 여자가 되는가'라는 질문으로 여성 정체성을 규명하려고 하면, 사회적으로 구성된 여성, 시대적 특수성을 반영한 여성을 분석할 수는 있지만 여전히 남아 있는 건 사회적으로 구성되기 이전의 '여성' 존재를 인정하는 것인지, 그랬을 때 그 '여성'과 사회적으로 구성된 '여성'과의 관계는 어떠한지, 혹은 여성의 원형을 인정하지 않을 때 억압되지 않은 여성의 모습을 어떻게 상정할 것인지의 문제가 남아 있다.

---

6) 김은실, 『여성의 몸, 몸의 문화 정치학』, 도서출판 또 하나의 문화, 2001, pp.25-26.

다음의 예는 가부장제 사회에서 탄생한 페미니스트들 역시 가부장제 사회가 여성들에게 부가하는 몸으로 정의되는 여성성으로부터 얼마나 자유롭지 못한가를 보여 준다.

　마흔 넘어도 자기 남편을 신랑이라고 부르는 여자들(그들의 신랑은 그녀들을 신부라고 부르지 않는다), 결혼사진을 경대 위에 올려놓은 채 여기 있는 여자가 아니라 사진 속의 여성이 '나'라고 설명하는 삼십대, 사십대 여자들, 그리고 그들이 결혼 생활에서 추구하는 남편 역할의 원형이 바로 연애 시절 남자 친구의 역할에 있다고 생각하는 여자들, 자신은 현실에 있는 것이 아니라 과거 어느 시점에 찍힌 사진 속의 고정된 이미지 속에 있다고 생각하며 살아가는 여자들, 그래서 자기 이미지를 갖고 옷을 사러 가서 번번이 실망하는 여자들. 여자들은 자신의 원형적 의미의 오리지널한 '여성'이어야 한다고 생각하기 때문에 삶 속에서 다양한 경험과 개별성, 사건을 만들어내는 시간의 개입을 부정한다. 물론 여자들을 둘러싼 모든 문화적 산업적 정치적 언설들은 여자들에게 시간의 물질성을 지워내라고 요구한다.
　많은 여자들이 자신을 스스로 사고하며 행동하는 자율적이고 독립적인 주체라고 생각한다. 그러나 무엇이 여성을 구성하는가, 누가 여성인가를 질문해보면 여자 스스로가 정의하는 여성은 머릿속에 들어와 있는 남성의 눈으로 보는 이상적 여성상에 준거되어 있음을 발견할 수 있다.[7]

---

7) 조주현, 『여성 정체성의 정치학』, 도서출판 또 하나의 문화, 2000, p.232.

위의 글은 여성 정체성의 정치학을 보는 한 방식을 보여 주며 아울러 여성의 정체성이 어떻게 재구성되는지를 살피고 있다. 여성주의적인 정치적 올바름만으로 남성 중심의 규범에 의해 각인된 여성의 정체성이 쉽게 바뀌지 않는다는 것, 결국 삶의 방식, 다양한 집단의 등장, 개방적인 사회제도들, 사회시스템의 변화와 관련해서만 가능할 수 있음을 제시하고 있다.

우리는 보통 여성들이란 무식하고 주체성이 없으며 세상이 어떻게 돌아가는지에 대해 관심도 없는 비주체적인 인간이라는 비난과 편견을 지녀왔다. 교육을 받아도 여성의 삶은 가족과 같은 사적이고 친밀한 체제 안에서 능력을 발휘하는 데 한정되고, 기껏해야 애인이나 남편과 같은 제한적인 남성들과의 관계 속에서 의미를 갖는 존재로 인식되어 왔다. 그런데 이것은 여성들이 이 사회에서 억압당하고 노예적인 굴종의 삶을 강요받음으로써 생긴 결과를 가지고 마치 여성들은 천부적으로 그런 것처럼 비난하는 것이다. 여성은 이 사회, 이 시대의 희생자이기도 하다. 희생자를 비난하는 것은 그들을 억압하는 사회체제로 눈을 못 돌리게 하기 위한 술책이다. 경우에 따라서는 여성들 스스로가 여성을 경멸하기도 한다. 이런 경멸도 역시 여성해방에 대한 구체적인 입장이 되지 못한 데서 나온 것이다.

여성에 대한 그릇된 인식, 남녀평등에 대한 오해가 일상에서 어떤 식으로 표출되는지를 보여 주는 글을 보기로 하자.

종종 남녀평등에 관한 기계론적 입장에서 출발하여 성해방이나 여성해방을 거론하는 경우를 본다. '오늘은 내가 설거지를 했으니 내일은 무슨 일이 있든지 당신이 설거지를 해야만 해'라고 생각하거나 아니면 '남자들이 하는 힘든 육체노동이나 군대도 여자들도 똑같이 감당해야만 해'라는 이야기를 듣게 된다. 아니면 개인적인 자유를 내걸어 해방된 여성이란 술 마시고 담배 피우며 성적 방종을 즐기며 출산을 거부하는 것이라고 생각하기도 한다. 또 한편으로는 여성해방을 여러 가지 자격증이나 학위의 취득이라고 생각하는 경우도 종종 보게 된다. 여성해방론을 아예 부정하거나 이러한 기계론적 평등론, 지극히 개인적인 자유추구 등은 여성해방을 심히 왜곡시키며 여성해방에 대하여 경멸적인 태도까지 낳게 한다. 이 모든 입장은 지극히 피상적이고 그릇된 사고에서 출발한다. 어느 하나 모순의 핵심을 관통하여 진정한 여성해방을 말하지 않고 있는 것이다.

여성해방은 남녀평등이란 말보다 훨씬 포괄적일 뿐 아니라 본질을 나타내는 문제이다. 해방이란 억압된 사회질서, 억압된 사회전체와 관련된 문제이며 기계적 남녀평등의 여성운동을 넘어 전사회적인 평등, 해방운동과 그 궤를 같이하는 문제이다. 따라서 여성해방이란 본질적 차원의 실천을 요구하는 문제인 것이다.[8]

여성을 인식하는 이론과 관점은 다양하다. 각각의 이론과 관점은 서로 보완적으로 지속적인 기여를 하기도 했지만 특정 관점을 옹호하는 과정에서 다른 관점을 반박하고 공격을 하기도 했다.

만인은 이성적 존재이며 평등하다고 여기는 입장은 여전히 뿌리 깊게 남아 있는 남성 중심의 관념과 관행에 맞서 여성 차별의 원인이 여

---

8) 민족문학작가회의 여성문학분과위원회 편, 『여성운동과 문학』, 실천문학사, 1988, pp.262-263 참조.

성을 가정에 묶어 놓고 교육과 사회활동을 제한해 온 사회적, 문화적 관습에 있다고 강조한다. 여성에게도 똑같은 교육과 기회가 주어진다면 이성적 존재인간로서 잠재력을 얼마든지 구현할 수 있다는 것이다. '남성=이성, 여성=감성'적 존재로 규정되어 여성이 감성적 존재로 보이는 것은 타고난 본성 때문이 아니라, 여성을 가정에 붙들어 놓고 교육과 사회적 진출을 제한해 온 부당한 사회적, 문화적 관습 탓이라고 한다.

따라서 이러한 입장은 사회구조 자체보다는 관습과 제도의 개선에 초점을 맞추며, 기성 사회의 틀 안에서 여성의 지위를 높이는 데 일차적 관심을 둔다. 이들은 여성 문제를 공론화하고, 여성의 지위를 개선시키는 데 기여를 했다. 문제는 불평등한 사회구조 자체를 그대로 둔채 남녀 차별의 철폐와 남녀평등의 확보가 제대로 실현될 수 있을지, 나아가 남녀평등이 설령 이룩된다 하더라도, 그것이 과연 여성운동의 궁극적인 목표가 될 수 있을지가 의문이다.

다른 입장은 여성 문제를 경제적인 억압구조와 연결지어 파악하고자 한다. 여성 억압을 낳는 궁극적 요인을 사적 소유제 혹은 그 근대적 형태인 자본주의 체제로 보는 관점이다. 자본주의 체제 아래서 여성은 흔히 가사 노동 담당자인 가정주부로 규정되지만, 실제로는 많은 경우 사회노동에도 참여한다. 이 같은 여성의 이중적 역할은 자본주의가 원활히 유지되는 데 중요한 기능을 한다. 가사 노동은 가족이 사회에 나가 일을 할 수 있도록 뒷받침한다. 그럼으로써 가사 노동은 생산에 기여하지만, 실제로 노동력의 가치를 따질 때는 계산에서 빠진다. 그만큼 자본은 노동력을 싸게 사는 것이다. 뿐만 아니라, 여성이 담당하고 있는 가사 노동이나 양육과 같은 일을 하찮은 것으로 만든다. 사회노동에서 일어나는 여성노동자 차별도 우연한 것이 아니라 자본주의 존립의 필요조건이다.

자본은 노동력의 수급을 원활히 조정하여 임금을 낮추기 위해서 노동자들 사이의 차이와 차별을 조장하는데, 이때 가장 흔히 활용하는 것이 성이라는 범주이다. 여성을 언제든지 필요에 따라 활용하고 폐기할 수 있는 저임금 산업예비군으로 활용하는 것이다. 여성의 경우 가정이 일차적이며 직장은 부차적이라는 통념도 여기서 한 몫을 한다. 결국 자본은 한편으로는 여성을 생산영역으로 끌어들이고, 다른 한편으로는 가사 노동 전담자로 규정함으로써 이중의 득을 본다. 전체 노동력의 가치를 낮추고 노동자 집단의 전체를 통제하는 것이다.

이 입장은 자본주의 철폐가 여성해방에 필수적이라는 점을 강조하지만 그렇다면 왜 사회주의 국가에서 여성의 삶이 실질적으로 변화되지 않는가라는 문제를 제기한다. 즉 계급철폐가 되어도 남녀차별적인 가부장제 이데올로기들은 즉시 사라지지 않는다는 점을 간과하고 있는 것이다. 또한 성별 억압의 특수성과 매개 고리를 간과하고 계급억압으로 환원하는 환원주의도 문제점으로 지적할 수 있다.

또 하나의 입장은 모든 억압들 가운데 여성 억압이 가장 처음 생겨났고, 가장 널리 퍼져 있으며, 가장 뿌리 깊은 것이라고 주장한다. 이들은 여성 집단을 지배하며 여성 종속에서 이득을 보는 것은 자본이나 사회구조가 아니라 바로 남성 집단이라고 본다. 남성에 의한 여성 지배체제가 바로 이들이 말하는 가부장제이다. 이들은 남성들이 여성들의 몸을 통해 통제하려는 방법에 관심을 집중한다. 이러한 통제가 제한적인 피임, 불임, 낙태에 대한 법률형태를 취하든, 아니면 여성에 대한 폭력의 형태를 취하든 간에 그것은 잔인한 권력행사라는 것이다.

여성은 임신과 출산을 하기 때문에 남성에 의존할 수밖에 없었으며, 남성은 여성의 섹슈얼리티와 출산을 통제함으로써 여성을 지배해 왔다는 주장이다.

다시 말해 남성·여성·자녀로 구성되는 생물학적 가족 자체가 여성 억압을 낳는 핵심 요인이다. 따라서 여성이 해방되려면 생물학적 가족이 철폐되어야 하며, 출산과 섹슈얼리티를 여성 스스로 통제하고 나아가 과학기술을 통해 여성이 출산에서 벗어날 필요가 있다고 주장한다. 그러나 모든 현상을 남녀 대립이라는 틀로 설명함으로써 문제를 단순화한 점과 남성과 여성을 각자 동질적인 집단으로 처리함으로써 각 집단 안의 차이도, 계급, 인종, 민족적인 다른 억압구조들과의 관계가 정밀하게 분석되지 못한 점도 한계로 지적되고 있다.

위의 입장들이 보여 주는 여성을 통일된 집단으로 취급하는 보편주의를 비판하고 다양성과 차이를 강조하는 다른 입장이 있다. 이들은 동일성으로서의 여성 범주를 해체하는 쪽으로 밀고 나간다. 이들은 여성을 일반화하는 것이 과연 가능한가? 남성/여성이라는 발상 자체가 또 하나의 이항 대립으로, 여성을 차별하는 빌미로 작용해 오지 않았는가? 남성은 과연 온전한 주체였는가? 라는 질문을 통해 여성의 정체성을 규명하고 있다.

이들은 여성이란 어디까지나 인위적으로 구성된 범주이지 어떤 특정한 본질을 가진 존재가 아니며, 주체라는 것부터가 안정된 통일된 실체이기는커녕 다양한 사회적 관계들이 끊임없이 아로새겨지는 장일 뿐이라고 주장한다. 한 여성의 정체성도 하나로 규정하기 힘든데, 하물며 모든 여성들의 정체성을 어떻게 한 데 묶을 수 있는가라는 회의는 궁극적으로 여성을 단일한 주체로 설정하기보다 여성들이 지닌 계급적, 인종적, 섹슈얼리티적 차이들을 더 강조하는 쪽으로 나아간다. 이들은 여성들 내부의 차이, 그리고 여성의 삶이나 정체성을 규정하는 요소들의 다양성을 강조한다. 특히 지배질서, 가부장적 양상들을 비판하고 여성적인 것, 여성, 타자의 가치를 향상시키고자 한다. 이들은 상징적 질서에 도전하는 것이 어렵다는 것을 인정하면서도 모든 것은 다원적이고 복수적이며, 서로 다르다고 주장함으로써 여성의 이름으로 된 모든 주의 주장의 호칭을 거부한다. 그러나 여전히 이런 입장에 남아 있는 문제는 다양성 속에서 통합을 성취할 방법을 모색해내야 한다는 점이다.[9)]

일반적으로 우리는 사회생활과 신념체계 형성에 있어서 경제적 관계나 물질적 토대를 가장 중요시하는데 이에 못지않게 아니 그 이상으로 중요한 것이 남녀 관계이다. 인간에게 물질을 고루 분배하는 분배 정의가 중요하다면 그에 못지않게 남녀 각각의 권리와 지위를 올바로 자리매김하는 차별 없는 분배 또한 중요할 것이다. 여성해방운동은 본질적으로 남성과 여성의 참된 인간관계가 왜곡되었기 때문에 대두되었다.

남성과 여성의 관계는 지배와 복종의 관계로서 여성은 사회, 문화를 정의하는 일에서 제외되었기 때문에 생물학적 성적인 차별은 물론이고 여성이 느끼는 성적 욕구까지 남성들의 언어로 정의되었다. 당연히 여성들은 학문 연구 활동에서도 제외되어 왔으므로 학문상의 개념 규정은 물론 연구 방법과 문제의 기원이나 가설의 설정까지도 남성 중심적인 시각에서 남성의 언어로 행해졌다.

---

9) 이장헌 외, 『여성과 사회 정치』, 조선대학교 출판부, 2001, pp.33-49 참조.

한 사회의 어떤 특정 부분이 억압되고 그 사람들의 소리가 들리지 않는 상태에서 그 사회를 분석할 수는 없다. 남성의 목소리와 함께 인구의 반인 여성의 소리도 이 사회에 울려 퍼져야 한다. 여성이 아니면 이해할 수 없는 체험이 반드시 있기 때문이다. 과거에 페미니즘 담론이 억압자와 피억압자, 악한과 희생자라는 틀을 채택했던 만큼 페미니즘 담론이 근대 권력의 길을 재구성하려면 재구성이 필요하다는 목소리도 있다.[10]

그러나 무엇보다도 억압당하는 사람을 해방시키기 위해서는 억압하는 측의 협조가 필요하므로 남성이든 여성이든 남성의 여성에 대한 착취에 관심을 가지고 착취를 근절시키기 위해 투쟁을 해야 된다고 생각하는 이들이 필요하다. 미국에서 아시아 문제 연구에 아시아인이 아닌 사람이 많이 도왔고, 흑인해방에 백인의 도움이 컸듯이 여성 연구에 있어서도 남녀 양쪽 모두의 참여가 필요하다.[11] 여성과 관련된 강좌가 대학에 개설되면서 많은 학생들이 미처 깨닫지 못한 여성의 억압과 불평등 구조와 남녀평등에 대한 문제점들을 인식하게 되는 계기를 마련했다. 하지만 아직까지는 대부분의 남성들은 여성해방이나 양성평등이라는 말에 무의식적인 거부감을 느끼는 것도 사실이다. 심지어는 불쾌해하고 분노하기도 한다. 왜 불편하고 거북하고 거부감이 드는가에 대해 누구도 명쾌하게 해명해주지 못했던 것도 사실이다.

정희진이라는 여성학자는 『페미니즘의 도전』이란 책에서 왜 이 땅

---

10) 수전 보르도 저, 박오복 역, 『참을 수 없는 몸의 무거움』, 도서출판 또 하나의 문화, 2003, p.42.
11) 남인숙, 『왜 여성학인가』, 학문사, 1998, 19.

에 페미니즘이 필요한가를 의미심장하게 역설하고 있다. 페미니즘에 대해 거부감을 느끼는 사람들에게 던지는 이 책은 페미니즘이 행복하게 해주지도 않고 편안하게도 해 주지 않는 이유를 근본적으로 설파한다. 페미니즘을 '안다는 것'을 '앎' 일반으로 끌어들여 안다는 것은 상처받는 것이며, 더구나 결정적으로 중요하기 때문에 의도적으로 삭제된 역사를 알게 되는 것은, 무지로 인해 보호받아 온 자신의 삶에 대한 부끄러움, 사회에 대한 분노, 소통의 절망 때문에 상처받을 수밖에 없는 일이라고 말한다. 다른 렌즈를 착용했을 때의 눈의 이물감처럼 여성주의뿐만 아니라 기존의 지배규범, '상식'에 도전하는 모든 새로운 언어는 우리를 행복하게 해주지 않는다는 것이다. 하지만 우리 삶을 의미 있게 만들고 지지해주는 여성주의는 남성과 여성 모두에게 자신이 어떤 존재인지 의문을 갖게 하고, 스스로 자신을 정의할 수 있는 힘을 주며, 대안적 행복, 즐거움을 준다고 역설한다. '머리 좋은 사람이 열심히 하는 사람을 따라갈 수 없고, 열심히 하는 사람은 즐기는 사람을 이길 수 없고, 즐기는 사람은 고민하는 자를 능가할 수 없듯이, 페미니즘은 기존의 나와 충돌하기 때문에 세상에 대해 질문하지 않을 수 없게 만든다.

그래서 페미니즘은 여성만을 위한 것이 아니다. 남성에게, 공동체에, 전 인류에게 새로운 상상력과 창조적 지성을 제공한다. 남성이 자기를 알려면, '여성 문제'를 알아야 한다. 여성 문제는 곧 남성 문제이다. '여성이라는 타자의 범주가 존재해야 남성 주체도 성립하기 때문이다'라는 책의 언술은 페미니즘의 가치와 의의를 명쾌하게 지적하고 있다.

2_

문학 속에 나타난 성(性)

1. 외설과 예술의 오래된 전쟁

셰익스피어의 『로미오와 줄리엣』, 세르반테스의 『돈키호테』, 『아라비안나이트』, 복카치오의 『데카메론』, 제임스 조이스의 『율리시즈』, D. H. 로렌스의 『채털리 부인의 사랑』, 헨리 밀러의 『북회귀선』 등의 작품의 공통점은 무엇일까. 이들 작품 모두 성을 다루고 있으며, 당대에는 외설 시비에 휘말렸던 적이 있다. 지금은 예술 작품으로 공인받았지만 이들 문학 작품들은 발표 당시에는 외설 논쟁으로 인해 판금이 되는 가혹한 시련을 겪기도 했다. 예술과 외설의 차이점은 무엇이고, 그 판단 기준은 무엇일까. 혹자는 예술이냐 외설이냐의 판단 기준은 성이 문학적으로 승화 되었는가 그렇지 않은가에 달려 있다고도 하고, 성이 문학을 위해 표현되었느냐 문학이 성을 위해 종속되었느냐, 시기와 장소가 판단 기준이라고도 한다. 앞에서 제시한 판단 기준마저 자의적이고 모호한 것이 사실이다.

D. H. 로렌스는 작가로서 외설 시비에 자주 휘말려서 고통스러운 삶을 살았던 대표적인 인물이다. 그의 초기 대표작인 『아들과 연인*Sons and Lovers*』(1913)은 자신의 이야기를 다룬 자전적 소설인데 표현이 노골적이라는 이유로 상당 분량이 삭제된 채 출판되었으나 그 후 80여 년이 지나서야 처음으로 삭제되지 않고 온전하게 작품을 출판할 수 있었다. 그 밖에 『레인보우*Rainbow*』(1915)와 『사랑하는 여인들*Women in Love*』(1916)이라는 작품 역시 외설적이라는 이유로 출판하지 못했다. 1928년 발표된 『채털리 부인의 사랑*Lady Chatterley's Lover*』(1928)은 외설논쟁에 휘말린 탓에 로렌스의 고국인 영국에서조차 무삭제 출판이 된 것은 1960년에 이르러서였다. 지금에 와서는 『채털리 부인의 사랑』에 대해 성적인 묘사만을 중심으로 하는 포르노 문학이 아니라 산업주의라는 서구의 백색신화를 혐오한 작가가 그것에 저항하는 방법으로 성이라는 상징을 사용했고 산업화와 병리적 현상을 통찰한 작품이라고 평가하고 있다.

『북회귀선』의 저자인 헨리 밀러는 온갖 직업에 종사하며 미국을 방랑하다 소설을 썼지만 모든 작품이 출판사로부터 거절을 당했다. 지금은 현대에서 가장 논쟁을 불러일으키는 작가로 유명하지만 남녀의 성생활을 적나라하게 표현했다고 해서 작품 대부분이 영국이나 미국에서 발매 금지가 되기도 했다. 특히 『북회귀선』이란 소설로 인해 헨리 밀러의 집은 방화를 당했고 그의 작품을 판 서적상이 50명이나 구속되었다. 이 작품 또한 오랜 판금시대를 거쳐 '문학'으로 부활한 것은 이 소설의 여러 초현실적인 기법들로 주인공의 심리를 밀도 있게 그려 '현대소설의 기원'으로 평가받은 뒤의 일이었다.

20세기 현대 문학에 커다란 변혁을 초래한 세계적인 작가로 인정받고 있는 더블린 출신인 제임스 조이스는 미국 잡지에 발표한 『율리시즈』로 미국의 잡지에 발표하여 풍기문란을 초래한다고 하여 고소를 당하기도 했다. 『젊은 예술가의 초상』 등 그의 주요 작품이 발표될 때마다 외설시비에 시달리고 공격을 받았다. 『젊은 예술가의 초상』에 대해서 당시 아일랜드 의 한 잡지는 '제 정신을 가진 사람이라면 이 책을 아내나 자식들의 손이 미치는 곳에 놓아 둘 수 없을 것'이라고 공격했을 정도이다. 하지만 제임스 조이스가 『율리시즈』를 쓴 뒤에 '작품 속에 굉장히 많은 수수께끼와 퀴즈를 감추어 두었기에, 앞으로 수 세기 동안 대학교수들은 내가 뜻하는 바를 거론하기에 분주할 것이다. 이것이 자신의 불멸을 보장하는 유일한 길이다'라고 예언했던 대로, 그의 작품을 이해하고 분석하기 위해 수많은 사람들이 고군분투하고 있다.

이들 문학 작품들은 이렇게 자신의 판금과 복권을 통해, 외설과 예술을 가르는 절대적인 기준은 있을 수 없다는 것을 잘 보여 준다. 하지만 시간을 고정시켜 어떤 한 지점에 맞춘다면 어떻게 될까. 한 시대에는 분명 그 사회의 도덕관이 존재하고 수용하지 못할 '문학'이 존재하는 것은 아닐까.

이는 어떤 규범이나 규범으로부터의 일탈이 하나의 사회적, 역사적 맥락으로 옮겨감에 따라 바뀐다는 것을 시사하고 있다. 테리 이글턴이 『문학이론입문』에서 밝히듯이, '우리의 호메로스는 중세의 호메로스와 같지 않으며, 우리의 셰익스피어도 당대인들의 셰익스피어와 같지 않다. 보다 정확히 말하면 서로 다른 역사시기들은 그 목적들에 맞추어 서로 다른 호메로스와 셰익스피어를 만들어냈으며, 그 텍스트들 속에서 반드시 동일한 것은 아니지만 높게 평가할 혹은 낮게 평가할 요소들을 찾아냈다. 바꾸어 말하면 모든 문학 작품은 무의식적이기는 하지만 그것들을 읽는 사회에 의해 '다시 씌어'진다. 실로 한 작품을 읽는 것은 어느 경우에나 그것을 '다시 쓰는 일'이기도 하다.[12] 문학을 구성하는 가치판단들이 역사적으로 가변적이라는 사실과 이 가치판단 자체도 사회의 이데올로기들과 밀접한 관계를 맺고 있다는 사실, 가치판단들은 궁극적으로 단지 개인적인 취향을 가리키는 것이 아니라 어떤 사회집단들이 다른 사회집단들에 대해 힘을 행사하고 그 힘을 유지하는 데 있어서 의거하는 전제들을 가리킨다는 것은 문학에서 성을 읽어내는 데에 중요한 해석틀이 될 수 있다.

문학 속에 나타난 성은 동서고금을 막론하고, 문학의 중심적인 주제로 사랑을 받아왔다. 문학은 사람들의 구체적인 삶이 생생하게 녹아 있는 텍스트이다. 그리고 우리의 삶에서 누구나 한 번은 겪는 중요한 인간관계가 사랑일 것이다. 이 감정, 혹은 열정, 혹은 의지는 결혼과 가족이라는 제도로 연결되면서 우리 사회를 이루는 근간이 된다. 세상살이를 파악하는 데 사랑처럼 근본적이고 중요한 것이 있을까? 그리고 사랑이 들어가지 않은 문학 작품이 몇 편이나 될 것인가? '어디에서도 문학 작품에서만큼 성, 혹은 사랑이 다채롭고 구체적이며 생생하게 표현될 수 없으며, 이런 맥락에서 성과 문학은 때로 행복하게 조우한다.'[13]

대부분의 문학 작품에서 성은 어떠한 형태로든 다루어지고 있다. 문학의 중요한 핵심은 인간이며, 인간의 삶에서 성은 본질적인 요소이

---

12) 테리 이글턴 저, 김명환·정남영·장남수 공역, 『문학이론입문』, 창작과비평사, 1993, p.22.
13) 김종회·최혜실 엮음, 『문학으로 보는 성』, 김영사, p.7.

다. 그러한 맥락에서 모든 작가는 작품을 통해 일정 정도 성적인 담론들을 묘사를 통해 펼치며, 일부 작가는 자신의 문학을 담보로 성의 문제를 천착하거나 탐구하여 성애소설이라는 하나의 장르를 구축하기도 한다. 성에 대한 표현과 성찰, 욕망과 관심, 목표와 의도가 어떤 형태로 나타나는지, 작가가 성을 통해 보다 깊은 인간 이해에 도달했는지 고찰하는 것은 문학을 이해하는 데 상당한 비중을 차지한다고 해도 과언이 아니다.

문학은 삶의 여러 단면을 보여 주는 거울이며 그 반영을 통해 인생을 성찰하게 도와준다. 또한 문학은 인간의 자연스러운 감정과 감각이 다양하게 표출될 수 있는 공간이며, 간단하게 규정하거나 획일적으로 단정할 수 없을 만큼 섬세하고도 추상적인 감성들이 구체성을 획득하는 장이기도 하다. 특히 성은 인간과 인간 사이의 관계를 외연화하는 중요한 기제이다. 그러므로 성 행위에 있어서 각 인물의 태도는 인물의 성격과 가치관을 보여줄 수 있는 중요한 지표가 된다. 그러므로 작가는 성 묘사를 적절하게 활용함으로써 이야기의 흐름을 암시하기도 하고, 인물들 사이의 관계를 설정하는 매개로 쓰기도 하는 것이다.

예를 들어 조정래의 대하소설『태백산맥』은 소설적 재미를 넘어 한국 근현대사에 대한 올바른 인식과 판단에 동참하기를 독자에게 요구한다. 그런데 자칫 지루하고 딱딱하게 느껴질 수 있는 이념의 문제를 다루면서도 독자들로 하여금 손에서 작품을 놓지 않고 읽게 만드는 힘은 어디에 있는 것일까라는 질문은 우문에 불과할 것이다. 작가가 작품의 배면에 깔고 있는 감칠맛 나는 성적 묘사와 기꺼이 공감하게 만드는 남녀 사이의 사랑 이야기가 이념의 높은 문턱 앞에서 그냥 돌아가 버릴 수 있는 독자들에게 끝까지 흥미를 가질 수 있도록 만드는 문학적 힘이라는 것은 재론의 여지가 없을 것이다. 이토록 성에 대한 문학적 표현은 독자의 구미를 당기고 흥미를 주는 강력한 기제임에 틀림없다.

2. 문학 작품 속에 성이 나타나면 무슨 일이 생길까?

소설에서 성에 대한 표현이 시대 흐름에 따라 어떤 변화를 겪어왔는지 개략적으로 살펴보도록 하자. 서사문학의 경우 등장인물의 확실성으로서 가장 먼저 알려지는 것이 인물의 성이며, 작가 또한 스스로가 속해 있는 사회가 그 성의 선을 따라 구축한 의식적, 무의식적인 가치기준에 따라 텍스트를 구성하는 것이다. 그럼에도 불구하고, 전통적인 문학비평의 경우는 작가의 성별이라든가 인물의 성별을 감안하지 않은 채 문학 작품의 보편성을 규정해 왔다.

일제식민지 상황에서 우리 민족의 당면과제는 독립운동과 근대화운동이었다. 따라서 이는 당연히 문학 작품의 중요한 화두가 되었으며, 그 중에서 근대화운동은 성의 문제와 연관되어 서술되었고, 과도기적 상황에서 성에 대한 자유 추구와 대비되는 순결의식도 대두되었다. 한편 이혼에 관한 문제가 근대 의식의 실현인 것처럼 다루어지기도 했다. 그 중 대표적인 작품으로는 이광수의 「무정」과 심훈의 「상록수」, 정비석의 「성황당」이나 현진건의 단편 「유린」 등이 있다. 이 외에도 민족의식이나 역사의식과는 전혀 무관한 연애지상주의 소설이 등장했으며, 그러한 작품은 독자의 흥미를 자극하며 감상주의적 성애를 묘사하는 데 급급했을 뿐이다.

일제시대의 빈궁 문제는 심각한 사회 문제 중의 하나였는데, 빈궁은 인간 실존을 위협했으며, 이것을 소재로 한 작품들은 빈궁과 매춘의 상관관계를 간명하게 보여 주었다. 물론 그 시대의 매춘은 본격적인 성매매 행위가 아니라 빈궁을 일시적으로나마 해결해 보고자 하는 절대 절명의 생존을 위한 것이었기 때문에 도덕성이나 윤리를 엄격하게 다루지 않았다. 대표적인 작품으로는 나도향의 「뽕」이나 김동인의 「감자」, 김유정의 「소낙비」, 이태준의 「오몽녀」 등이 있다. 김동인의 「감자」나 김유정의 「소낙비」에서는 성 묘사를 구체적이고 적나라하게 묘사하지 않고 생략과 암시를 통해 개인의 비극이 시대성과 관련되어 있음을 보여 주었다.

1930년대 가부장제 이데올로기와 봉건적 결혼관을 거부하며 '근대 의식'을 표방하고 자유연애를 주장하였던 일부 작가들에 의해 근대적 교육을 받은 '신여성'들은 꽤 비중 있는 인물로 그려졌다. 조신한 규수에서 현모양처로, 그리고 한 집안의 귀신이 되기까지 가부장제의 틀에서 한 치의 어긋남도 없이 가야만 했던 인생 역정을 거부하고 울타리 너머 세상을 향해 시선을 던진 여성들이 생겨나기 시작한 것이다. 하지만 여성 인식의 전환에도 불구하고 한결같이 계몽이념의 구현자는 남성이었으며, 결국 여성은 지적이고 우월한 남성의 인도를 받는 수동적인 인물로 그려졌다. 그렇지 않으면 민족의 구원이나 계몽을 위해 매진해야 할 남성을 혼란스럽게 하는 인물로 형상화되었던 것이다. 그리고 근대적 교육의 혜택을 받은 신여성들의 자유연애 사상은 자신들의 성적, 물질적 타락을 정당화하는 도구로 그려질 뿐이었다.

이후에도 문학사의 중심을 차지하는 남성 작가들을 통해 여성들은 여전히 전근대성을 상징하는 존재로 그려졌다. 남성의 욕망을 실현시키는 대상, 유곽을 떠도는 창녀, 사회 일탈적 존재인 여성, 대책 없이 눈물의 카타르시스만을 조장하며 판단력을 흐리는 비련의 여주인공, 이것이 근대 속에서 규정된 여성 일반의 모습이었다.

한국전쟁을 계기로 문학은 중요한 획을 긋게 되는데, 홍성원의 「남과 북」, 김원일의 「불의 제전」, 윤흥길의 「장마」 등에 이어 조정래의 「태백산맥」, 이병주의 「지리산」, 김성종의 「여명의 눈동자」 등 스케일이 큰 대하소설이 성과를 올렸다. 잇단 작품들의 성과로 그 동안의 현실도피적이거나 낭만적인 시각들이 뒤늦게 리얼리티를 회복해가고 있었다. 한편으로 전쟁이라는 비극은 여러 가지 부정적인 양상들을 보였는데, 그것은 문학의 소재 안에서도 마찬가지였다. 전쟁이라는 상황에서 성의 문제는 절실한 문제가 될 수는 없었지만 극한 상황 앞에서 성에 대한 윤리 의식은 절박한 탈출구나 광기의 형태로 표출되는 양상을 보이기도 했다. 그 한 형태로 성 도착의 문제가 나타났으며, 아이들의 성을 다루면서 통과의례로서의 의미를 부여하기도 했다. 이데올로기 대립 속에서 희생되는 개인과 사회의 상처, 강대국의 지배에 억눌린 민족문제를 각인시키는 방법적 장치의 하나로 성폭력의 문제를 다루기도 했다. 작가는 성 표현을 함으로써 자신의 세계관과 도덕률에 입각하여 인물의 부정적인 일면을 부각시키고 때로는 폭로의 양상을 띠기도 했다.

한편으로 여성주의의 측면에서 보았을 때, 전쟁으로 인한 폐허와 상처로 인한 인간 존재 자체에 대한 근원적 회의가 주류를 이룬 상황에서 여성은 그 상실과 폐허 위에서 가정을 지키며, 전쟁이나 이념으로 흔들리거나 부재한 아버지의 자리를 굳건히 지키는 강인한 모성을 보여 주어야 했다. 여성은 한 사람의 인간이자 여성으로서 존재하는 것이 아니라, 강력한 모성애를 지닌 전통적인 여성상을 구현해야만 하는 희생양이 되었다. 전쟁의 최대 피해자인 여성이 모성 이데올로기에 포박되어 정체성이 감금되어야만 했던 것이다. 전쟁을 다룬 문학 작품에서도 여성은 남성을 위한 도구적 존재로서 성을 매개로 한 피상적인 역할만을 담당했다. 기존의 규격화된 여성상에 파문을 일으키며 문학 작품에서 등장했던 정비석의 '자유부인'이라는 인물은 보수적인 이데올로기에 도전하거나 여성으로서의 억압된 섹슈얼리티를 자유롭게 드러내는 인물로 평가받기보다는 어두운 당시 상황에 걸맞지 않게 사랑 타령이나 하는 비난받아 마땅한 반사회적 인물로 평가받았다.

7, 80년대에는 여성 작가들이 대거 등장하기 시작하면서 여성으로서 성 정체성을 확립해가는 인물을 그리거나 가정과 일상 속에 갇혀 소외당하는 여성들의 내면을 정치하게 그려냈다. 이들의 작품은 여성 문제를 사회문제로 인식하고 사회적 공론의 장으로 끌어냈으며, 대중성을 획득했다는 의의를 확보했다. 하지만 급속한 산업화로 인한 파행적인 한국 사회의 어두운 그늘을 그려내는 남성 작가들은 여성을 호스티스로 설정하면서 왜곡된 여성상을 만들어내기도 했다. 전횡적인 자본화의 구조를 분석하기보다는 정조관념이 없는 여성들을 맥락 없이 형상화하는 문제를 드러내기도 했다.

이처럼 인간 존재의 본질과 삶의 구체성과 관계에 대해 다채롭고 생생하게 표현하는 문학에서 성은 강력하고 지배적인 역할을 해 왔다. 한편으로 성은 문학 속에서 당대의 사회 규범이나 도덕적 기준에 저항하는 도구가 되기도 했으며, 시대성을 표현하거나 작가의 이데올로기를 표현하는 방법이 되기도 했다. 수많은 작가들이 성적 표현을 통해 금기와 외설 시비의 쟁점을 문학적 주체성과 자율성의 문제와 연결시켜 여러 각도에서 성찰하는 계기를 만들어 내기도 했다.

오랜 역사를 가진 예술과 외설, 그리고 국가권력에 의한 간섭 등은 오늘날에도 여전히 제기되고 있다. 예술의 창작과 자유의 침해라는 주장과 국민 정서에 맞지 않는다는 논리는 각기 첨예하게 대립되고 있다. 국가 기관에 의한 연극 '미란다'의 공연금지처분, 마광수의 『즐거운 사라』와 장정일의 『내게 거짓말을 해 봐』에 대한 판매금지처분과 작가의 투옥, 그리고 일부 영화 작품들의 등급 보류 판정에 대한 찬반양론이 세간의 이목을 집중시켰다.

현대 한국문학사에서 외설논쟁의 시발은 정비석의 『자유부인』을 들 수 있는데, 이 소설은 법의 처벌은 받지 않았으나 교수 부인의 춤바람을 다뤄 '풍기문란'이라는 비난을 면치 못했다. 최초로 법정에 회부된 문학 작품은 1969년 염재만의 소설 「반노」이다. 변강쇠와 옹녀 같은 두 남녀가 부부가 되어 정욕을 불사르다 남편이 헛된 애욕에서 눈을 뜨고 아내 곁을 떠난다는 줄거리를 가진 이 소설은 그 당시 1심에서 벌금 3만원형을 받았으나 작가가 항소해 7년 만에 무죄판결을 받았다.

외국에서는 로렌스의 『채털리 부인의 사랑』과 플로베르의 『보봐르 부인』, 제임스 조이스의 『율리시즈』가 재판에 회부되었다. 1934년에 『북회귀선』을 출간한 헨리 밀러는 재판은 말할 것도 없고 분노한 군중에 의해 집이 불태워지는 곤욕을 치르기도 했다.

이러한 논의들은 외설과 예술의 절대적 기준이 존재한다는 전제를 깔고 있다. 그러나 우리가 역사적으로 살펴볼 때 음란물 제작의 역사는 음란성에 대한 사회적 기준이 끊임없이 변해 왔다는 것을 보여 준다. 지금은 고전이 된 『로미오와 줄리엣』, 『주홍글씨』와 같은 작품들도 그 당시에는 사회적 정서에 맞지 않는 음란한 작품으로 지탄을 받았다.

외설의 기준은 일반적으로 국민의 건전한 성 풍속과 정서를 근거로 제시한다. 그러나 우리는 성에 대한 인식이 시대와 상황에 따라 변한다는 것을 알 수 있다. 가령 조선시대에는 남편이 죽으면 여성이 수절하며 평생 정절을 지키고 사는 것을 미덕으로 여겼다. 또한 남녀가 유별하다는 윤리가 당대의 지배적 가치관이었다. 그렇지만 이러한 가치관은 다양화된 현실 사회에서 계속 주장할 수 없는 도덕관이며, 자칫하면 개인의 행복을 억압하는 성 윤리가 될 수도 있다. 이렇게 성에 대한 인식과 가치관은 시대와 문화적 환경에 따라 변할 수 있으며, 이러한 인식의 변화는 외설의 기준에 대한 규정의 변화를 가져온다.[14)

문학에서 성은 관능적인 이미지와 에로스적 상상력으로 형상화되거나 직접적으로 성행위를 묘사하거나 진술하는 방식으로 나타난다. 성애를 지나치게 묘사한 에로티시즘을 외설이라 부르지만 외설의 형식까지 포함해 에로티시즘은 도덕을 내걸고 지배계층의 미학과 담론의 뒤로 몸을 숨기는 권력의 치부를 겨냥한다. 권력은 성을 에로티시즘과 외설로 이분화시켜 이중구조 안에 가둔다. 하지만 권력을 비판하기 위해, 권력의 간섭으로 잃어버린 부분을 회복하기 위해, 인간의 건강성을 회복하기 위해, 에로티시즘은 지배세력이 금기시하는 표현으로 성을 다룬다.

바타이유는 에로티시즘을 아기나 생식 등 자연 본래의 목적과는 별개의 심리적 추구라고 정의한다. 금기를 어기려는 충동과 금기의 밑바닥에 깔려 있는 고뇌를 동시에 느낄 때 비로소 에로티즘의 내적 체험은 가능해진다는 것이다. 즉 에로티시즘은 위반을 통해 자신의 한

---

14) 김동중 · 김종헌 · 정찬종, 『섹슈얼리티로 이미지 읽기』, 인간사랑, 2002, pp.123-124.

계를 극복함으로써 신성에 도달하고자 하는 인간의 욕구로, 금기를 위반하는 형식으로 나타난다고 한다.

지배계층의 권위 있는 담론이 금기시하는 성적 표현을 드러낸다는 것은 피지배계층의 욕망과 본능의 다양성을 드러내는 방편으로, 현실의 여러 모순을 비판하는 기능을 수행한다. 성적 표현은 권위적이고 지배적인 담론에 저항하는 언술이다. 민중의 언어인 욕설과 성적 표현은 지배적인 담론의 금기를 위반하는 것이다.

3. 막달라 마리아와 성모 마리아를 구분하는 기준?

다른 한편으로 본격 포르노와 준포르노가 범람하는 문화시장에서 오늘날의 한국문학이 무엇을 하고 있는가를 점검해 보는 것은 의미 있는 일일 것이다. 준포르노 시장이라는 제도 속으로 문학 생산의 제도가 편입되어가는 경향은 우려스러운 부분이 있다. 아래 인용글은 문학이라는 이름으로 성이 얼마나 파행적으로 작가의 자폐적 탐닉을 그리고 있는지를 보여 준다.

> 아, 아흐, 아, 흐, 흐, 아흐, 으, 으, 흐, 흐흥, 아흐흐, 아, 흥, 흐흐 응, 흥, 흐, 흐, 흐, 흑,(그녀는 눈을 감고, 두 손으로는 내 허리를 붙잡고 있다. 나는 불그스레하게 뜨거워지는 그녀의 얼굴을 바라보다가 탱탱한 젖가슴과 그 밑의 배꼽, 허리의 검은 음모를 손바닥으로 넓게 쓰다듬은 뒤, 다시 고개를 숙여 그녀의 귓불에 입술을 대고 용의 혀처럼 뜨거운 숨을 뿜어 댄다.) 아, 하, 하, 하아, 하아, 하아아,

하아, 흐, 흑,(나의 입술은 그녀의 가슴으로 내려와 툭 튀어나온 젖꼭지 주위를 빙빙 돈다…) …(중략)…하, 학, 학, 학, 학, 학, 학, 빨리, 팔리, 파, 파, 파, 파,…15)

대부분 남성 작가들의 문학 작품 속에 드러난 포르노적 환상은 자발적으로 성에 탐닉하는 '야한 여자'를 그리고 있다. 포르노의 시각적 이미지들은 대개 천편일률적으로 이 야한 여자의 요염한 몸짓이나 격렬한 성행위의 모습을 보여 주게 되고 포르노의 서사 구조는 이 야한 여자의 성욕이 분출되도록 길을 터주는 데 전념한다. 그러나 포르노적 상상력의 모순성은 바로 야한 이 여자라는 대상이 진정한 대상이라기보다는 포르노적 환상의 주체가 욕망을 투영해 그려낸 환영일 뿐이라는 것이다. 포르노의 무지함과 고지식함에 맞서서 사회적 삶의 진실을 탐구하는 문학이 할 일은 사실 너무도 명백하다. 포르노의 성관계가 일방적인 환상의 투영이라면, 문학의 성은 구체적인 인간관계의 한 부분이어야 하고, 포르노가 병적으로 쾌락에 몰두한다면 문학은 고통과 슬픔에 대해 일정 부분 문학적 임무를 다해야 할 것이다.

분명히 성에 대한 새로운 표현을 통해 성의 해방을 추구하거나 이미 포르노로 가득 차 있는 현실을 문학이나 예술이 다루려면 당연히 포르노적 소재나 포르노적 언어가 작품으로 스며들게 마련이다. 문제는 그러한 '해방' 내지는 실험이 어떤 정치성을 띠는가일 것이다. 그것이 좀 더 심화된 자폐증을 조장하면서 기존의 성적 규범을 실제로는 더욱 강화하는 방향인지, 아니면 성적 규범에 도전하는 다양한 성 표

---

15) 하재봉, 『블루스 하우스』, 세계사, 1993, pp.119-120.

현을 '해방'시킬 것인지가 문제이다. 성적 체험과 성적 표현의 확산이 꼭 '페니스'를 가진 자가 '애완용 로봇' 같은 '야한 여자'와 놀아나는 '판타지'가 될 이유는 없다.[16]

페미니즘의 입장에서 특히 포르노그래피를 문제 삼는 것은 그것에 내재된 남성 중심의 자본주의적 속성 때문이다. 그것은 남성의 욕망에 부합되고 남성의 시선에 따라 만들어지며 유통, 소비되기 때문에 문제적이다. 성에 대한 성차별적 신화는 가부장제 사회가 공고하게 확립되어 가면서 형성되고, 유포되어, 믿음이 되었다. 그것은 남성의 성은 본래적으로 충동적이고 자제할 수 없을 만큼 강하고, 여성은 선천적으로 성에 대한 관심이나 욕구가 없는 존재라는 신화였다.

이 신화에 근거하여 가부장제 사회는 남성의 성적 수행능력을 남자다움의 중요한 지표로 삼고, 여자다움의 지표로는 성욕이 전혀 없는 것처럼 보이는 것, 즉 순결을 내세웠다. 그리고 남성과 여성 사이의 이 모순을 해결하기 위해 남성의 성은 생식을 위한 성과 쾌락을 위한 성으로 분리하고, 여성은 순결한 여성과 음탕한 여성으로 이분하였다. 생식을 위해서는 순결한 여성을 대상으로 하고 아내라는 지위를 주었으며, 쾌락을 위해서는 축첩과 매음제도를 만들었다. 즉, 과대하게 조정되고 강화된 남성들의 성욕을 위해 축첩과 매음제도를 만들어 놓고도 그 여성들을 음탕하다고 규정하고 천대하였던 것이다.

최근에는 40여 개 국 언어로 번역되고 한국에서도 인기를 끌었던 『다빈치코드』의 여파로 성서 속의 여성인 막달라 마리아에게 화제가 모아지고 있다. 주지하다시피 막달라 마리아는 회개한 창녀의 이미지

---

16) 김종회·최혜실, 『문학으로 보는 성』, 김영사, 2001, p.285 참조.

로 세인의 머릿속에 각인되어 있다. 실제 성경 어디에도 막달라란 고장 출신의 마리아라는 여성이 창녀라든가 성적으로 타락했다는 부분은 없다고 한다. 『다빈치코드와 숨겨진 역사』는 '교회가 막달라 마리아를 창녀로 묘사함으로써 여성들은 부정하고, 정신적으로 남성보다 열등하며, 죄에서 구원은 오로지 교회를 통해서만 가능하다는 메시지를 전달하고 있다'고 밝히고 있다. 반대로 성모 마리아를 영구 동정녀로 만들어 처녀성만을 강조함으로써 충절과 정조를 이상적인 여성상으로 규정했는데, 막달라 마리아가 창녀라는 이미지나 성모 마리아가 처녀라는 이미지 모두 사실과 다르게 왜곡된 이미지로, 특히 여성을 특정한 틀 안에 가두는 도구로 사용했다는 주장을 펴고 있다.

이런 성차별적 성의 신화를 남성의 입장에서 극단화할 때 포르노가 출현하게 된다. 남성의 에로티시즘은 지칠 줄 모르는 성적 능력과 욕망을 소유하고 모든 여성을 대상화하고 싶어 한다. 포르노는 이 환상을 충족시키기 위해 남근은 더 크고 강하게, 시간은 더 길게, 대상과 쾌감은 더 많게 극단화시킨다. 이렇게 본다면, "포르노를 소비하는 남성 관객들의 경험은 환상도, 모방도, 카타르시스도 아닌 성적 현실이다. 그것은 섹스 자체가 대부분 이루어지는 현실이다. 여기서 성적 대상을 소유하고 소비하는 쪽은 사회적으로 구성된 남성의 성욕이고 성적 대상으로 소비되고 소유당하는 쪽은 사회적으로 구성된 여성의 성욕이다. 포르노는 성적 대상을 이렇게 구성하는 과정이다.

여성주의적 관점에서 어떻게 한국사회 성별의 정치학이 여성의 성과 남성의 성의 재현에 관련되는가를 살피는 것도 유의미한 일일 것이다. 한국의 여성주의 성 논의에서 여성의 성은 주로 가부장적 남녀 관계 속에 위치하는, 대상화되고 피해자적인 성으로 다루어져 왔다.

그러나 최근 개인적 삶과 성을 연결시키는 성 담론과 성적 욕망과 쾌락을 가시화하는 다양한 성 관련 이미지와 산업의 팽창은 우리 사회에서 여성의 성을 새롭게 구성해내고 있다고 언설화되고, 여성의 성적 욕망과 쾌락에 대한 새로운 시각을 요청한다.

하지만 현재 많은 사람들에 의해 회자되고 있는 남성 작가의 작품들은 여성들의 주체성에 대해서 강한 남성 중심적인 틀과 상상력을 드러내고 있는 실정이다. 여성에 대한 남성 중심적인 성별 정치학은 문학 작품 전체를 관통하는 중요한 재현 양식이다. 특히 여성의 성을 재현하는 방식에 의해서 여성 주체가 끊임없이 부정되고, 남성 주체를 설명하는 타자나 메타포로 지시된다. 작품에서 남성들의 성은 그들 주체성의 기표이지만, 여성의 성은 그것을 드러내기 위한 보조 도구로 작용한다. 성적 욕망의 형태가 드러나는 장이 바로 남성과 여성의 성 관계인데, 문학 작품을 통해 이 관계 구도는 고정된 채 욕망의 기표만이 상황을 따라 이 구도 속을 항해한다. 즉 성은 남성 주체성을 드러내는 것으로 작동하고, 여성은 남성의 성을 수용하는 것에 의해 남성과 매개한다.

작품에서 여성이라는 고정된 성별성은 여러 가지 다양한 역할과 형태로 지시된다. 여성은 구체적으로 항상 모성·아내·애인·창녀·간호사·정부·보조원 등으로 존재하는데, 이러한 역할들은 여성의 성에 부여된 사회적 형식은 남성과의 관계 속에서 종속적으로 결정됨을 보여 준다. 여성의 성, 그것 자체가 여자로 하여금 세상을 다르게 경험하게 하는 매개적인 힘을 갖는 것이 아니라, 남성과의 관계에 따라 형식이 결정되는 비결정적인 기표일 뿐인 것이다. 여성의 성은 욕망의 발로가 아니라, 여성의 성별성에 속한 어떤 속성으로 남성과의 관계, 혹은 남성들 사이, 혹은 한 남성의 성적 환상 속에서 끊임없이 움직인다.

그렇기 때문에 가부장적 문화 담론 내에서 남성의 몸과 달리 여성의 몸은 변화하기 쉬운, 불안정한, 카멜레온 같은 것으로 묘사된다.

문학 작품에서 남성의 성은 사회적 정치적 성취의 메타포로 작동하는데, 남성의 성욕은 권력의 다른 표현 방식이고, 남성의 성욕을 통해 사회와 정치가 재현된다. 즉 남성들이 사회적 정치적이 될 때, 그것은 동시에 성적으로 적극적이 되는 것인데, 이때 여성의 성은 그들의 성적 권력을 드러내는 장일 뿐인 것이다. 남자의 성은 생산적인 것이고, 동적인 것이고, 세상을 다르게 경험하는 매개체이거나, 세상을 다르게 살게 하는 힘으로 등장한다. 즉 남성들의 성에는 그들의 삶의 경험을 생산하는 행위성이 담보된다.

우리 사회에서 성별 체계에 의해 여성들에게 부여되는 의미를 거부하고, 여성들의 삶과 욕망에 대한 목소리를 드러내고자 하는 여성주의 문화와 문학 생산자들이 등장하고 있기는 하다. 그러나 여전히 대중문학에서 재현되고 있는 여성의 성은 남성들의 욕망에 의해 형태가 결정되는 타자로서의 성이고, 모성을 자신의 정체성으로 삼는 재생산적 성이 견고한 성별 위계 체계 위에 구축되고 있다. 우리 사회에서 일상적 문화에서는 물론이고 여성학 논의에서조차 성별 체계 자체를 문제화하고 그것을 문제틀로 제기하는 것은 이론적으로나 정서적으로나 어려운 일이다.

예를 들어 시각적 재현 이미지에 사로잡혀 살게 되는 소비문화 속에서 여성들은 몸에 대한 강박적 집착을 갖는다. 소비문화가 구성하는 정상성, 여성성은 바로 이미지로 재현된 마르고 날씬한 주체이다. 이러한 이미지가 전달하는 것은 바로 남성과 여성의 차이에 대한 강한 인식, 젊음에 대한 찬양과 늙음에 대한 혐오·두려움, 그리고 시각적인 것에 대한 미적 쾌락이다. 이미지들은 현재의 경험적 구체적 몸을 결함 있고 불충분한 것으로 인식하게 만들면서 외모는 자기 결정적인 것이라는 인식을 강조한다. 소비문화 담론은 '자기 연출', '자기 하기 나름'이라는 행위성을 개인에게 돌려주면서 '바로 자기가 원하는 것', 욕망 때문에 무엇을 한다는 행위에 대한 내면적인 동기를 부여한다. 바로 이런 과정을 거쳐 개인들은 소비문화의 지배적 규범에 통합되어 간다. 이런 차원에서 볼 때 여성들의 자기 관리는 바로 소비문화가 요구하는 육체적 이미지를 관리하는 몸의 실천으로 간주할 수 있다. 또 이것을 지속하게 하는 것은 여성에 대한 지배 규범의 내재화로써 바로 지배 문화가 여성에게 요구하는 것을 충족시켜 주는 것에 의해 여성의 삶에 구체적인 보상을 하기 때문[17]이다.

성은 인간의 몸과 관련을 맺으며, 쾌락을 위한 흥분과 자극을 동반한다. 그러나 성은 이 두 요소로 완성되는 것이 아니라 쌍방이 소통함으로써 상호 인식이 확산되어야 완성되는 것이다. 프롬이 말하듯 성적 사랑은 두 사람이 하나가 되면서도 각자의 특성을 허용하고 자신의 통합성을 유지하는 것이다. 성차별적 사회에서 이런 성이 이루어지기는 어려운 일일 수밖에 없다. 성적 민주주의를 이룩하기 위해서 남성은 성적 우월주의를 폐지하고, 여성은 성적 주체성을 회복하려는 노력이 요구된다. 인간은 사랑의 존재이며 성적 존재이다. 사랑에서 성애를 제거할 수도 없지만 성애만이 사랑인 것은 아니다. 인간은 정신과 육체의 통합체로 이 통합성이 깨진다면 자기 분열[18]에 시달릴

---

17) 김은실, 『여성의 몸, 몸의 문화 정치학』, 도서출판 또하나의 문화, 2001, p.152. 참조.
18) 송명희 외, 『페미니즘과 우리 시대의 성담론』, 새미, 1998, p.95. 참조.

수밖에 없게 된다.

오늘날 성적 쾌락의 상품화에서 기인하는 성의 만연은 외설과 에로티시즘의 경계를 불분명하게 만든다. 쾌락을 극대화하고자 하는 남성적 에로티시즘은 결국 외설과 닿게 마련이기 때문이다. 따라서 여성의 성과 육체를 여가와 오락을 위한 소비상품으로 만들면 남성과 여성 모두 성의 노예가 되어 비인간화될 뿐이다.

문학에서 표현된 성은 독자의 풍부한 상상을 이끌어낸다. 성은 때로 관능적인 이미지와 에로스적 상상력으로 형상화되거나 직접적으로 성행위를 묘사하거나 진술하는 방식으로 나타난다. 때로는 권력을 비판하기 위해, 인간의 건강성을 회복하기 위해, 작가는 지배세력이 금기시하는 것을 조롱하거나 뛰어넘는 표현으로 성을 다루기도 한다. 하지만 성 자체를 극단적으로 묘사하면서 문학성을 담보하지 못하는 경우는 작가의 퇴행성을 여실히 드러내는 취약성을 갖게 되기도 한다. 때로는 왜곡된 성 표현은 독자를 풍요롭게 하기보다는 황폐화시키는 기제가 되며, 성을 부정적으로 인식하게 하는 우를 범하기도 한다. 인간의 주체성, 성의 주체성이 건강하게 살아 작품에서 거듭날 때 비로소 문학의 창조적인 에너지인 성이 제대로 된 역동성을 발휘할 수 있을 것이다.

2장

페미니즘 문학비평 이론

이수라

오랜 세월 동안 여성들은 모든 지적 분야에서 배제되어 왔다. 더군다나 문학은 여성에게는 금기시되던 영역이었다. 문학은 작가의 창조적 영감을 바탕으로 하여 고도의 상상력으로 일구어낸 지적 창조활동이라는 낭만주의적 믿음은 그 역사가 꽤 길다. 그러한 생각이 지배적인 사회에서 여성이 작가가 된다는 일은 감히 생각조차 할 수 없었다.

작가가 되고자 하는 여성들에게 주어진 운명은 매우 가혹했다. 19세기 서구유럽의 여성들은 자신의 글로 가득 찬 원고지를 행여 누가 볼까 두려워 숨겨두어야 했다. 간혹 출판을 한다고 해도 남편이나 남동생의 이름을 빌리든지, 남성적인 필명을 사용하지 않는 한 가능하지 않은 일이었다. 여성이 쓴 작품이라는 사실이 알려지면 책이 팔리지 않을 것을 우려한 출판사의 요구 때문이었다. 조선시대의 여성들이 글을 쓰는 행위는 남편을 욕되게 하고 가문을 수치스럽게 하는 일로 치부되었다. 여성이 마땅히 해야 할 일은 부덕婦德을 지키면서 집안일을 다스리는 것인데, 시를 쓰고 있다는 것은 곧 여성으로서의 역할을 도외시한다는 표지로 인식되었기 때문이다. 그러다 보니 여성들은 시를 지었다는 사실만으로도 남편으로부터 버림받을 수 있었다.

남성들로서는 지적으로 열등한 존재로 치부되던 여성들의 글쓰기 행위가 남성의 영역을 침범하는 일로 여겨졌을 것이다. 글은 곧 논리의 세계이며, 논리는 남성의 영역이지 결코 여성의 영역일 수 없다는 남성들의 일방적인 생각은 지난 세월 동안 많은 여성들을 괴롭혀 온 편견이었다. 따라서 여성들의 글쓰기는 남성의 지배에 대한 정면 도전으로 간주되었을 수밖에 없다. 그러니 여성들이 문학 작품을 창작한다거나 더욱이 문학연구를 한다는 것은 가능하지 않았다.

페미니즘 문학비평은 20세기에 성립된 학문 분야이다. 200년이 넘는 기간 동안 수많은 여성들이 남성과 여성의 동등함을 외쳤지만 그들의 목소리는 널리 퍼져나가지 못했다. 그러다보니 문학 작품을 생산하거나 비평하는 분야에서도 여성의 시각은 배제되었다. 당시에는 사회적으로 여성에 대한 관심이 전혀 없는 상황이었기 때문에 여성운동가들에게는 여성에 대한 사회적 관심을 불러일으키는 것만으로도 상당히 벅찬 일이었다. 그러한 환경 속에서도 여성들만의 문학전통을 일으켜 세우고 여성문학이론을 정립하려는 노력은 끊임없이 이어졌다.

초기 페미니즘 문학이론은 영·미권을 중심으로 논의가 전개되었다. 이들은 남성 작가와 남성 작가들의 작품만으로 구성된 문학사에 이의를 제기하였다. 그리고 역사 속에 은폐된 여성 작가들과 그들의 작품을 발굴하여 문학사적 위치를 찾아주고자 하였다. 이처럼 초기의 페미니즘 문학이론이 문학 '제도'에 관심을 집중시켰다면, 그 이후에 진행된 프랑스의 페미니즘 문학이론은 '성차性差'를 수용하면서 논의를 전개하였다. 프랑스 페미니스트들은 논자마다 개념의 차이는 있지만 '여성성'을 긍정하고 수용하며 이를 바탕으로 하여 이루어지는 '여성적 글쓰기'의 이론을 정립하고자 하였다. 그런가 하면 최근의 페미니즘 이론은 여성운동에서조차도 주변으로 밀려나 있던 소수 여성 집단에 관심을 갖는 방향으로 진행되고 있다.

1_

여성의 시각으로
문학 작품 다시 읽기

1. 남성 작가들이 그려낸 여성 인물의 이미지

오랫동안 여성들은 남성 작가들의 작품에 대한 수동적인 소비자의 위치에 머물러 있을 수밖에 없었다. 여성들이 남성 작가들의 작품에 대해 어떻게 생각하는가를 말할 수 있는 기회를 가질 수 없었기 때문이다. 물론 아무도 여성들의 생각 따위는 묻지도 않았고 궁금해 하지도 않았다. 여성들은 교육으로부터 배제되었고 공적인 발언의 자리 또한 확보할 수 없었기 때문에 하고 싶은 말이 있어도 할 수 있는 통로가 마련되어 있지 않기도 했다. 1960년대에 이르러서야 문학 분야에서도 여성들의 발언이 쏟아져 나오게 된다.

1960년대는 여러 면에서 변화가 많았던 시대이다. 이때는 역사의 중심으로부터 소외되어 온 여러 집단들이 억눌려 왔던 목소리를 내면서 자신들의 권익을 찾고자 많은 희생을 치르던 시기이다. 반전평화

운동, 흑인민권운동, 게이인권운동, 여성해방운동 등 대부분의 소수집단 인권운동은 이 시기에 태동되었으며 기반을 잡아갔다.

이 시기의 여성해방운동 역시 이전과는 질적으로 다른 차원에서 전개되었다. 여성해방운동가의 숫자가 많아졌으며 여성들끼리의 운동 조직이 생겨났고, 여성해방이론이 좀 더 다양하고 정밀하게 발전해 갔다. 이와 함께 여성해방운동이론이 운동이론으로서 뿐만 아니라 문학 작품을 분석하는 문학이론으로도 발전을 겪는다.

이제 여성들은 여성의 시각으로 문학 작품을 읽기 시작하였다. 그동안 여성들은 문학 작품의 생산에서는 물론이고 이에 대한 분석이나 연구에 있어서도 여전히 소외당하여 왔다. 하지만 대학에서 전문교육을 받은 전문 여성들의 배출은 '여성으로서 읽기'를 가능하게 하였다. 그에 따라 여성들은 더 이상 남성적 시각이 읽어낸 내용을 수용하는 데 머무르지 않게 되었다.

여성들은 '여성 독자'로서 남성적 시각에 '저항하는 독자'가 되었고, 비판적 읽기 활동의 결과를 공식적인 인쇄 매체를 통하여 발표하였다. 이는 문학사의 중심을 차지해 온 남성 작가들과 그들의 작품을 여성의 시선으로 다시 읽어낼 필요가 있음을 제기한 것이다. 남성 작가들의 작품을 비판적으로 읽으면서 여성들은 자신들이 남성 작가들의 작품 속에서 얼마나 왜곡된 이미지로 형상화되어 왔던가를 알 수 있게 되었다. 이와 같이 이 시기에 진행된 여성문학비평은 남성 작가들의 작품을 대상으로 하여 그들의 작품 속에서 여성 인물이 어떤 이미지로 그려지고 있는가를 비판하는 것이 주요한 목적이었다. 그래서 이 시기의 여성문학비평을 여성이미지비평Androtext criticism이라 한다.

메리 엘만Mary Ellmann은 『여성을 생각하며Thinking about Woman』(1968)에서 미

국 남성 작가들의 작품 속에 상투적으로 유형화되어 있는 여성 인물들의 이미지를 열한 가지로 추출해냈다. 그녀에 의하면 문학이 일반적으로 여성 인물에게 부여하는 속성들은 "무격식, 수동성, 불안정성, 유폐성, 경건성, 물질주의, 영성주의, 비이성주의, 굴종, 말괄량이, 마녀"[1]이다. 물론 남성의 이미지는 이와 정반대의 내용으로 형상화된다. 여성 인물의 이미지와 남성 인물의 이미지 중 우리 사회에서 긍정적이고 이상적으로 생각하는 이미지는 어떤 쪽인지 자명한 일이다.

엘만의 지적처럼 남성 작가들의 작품 속에 드러나는 여성의 이미지는 현실에서 흔히 생각되는 여성의 속성과 일치한다. 언제부터인지, 왜 그런지는 알 수 없지만, 여성들은 수동적이고 감성적이며 비논리적인 존재로 인식되어 왔다.

우리 사회는 여성들에게 남성의 지배에 순종할 것을 중요한 덕목으로 요구한다. 그렇지 않은 여성은 '말괄량이'나 '마녀'로 치부된다. 말괄량이는 어린 여성에게는 어느 정도까지는 허용되지만, 일정한 시기가 지나 성숙한 숙녀가 되기 위해서는 그 속성을 반드시 버려야만 한다. 말괄량이가 아닌 여성만이 결혼할 자격을 갖춘 숙녀로 인정되고 남성의 선택을 받아 행복한 결혼에 돌입하는 것이 가능하기 때문이다. 말괄량이는 그 여성의 특성이나 개성으로 인정받지 못한다. 말괄량이는 남편이 해를 달이라고 하면 달이라고 말하고, 지나가는 노신사를 젊고 예쁜 아가씨라고 말하면 거기에 동의를 할 정도로 순종적인 여성이 되어야만 결혼할 자격을 가진 여성으로 다시 태어날 수 있다. 셰익스피어의 『말괄량이 길들이기』에서 말괄량이로 소문난 캐서리나는

---

1) 한국영미문학페미니즘학회, 『페미니즘: 어제와 오늘』, 민음사, 2000, p.83.

거의 인격 모독에 가까운 대우를 거듭 받는 과정에서 정숙한 숙녀로 변모된다. 말괄량이라는 속성은 그 여성을 진흙탕 속에 빠트리고 밥을 굶기며 많은 사람들 앞에서 모욕을 주는 등의 극단적인 방법을 동원해서라도 반드시 제거해야만 하는 나쁜 속성이다. 그런데 캐서리나가 말괄량이라고 칭해지는 이유를 살펴보면 그녀가 여성답지 못하게 거친 말투로 욕까지 내뱉는다는 것, 의지가 강한 불굴의 성격의 소유자라는 것 등이다. 여성들에게는 요구되지 않는 속성, 아니 오히려 제거되어야 마땅할 면모를 가진 여성은 사회적으로 용납되지 않는 것이다. 따라서 여성 인물의 말괄량이 같은 성격은 그 자체로 여성 인물의 개성으로 설정되기 보다는 이야기의 전개 과정 속에서 순화되고 순치되어야 할 대상으로 제시된다.

이미 성인인 여성 인물이 남성지배적인 제도에 순종하지 않는다면 그 여성은 마녀로 치부된다. 마녀는 말괄량이보다 훨씬 불쾌하고 위험한 존재이다. 그녀들은 사회 질서를 뿌리째 뒤흔들어 놓을 수 있는 마법 능력까지 지니고 있어서 그녀들을 처단하는 일은 사회 질서를 옹호하는 일이라는 명분을 획득할 수 있다. 그러나 마녀로 지목되는 여성 인물들의 면면을 살펴보면 그녀들이 외부의 요구에 순종하지 않고 자신의 욕망에 충실하거나 늙고 추해져서 여성으로서의 가치를 상실한 인물들임을 알 수 있다. 「백설공주」에서 백설공주의 계모는 한 남자의 아내이고, 계모이기는 하지만 한 아이의 어머니임에도 불구하고 여전히 자신의 아름다움만을 추구하는 여성이며, 남편의 전 부인이 낳은 어린 딸을 시기하고 질투하는 형편없는 여성이다. 「잠자는 숲속의 공주」, 「헨젤과 그레텔」 등의 동화 속에 등장하는 마녀들은 한결같이 늙고 못생긴 여성들이다.

이와 같이 동화 속에 투영된 여성에 대한 편견은 남성 작가들의 문학 작품 내에서도 동일하게 반복된다. 그 결과 문학 작품 속에 등장하는 여성 인물들은 천사 아니면 마녀의 모습으로 극단적으로 그려져 있어 현실 속의 실제 여성들의 모습과는 유리된 채로 형상화되며, 이것은 다시 그 작품을 읽는 사람들의 의식 속에 '천사/마녀'로 양극화된 여성상을 형성시킨다. 이미 우리는 수많은 동화를 통해서 젊고 착하고(순종적이라는 의미에서) 예쁜 여성 인물들은 왕자와의 결합을 통해 영원한 행복을 누리지만, 자신의 욕망에 충실하고 늙고 (늙었기 때문에) 추한 여성 인물들은 끔찍한 죽음을 맞이하는 장면을 수없이 보아 왔다.

순종적이라는 의미에서의 착함과 성적인 욕망의 거세는, 착한 여성 인물들이 공통적으로 가지고 있는 특성이다. 예쁘고 착하기만 해서는 해피엔딩의 주인공이 될 수 없다. 「심청전」에 등장하는 '월매'처럼 젊은 남자를 밝히는 음탕한 여자는 물론이고, 본인은 전혀 인지하지 못하지만 남들의 눈에는 성적인 매력이 풍부한 '테스'「『더버빌 가(家)의 테스』」나 '초봉'「『탁류』」과 같은 여성도 비극적인 운명을 맞이하기는 마찬가지이다. '테스'와 '초봉'을 비극으로 이끄는 원천적인 요인은 그녀들이 가지고 있는 섹시함이다. 그녀들은 자신도 모르게 남성을 끌어당기는 성적 매력으로 인해 남성들의 욕망의 대상이 되고, 결국에는 남편을 살해하는 살인자가 되어 비극적인 운명 속으로 한없이 걸어 들어간다. 아름답기는 하지만 성적인 매력은 표출하지 않는 여자, 남성들이 만들어 놓은 질서에 철저하게 순응하는 여자, 그런 여자들만이 남성들이 준비해 놓은 행복한 미래로 초대된다. 그렇지 못한 여성들은 마녀이거나 음탕하고 요망한 것으로 치부되어 그 사회에서 제거된다.

엘만의 지적처럼 남성 작가들의 작품과 남성 비평가들에 의한 비평은 철저하게 남성 중심적인 시각에서 재단한 여성상에 불과한 것이고, 따라서 그들이 반복적으로 형상화해내고 있는 여성의 이미지는 현실 속의 여성과는 거리가 멀다. 이와 같은 남성 비평가들의 태도는 "여성이 쓴 작품에 대해 고려할 때 그 텍스트 자체가 마치 여성인 것처럼 이야기하고 거기에 여성에 대한 틀에 박힌 해석들을 부과"[2]하려는 것이다. 이에 대해 엘만은 "남녀를 위해 두 개의 공중화장실이 있어야 하는 것처럼 문학도 남성을 위한 것과 여성을 위한 것으로 나뉘어 있음에 틀림없다."[3]고 비판하였다.

케이트 밀레트Kate Millet 의 『성性의 정치학Sextual Politics』(1969)은 출간되자마자 베스트셀러가 되면서 당시 미국 사회에 커다란 충격을 안겨주었던 저작이다. 밀레트의 입장은 '사적인 것은 정치적인 것이다'라는 한 문장 속에 압축적으로 표현되어 있다. 그녀는 남성과 여성의 관계는 성性을 매개로 한 권력 관계이며, 가족 관계는 남성에 의한 여성 지배를 견고하게 유지시키기 위한 장치로 보았다.

여성에 대한 남성의 지배를 가부장제라 한다. 그렇다면 남성들의 지배 권력을 유지하도록 하고 확대재생산이 가능하게 하는 것은 무엇일까. 밀레트의 설명에 의하면 그것은 곧 '성性'이다. 남성들은 여성의 성을 통제하고 관리함으로써 여성에 대한 지배를 획득한다. 지금까지 여성들은 자신의 성과 자신의 몸에 관한 권한을 부여받지 못한 채로

---

2) 팸 모리스, 강희원 옮김,『문학과 페미니즘』, 문예출판사, 1997, p.79
3) Ellmann, Mary, *Thinking about Woman*, Macmillan, 1968, pp.32~33. 팸 모리스, 앞의 책, p.79에서 재인용.

살아 왔다. 여성들은 임신이라는 사건이 여성 자신의 인생에 엄청난 영향을 끼침에도 불구하고, 임신을 할 것인지 말 것인지, 임신을 한다면 언제쯤 할 것인지, 몇 번이나 할 것인지 등에 관한 결정권을 갖지 못했다. 남편과의 관계에서 성적 결합 여부에 관한 결정권 역시 남성들의 것이었다. 결혼과 동시에 여성은 합법적으로 남편의 소유물이 되며, 남편이 요구할 때는 여성의 의사나 기분과는 상관없이 그 요구를 들어줘야만 아내로서의 역할을 다한 것으로 인정받았다. 남성들은 여성들의 성적 자기결정권을 박탈함으로써 여성들을 남성의 소유물로 머물게 하였으며, 이는 곧 남성과 여성 사이의 지배와 피지배관계를 형성하게 하였다.

남녀 관계와 가족 관계에 대한 그녀의 새로운 해석은 엄청난 반향을 불러일으켰다. 사회 계급 간의 지배 이론을 남녀 간의 관계로까지 적용하여 "애정의 집합체로 간주되던 가정의 기본 구조를 지배·종속의 관계로 규정함으로써 애정이라는 미명에 눈멀었거나 안주하던 뭇 여성의 의식을 송두리째 흔들어"[4] 놓았던 것이다.

밀레트의 작품 분석은 이와 같은 견해를 전제로 하여 작품 속에서 남성과 여성의 성적 관계가 어떻게 나타나는가를 분석하였다. 그녀는 영미문학사에서 중요한 위치를 점하고 있는 D. H. 로렌스나 헨리 밀러, 노만 메일러의 작품에 대한 분석으로 이 글을 시작한다. 밀레트는 이 세 명의 남성 작가의 작품에 나타나는 성 묘사에는 성을 둘러싼 지배와 권력이 작동하고 있음을 지적하였다. 따라서 이들의 작품에 등장하는 비인간화된 여성상들은 "변태적인 환상적 인물이라기보다 실

---

4) 한국영미문학페미니즘학회,『페미니즘: 어제와 오늘』, 민음사, 2000, p.73.

제로 양성 사이의 정치적 관계 밑에 가로놓인 반反여성적 태도를 극단적으로 응축시킨 것"5)이라 할 수 있다.

이 작품들 속에서 여성들은 순결한 처녀 아니면 창녀, 불감증 아니면 색광으로 극단화된다. 미혼 여성이 성에 대해 무지하면 순결한 처녀이지만, 성에 대해 조금이라도 알고 있거나 성적 자극에 반응을 하면 창녀로 여겨진다. 기혼 여성이 성적 자극에 민감하지 않으면 불감증이어서 치료가 필요한 여성이고, 성적 욕망을 드러내기라도 하면 곧 색광으로 취급된다. 여성은 성에 관한 한 순결한 여성 아니면 음탕한 여성, 둘 중의 하나로 분류되는 것이다. 따라서 성적 대상으로서의 여성인 경우에는 그 어떤 유형의 여성이든 남성들에게는 불편한 존재일 수밖에 없다. 성에 대해 수동적인 여성을 상대로 해서는 자신의 욕망을 마음껏 발산할 수 없고, 성에 대해 능동적인 여성인 경우에는 성적 욕망은 만족되었을지 몰라도 뭔가 불결한 것을 대한 듯한 불쾌감을 지울 수 없기 때문이다. 결국 여성은 어떤 모습을 하고 있더라도 혐오와 경멸의 대상이 될 수밖에 없다. 이와 같은 묘사는 성 혹은 여성의 성에 대한 남성의 판타지를 문학적으로 재현한 것에 불과하다.

밀레트는 이와 같이 남성 작가들의 작품에서 '여성혐오적인 이미지'가 되풀이되는 것은, "남성과 여성의 관계에서 지배적인 위치를 차지하려는 남성들의 요구"6)에서 비롯된 것이라고 주장하였다. 그녀의 분석은 남성 작가의 작품을 여성의 시각으로 분석하는 기초를 제공하였

---

5) 체리 리지스터, 「미국 여성해방문학비평-서지적 소개」, 『여성해방문학의 논리』, 창작과
   비평사, 1990, p.73.
6) 팸 모리스, 앞의 책, p.36.

으며, 이로써 후대 영·미권 페미니즘 비평의 "'어머니'이자 선구자"[7)]가 되었다.

밀레트의 분석은 『성(性)의 정치학』에 앞서 발표되었던 베티 프리단Betty Friedan의 분석과도 일맥상통한다. 베티 프리단은 미국의 여성 잡지와 자신의 대학 동창생들을 상대로 한 설문조사를 자료로 하여, 여성들은 남성들이 만들어낸 신화에 갇혀서 불행한 삶을 살고 있다고 주장하였다. 신화라고 하는 것은 그것이 현실을 반영하지 못하고, 오히려 현실을 왜곡하는 이데올로기로 작동한다는 의미이다. 여성에 관한 신화란, 여성의 현실과는 상관없이 구축되어 여성의 삶을 질곡으로 몰아넣는 이데올로기라는 의미이다.

그녀는 미국의 여성 잡지를 분석해 보았더니 거기에는 온화하고 희생적이며 순종적인 아내를 긍정적인 여성상으로 설정해 놓았더라고 주장하였다. 이러한 식의 여성상은 근대의 가족 이데올로기를 떠받치고 있는 기둥이다. 우리는 흔히 '가족'하면 '포근하다, 따스하다, 안락하다, 안식처, 휴식' 등의 어휘를 떠올리면서 가정이 우리에게 바로 그러한 공간으로서 존재하기를 바란다. 그런데 포근하고 안락한 휴식처로서의 가정을 구성하고 유지하는 일은 그만한 대가를 필요로 한다. 누군가는 밥을 짓고, 빨래를 하고, 청소를 하는 등의 소모적인 노동을 해야만 한다. 밥을 먹을 수 없고, 깨끗한 옷을 공급받을 수 없으며, 쓸고 닦는 고된 시간을 보내야만 한다면, 그 집은 휴식의 공간이 될 수 없기 때문이다. 가족 구성원 중 그 누구도 경제적인 보상도 주어지지

---

7) 토릴 모이 지음, 임옥희·이명호·정겸심 공역, 『성과 텍스트의 정치학』, 한신문화사, 1994, p.28.

않고 해봤자 빛이 나지도 않는 허드렛일을 기꺼이 하려고 하지 않는다면 그 가족은 가족으로서의 모습을 유지할 수 없게 될 것이다.

우리 사회는 남편에 대한 '사랑'이라는 이름으로, 혹은 아이들에 대한 '모성'이라는 이름으로 가사 노동을 여성의 몫으로 돌려 왔다. 여성들은 밥하고 빨래하고 청소하는 일, 아이를 낳아 키우는 일 등을 의무적으로 수행해야만 한다. 그런 일을 제대로 해내지 못했을 경우에는 그녀들에게 끊임없는 비난이 쏟아진다. 하지만 여성들은, 특히 요즘처럼 남편과 똑같이 직장 생활을 해야만 하는 상황에 놓여 있는 여성들은, 직장 생활을 하면서 집안일과 육아와 그 외에 결혼 생활에 요구되는 일들을 모두 완벽하게 수행해내기란 너무도 버겁다. 그야말로 '초강력 울트라 수퍼 아줌마'가 되지 않고서는 불가능한 일이다. 그럼에도 불구하고 우리 사회는 '똑똑한 엄마', '현모양처', '효부' 등의 이름으로 여성에게 그 모든 역할을 요구해 왔으며, 현재까지 그러한 요구가 이어지고 있다.

온화하고 희생적인 어머니이자 순종적인 아내라는 여성의 이미지는, 현실 속의 여성과는 거리가 먼, 남성들이 자신들의 필요에 의해 만들어낸 허구적인 여성상에 불과하다. 남성 중심적인 미국 사회는, 모든 여성들은 전형적인 가정주부의 이미지 속에 갇혀 있으며, 성적으로는 수동적이고 아이를 양육하는 데에는 희생적인 모성상을 이상적인 여성으로 만들어왔다.[8] 이는 현실 속의 여성의 모습을 신비화시킨 것에 불과하다.

---

8) 베티 프리단 지음, 김행자 옮김, 『여성의 신비』(상·하)(*The Feminine Mystique*, 1963), 평민사, 1989.

위에서 살펴본 바와 같이 여성 비평가들은 남성 비평가들과는 다른 관점으로 남성 작가들의 작품이나 당대 사회에서 생산된 텍스트들을 읽어냄으로써 남성들이 만들어낸 여성 이미지가 현실 속의 실제 여성의 본질과는 다르게 왜곡되어 있음을 밝히고, 남성 작가들의 작품에서 보이는 성차별적 인식을 문제 삼았다. 또한 그동안 문학계의 위대한 유산으로 자리 잡아 왔던 작품들이 여성의 시각으로 보았을 때는 매우 허구적임을 밝혀냈다.

이처럼 여성이미지비평은 문학 작품 속에 등장하는 왜곡된 여성이미지를 읽어내고, 그것이 남성 작가와 남성 비평가들의 편견이 문학 작품에 투영되었기 때문임을 비판하는 것을 목적으로 하여 진행되었다. 특히 남성 작가들의 작품 속에 그려진 여성의 모습은, 긍정적 인물의 경우에는 그 사회가 여성들에게 요구하는 여성상에 부합하는 여성이고, 부정적 인물인 경우에는 남성적 가치를 따르지 않는 여성들이다. 이처럼 여성 인물들은 남성들의 선입견이나 편견이 고스란히 반영된 유형으로 고정되어 있다.

문학 작품 속에 등장하는 여성 인물은 몇 가지 상투적인 유형에서 크게 벗어나지 않는다. 그러나 현실 속의 여성은 각자 자기만의 빛깔을 가진 살아있는 인물들이다. 그런데 남성 작가들은 이러한 여성들의 현실을 '있는 그대로' 반영해내지 못하였다. 따라서 여성이미지비평가들은 작가들, 특히 남성 작가들에게 남성적 편견을 벗겨내고 현실 세계 속의 여성을 풍부하게 그려낼 것을 요구하였다.

2. 여성문학의 전통 세우기

세계문학전집 혹은 한국문학전집 등의 책 목록을 보면 거기에는 여성 작가의 이름이 거의 등장하지 않는다. 예를 들어, 민음사판 세계문학전집[2004]의 목록을 한 번 살펴보자. 톨스토이, 도스토예프스키, 셰익스피어, 카프카, 솔제니친, 괴테, 발자크, 사무엘 베케트, 릴케, 스탕달, 헤세, 토마스 만, 체호프, 피츠제럴드, 다니엘 디포우, 헤밍웨이, 솔제니친, 마르께스, 가와바타 야스나리 등등. 거기에는 우리나라 작가 김동인, 김동리, 김만중, 황석영, 이문열 등이 섞여 있다. 이들은 모두 남성 작가들이다. 또한 작품을 읽어 보지는 않았어도 우리에게 매우 익숙한 이름들이 대부분이다.

132권의 목록에 들어간 여성 작가는 도리스 레싱, 루이제 린저, 이사벨 아옌데, 샬롯 브론테, 에밀리 브론테, 제인 오스틴, 버지니아 울프 정도이다. 다른 출판사에서 나온 목록도 이것과 크게 사정이 다르지 않다.

우리가 알고 있는 작가들은 거의 대부분 남성들이다. 왜 그럴까? 세상의 절반은 여자라는데, 옛날에는 남자가 인구의 대부분을 차지했던 것일까? 아니면 실제로 여성 작가의 수가 적었던 것인가? 여성 작가들의 숫자는 남성 작가들에 비해 현격히 적었다. 이러한 사실을 확인하게 되면 아마도 여성들의 창작 능력이 남성들에 비해 뒤떨어진다는 결론을 내릴지도 모르겠다. 그렇다면 1990년대 한국문학계에서 '여성 작가들의 약진'이라고 표현될 정도로 여성 작가들의 작품이 양이나 질에서 뛰어남을 보여 주었던 현상은 뭐라고 설명할 수 있을까.

앞에서도 언급한 바와 같이 오랜 세월 동안 여성들은 문학 작품의 생산자이기보다는 소비자였다. 문자 교육의 혜택을 받을 수 없었던 여성들이 문학 작품의 생산자가 될 수 없었던 것은 지극히 당연한 일이다. 따라서 여성들은 남성 작가들을 읽어내는 데에 만족해야 했다. 그러나 대학교육의 문이 여성들에게도 개방된 이후 여성들은 사회 각 분야에서 두드러진 활동을 보였고, 이는 문학 분야에서도 마찬가지였다. 과거와는 다르게 남성 작가들의 작품이 얼마나 여성들의 현실을 왜곡시키고 있는지를 확인하게 된 여성들은, 여성 작가의 작품으로 관심을 옮겨갔다. 이들은 "무시되고, 망각되고 경시된 여성 작가에 대한 학문적인 재발견을 시도했으며, 남성 중심으로 수립된 정전에 대한 이의"9)를 제기했다.

1970년대에 이르자 미국의 페미니즘 비평가들은 역사 속에서 여성 작가들을 찾아내기 시작하였다. 이는 그동안 주변으로 밀려나 있던 여성적인 것들을 중심으로 복원시키려는 시도였으며, 남성 작가들의 작품이 여성들의 욕구를 충족시켜 주지 못한 데 대한 당연한 귀결이었다. 여성들은 이제 그동안 문학사에서 배제되어 온 여성 작가들과 그들의 작품을 찾아내어 거기에 의미를 부여하기 시작하였다. 이는 남성 작가와 그들의 작품만으로 문학의 역사를 기록하여 왔으며, 남성 작가들의 작품을 정전으로 삼아 문학교육을 행해 온 데 대한 도전이기도 하다.

이 시기에 페미니즘비평의 역사에서 고전이라 할 수 있을 만한 중요한 저작들이 발표된다. 엘렌 모어스Ellen Moers의 『여성 문학인들Literary Women』(1977), 일레인 쇼월터Elaine Showalter의 『그들만의 문학A Literature of their Own』(1976),

---

9) 이희경, 「페미니즘 문학론 개관」, 『페미니즘 문학론』, 한국문화사, p.10.

샌드라 길버트와 수잔 구바Sandra Gilbert & Susan Gubar의 『다락방의 미친 여자들Mad Women in the Attic』(1979)이 바로 그것이다. 이들은 공통적으로 "여성이 남성과 상이한 문학적 방식으로 세계를 지각하는 것은 생물학적 조건 때문이 아니라 사회적 조건 때문"[10]이라고 주장하였다.

엘렌 모어스의 『여성 문학인들』은 18세기 후반에서 20세기에 이르는 동안 서구 문학사에 등장했던 여성 작가들과 그들의 작품에 대한 포괄적인 입문서라고 할 수 있다. 이 책은 여성문학만의 문학전통을 세우는 일이 가능할 수 있음을 보여 준 저작이기도 하다.

일레인 쇼월터는 이 시기의 새로운 여성 비평에 '여성 중심비평gynoc-ritics'이라는 명칭을 부여하였다. 그녀에 의하면 페미니스트 비평은 두 갈래로 나뉜다. 첫 번째 유형은, 독자로서의 여성과 관련되어 있는 '페미니스트 비평feminist critique'이다. 이것은 "남성들이 생산한 문학의 소비자로서의 여성들에 관하여, 그리고 독자가 여성일 수 있다는 가설이 주어진 텍스트의 이해를 변화시키고, 작품에 담긴 성적인 코드의 중요성을 우리가 자각할 수 있도록 이끄는 방향과 관련된 접근 방법"[11]이다. 이러한 유형의 비평은 문학에 나타난 여성의 이미지와 전형이 현실과는 다르게 왜곡되어 있다거나 문학사가 남성 중심적으로 구축되어 있는 데 대해 이의를 제기한다. 앞에서 살펴본 여성 이미지 비평이 여기에 속한다. 페미니스트 비평의 두 번째 유형은, 작가로서의 여성과 관련된 것으로 "텍스트적 의미의 생산자로서의 여성, 그리고 여성

---

10) 토릴 모이, 임옥희·이명호·정겸심 공역, 『성과 텍스트의 정치학』, 한신문화사, 1994, 62쪽.
11) 일레인 쇼월터, 「페미니스트 시학을 향하여」, 『페미니스트 비평과 여성문학』, 이화여자대학교출판부, 2004, p.159.

문학 작품의 역사와 주제, 장르, 구조들과 관련된 비평"[12)]이다. 여기에는 여성 작가들의 언어의 문제, 여성들에게 주어진 문학 관련 직업들의 궤도, 문학사에 대한 이의 제기, 여성 작가들과 그들의 작품에 대한 연구 등이 포함된다.

쇼월터는, 페미니스트 비평이 남성 작가들의 작품을 여성 독자의 시선으로 읽어낸다고 하지만 결과적으로는 남성 중심적인 시각을 고스란히 반복한다고 지적한다. 그녀는 여성들이 연구 대상으로 삼고 있는 것들, 예컨대 전형적인 여성의 이미지라든가 남성 비평가들이 드러내는 성차별주의, 문학사에서의 여성 배제 등을 연구하는 일은, 여성들이 느끼고 경험한 것을 배우는 과정이 아니라는 점을 우려하였다. 이는 오히려 여성은 어떠해야 하는가에 관한 남성들의 생각을 반복 학습하는 과정일 뿐이라는 것이다. 여성 작가와 여성 비평가들은 문학 작품을 비평하는 방법을 배우는 과정에서 또한 그것을 적용하는 과정에서 자신도 모르는 사이에 남성들의 비평 이론을 습득하게 된다. 심지어는 남성 심사위원에게 가치평가를 받아야 하는 상황에 놓이기 때문에 남성들의 사유 방식과 글쓰기 방식을 습득하려고 기를 쓰고 노력한다. 그리고는 문득 남성 중심적인 비평틀을 적용하여 여성 작가들의 작품을 평가하고 있는 자신을 발견하게 된다. 따라서 쇼월터는 여성 작가와 그들의 작품을 읽어내는 데에 적절한 모델을 개발하기 위해서는 여성들의 경험에 대한 연구를 바탕으로 하여야 하며, 또한 여성들의 문학을 분석하기 위한 '여성의 틀'을 구성하려는 작업에 심혈을 기울여야 한다고 역설하였다.

---

12) 일레인 쇼월터, 앞의 책, p.160.

이어서 쇼월터는 여성들만의 문학적 특수성을 찾아내는 것보다 먼저 이루어져야 할 작업은 문학사에 기록되지 않은 여성문학 전통의 연속성을 확립하는 것이라고 강조한다. 이어서 19세기에서 20세기에 이르는 여성문학의 역사를 세 단계로 나누어 각각을 "여성적인 'Feminine', 페미니스트의 'Feminist', 여성의 'Female' 단계"[13]라고 불렀다. 첫 번째인 "여성적인" 단계는 1840년에서 1880년에 이르는 시기로, 이 시기의 여성 작가들은 남성 문화의 지적인 성취와 동일해지려는 노력으로 글을 썼으며, 여성의 본능에 대한 가설들을 내면화했다. 이 시기의 특징적인 표상은 영국에서는 남성적인 필명을 사용하는 것이었으며, 미국에서는 극단적으로 여성스러우면서도 자신을 낮추는 듯한 Funny Penny와 같은 필명들을 사용하였다. 두 번째는 "페미니스트의" 단계로 1880년에서 1920년에 이르는 시기이다. 이때의 여성들은 투표권 쟁취를 위한 투쟁에 매진하기도 했었는데, 이제 여성들은 고분고분한 태도를 거부하고 왜곡된 여성성의 시련들을 극화하는 데 문학을 이용하게 된다. 1920년 이후에는 "여성의" 단계로 들어선다. 여성들은 "여성적인" 단계에서 보여 주었던 남성의존적인 태도와 "페미니스트의" 단계에서 취했던 남성 문화에 대한 저항을 모두 거부하고, 문화에 대한 페미니스트적인 분석을 문학 분야에도 확대시킴으로써 여성의 경험에서 자율적인 예술의 원천을 찾아내려고 시도하게 된다. 쇼월터는 이처럼 남성지배문화에 대한 의존이나 저항에서 벗어나 여성 스스로를 고찰하고 여성문학의 정체성을 추구하는 것이 여성 중심비평이 나아갈 방향이라고 주장하였다. 쇼월터는 이러한 과정을 통

---

13) 일레인 쇼월터, 앞의 책, p.174.

해서 역사 속에 묻혀 있거나 역사에서 배제되어 있던 여성 작가들을 발굴하여 여성문학의 전통을 확립하고자 하였다.

샌드라 길버트와 수잔 구바의 『다락방의 미친 여자들』은 19세기의 여성 작가들에 초점을 맞추었다. 그들은 제인 오스틴, 메어리 셸리, 브론테 자매, 조지 엘리어트, 엘리자베스 베렛 브라우닝, 크리스티나 로제티, 에밀리 디킨슨 등의 작품을 여성적 시각으로 읽어냈다. 19세기의 여성 작가들은 여성의 창작 활동이 금기시되었던 사회적 상황 속에서 작품을 발표하였다. 그녀들은 가부장에게 순종적이고 자신의 삶에 수동적인 여성들만이 남성 중심의 사회 속으로 편입할 수 있었던 이데올로기와 남성들이 제시하는 문학적 전통 안에서 움직여야만 했다. 따라서 여성 작가들은 자신들에게 강제되는 사회, 문화적인 제약을 피하면서도 자신이 느끼는 압박감, 소외, 추방감 등을 표현하기 위해 상징적 서사를 만들어내는데 '다락방의 미친 여자'가 바로 그러한 시도를 상징적으로 보여 준다. 길버트와 구바의 책 제목이기도 한 '다락방의 미친 여자'라는 표현은 샬롯 브론테의 소설 『제인 에어』에서 '버사 메이슨'이 미친 여자로 취급되어 다락방에 유폐되어 있는 데서 따온 것이다.

『제인 에어』에 나오는 '버사 메이슨 로체스터'와 같은 미친 여자는 "제인 에어(혹은 샬롯 브론테) 같은 정상인 여성이 탈출의 환상을 표출할 수 있는 "또 다른 나"로 기능한다."[14] 남성에게 내몰려 다락방에 갇힌 채 짐승 같은 소리로 흐느끼고 모두가 잠든 늦은 밤에야 네 발

---

14) 샌드라 길버트, 「페미니스트 비평가가 바라는 것은 무엇인가?」, 『페미니스트 비평과 여성문학』, 이화여자대학교출판부, 2004, p.50.

달린 짐승처럼 집안을 어슬렁거리는 그녀의 모습은, 가부장의 권력에 눌려 신음소리를 속으로 삼켜야 하는, 그러면서도 끝내 굴복하지 못하는 상태에 놓여 있는 여성 작가의 내밀한 의식을 보여 준다. 이와 같이 미쳤거나 기이한 형상을 한 여성 인물들은 여성 작가와 그녀가 형상화하고 있는 순종적인 여자 주인공이 어쩔 수 없이 받아들여야만 했던 가부장적 구조들을 파괴하고자 한다. 이는 동시에 자신이 수용하고 몸담고 있던 세계에 대한 파괴를 의미하기 때문에 여성 작가들 자신이 '자기분열' 상태에 있음을 드러내는 것이다. 또한 이러한 상태는 여성 작가들의 내면에 두 개의 모순된 욕망, 즉 "가부장적 사회 구조를 수용하려는 욕망과 이를 거부하려는 욕망"15)이 공존하고 있음을 보여 주는 것이다. 따라서 『제인 에어』는 표면적으로 볼 때는 별 볼일 없는 젊은 여성이 한 남성의 사랑을 획득해 가는 전형적인 로맨스 소설의 공식을 따르고 있는 것처럼 보이지만, 그 이면에는 분노와 광기로 번들거리는 여성 작가의 첨예한 불안의식이 담겨 있다.16)

따라서 길버트와 구바는 여성 작가의 작품 속에 등장하는 미친 여자는 다름 아닌 작가의 분신이며 19세기 여성 작가로서 느껴야만 했던 불안과 분노의 이미지라고 하였다. 이처럼 현실과 타협할 수 없지만, 현실과 타협하지 않으면 생존 자체가 불가능했기 때문에 정신 분

---

15) Sandra Gilbert &Susan Gubar, *Madwoman in the Attic*, Yale Universuty, 1979, p.78.

16) 『제인 에어』에서 보여 주는 인물의 성격이나 구조는 대부분의 순정만화나 로맨틱 드라마, 대중적인 로맨스 소설(하이틴 로맨스류)들에서는 거의 공식처럼 사용된다. 그러나 이러한 대중적 저작물들에서는 여성 인물들의 내면에 대한 고찰이 결여된 채로 '로체스터'처럼 부유하지만 불운한 남성 인물과 '제인 에어'처럼 가난하지만 영민하고 아름다운 여성 인물이 상업적인 코드로만 활용되고 있다.

열의 상태를 겪을 수밖에 없었던 여성 작가들의 상태가 바로 19세기 여성 작가들의 소설에서 공통적으로 확인된다는 것이 길버트와 구바가 보여 주는 여성 작가들의 작품 분석의 핵심이다. 길버트와 구바는 여성 작가들의 내면에 서려있던 불안과 분노가, 여성 작가들에게는 '창조적인 상상력과 전복적인 에너지의 근원들'로 작용하였다고 주장하였다.

이상에서 살펴본 바와 같이 여성 중심비평은 남성 작가의 작품만을 정전正典, canon으로 제시해 온 남성 중심문학사를 고쳐 쓰고자 하였다. 이를 위해 그동안 제대로 된 평가를 받지 못한 채 문학사에서 누락되었던 여성 작가들을 발굴하여 그들에게 정당한 문학사적 위치를 부여하고자 하였다. 개별 여성 작가를 발굴하고 평가하는 일은 결국 여성문학의 전통을 세우는 일로 나아가는 기초이며, 이와 동시에 여성 작가의 작품을 분석하는 페미니즘적 비평틀을 개발하는 일이기도 하다.

2_

여성적 글쓰기에 대한
이론적 정립

프랑스 페미니즘의 선구자는 시몬느 드 보봐르Simone de Beauvoir이다. 그녀의 저서 『제2의 성The Second Sex』(1949)은 현대 페미니즘 이론에서 가장 영향력 있는 연구업적 중의 하나로 꼽힌다. 그녀는 여기에서 마르크스의 사회이론과 사르트르의 실존주의 철학에 기초하여 여성의 사회적·문화적인 위치를 설명하고자 하였다.

보봐르는 남성 중심적인 문화 속에서는 남성은 주관적이고 절대적인 존재인 반면에 여성은 타자로 규정된다고 주장하였다. 이는 남성이 여성과 관련하여 규정되고 구별되는 것이 아니라, 여성이 남성과 관련하여 규정되고 구별되기 때문이다. 여성은 본질적인 존재와 대립되는 우연한 존재이며, 비본질적인 존재에 불과하다. 즉, 남성이 세계를 이해하는 기준이며, 여성은 남성이 가지지 않은 부정적이고 비본질적인 속성을 가진 존재이다. 이처럼 여성은 역사적으로 남성에 대해 제2의 성, 즉 남성의 타자Other로 격하되어 왔다.[17]

그녀는 여성들이 자기 스스로 결정하고 행동할 권리를 박탈당해 왔으며, 따라서 주체성을 가질 수 없었다고 주장하였다. "여자는 태어나는 것이 아니라 만들어지는 것이다."라고 하는 보봐르의 유명한 말은 바로 이러한 의미를 함축적으로 표현하고 있다. 이 말은 여성은 수동성으로 대표되는 여성적 특질을 선천적으로 타고나는 것이 아니라, 사회적으로 통용되는 이데올로기 속에서 여성성을 획득함으로써 여성으로 사회화된다는 의미이다. 사회주의 이념을 수용하였던 보봐르는 사회주의적인 진보가 진행되면 여성 문제 또한 자연스럽게 해결될 것이라고 생각하였다. 『제2의 성』에서 그녀 스스로 자신을 페미니스트가 아니라고 단언하였던 것은 바로 이러한 믿음을 내포하고 있다. 이는 페미니즘의 입장을 취하지 않더라도 마르크스주의적 혁명만으로도 여성해방이 가능하다는 판단에서 나온 태도이다.

1968년 5월 파리 학생운동은 프랑스의 페미니스트들이 독자적인 여성조직을 만들어내는 데에 결정적인 계기가 되었다. 5월 학생운동 과정에서 여성들은 남성들과 똑같이 싸웠지만 동료로서 인정받지 못하고 요리 심부름이나 해야 한다는 사실을 절감하고 독자적인 여성 모임을 조직하였다. 이는 미국의 페미니스트들이 60년대를 거치면서 갖게 된 깨달음과 동일한 것이었다. 이후 프랑스의 페미니즘은 마르크스에서 하이데거에 이르는 유럽 철학자들과 데리다의 해체주의, 라캉의 정신분석학, 알튀세의 구조주의 등의 여러 이론들을 비판적으로 수용하면서 진행되었다. 이들은 남성과의 동등한 권리를 주장하였던 영·미권의 페미니스트들이나 보봐르와는 달리 남성과 여성은 본질적

---

17) 시몬느 드 보봐르, 윤영내 역, 『제2의 성』, 자유문화사, 1993.

인 차이를 가지고 있다고 주장하면서 그 차이를 강조하였다. 그래서 이들을 프랑스의 신세대 페미니스트 혹은 프랑스 페미니즘의 제2의 물결이라고 한다. 이들은 남성과 여성이 동등하다고 하는 주장은 여성을 남성과 똑같이 만들려고 하는 음모이기 때문에 거기에 현혹되지 말라고 경고하였으며, 여성은 여성만의 특질과 가치를 지닌 존재라는 생각을 공유하였다. 엘렌 식수Hélène Cixous, 뤼스 이리가라이Luce Irigaray, 줄리아 크리스테바Julia Kristeva는 프랑스의 제2세대 페미니즘을 대표하는 이론가들이다. 이들의 이론에는 약간의 차이는 있지만 모두 여성적 글쓰기를 정립하는 방향으로 나아간다.

1. 양성적 글쓰기

프랑스 페미니스트들이 주요하게 수용하는 이론은 자끄 데리다Jaque Derrida의 해체철학이다. 프랑스 페미니스트들은 공통적으로 서구문화가 근본적으로 남근 중심주의phallocentrisme에 기초해 있다는 점에 동의한다. 따라서 이들은 남근 중심적 주체를 해체하는 데에 주력하며, 그러기 위해서 해체철학의 사유 방식을 수용하고 있다.

데리다는 이항대립에 근거한 이성중심주의가 서구사회를 이끌어 온 논리라고 주장하였다. 데리다는 "기표/기의, 감각 가능/인식 가능, 글/말, 말함/언어, 통시성/공시성, 공간/시간, 수동/능동"18) 등의 이항 대립쌍을 나열하면서, 이런 것들이 서구사상의 토대를 이루고 있다고

---

18) 존 레웰린 지음, 서우석·김세중 옮김, 『데리다의 해체주의』, 문학과지성사, 1990, p.77.

분석하고, 이와 같은 이항대립구조가 텍스트에서 어떻게 작동하고 있는가를 밝히려 하였다. 이항대립구조에서 한 항은 다른 항보다 우월한 위치를 점하여 왔다. 또한 사람들은 단어의 이면에 항상 신이나 저자, 또는 신이나 저자가 본래 의도하였던 고유하고 진정한 의미가 현존해 있다고 믿어 왔다. 데리다는 이를 '로고스중심주의le logocentrisme'라 부르면서, 이른바 기원적 현존에 대한 믿음이 서구사회의 기본 논리라고 주장하였다.

데리다의 논의는 로고스중심주의를 해체하는 것이다. 그는 이항대립쌍 중에서 우위를 점하는 하나의 항은 다른 항에 의존하여야만 형성될 수 있음을 밝힌다. '선/악'이라는 대립쌍에서 '선'이라는 개념이 구성되려면, '선'이라는 개념만이 유일하게 혹은 '악'보다 선행하여 존재하는 것이 아니라 '악'이 무엇인가가 선행되거나 병렬적으로 존재해야 한다. '선' 하나만으로는 '선'이 무엇인지를 설명하는 일이 가능하지 않기 때문이다. 이처럼 이항대립쌍은 위계질서 속에 놓인 관계가 아니라 상호보완적이고 유동적인 의미의 미끄러짐 관계에 놓여 있는 것이다. 그는 자신의 이러한 생각을 '차연différence'이란 신조어로 표현하였다. 이와 같은 논리는, 진리는 오직 하나라고 믿었던 서구의 단선적인 사유 방식을 와해시킨다. 하지만 데리다는 이항대립 구조를 전복시키는 데 그치지 않는다. 기존의 위계질서를 전복시키고 전복된 질서 혹은 새로운 질서를 그 자리에 확립할 경우 또 다른 기원적 현존이 발생하기 때문이다. 의미는 단일하게 규정되거나 고정될 수 없다는 것이 데리다의 기본적인 생각이기 때문에, 그는 어떤 경우에도 단일한 구조를 세우려 하지 않는다.

식수는 '여자는 어디에 있는가?'라는 질문으로 「출구」19)를 시작하면서 다음과 같은 대립쌍들을 제시한다. "능동성/수동성, 해/달, 문화/자연, 낮/밤, 아버지/어머니, 두뇌/감정, 지적인 것/감정적인 것, 로고스/파토스"[20]. 그녀는 이어서 이러한 대립쌍들이 의미하는 바가 무엇인가를 묻는다. 이런 대립쌍들은 '우월한 것/열등한 것'으로 계급화되어 있으며, 이는 또한 '남자/여자'가 이루는 쌍과 동일한 의미를 갖는다는 것이다. '남자/여자'의 항으로 표현되는 성적 차이의 문제는 '능동성/수동성'과 동일한 의미의 대립쌍이다. 따라서 그녀는 서구사회를 지탱해 온 것은 가부장제의 이항대립적 사유라고 분석하였다. 각각의 대립항목들은 모두 위계구조를 형성하고 있으며, 대립쌍의 앞쪽에 놓인 항목들은 '남성적인 것'으로, 뒤쪽에 놓인 항목들은 '여성적인 것'으로 수렴된다. 모든 이항대립항에서 부정적이고 무기력하며 수동적인 것은 '여성적인 것'으로 설정된다는 것이 그녀의 분석이다.

그녀는 이어서 다음과 같은 항목들로 대립쌍들을 확장해간다. "말/글, 높은 것/낮은 것", "자연/역사, 자연/예술, 자연/정신, 열정/행위", "아버지/아들, 로고스/글쓰기, 주인/노예".[21] 여기에 이르면 여자 혹은 여성은 아예 대립쌍 속에 존재하지도 않는다. '아버지/아들'이 '아버지/어머니'를 대신하고 있다. 이 대립쌍에 의하면 모성적인 것이 있기만 하다면 혹은 아버지가 어머니의 역할을 할 수만 있다면 여성 혹은 어

---

19) 「출구」는 원래 식수가 1975년에 카트린 클레망과 함께 쓴 수필책 『새로 태어난 여성』의 2부이다. 우리에게 잘 알려진 식수의 글 「메두사의 웃음」은 바로 「출구」의 요약본처럼 느껴질 정도로 흡사하다(『메두사의 웃음/출구』의 역자 후기 참조). 우리나라에서는 이 두 개의 글을 하나의 책으로 묶어 『메두사의 웃음/출구』라는 제목으로 출간되었다.

20) 엘렌 식수, 박혜영 옮김, 「출구」, 『메두사의 웃음/출구』, 동문선, 2004, p.49.

21) 엘렌 식수, 앞의 책, pp.50-51.

머니는 존재할 필요가 없게 된다. 대립쌍들 속에서 어머니는 수동적이거나 아예 존재하지 않는다.

식수는 이와 같이 존재하지 않는 존재로 치부되어 온 여성들의 역사적 상황에서 벗어나기 위해서는 글을 쓰라고 역설한다. 남성들은 끊임없이 여성의 의미를 격하시켜 왔으며 무언가 결핍되고 음험한 대상으로 만들어 왔다. 「메두사의 신화」와 「세이렌의 신화」가 이를 상징적으로 잘 보여 준다. 이 두 이야기의 공통점은 신화에 등장하는 여성들이 남성들을 죽음으로 이끌 정도로 치명적인 아름다움을 가지고 있으며, 그 아름다움에 매혹 당한 남성은 반드시 죽음에 이르게 되리라는 경고이다. 이것은 역으로 여성에게 매혹당할까 봐 두려워하는 남성들의 공포를 상징한다. 오랜 역사에 걸쳐 남성들은 그 공포를 이기기 위하여 여성들을 검은 대륙으로 비하하고 부ㅈ존재의 존재로 역사 속에서 여성들을 지워 버리려고 해 왔다. 여성들의 글쓰기는 이와 같은 남성 중심적 담론에 도전하기 위한 것이다.

식수는 여성적 글쓰기의 근원을 모성에서 찾는다. 그녀는 "여성 안에는 언제나 최소한 약간의 좋은 모유가 남아 있다. 여성은 흰 잉크로 글을 쓴다."[22]고 주장한다. 그녀가 말하는 어머니는 '행복의 근원으로서의 어머니'이다. 이는 타자에게 생명을 주고, 그 생명을 유지할 수 있도록 돌봐 주며, 이항대립적 쌍에 저항하면서 무력화시키지만 그렇다고 해서 다른 생명체에게 위해를 가한다거나 죽어가도록 내버려두지 않는 모성을 상정한다. 타인과의 위계관계를 통하여 형성되는 남성적 가치체계와는 질적으로 다른 것이다.

---

22) 엘렌 식수, 앞의 책, p.116.

식수가 말하는 여성적 글쓰기란, "차이를 작동시키며, 차이를 두려는 방향으로 나아가며, 지배적인 남근 중심적 논리를 해체시키려고 투쟁하며, 이항대립의 완결성을 찢어버리며, 끝없이 열려진 텍스트성의 쾌락에 젖는 텍스트"[23]이다. 또한 식수는 여자 이름으로 서명이 되었다고 해서 반드시 여성적 글쓰기라고 말할 수는 없다고 하여, 글 쓰는 사람의 성별이 아니라 글쓰기 자체의 성별을 문제 삼는다. 따라서 여자의 이름으로 썼더라도 지극히 남성적인 글쓰기일 수 있으며, 남자의 이름으로 발표된 글이라 할지라도 여성성이 발견되는 작품들이 드물게 발견된다고 하였다. 따라서 그녀는 남성 중심적 글쓰기가 아닌 대안적 양성성other bisexuality에 의거한 글쓰기가 가능하다고 보았으며, 따라서 여성적 글쓰기는 남성과 여성의 구분을 해체하는 양성적 글쓰기라고 주장한다.

2. 여성의 쾌락 구조에 기반한 텍스트

프랑스 페미니즘의 제2의 물결이 형성되던 시기에 서구 지성사에 가장 큰 영향을 끼친 이론은 바로 정신분석학이다. 정신분석학은 정신과 의사였던 프로이트에 의해 개발된 학문으로 20세기의 거의 모든 사상은 정신분석학의 자장으로부터 자유롭지 못하다. 프로이트의 학문이 제공하는 양성성 개념이나 주체의 자아 형성 과정에 대한 분석은 페미니스트들에게도 논의거리를 제공하였다.

---

23) 토릴 모이, 앞의 책, p.126.

프로이트에 의하면 여자 아이와 남자 아이는 모두 양성성을 지닌 존재로 태어난다. 이 점은 여자와 남자는 선천적으로 다르게 태어났다는 오랜 편견을 깨뜨리는 데 도움을 주었다. 여자와 남자가 모두 동등한 속성을 가지고 태어났다면 여자와 남자를 차별할 근거가 없어지는 셈이 되기 때문이다. 그러나 유아의 사회화 과정에 대한 프로이트의 해석은 대부분의 페미니스트들로부터 공격당하는 내용이다.

프로이트에 의하면 유아는 오이디푸스 시기를 거침으로써 자신이 속한 사회에서 용인되는 사회적 역할을 수용하게 된다. 이 과정에서 여자 아이와 남자 아이는 서로 다른 자아 형성 과정을 거친다. 오이디푸스 시기 이전의 세계에서는 여자 아이든 남자 아이든 어머니와의 일체감을 형성한다. 그러나 '아버지'의 개입으로 어머니와 유아의 일체감은 깨버지게 되는데, 이때 아버지를 인정하고 아버지와의 일체감을 형성함으로써 능동적이고 긍정적인 자아를 구성하게 된다. 이와 반대로 여자 아이는 '나'와 똑같은 어머니를 부정하고 아버지를 열망함으로써 부정적이고 수동적인 자아를 구성하게 된다. 그 결과 남자 아이는 적극적이고 능동적인 정체성을, 여자 아이는 소극적이고 수동적인 정체성을 형성하게 된다. 만약 오이디푸스 시기를 이와 같은 방식으로 거치지 않는다면, 그 아이는 성인이 되어서도 정신이상에 빠지게 된다. 오이디푸스 콤플렉스는 프로이트 이론의 핵심이면서 동시에 페미니스트들의 공격을 받는 부분이기도 하다.

프로이트의 주장을 그대로 따른다면 남자 아이는 남근이 '있는' 존재인 반면에 여자 아이는 남근이 '없는' 존재가 된다. 남자 아이는 가치의 기준이 될 수 있는 정상적인 존재이지만, 여자 아이는 '결여된' 존재에 불과하다. 이는 여자 아이들이 스스로의 정체성을 '당연히 있어야 할 것이 결여된 존재'로 구성하게 만든다. 또한 남자와 여자라는 두 개의 성별만이 자연스럽고 당연한 것이기 때문에 게이^{gay}라든가 트랜스젠더^{transgender}와 같은 사람들은 여자도 남자도 아닌 괴물이 되어 버린다. 그리고 사랑에 있어서도 남자와 여자 사이의 이성애적인 관계만이 정상적인 것이 된다. 그의 이론대로라면 동성애는 오이디푸스 시기를 제대로 거치지 못해서 정신이상자가 된 사람들이 벌이는 해괴한 행위일 뿐이다. 이처럼 프로이트의 이론은 양성성을 승인하면서 시작되지만, 결과적으로는 사회적인 의미에서의 남성성과 여성성을 수용하는 것으로 결론짓는다.[24]

이리가라이는『타자인 여성의 반사경$^{Speculum\ of\ the\ otherwoman}$』(1974),『하나가 아닌 성性 $This\ sex\ which\ is\ not\ one$』(1977) 등의 저작을 발표하였다. 그녀는 프로이트와 라캉의 정신분석학에 대한 비판에 기초하고 있는데, 특히 박사논문인『타자인 여성의 반사경』은 라캉 프로이트학파에서 제명당하는 빌미가 되기도 하였다. 그녀는 프로이트의 이론이 서구의 철학적 담론질서를 전복할 수 있는 무언가를 제시하기도 하지만, 동시에 성차에 대한 정의 부분에서는 서구철학의 남성 중심적 성격을 고스란히 반복하고 있다고 비판하였다. 왜냐하면 프로이트에 의하면 '여성적인 것'은 항상 페니스의 결핍이거나 페니스가 퇴화된 클리토리스에 불과한 것으로 정의되기 때문이다.

여성의 성욕을 이해하는 기준 또한 남성적 기준이 그 출발점이다. 남근으로 집중되는 남성의 성적 만족감을 중심으로 바라본다면 여성

---

24) 프로이트 이론에 대해서는 E. 라이트 지음, 권택영 옮김, 『정신분석비평』, 문예출판사, 1993 참조.

의 성은 결코 이해될 수 없다. 왜냐하면 "여성에게는 도처에 조금씩 성감대가 있다. 그녀는 도처에서 약간씩 쾌락을 누린다. 신체 전체가 히스테릭하게 된다는 것에 대해서 말하지 않더라도, 여성 쾌락의 분포는 매우 다양하고, 저마다의 차이 속에서 그 수도 많으며, 복잡하고 예민하여, 사람들이 동일한 것에 좀 지나치게 집중하는 상상계에서는 생각도 못할 정도"25)이기 때문이다. 그런데도 여성의 성을 이해할 때 남성적 구조를 기준으로 한다면 여성은 영원히 결핍된 존재이고, 그 결핍을 채우기 위해 끊임없이 누군가에게 무언가를 갈구하는 수동성을 형성하게 된다. 프로이트가 말한 '페니스에 대한 열망'이 곧 여성의 운명이 되는 것이다.

남성의 사유 방식은 남성의 쾌감이 남근phallus에 집중되어 있는 것과 마찬가지로 일직선적이고 단선적인 구조를 취하고 있다. 그러한 방식으로는 '하나가 아닌' 여성의 성에 기초한, 즉 입술, 질, 클리토리스, 목, 가슴 등의 여러 성性 기관을 가진 여성의 사유 방식을 결코 이해할 수 없다. 여성들은 그녀들의 신체 이곳저곳에 분포되어 있는 성감대를 통하여 쾌락을 취하는 것과 마찬가지로 또는 자기충족적인 방식으로 쾌락을 얻는 것과 마찬가지로, 유연하고 분산적인 사유를 기초로 하여 글을 쓴다.

남성들은 남성들과 동일한 방식의 재현 양식을 여성들에게 강요한다. 그러나 여성들은 남성들과는 다르게 하나로 고정되어 있지 않은 유동적인 방식으로 글쓰기를 수행한다. 또한 여성의 성은 단일하지 않다. 여성의 성은 "어떤 단일한 계획을 혼란시키고, 욕망의 대상·목

---

25) 이리가라이, 이은민 옮김, 『하나이지 않은 성』, 동문선, 2000, p.38.

적을 파괴하며, 유일한 쾌락에 대한 양극화를 폭발시키고, 단일한 담화에 대한 충실성을 해체시킨다."[26] 그렇기 때문에 여성의 성은 직선적이고 단선적인 남성적 논리를 뒤흔들고 전복하는 힘이 될 수 있다. 이처럼 이리가라이는 프로이트의 정신분석학을 비판적으로 수용하면서 여성의 성에 기초한 여성적 글쓰기를 논리화하였다.

또한 이리가라이는 '반사경'을 이용하여 서구철학에서의 여성의 위치를 분석한다. 반사경은 산부인과 의사가 여성의 질 내부를 진찰할 때 사용하는 오목한 거울이다. 여성 스스로는 반사경을 소유하지 못하였으며, 남성들은 산부인과 의사가 반사경을 들고 여성의 몸을 진찰하는 것과 똑같은 태도로 여성을 대상화시켜 왔다는 것이다. 그렇기 때문에 서구문화에서 여성은 재현representation의 외부에 위치하고 있다. 여성은 늘 남성이 소유한 거울에 비춰질 뿐 스스로를 재현할 수 있는 도구를 갖고 있지 못하기 때문이다. 그러므로 여성은 주체의 위치에 설 수 없으며 반사경을 쥐고 있는 남성의 모방에 의해서만 재현된다. 이처럼 가부장적 담론은 여성을 재현의 외부에 위치시켜 왔다.[27] 이리가라이는 이러한 상황을 벗어나기 위한 대안이 곧 여성의 쾌락에 기초한 여성적 글쓰기라고 주장한다.

---

26) 이리가라이, 앞의 책, p.39.
27) 토릴 모이, 앞의 책 참조.

3. 시적 언어의 전복적 힘

크리스테바는 라캉의 이론을 수정하면서 자신의 이론을 전개시켜 나간다.

라캉은 프로이트의 정신분석학을 수정하였다. 그는 인간의 정신발달 단계에 상상계the Imaginary와 상징계the Symbolic를 설정하였다. 상상계란 프로이트가 말하는 오이디푸스 단계 이전을 말한다. 이 시기의 유아는 자신과 어머니를 동일시하며 자신과 외부세계를 분리시키지 않는다. 상징계는 '아버지의 이름the name of the father' 혹은 '아버지의 법the law of the father'으로 상징되는 질서 세계이다. 아버지의 개입은 유아와 어머니 사이의 일체감을 깨뜨리게 된다. '아버지'를 대표하는 것은 '남근phallus'인데, "'남근'은 아이가 스스로에게 계속해서 천국을 보장할 수 있기 위해서는 무엇이 되어야만 하는가 또는 무엇을 가져야만 하는가에 대한 (상상적) 기호"28)가 된다. '아버지의 이름'은 어머니와 유아의 관계를 근친상간으로 규정하고 이를 금지한다. '아버지의 이름'은 말 혹은 언어의 세계이다. 따라서 유아는 어머니와의 일체감을 부정하고 언어의 상징적 질서로 들어가야만 한다. 유아는 어머니와의 유대가 끊기면서, 예전에는 어머니가 미리 알아서 해결해 주었거나 울음이나 몸동작만으로도 충족이 가능했던 자신의 결핍을 다른 방식으로 표현해야 하는 순간에 직면하게 된다. 유아가 택할 수 있는 표현수단은 아버지의 언

---

28) 클라우스-미하엘 보그달 편저, 문학이론연구회 옮김, 『새로운 문학 이론의 흐름』, 문학과 지성사, 1994, p.75. 라캉의 정신분석학에 대해서는 아니카 르메르 지음, 이미선 옮김, 『자크 라캉』, 문예출판사, 1994와 크리스 위던 지음, 조주현 옮김, 『여성해방의 실천과 후기구조주의이론』, 이화여자대학교출판부, 1993 참조.

어이다. 따라서 언어는 아버지의 언어인 동시에 아버지의 법이며, 언어의 세계인 상징계는 아버지의 법에 의해 유지되는 사회이다. 이와 같이 어머니라는 타자로부터 분리되어 상징계로 진입한 주체는 어머니와의 상상적 통일의 상실이라는 결핍을 특징으로 갖게 된다. 그러나 자아는 상실당한 통일에 대한 욕망을 억압해야 하는 동시에, 욕망의 억압이 욕망을 발생시키기도 한다. 라캉은 이에 대해 데카르트의 명제를 수정하여 "내가 존재하지 않는 곳에서 나는 생각한다. 그러므로 내가 생각하지 않는 곳에서 나는 존재한다."고 표현하였다.

프로이트와 라캉의 정신분석학은 "성 정체성을 생물학적인 성과 연결시키는 본질론자의 매듭을 끊었다."[29]고 평가된다. 그러나 그들은 결과적으로는 유아의 사회화 과정이 사회적으로 구성된 남성성과 여성성을 획득하는 길로 나아가야 정상적인 성 정체성을 형성한다고 생각했기 때문에, 오히려 성 정체성에 관한 사회적 통념을 견고하게 한다. 크리스테바는 이들이 제공하는 논리가 가지고 있는 한계를 페미니즘의 시각에서 비판하면서 정신분석학에 페미니즘적인 수정을 가한다. 먼저 크리스테바는 프로이트와 라캉이 이야기하는, 아버지와 아이의 오이디푸스적 관계보다는 전前오이디푸스 단계에서의 아이와 어머니의 애착 관계에 주목하면서 논의를 전개시킨다.

크리스테바는 논리의 세계인 상징계 이전 단계인 상상계에 '아버지의 이름'으로 상징되는 남근 중심적 질서가 도입되면서 어머니와 유아의 공생 관계가 깨지게 된다고 말한다. 유아는 언어를 습득하면서 상징계로 들어서게 되고 이와 동시에 상징계의 질서, 즉 가부장적 질서

---

29) 팸 모리스, 앞의 책, p.189.

를 내재화하게 된다.

크리스테바는 언어적인 단계로 들어서기 이전, 즉 라캉은 '상상계'라 하였던 것을 '기호계'라고 고쳐 부른다. 모든 개인은 어머니와의 유토피아적인 통합이 가능했던 기호계의 세계에서 기호계적인 주체를 형성하는데, 이 시기 유아의 경험은 매우 제한적이며 반복적이다. "젖이 주어졌다 사라지고 램프 빛이 시선을 사로잡고 목소리나 음악소리가 단속적으로 들려온다. …이 지점에서 젖, 빛, 소리는 하나의 거기, 다시 말해 한 장소, 지점, 이정표가 된다."[30] 이처럼 유아는 식욕과 배설 등의 육체적 충동이나 빛과 어두움, 뜨거움과 차가움 등의 감각, 어머니를 통해서 느껴지는 심장 박동이나 맥박 등의 외부로부터의 자극을 경험하게 된다. 이러한 것들은 반복을 통해서 일련의 질서를 부여받고 형태를 이루면서 그 나름대로의 의미생산을 가능하게 하는 토대를 형성한다. 크리스테바는 인간의 언어 습득이 가능한 것은 이와 같은 기호계에서의 일련의 경험이 자취로 남아 있기 때문이라고 주장한다. 기호계적인 주체는 아버지의 질서가 지배하는 상징계로 편입된 이후에도 기호계에서의 경험을 자신의 몸으로, 무의식적으로 기억한다는 것이다. 크리스테바는 기호계에서 기호계적 주체의 몸에 각인되었던 상상계적인 담론을 '코라chora'라고 하였다. 그녀는 "움직임과 그 순간적 정지로 이루어진, 극히 일시적이고 근본적으로 유동적인 분절"[31]을 지칭하기 위해서 플라톤에서 이 용어를 빌려왔다고 한다. 코라는 일시적인 분절과 다시 시작하는 과정의 반복을 통해 불연속성을

---

30) Julia Kristeva, Desire in Langeage, p.283. 팸 모리스, 『문학과 페미니즘』, p.283에서 재인용.
31) 크리스테바, 김인환 옮김, 『시적 언어의 혁명』, 동문선, 2000, p.26.

실현해 나간다. 그렇기 때문에 코라는 "의미 생성의 한 양태이고, 그 속의 언어 기호는 아직 대상의 부재로서, 그리고 현실과 쌩볼릭le symbolique과의 구별로서 분절되지 않은 상태"[32]이다.

코라는 질서 이전의 세계에서 기능했던 것이기 때문에 질서정연한 통사구조를 가진 상징계의 언어와는 거리가 멀다. 오히려 그것과는 반대 방향으로 진행된다. 유아는 오이디푸스 단계를 거치면서 '상징계the symbolic'로 진입하여 언어를 습득하게 된다. 언어는 곧 질서의 세계이며 논리의 세계이다. 언어는 공통되고 고정된 의미를 확정함으로써 타인과의 의사소통을 가능하게 한다. 또한 질서는 질서 이외의 것들에 대한 배제를 통해 질서를 유지하고자 하며, 이는 하나의 고정된 정의를 통하여 타자를 통제하고자 한다. 이것이 곧 상징계를 유지하는 힘이다. 그렇지만 아이가 상징계로 진입한 이후에도 여전히 전오이디푸스 시기에서의 경험이 잔존해 있다.

이제 아이는 두 개의 세계 사이에 놓이게 된다. 상징계로 편입한 아이는 기호계와 상징계라는 두 세계의 끊임없는 교류 속에 놓인다. 기호계는 끊임없이 고정된 의미를 해체하려 하고, 상징계는 단일한 의미를 확정하려는 작용 속에서 여러 가지 언어가 만들어진다. 크리스테바는 이와 같은 기호계와 상징계의 변증법적 상호작용을 '상호텍스트성'이라고 부른다.

상징계의 질서를 뒤흔드는 기호계의 혁명적인 힘이 가장 강력하게 작용하여 형성되는 언어가 곧 크리스테바가 말하는 '시적 언어'이다. 시적 언어는 "리듬감, 소리 패턴의 강조, 구문의 와해, 이질성"[33]을 그

---

32) 크리스테바, 앞의 책, p.27.

특징으로 한다. 이는 기호계에서 유아가 경험했던 세계와 동일한 형식을 취하고 있다. 또한 '시적 언어'는 "어떤 신성불가침한 개념의 절대화나 낭만적인 광란에 의한 부조리, 그 모두를 거부하는 이중부정을 바탕으로 쌩볼릭의 내부에 세미오틱le sémiotique을 도입하여 그것을 가로지르고 뒤흔들어 놓는 의미의 실천"34)이다. 따라서 여성들의 언어는 남성 중심적 세계를 전복하는 힘을 가지고 있다.

여성들은 상상계로 진입하면서 세 가지 입장, 즉 어머니의 세계와 자신을 동일시하거나, 아버지의 질서를 적극적으로 받아들이거나, 두 극단의 경계에 서 있는 것 중의 하나를 수용할 수 있다. 크리스테바는 여성들만이 기호계와 상징계의 두 극단의 위험한 균형관계를 유지시킬 수 있으며, 여성들은 세 번째 입장을 취해야 한다고 말한다. 이는 경계에 선 여성들만이 이질적인 두 세계의 끊임없는 대화에 의해 새로운 의미질서를 만들어낼 수 있기 때문이다. 크리스테바는 그녀 스스로 논리적이고 질서정연한 글쓰기의 관습을 해체하는 방식으로 글쓰기를 함으로써 자신의 이론을 실천하고자 하였다.

이와 같이 프랑스 페미니스트들은 여성성에 기초한 여성적 글쓰기 이론을 확장시켰다. 이들에 이르러서 비로소 남성적 글쓰기와 비교했을 때 여성적 글쓰기의 차이, 남성적 글쓰기에 대한 대안으로서의 여성적 글쓰기의 형태에 대한 논리가 구체화되기 시작하였다. 그러나 프랑스 페미니스트들의 논의 속에는 여성들이 처한 물질적 조건이나 역사적 상황은 고려되지 않았다는 점이 아쉬운 점으로 지적된다.

---

33) 팸 모리스, 앞의 책, p.240.
34) 김인환, 『시적 언어의 혁명』 역자 해설, p.328.

3_

주변부의 복원 _최근의 페미니즘 이론

페미니즘에 비판적인 사람들은, 도대체 페미니즘 비평 중에서 오로지 페미니즘적인 방법은 무엇이냐고 묻는다. 심지어는 페미니즘은 그 자체로 고유한 비평 방법이 아니고 끊임없이 기존의 비평이론들을 끌어다가 거기에 여성이라는 항목 하나만을 추가한 것에 불과하다고 비난하기도 한다.

그러나 각도를 달리하여 바라본다면 이러한 현상이야말로 오랜 세월 동안 여성들이 자기 삶의 주체가 되지 못하여 왔음을 반증하는 것이다. 다른 한편으로는 페미니즘은 본질적으로 이질적인 대상들 간의 대화를 시도해 왔음을 입증한다. 여성들은 남성의 시선으로 세계를 바라보고 남성의 언어로 사고하고 발화하도록, 또한 남성적 가치체계 안에서 행동할 것을 요구받았다. 그렇기 때문에 페미니즘 비평은 중심에서 밀려나 변방에 위치해 있거나, 아예 역사에서 배제된 자들의 집합지가 되어 왔다. 영국, 미국, 프랑스의 페미니스트들이 남성들과의 연대를 포기하고 여성들만의 독자적인 조직을 구성하였던 데에는 동일한 이유가 있다. 여성들은 역사적 진보가 필요한 순간에 남성들과 어깨를 나란히 하고 투쟁의 대열에 섰지만, 남성들은 단 한 번도 여성들을 자신들의 동료로 인식하지도 인정하지도 않았던 것이다. 흑인 여성들이건, 동성애자들이건 혹은 제3세계의 여성들이건 간에, 그녀들이 누군가에 의해 자신들이 배제되고 있다는 사실을 깨닫는 순간에 선택한 것은 모두 자신들이 처한 역사적 상황에 맞는 자신들만의 페미니즘이었다. 그래서 페미니즘 이론에는 그 앞에 수식어가 붙는 온갖 종류의 페미니즘이 포함되어 있다.

페미니즘이 이처럼 다른 이론들과의 대화적 관계를 맺어왔음에도 불구하고, 영·미권의 페미니즘과 프랑스의 페미니즘이 포괄하지 못한 부분이 있다. 그 대표적인 집단이 '흑인' 여성과 '제3세계' 여성이다. 이는 영·미권과 프랑스의 페미니즘이 '서구유럽의 백인' 여성을 중심으로 진행되어 왔기 때문이다. '서구유럽의 백인' 여성들은 자신들과는 다른 상황에 놓인, 여성 운동 내에서도 변방에 놓인 여성들의 현실까지는 포괄해내지 못했다. '흑인' 여성이나 '제3세계' 여성들은 남성 중심 사회의 주변부로 밀려난 여성들 속에서도 다시 한 번 변방으로 배제된 여성들인 것이다. 여기에 최근의 경향 중에서 눈에 띄는 것은 에코페미니즘이다. 이 장에서는 흑인 페미니즘 문학비평과 탈식민주의 페미니즘 문학비평, 그리고 최근의 경향인 에코페미니즘에 대해 살펴보겠다.

1. 백인중심주의의 벽을 넘어
흑인 페미니즘 문학비평

미국 내의 흑인 여성들은 1960년대를 거치면서, 자신들은 여성운동 내에서도 제 위치를 차지하지 못하고 있음을 깨닫게 되었다. 이러한 각성은 60년대 후반 흑인 민권 운동과 여성해방 운동을 수행하는 과정에서 생겨났다. 그에 따라 이들은 자신들이 처해 있는 성적性的, 인종적 차별을 종식시키기 위한 투쟁을 독자적으로 시작하였다.

흑인 여성해방운동가였던 소저너 트루스Sojourner Truth의 『저는 여자가 아닙니까?Ain't I a Woman?』는 매우 짧은 글이지만 강력한 여운을 남긴다. 그녀는 말한다. "절 보십시오! 제 팔을 보십시오! 저는 쟁기질을 하고 씨를 뿌리고 추수하여 창고에 나릅니다. 어떤 남자도 절 능가하지 못합니다! 저는 남자만큼 일하고, 남자만큼 먹습니다 - 먹을 게 있을 때만 해당되는 말이지만. 그리고 채찍도 남자만큼 잘 참습니다! 그러면 저는 여자가 아닙니까? 저는 아이를 열셋이나 낳았습니다. 그 중 대부분은 노예로 팔려갔습니다. 그리고 제가 어머니로서 비탄에 잠겨 절규했을 때, 오직 예수님만이 제 말을 들어주셨습니다. 그러면 저는 여자가 아닙니까?"35) 트루스의 이 글은 흑인 남성들과 똑같이 일하고 똑같이 착취당하였을 뿐만 아니라, 아이를 노예로 빼앗긴 어머니가 되어야 했지만, 백인 남성들의 신사도에 의해서도, 여성들의 여성해방투쟁에 의해서도 보호받지 못했던 흑인 여성들의 실존 상황을 절규에 가

---

35) 소저너 트루스, 「저는 여자가 아닙니까?」, 『여성의 몸, 어떻게 읽을 것인가?』, 한울, 2001, pp.140-141.

까운 음성으로 들려준다.

벨 훅스bell hooks가 독자적인 흑인 여성운동으로 방향을 선회했던 것도 같은 이유에서 비롯된다. 그녀는 60년대의 민권운동에 함께 참여하였던 각성한 백인 여성들이 흑인 여성들 문제에는 무관심한 데 대해 강한 실망감을 드러냈다. 그녀는 백인 페미니스트들이 젠더와 인종을 동시에 문제 삼는 것이 아니라 인종 문제는 지워버리고 젠더만을 부각시킨다고 비판하였다. 흑인 페미니스트들은 백인 남성들뿐만 아니라 백인 여성들 역시 자신들의 입장을 대변해주지는 못한다는 사실을 깨닫게 된 것이다. 그래서 훅스는 시몬느 드 보봐르의 유명한 명제인 '여자는 태어나는 것이 아니라 만들어진다.'를 '페미니스트는 태어나는 게 아니라 만들어진다.'라고 고쳐 말하였다. 이는 여성으로 태어났다고 해서 모두 페미니스트 정치학을 옹호하는 것이 아니라는 뜻이다. 여성들은 가부장적 가치가 우월하다고 생각하는 문화 속에서 태어나고 자랐으며, 그 가치에 순종하였을 때 행복한 여성이 될 수 있다는 사실을 몸 속 깊이 각인하며 성장한다. 따라서 가부장제를 바꾸기 전에 여성들은 자신의 의식을 끌어올려 자신부터 바꾸어야 한다.

또한 훅스는 "페미니즘은 성차별주의와 성차별적 지배와 억압을 종식시키고자 하는 운동이며 젠더 차별을 종식시키고 평등을 창출하고자 하는 모든 노력들을 끌어안는 투쟁이기 때문에, 근본적으로 급진적인 운동"[36]이라고 정의하였다. 그런데 급진적인 것은 그 사회의 통념 속으로 묻혀 버리기 십상이기 때문에, 페미니스트 비평가들은 페미니즘을 끊임없이 수면 위로 끌어올리는 작업을 해야 한다고 강조한다.

---

36) 벨 훅스, 『여성의 몸, 어떻게 읽을 것인가?』, 한울, 2001, p.245.

또한 페미니즘 이론은 '제국주의·백인 우월주의·자본주의·가부장제' 안에서의 여성의 위치를 정확하게 이해하기 위해 '젠더·인종·계급의 관점'을 동시에 가져야 한다고 주장하였다. 결과적으로 페미니즘 운동은 여성과 남성 모두의 행복한 삶을 가로막는 모든 가부장제의 질곡을 대중에게 폭로해야 하며, 그러한 의미의 대중운동 노선을 걸었을 때 비로소 성공적인 운동이 될 수 있다고 강변하였다.

바바라 스미스Babara Smith는 '어디서부터 시작해야 할지 모르겠다.'는 말로 「흑인 페미니스트 비평을 향하여Toward a Black Feminist Criticism」(1977)라는 선구적인 논문을 시작하고 있다. 이 말은 당시 사람들이 흑인 페미니스트 비평에 대해서는 관심조차 없어서 절망적이었던 그녀의 심정을 잘 드러내 준다. 그녀는 페미니즘의 관점으로 흑인 여성 작가에 관한 글을 쓴다든가, 꼭 페미니즘의 관점이 아니더라도 어떠한 관점으로든 흑인 레즈비언 작가들에 대해 언급한다는 것은 전례도 없고, 비평가에게는 위험한 일이기도 하다는 현실을 자신도 인지하고 있다고 말한다. 그러면서 자신은 "학계의 주류나, 진보주의자, 흑인, 여성, 레즈비언의 여부와 전혀 상관없이, 문학계의 모든 사람들이 흑인 여성 작가들과 흑인 레즈비언 작가들이 존재한다는 사실을 전혀 모르거나, 적어도 모르는 듯이 행동"[37]하고 있음을 지적하였다. 그녀는 흑인 여성문학에 대해서 말하려는 시도가 역사적으로 부재했음에 분노한다. 그녀는 심지어는 일레인 쇼월터와 같이 선구적인 페미니스트조차도 흑인 여성문학을 하위문화의 하나로 일축함으로써 흑인과 여성이라는 정체성을

---

37) 바바라 스미스, 「흑인 페미니스트 비평을 향하여」, 『페미니스트 비평과 여성문학』, 이화여자대학교출판부, 2004, p.212.

상호배타적인 것으로 여겼다고 주장한다. 미국 사회의 여성들은 미국 사회의 주류인 남성들에게서 소외당하는 자신들의 현실을 변혁하고자 하였지만, 그녀들이 생각하는 여성 속에 흑인 여성은 포함되어 있지 않았다. 흑인 여성들은 남성 중심적인 가치에 의해서 배제되었고, 백인우월주의에 의해 다시 한 번 차별받았다. 흑인 여성들이 성차별주의와 인종차별주의라는 이중의 억압 상황에 놓여 있다는 인식은, 백인 여성들과 다른 차원의 페미니즘이 필요하다는 사실을 절감하게 한다. 따라서 그녀는 일반적으로 여성들의 문화라고 용인되어 온 것들까지도 마땅히 수정되어야 함을 주장한다. 그녀는 "성과 인종의 정치성, 그리고 흑인과 여성의 정체성에 대한 탐구를 우선적인 과제로 삼고 시작하는 일은 흑인 여성들의 글쓰기에서 피해 갈 수 없는 요소"[38]라고 주장한다. 그러므로 흑인 여성 비평가는 흑인 여성들의 작품을 백인 혹은 백인 남성들의 기준으로 평가하지 말 것을 경고한다.

데보라 맥도웰Deborah McDowell도 바바라 스미스와 비슷한 의견을 보인다. 그녀는 1970년대 초반까지의 페미니스트 문학 비평 이론가들과 실천가들은 주로 백인 여성들이었으며, 그녀들은 고의든 아니든 자신들이 "백인 남성 학자들에 대해 그토록 맹렬하게 비난했던 것과 똑같은 배타적 관행을 흑인 여성 작가들을 상대로 범했다"[39]고 비판하였다. 아무리 페미니스트였다고 하여도 백인 여성들은 '백인 중산층 여성들'의 경험을 표준으로 삼아 문학사를 재편성하였으며, 그에 따라

---

38) 바바라 스미스, 앞의 글, p.221.
39) 데보라 E. 맥도웰, 「흑인 페미니스트 비평을 향한 새로운 방향」, 『페미니스트 비평과 여성문학』, 이화여자대학교출판부, 2004, pp.237-238.

흑인 여성 작가들은 여성문학사에서도 누락되었다는 것이다. 그 결과 흑인 여성 작가들은 백인 남성, 백인 여성, 흑인 남성, 이 세 집단 모두에 의해 배제되었다. 흑인 페미니즘 비평은 이러한 상황 속에서 생겨난 것이다.

맥도웰은 이어서 흑인 여성문학이 취해야 할 방향에 대해 논한다. 그녀는 흑인 페미니스트 비평가들이 어떠한 이론적 틀을 선택하든지, 일반적인 의미에서의 흑인 문학과 흑인 문화에 기초해 있어야만 흑인 페미니스트 비평이 학문적 짜임새를 갖출 수 있을 것이라 하였다. 그녀는 또한 흑인 페미니스트 비평이 무엇인지를 규정하기는 만만치 않은 일이어서 앞으로 더 많은 논의가 필요하지만, 흑인 페미니스트 비평이 '흑인 여성 내부'의 어떤 것으로 분리되는 것만은 경계하여야 함을 강조하였다. 흑인 여성만의 '의식'이나 '비전' 또는 '문학적 전통'은 일반적 특성을 기초로 하여 주장할 때 비로소 설득력을 가질 수 있기 때문이다.

2. 하위주체의 재현
탈식민주의 페미니즘 문학비평

흑인 여성들과는 또 다른 차원에서 '백인 중산층 여성'의 변방에 위치해 있는 또 하나의 여성 집단은 식민지에 거주하는 '식민지 원주민 여성' 혹은 과거에는 식민지였다가 지금은 독립하였지만 경제적인 지체로 인하여 여전히 변방으로 밀려나 있는 제3세계 국가에 거주하는 '제3세계 여성'이다. 흑인 여성 문제는 주로 비非백인 국가에서 백인 국가로 강제로 이주당하여 백인 국가 내에서 거주하게 된 흑인 여성들의 인권 문제를 다룬다. 그에 비해 제3세계 여성의 문제는 백인 국가에 의해 식민화된 지역에 거주하는 식민지 여성들의 문제를 다룬다.

탈식민주의는 식민지 경험을 가진 사회가 제도적인 차원에서 뿐만 아니라 문화적, 의식적 차원에서의 식민성이 잔존하고 있음에 대한 반성에서 출발한다. 따라서 탈식민주의는 고통스러운 식민 경험에 대한 기억을 지워버리려는 욕망에서 비롯되는 "포스트식민적 기억 상실 amnesia"[40]에 대한 이론적 저항이라 할 수 있다. 탈식민주의는 과거 식민 지배 기간 동안 식민통치자들에 의해 형성되었던 식민지 원주민에 대한 왜곡된 이데올로기를 전복시키고 '식민화된 주체'에서 벗어나 새로운 주체를 형성하고자 한다.

탈식민주의 페미니즘은 탈식민주의 이론이 제기하는 바를 수용하여, 식민지의 여성들은 비非백인이며 하위계층에 속하는 동시에 여성으로 존재한다는 인식에서 출발한다. 식민지의 여성들은 식민지의 남성들이 겪는 제국주의와 자본주의적 모순에다가 성별차별주의에 의한 억압을 더한 삼중의 억압 상황에 놓여 있다. 말하자면, 일제시대에 일본의 지배지역에서 광범위하게 벌어졌던 정신대 강제모집과 같은 일은 남성들에게는 결코 발생하지 않았던 사건이다. 그런데도 식민지의 여성들이 '여성'이기 때문에 겪을 수밖에 없었던 일에는 그 누구도 관심을 보이지 않았다.

파농의 지적처럼 식민지 원주민들에 대해 이야기할 때 백인 제국주의자들이 사용하는 개념은 "동물학적 개념"[41]이다. 제국주의자들은

---

40) 릴라 간디 지음, 이영욱 옮김, 『포스트식민주의란 무엇인가』, 현실문화연구, 2000, p.16.

식민지 원주민들을 게으르고, 멍청하며, 위생관념이나 도덕관념은 아예 기대할 수 없는 형편없는 것들로 규정한다. 이와 같이 식민지 원주민을 여전히 동물적 상태에 있는 존재들로 규정함으로써 제국주의자들은 자신들의 통치에 정당성을 부여하고자 하는 것이다.

식민지에 대한 제국주의적 편견은 '오리엔탈리즘'으로 표현되어 왔다. 사이드가 말하는 '오리엔탈리즘'이란 서구인들이 일방적으로 상상하여 구성해낸 동양의 이미지를 뜻한다. 유럽의 백인들은 유럽 이외의 비非백인들, 즉 모든 유색인종에게 일련의 상상적 이미지를 부여하였다. 제국주의 통치자들은 백인 이외의 모든 인종들을 동물적인 것으로 이미지화하였다. 이때 비非백인, 즉 유색인종의 동물적인 이미지는 무지함과 야성성이 결합된 관능적인 대상으로 특징화된다. 외모의 추함과 본성의 악함, 그리고 강력한 정력은 식민지 원주민들에 대한 유럽식 표상이 취하는 대표적인 내용이다.[42]

유럽의 백인들이 이와 같이 백인 이외의 인종과 유럽 이외의 지역을 동물화할 수 있었던 것은 서구사회의 기초인 이성중심주의의 전유에 의해 가능했다. 유럽의 백인들은 '서양/동양' 혹은 '서양/비非서양'의 대립항을 설정해 놓고, '서양'이 '동양' 혹은 '비非서양'에 대해 우월한 존재이며 진리의 기준이라는 태도를 취하여 왔다. 또한 그들은 자신들이 식민지로 만든 지역에 살고 있는 사람들을 '원주민'이라 칭한다. '원주민'이라는 말은 '이주민'이 없이는 존재할 수 없는 개념이다. 이 경우 대립쌍은 '원주민/이주민'이어야 옳다. '원래부터 그곳에 살고 있

---

41) 프란츠 파농 지음, 박종렬 옮김, 『대지(大地)의 저주받은 자들』, 광민출판사, 1979, p.37.
42) 에드워드 사이드 지음, 박홍규 옮김, 『오리엔탈리즘』, 교보문고, 1997 참조.

던 사람들'이 '다른 곳에서 옮겨 온 사람들'보다 선행하기 때문이다. 그런데 제국주의자들은 '원주민/이주민'이 아닌 '지배자/원주민'의 대립쌍을 설정하고, 자신들을 '지배자'에 위치시킴으로써 '원주민'보다 우월한 자리를 점유한다.

이와 같이 탈식민주의는 제국주의자들의 식민지 지배 이데올로기를 분석함으로써 그것이 얼마나 허구적으로 구성된 것인가를 폭로한다. 그런데 탈식민주의 이론가들도 식민지의 여성 문제에 대해서는 관심을 가지지 않거나, 제국주의자들이 보여 주었던 것과 똑같은 이데올로기를 여성들에게 적용시킨다. 그들은 자신들이 비판하였던 백인 남성의 자리에 스스로를 위치시킴으로써 식민지 여성들의 삶을 왜곡시키는 결과를 빚었다. '아프리카의 검은 예수'라고 불릴 만큼 위대한 민족해방주의자였던 파농에게서도 이러한 시각이 보인다.

파농은 백인 제국주의자들의 시각에 분노하고 알제리의 원주민 남성들에 대해서는 옹호하면서도, 원주민 여성들에 대해서는 비난을 서슴지 않는다. 그는 식민지의 원주민 여성들이 백인 남성들에게 성적인 서비스를 해서라도 자신의 빈곤한 상황에서 탈피하고자 하는 그릇된 욕망을 가지고 있다고 비난한다.[43] 이는 백인 제국주의자들이 원주민 남성을 포함한 식민지 전체를 바라볼 때 가졌던 식민지적 시각을 전혀 교정하지 않고 내면화한 결과이다.

원주민 여성들이 그처럼 부정적인 이미지로 구성된 것은 전통적 가치관과 근대적 가치관이 혼합된 데서 비롯되었다. 근대화는 산업혁명

---

43) 프란츠 파농 지음, 이석호 옮김, 『검은 피부, 하얀 가면: 포스트콜로니얼리즘 시대의 책 읽기』, 인간사랑, 1998 참조.

과 함께 시작되었다. 따라서 근대적 공간은 소비재가 넘치는 소비와 욕망의 공간으로 구성된다. 남성들의 시선으로 볼 때 그와 같은 공간에 위치한 여성은 전통적인 가치관을 뒤흔드는 대단히 위험한 존재로 비춰졌다. 파농이 보여 주는 부정적인 시선은 집 밖에 위치한 여성들에 대한 백인 남성들의 일반적인 편견과 정확하게 일치한다.[44] 그는 흑인 남성에 대한 백인 남성들의 편견에는 저항하지만 흑인 여성에 대한 백인 남성들의 편견은 교정하지 못하였다.

제3세계의 남성들은 제국주의와 자본주의에 의한 이중적 종속 상황에 놓여 있다. 탈식민주의는 백인들이 장악한 제국주의와 자본주의에 의한 통치의 비정당성을 제기하는 이론이다. 그러나 파농에게서 볼 수 있듯이 그들 또한 식민지 여성들이 놓인 상황에 대해서는 무감각하다. 따라서 식민지 여성들은 제국주의와 자본주의, 그리고 남성 중심주의라는 삼중의 억압 상황에 처하게 된다. 제국주의와 자본주의는 기본적으로 남성 중심주의에 기초해 있기 때문에 그 어떤 사회구조 속에서도 여성들은 또 한 번의 억압에 노출될 수밖에 없다. 문제는 제국주의와 자본주의에 저항하는 식민지의 남성들이나, 탈식민화된 주체로부터 벗어나기 위해 몸부림치는 식민지 이후 사회의 남성들이 식민지 여성들의 문제에 대해서는 무감각하다는 점이다. 이와 동시에 식민지 원주민 여성이나 식민 이후의 제3세계 여성들은, 백인 국가에 거주하는 주류 페미니스트들로부터도 배제되어 있다. 탈식민주의와는

---

44) 리타 펠스키에 의하면 "19세기 거대도시에서 거리를 어슬렁거리는 여성은 누구나 창녀로 여겨지기 십상"이어서, 여성들의 경우는 남성들처럼 쉽사리 근대로 편입할 수가 없었다고 주장한다.(리타 펠스키 지음, 김영찬·심진경 옮김, 『근대성과 페미니즘: 페미니즘으로 다시 읽는 근대』, 거름, 1998, p.43)

다른 차원에서 탈식민주의 페미니즘이 요구되는 이유가 바로 여기에 있다.

가야트리 스피박Gayatri C. Spivak은 탈식민주의 페미니즘의 대표적인 이론가이다. 그녀는 인도에서 태어나 백인 주류 사회인 미국에서 공부한 부유한 식민지 출신 여성이다. 따라서 그녀 자신이 제국주의와 식민주의의 경계에 위치해 있는 존재라고 할 수 있다. 스피박은 논문「세 여성의 텍스트와 제국주의에 대한 비판」에서 탈식민주의 페미니즘의 시각으로 여성 작가들의 텍스트를 읽어냈다.

스피박은 이 논문에서 길버트와 구바가 『제인 에어』를 해석했던 것과는 다른 결론을 내놓았다. 길버트와 구바는 이 작품에 등장하는 미친 여자 '버사 메이슨'을 분노와 광기로 번들거리는 작가의 의식이 투영된 상징체로 읽어낸 바 있다.

스피박은 '버사 메이슨'이 '백색 피부의 자메이카 크리올인Creole'이라는 점에 주목하였다. 크리올인은 식민지 지역으로 이주한 백인들 사이에서 태어나거나 식민지에 거주하는 백인과 원주민의 혼혈로 태어나서 식민지에서 자란 사람들을 가리키는 말이다. 이들은 피부는 하얗지만 식민지 지역에서 자라났기 때문에 유럽의 주류 사회로 받아들여지지 못한다. 이들에게는 식민지 원주민에 대한 유럽인들의 사유가 동일하게 반영되기 때문이다.

'버사 메이슨'은 밤이면 울부짖고, 집안 여기저기를 어슬렁거리기도 하면서, 사람을 거칠게 물어뜯는 미친 여자이다. 그녀가 '미친 여자'로 규정되는 속성을 가만히 들여다보면, 이는 비非서구지역의 유색인종에 대한 서구인들의 상상과 놀라울 만큼 일치한다. 오리엔탈리즘의 내용을 정리해 보면, 유색인종들은 비이성적인 동물에 가까운 이미지로 표상된다. 자메이카의 크리올 여인인 '버사 메이슨'이 유럽의 백인 남성인 남편 '로체스터'에 의해 '미친 여자'로 규정되어 다락방에 감금되었다는 사실은, 유럽 주류사회의 백인 남성들이 가지고 있는 식민주의적 의식이 얼마나 견고한가를 잘 보여 준다. 스피박은 자신의 탈식민주의 페미니즘적 독법을 보여 주면서 제3세계 여성들에 대해 충분히 이해하고 문학 텍스트에서 식민주의적 왜곡을 읽어내기 위해서는 여성들이 위치해 있는 현장의 이질성^{heterogeneity}을 이해하는 것과, 더욱 중요하게는 "제1세계 페미니스트는 〈여성으로서〉 특권층에 있다는 의식을 반드시 버려야"[45] 하는 작업이 필요하다고 주장하였다.

스피박이 집중적인 관심을 가지고 논의하는 부분은 식민지 여성들에 대한 '재현'의 문제이다. 그녀는 「하위주체는 말할 수 있는가?$^{Can\ the}$ $^{Subaltern\ Speak?}$」에서 인도여성들의 사회적 상황을 분석하면서 그람시의 용어인 '하위주체^{subaltern}'를 원용하였다. 그람시가 이탈리아 민중들의 상황을 논하면서 사용하였던 하위주체라는 용어는 노동자, 농민, 도시 빈민은 물론이고 하급 관리, 일부 지식인까지 포괄하는 개념이다.[46] 스피박의 '하위주체'도 이와 흡사하게 인도의 하층민 여성에서 엘리트층의 여성 일부까지 포함한다.

스피박은 제국주의자와 남성 중심주의자들이 말하는 여성에 대한 담론은 식민주의와 가부장제가 만들어낸 것이지 하위주체 여성들의 직접 발화가 아니라고 주장하였다. 여성은 '대변'되었지만, 그것이 곧

---

45) 가야트리 스피박, 「국제적 틀에서 본 프랑스 페미니즘」, 『탈식민페미니즘과 탈식민페미니스트들』, 현대미학사, 2001, p.35.
46) 안토니오 그람시 지음, 이상훈 옮김, 『그람시의 옥중수고 1: 정치편』, 거름, 2000 참조.

여성 스스로의 목소리는 아닌 것이다. 이것이 가부장제적 전통이 잔존하는 동시에 제국주의자들에 의해 촉발된 근대화라는 두 가지 논리에 동시에 갇혀 있는 인도 여성들의 현실이며 또한 제3세계 여성들의 일반적 현실이다. 따라서 스피박은 하위주체는 결코 스스로 말할 수 없다고 주장하였다. 이는 하위주체 여성들이 자기 자신을 재현할 수 있을 만큼의 위치에 있지 못하다는 사실을 두고 하는 말이다. 그렇기 때문에 하위주체는 스스로를 재현하는 순간 이미 하위주체가 아니다. 말할 수단과 통로를 가진 여성은 이미 타자화된 상태에서 벗어났기 때문이다. 따라서 스피박은, 그람시가 그랬듯이 '유기적 지식인'으로서의 지식인 여성들의 역할을 강조한다. 지식인 여성들은 하위주체 여성들이 스스로를 대변할 수 있도록 교육하고, 그들을 올바르게 재현할 의무를 실천할 것을 제안한다.[47] 그러나 스피박은 하위주체를 말할 수 없는 '완전한 타자'로 설정함으로써 그들 자신에 대한 주체적인 재현은 불가능한 일이 되어버린다. 이는 하위주체를 서구의 '침묵하는 상대'로 구성하는 오리엔탈리즘과 동일한 오류를 반복하는 것이다.

찬드라 탈파드 모한티는 '식민화'를 "논란이 되는 주체(들)의 이질성을 둘러싼 지배와 억압의 구조적이고 종종 폭력적인 관계"[48]를 함의하는 개념이라고 정리한다. 그녀는 그동안 이루어진 페미니즘 이론에 대해 두 가지 차원에서 비판한다. 첫째, 그녀는 제2세계 여성에 대한 서구 페미니즘의 재현과 서구 페미니즘의 자기 재현을 구분 짓는 것

---

47) Gayatri Chakravorty Spivak, Can the Subaltern Speak?, *Marxism and the Interpretation of Culture*, Univ. of Illinois Press, 1988 참조.
48) 찬드라 탈파드 모한티 지음, 문현아 옮김, 『경계없는 페미니즘』, 여이연, 2005, p.37.

은 이항대립적 분석틀을 반복하는 행위라고 비판한다. 둘째, 그동안의 페미니즘 이론들처럼 남성의 착취와 여성의 피착취를 전지구적으로 보편적인 현상으로 규정하게 되면 몰역사적이고 무기력한 보편주의에 빠지게 된다고 주장하였다.

이에 대해 그녀는 '경계 없는 페미니즘'의 입장을 취할 것을 제안한다. 이때 경계가 없다는 것은 경계를 상정하지 않는다는 의미가 아니다. 그녀가 말하는 '경계 없는 페미니즘'이란 "그 경계가 재현하는 단층선·갈등·차이·두려움·봉쇄를 인식하는 페미니즘이며 단 하나의 의미를 띠는 경계가 없다는 것을 인식하는 페미니즘이며 국가·인종·계급·섹슈얼리티·종교·장애를 통과하며 그 사이를 가로지르는 경계선들이 실재함을 인식하는 페미니즘"[49]이다. 그녀는 자신이 인도의 후기-독립세대로서 자라났기 때문에 한편으로는 영국 식민주의가 남긴 경계·국경·흔적들을 파악할 수 있으며, 다른 한편으로는 그런 구속을 벗어난 탈식민적 전망들을 민감하게 인식할 수 있었다고 한다. 그녀는 자신의 경험을 바탕으로 경계와 경계들 간의 긴장 관계에 주목하면서 이를 극복하는 해방의 잠재력을 지니는 페미니즘의 가능성을 신뢰한다.

그녀는 전지구적인 차원에서 세계화의 물결과 함께 진행되고 있는 자본주의를 비판하고 이에 저항하면서, 전지구적 자본주의가 가지고 있는 남성 중심적인 동시에 인종차별적인 가치를 비판한다. 더군다나 오늘날의 자본은 국가와 국가의 경계를 넘어서, 인종과 인종의 경계를 넘어서 어디로든지 이동하면서 전세계 곳곳에서 아동과 여성의 신체

---

49) 찬드라 탈파드 모한티, 앞의 책, p.14.

를 식민화하고 있다. 따라서 페미니즘은 탈식민화와 반자본주의를 동시에 꾀하면서 초국가적인 차원에서 진행될 필요가 있다. 그녀는 초국가적 페미니즘의 실천은 모든 구분, 예를 들어 장소, 정체성, 계급, 노동, 신념 등등의 구분을 넘어서는 '페미니즘 연대의 건설'에 달려 있으며, 이는 오늘날과 같이 동맹이 어려울 만큼 파편화된 사회에서는 더욱더 중요하게 요구되는 과제라고 주장한다.

탈식민주의 페미니즘 문학비평은 다분히 정치적 실천을 요구한다. 이는 탈식민주의와 페미니즘 둘 다 당대 사회의 정치적 상황과 긴밀하게 연관되어 있기 때문이다. 탈식민주의 페미니즘 이론가들이 주로 인도, 베트남 등의 과거 식민지 경험이 있는 비백인 국가 출신 여성들이라는 사실은 이를 잘 보여 준다.

3. 인간과 자연의 평화로운 공존
에코페미니즘

최근의 페미니즘 경향에서 가장 많은 관심의 대상이 되는 분야는 에코페미니즘이다. '에코페미니즘Ecofeminism'은 '생태학'을 뜻하는 'ecology'와 'feminism'이 결합되어 만들어졌다. 이 말은 1974년 프랑스와즈 도본느Françoise D'Eaubonne가 자신의 저서에서 처음으로 사용한 후, 1970년대 말에서 1980년대 초반까지의 여성운동, 평화운동, 환경운동 등의 다양한 사회운동에서 성장해 온 용어이다.[50]

---

50) 마리아 미스·반다나 시바 지음, 손덕수·이난아 옮김, 『에코페미니즘』, 창작과비평사,

에코페미니즘은 "페미니즘적 주제들과 생태학적 주제들 사이에 개념적, 상징적, 언어적 연관성들"[51]이 있다고 주장한다. 지금까지 여성들은 자주 자연과 비교되거나 자연에 비유되어 표현되었다. 앞에서도 살펴본 바 있듯이, 서구의 논리에서는 이항대립쌍의 앞 쪽에 놓인 항이 뒤 쪽에 놓인 항에 대해 우월한 지위를 갖는다. '문화/자연'과 '남성/여성'이라는 대립쌍에서 '문화'와 '남성', '자연'과 '여성'은 같은 위치에 놓인다. 그래서 여성에 대한 표현과 자연에 대한 표현이 뒤섞이는 일이 자주 발생한다.

사람들은 종종 여성을 자연화하거나 자연을 여성화한 표현을 사용한다. 흔히 '아직 인간의 개발 의지가 미치지 않아 원래의 형태를 유지하고 있는 숲'을 '처녀림'이라 부른다. 유럽의 제국주의자들이 새롭게 발견한 땅에 진입할 때면 그곳을 '처녀지'라 하였다. 이와 같이 "남성들에 의해서 겁탈당하고, 파괴되고, 정복되고, 침범되고, 지배되고, 침투되고, 진압될 때",[52] 그 대상은 '그녀 자연'으로 비유되어 왔다. 뿐만 아니라 여성의 지극한 모성성을 강조할 때에도 '대지의 여신'이라든가 '어머니 대지'라는 표현을 통해 여성을 자연화한다. 이는 '문화'와 '남성'이 '자연'과 '여성'에 비해 보다 본질적이고 긍정적이며 우월한 의미를 갖는, 우리 사회의 남성 중심 이데올로기가 투영된 결과이다. 이러한 사고방식은 자연과 여성에 대한 남성의 지배권을 정당한 권력으로 설정하게 한다.

2000, p.25.

51) 로즈마리 퍼트남 통 지음, 이소영 옮김, 『페미니즘 사상』, 한신문화사, 2004, p.469.

52) 로즈마리 퍼트남 통, 앞의 책, p.470.

자연은 인간을 위해 존재할 때만 비로소 존재 가치를 부여받게 된다. 개발론자들에 따르면 자연을 있는 그대로 놔두면 쓸모도 없고 위험하기 짝이 없는 존재에 불과하다. 자연은 인간의 손으로 개발되어 문화의 일부로 흡수되어야 비로소 가치 있는 것이 된다. 산이 산인 채로 거기에 있다면 아무런 의미가 없지만, 거기에 인간의 손길이 닿아 도로와 주차장을 만들고, 멋진 호텔을 짓거나 케이블카를 설치하면 '국립공원' 혹은 '휴양지'로 의미를 부여받는다. 이와 같은 논리는 교환가치로 환산되는 것만 존재 의미를 가지게 되는 자본주의 사회에서 더욱더 강화되었으며, '인공적' 자연을 탄생시켰다. 그렇다면 인공적 자연은 '인공적으로' 조성된 자연인가, 아니면 인공적인 힘이 미치기는 했지만 여전히 '자연'인가 하는 문제가 발생한다. 이처럼 자본의 발달과 산업화의 진행은 새로운 존재론을 화두로 이끌어내기도 한다.

에코페미니즘은 이와 같이 서구사회의 이성중심주의 혹은 남근 중심주의가 자연과 여성을 동일시하는 관계모델을 창출했다는 인식에서 시작되었다. 에코페미니스트들은 '서구 세계의 인간 · 중심성이 아니라 서구 세계의 남성 · 중심성'을 환경문제의 핵심으로 파악하고, 여성과 자연의 주된 적은 바로 남성 중심주의라는 인식에서 환경운동이 시작되어야 한다고 주장한다. 따라서 이들은 '생물중심적' 혹은 '생태중심적' 환경 윤리를 주장하는 심층 생태학자들에 대해 인간 중심주의를 문제 삼는 오류를 범하고 있다고 비판한다. 그렇지만 여성해방과 자연 해방은 공동으로 수행되어야 할 작업이라는 의견에는 모두 동의하고 있다.

메리 맬리^{Mary Daly}와 수잔 그리핀^{Susan Griffin}은 생태학과 급진주의 여성해방론을 결합시킨 이론가들이다. 이들은 여성과 자연의 연관성을 강조한다. 이들은 자연과 여성은 생명의 잉태와 탄생, 생명을 돌보고 양육하는 존재방식, 모성, 감성, 직관적 능력 등을 고유한 속성으로 가지고 있으며, 여성과 자연의 이러한 속성은 사회적으로 구성된 것이 아닌 본래적으로 주어진 것이라고 주장한다. 그리고 여성과 자연의 이러한 동일성이 서구 문명에 의해 여성과 자연을 억압과 종속의 대상으로 영구화하는 방식으로 이용되어 왔음을 지적한다. 또한 자연은 인간의 경제적 원료의 저장고로 대가없이 고갈되고 파괴되어 왔으며, 여성은 어린이를 양육하고 가계를 돌보는 열등한 가사영역에서 남성을 위해 희생하도록 강요되어 왔다는 점에서 자연파괴와 여성파괴는 현대 생태위기의 동일한 뿌리라고 본다.[53] 따라서 현대 생태위기를 벗어나는 길은 여성해방과 자연해방을 동시에 이루는 것이라고 주장한다.

카렌. J. 워렌은 '에코페미니스트 평화 정치학'을 제안한다. 워렌은 "서로 다른 시대, 민족성, 정서적 경향, 종족과 성별 정체성, 그리고 비폭력 또는 (우리가 곧 알게 되겠지만) 적절한 수단을 사용할 것을 공약한 계급 배경을 가진 사람들의 이야기를 집합적으로 재현하고 기록"[54]하는 것을 에코페미니스트들의 실천 방안으로 제시한다. 워렌은 이와 같은 방식에 대해 수많은 헝겊 조각을 모아 붙여서 새로운 창작물로 탈바꿈시키는 퀼트에 비유하여 '페미니스트 퀼트'라 칭하고, 페미니스트 퀼트가 가지고 있는 속성을 나열한다. 그에 의하면 페미니스트 평화 퀼트는 "성차별주의, 종족차별주의, 계급주의, 나이차별주의,

---

53) 고은미, 『『혼불』의 생태여성주의 담론 연구』, 전북대학교 대학원 박사논문, 2006. 8, p.29
54) 카렌. J. 워렌, 「에코페미니스트 평화정치학」, 『자연, 여성, 환경: 에코페미니즘의 이론과 실제』, 한신문화사, 2000, pp.220-221.

능력차별주의, 반유태주의, 이성애주의, 민족중심주의, 자연주의, 그리고 군국주의"등 타자를 지배하려는 모든 주의에 반대한다. 이를 실천하기 위해서 우월함이나 열등화를 발생시키지 않는 차이에 중심적 위치를 부여함으로써 모든 대상을 포괄하고 어떤 대상에 대해서든지 지배권력을 행사하지 않는 방식으로 차이를 인정해야 한다고 주장한다. 이는 결국 반^{反}가부장제를 에코페미니스트 평화 정치학의 입장으로 수용한다는 의미이다.

또한 에코페미니스트 평화 퀼트는 "'지배의 주의들'이나 다른 억압적인 관계들을 유지하고, 영속화하고, 정당화하는 기능을 발휘하는 힘의 사용을 폭로하고 또 그것에 도전"[55]하는 것이 목적이다. 인간은 본질적이며 사회적으로 구성된 관계 속에 놓여 있는 존재이다. 따라서 인간은 타자와의 우정, 혈연관계, 서로 간의 신뢰 등을 인간관계의 중요한 가치로 설정해 놓고 있다. 여기에 인간 이외의 존재들, 즉 자연환경을 포함하여 모든 타자들과의 관계에서 인간관계의 중요한 가치로 설정되어 있는 것들이 작동하게 된다면, 이 세계를 구성하는 모든 존재들의 조화로 짜여지는 '평화 퀼트'가 완성될 것이다. 따라서 워렌은 '에코페미니스트 평화 퀼트'야말로 현재의 가부장제 내에서 가부장적 권력으로 인한 타자 지배를 해결할 수 있는 효과적인 방법론이라고 주장한다.

마리아 미스와 반다나 시바는 전^{全}지구적으로 벌어지고 있는 환경파괴와 그로 인한 생명파괴를 초래한 주범은, 여성과 자연과 제3세계를 동일시하고 이들을 식민화함으로써 기능하는 서구 자본주의 가부

---

55) 카렌. J. 워렌, 앞의 책, pp.224.

장제 문명이라고 파악한다. 지구는 서구의 자본주의 가부장제에 의하여 '남'과 '북'으로 이분화되었다. 지구의 '남'쪽 절반에는 유색인종들로 구성된 경제후진국들이 집중되어 있는데, 그러한 국가들에서는 이들의 노동력, 특히 여자와 어린이들의 노동력 착취가 일상화되어 있다. 지구의 '북'쪽 절반에는 '남'쪽의 노동력 착취를 기반으로 하여 경제적으로 풍요로움을 누리는, 세계경제의 상위 20%에 해당하는 국가들이 자리하고 있다.

마리아 미스는 현대사회와 같은 산업적 상품생산 사회에서는 자연 파괴의 근본적 원인이 생산과 소비, 교환가치와 사용가치의 모순에서 기인한다고 본다. 가부장제 자본주의자들은 최소 투자, 최대 이윤 창출이 목적이다. 그래서 그들은 자신들의 이윤을 극대화하기 위하여 어떤 일도 서슴지 않는다. 자본가들은 유독한 화학 물질을 생산하고, 핵무기를 만들어 팔고, 자동차를 더 많이 만들어낸다. 그런데 소비자로서의 그들은 "맑은 공기와 오염되지 않은 식품, 자신의 집에서 멀리 떨어진 안전한 쓰레기 처리장"[56]을 원하는 모순을 보인다. 그들이 보여 주는 이와 같이 이기적인 태도는 북의 백인 국가가 되었든 남의 유색인종 국가가 되었든, 이들 국가들의 엘리트지배층에게서는 환경문제의 해결을 전혀 기대할 수 없다는 깨달음을 준다. 따라서 미스는 '자급적 관점' 혹은 '생존의 관점'에서 해결책을 찾으려 한다.

미스는 지금까지 이루어져 온 모든 생산관계에서 자급노동, 즉 생명을 만들고 지키는 노동은 생존의 선결조건이었으며 이는 지금도 여전히 동일한 상황이라고 파악하였다. 그런데 중요한 것은 이러한 자

---

56) 마리아 미스·반다나 시바, 앞의 책, p.368.

급노동의 대부분을 여성이 맡고 있다는 사실이다. 미스는 자급적 관점이 엘리트지배층에 의해서가 아니라 근대화의 결과로 오히려 계급적 하락을 겪게 된 중산층과 사회적 밑바닥층을 형성하고 있는 사람들에 의해 형성되었으며, 이는 여성과 자연과 다른 민족을 식민화하지 않는 생명생산의 방식임에 주목하였다. 다시 말해, 에코페미니즘에 의거한 생존 방식은 그 어떤 계층도 피폐화시키지 않으면서 더불어 살아갈 수 있는 길이 된다. 따라서 이들은 자급적 관점이야말로 "산업사회, 시장경제, 자본주의 가부장제라 불리는 이 파괴적 체제의 숱한 난관으로부터 빠져나올 길을 제시할 수 있다"[57]고 주장하였다. 독일의 자연과학자이자 환경운동가인 백인 여성 마리아 미스와 인도의 사회과학자이자 환경운동가인 유색인 여성 반다나 시바, 이 두 사람의 연대의 결과물인 공저 『에코페미니즘』은 자신들의 이론에 대한 실천의 일환이라고 할 수 있다.

에코페미니즘은 이와 같이 남성 중심주의에 의해 파괴되고 잠식당해 온 자연을 여성의 시각으로 감싸 안고자 하는 실천적 이론이다. 이들은 남과 북을 뛰어 넘고, 학문 분야의 경계를 넘어서서 반$\times$가부장제와 반$\times$자본주의라는 공통의 목표 아래 이루어지는 폭넓은 연대를 추구한다.

이상과 같이 페니미즘 문학이론의 역사는 "성차별주의가 다른 '지배의 주의들isms of domination', 예를 들어 종족차별주의, 계급차별주의, 이성애주의, 군국주의와 밀접하게"[58] 연계되어 있다는 점을 성공적으로

---

57) 마리아 미스·반다나 시바, 앞의 책, p.366.
58) 카렌. J. 워렌, 앞의 책, p.210.

주장해 왔다. 이처럼 페미니즘이 끊임없이 변화하면서 주변의 다양한 이론들을 수용할 수 있었던 것은 팸 모리스의 말처럼 페미니즘 비평이 '처음부터 본질적으로 대화적'이었기 때문이기도 하다.

페미니즘 비평가들은 자신들을 "가정을 파괴하고 '자유로운 성 관계'를 실천하고자 하는 도전적인, 브래지어를 불태워 버리는 불순분자들"[59]로 취급하는 사회적 편견에 대해서도 맞서 싸워 왔다. 페미니즘의 목적은 남성들의 편견처럼 남성지배 질서를 전복하거나 해체하여 그곳에 여성지배 질서를 세우려는 데에 있지 않다. 페미니즘 비평은 여성하고만 관련된 것이 아니며, 오히려 "평등사회를 위해 분투하는 모든 인간, 즉 여성, 남성, 그리고 어린이들에 대한 것"[60]이다. 페미니즘 비평은 성차별주의에 의해 설치된 지뢰들을 제거하고, 언젠가는 많은 이들이 "지뢰밭에서 춤출 수 있게 될 것"[61]이라는 평화에 대한 믿음에서 행해지는 실천이다. 따라서 불평등과 편견이 인간의 삶을 질곡으로 빠뜨리는 일이 벌어지는 한, 페미니즘 이론과 문학은 끊임없이 생산될 것이다.

---

59) 로즈마리 퍼트남 통, 앞의 책, 「한국 독자를 위한 머리말」, p. xi.
60) 로즈마리 퍼트남 통, 앞의 책, p. xi.
61) 아네트 콜로드니, 「지뢰밭에서 춤추기」, 『페미니스트 비평과 여성문학』, p. 211.

3장

고전 여성문학 _묵종과 부재의 삶 투영

이월영

과거 여성의 삶은 '묵종黙從'으로 규정되어왔다는 표현이 가능하다. 언어는 남성의 전유물이었고, 그래서 여성의 '말'은 늘 부정적 의미로 표현되었다. 여성의 말은 말이 아닌, '잡담, 재잘거림, 바가지 긁기, 앙알거림'[1] 등으로 가치 저하되는 것이 통례였으니, 이는 곧 여성의 말에 대한 부정적 인식을 여과 없이 드러낸 것이다. 여성 말에 대한 이러한 노골적 비아냥거림은 차치하고라도, 우리의 생활 습속 곳곳에 여성이 말하는 것을 금기시하는 태도가 배어 있으니 그 대표적인 사례가 과거 여성 삶을 규정해 왔던 이른 바 '삼종지도三從之道'와 '칠거지악七去之惡'이다.

삼종지도[2]는 여성에게 일생 동안 오로지 '종從'의 신분으로 일관할 것을 요구한다. 이때 '종'이라는 글자의 심층에는 '주主'라는 글자가 조건적으로 상대되어 있으며, 그 주主는 한결같이 남성인, 부父·부夫·자子이다. 여성은 일생 동안 자신을 지배하는 남성에게 오로지 순종·묵종할 것이 요구되며 그러기에 자신 삶의 주체자로서도 용납되지 않았다. 만약 상대 남성에게 자신 주체에 대한 권리를 요구할 경우 그러한 의지의 표출은 자연 언어를 필요로 하니, '말없이 명령이나 요구에 그대로 따르라'는 '묵종黙從'을 삼종지도는 명하고 있는 것이다. 말의 억제는 표현통로의 차단이며 존재에 대한 주장을 저지하는 것이다. 이처럼 묵종 요구는 주체성 부인으로 연결되니, 묵종과 부재는 불가분의 관련성을 지니며 여성 존재를 규정한 것이다.

칠거지악[3] 또한 여성 존재를 비하시킨 악법이었다. 그런데 이 일곱

---

1) Mary Eagleton, 『Working With Feminist Criticism』, Blackwell Publisher, p.19.
2) 在家從父, 適人從夫, 夫死從子

항목 가운데 여성의 자기표현에 대한 금기 즉 언어적 표현의 금기와 관련된 항목이 여럿이다.

시부모에게 순종하지 않는 것(不順舅姑)은 아내를 내쫓을 수 있는 첫 번째 항목이다. 순종의 척도는 없다. 그래서 무조건적인 순종이 요구된다. 언어적 기제를 통한 주관적인 내 표현이 저지된다. 주체적 자아의 부재를 요구한 것이다.

남편의 외도를 시새움하는 투기(妬忌)도 칠거지악 중 한 항목이다. 이는 남자의 축첩에 방해가 되는 요인을 용납할 수 없음에서 연유하였으니, 남편의 외도에 대한 항거나 발언 자체를 금지하고, 침묵과 부재를 강요한 것이다.

심지어는 말 많은 것(多言)도 한 항목이다. 말 많음에 판단 기준이 존재할 리 없다. 남자에게 문제되지 않는 말의 양이 여자에게만 문제되어야 했던 이유는 무엇인가. 이는 존재의 표현자체를 차단하고자 한데 그 이유가 있을 것이다.

여성 억압의 실체가 왜 유독 묵종의 강요와 관련되어 있는가? 지금껏 살펴본 바에 의거하면 말은 곧 자아 표현의 출로이며, 자아 표현은 종속에 대한 거부이니, '묵종/발언'과 '부재/존재'는 동전의 양면과 같은 것이다. 그러므로 가부장 중심 사회 속에서 여성의 언어는 철저히 통제되어야 했던 것이니, 男/女·主/從이 도덕률의 기본 모델이었던 조선조 사회 속에서 언어는 남성의 전유물이었다 해도 과언이 아니다. 역사 속에서 독재자가 우선 행한 것은 국민의 언론 탄압이었으니, 가

---

3) 七去, 七出, 七棄라고도 불리운다. 아내가 남편에게 일방적으로 이혼 당할 수 있는 일곱 가지 항목을 제시한 것으로, 不順舅姑, 無子, 淫行, 妬忌, 惡疾, 多言, 竊盜가 그것이다.

부장 중심 사회가 여성의 언어를 탄압했던 것도 그와 같은 맥락으로 이해된다. 존재의 억압은 언어 탄압으로부터 시작되는 것이다. 여성의 탄압은 언어 탄압으로부터 시작된 부재의 규정이었으며, 여성과 언어 사이에 맺어진 악연은, 남성 중심 사회 안에서는 종결될 수 없었던 것이다.

본 장에서는 이같이 규정될 수 있는 과거 여성의 삶이, 고전문학 혹은 문헌 속에서는 어떻게 투영되어 있는지 살피는 것을 목적으로 한다. 첫째 단락에서는 여성 존재를 규정한 여성명명이 고대 문헌 속에 어떠한 양태로 나타나며, 그 개개의 명명들이 지니는 역사적 사회적 의미는 무엇인지 규명할 것이다. 둘째 단락에서는 여성의 존재를 다룬 서사물 즉 신화·역사서·야담을 분석하여 여성에게 부과되어 왔던 묵종과 부재 강요의 역사를 실증할 것이다. 셋째 단락에서는, 이같은 침묵과 부재 강요의 역사 속에서도 지속되어 왔던 여성문학의 소사小史를 개관할 것이다. 그리고 여성문학의 소사와 관련된 고전문학 자료를 부록으로 제공하였다.

1_

여성 명명의 배경과 의미

여성 존재는 이처럼 묵종과 부재로 규정되어왔고, 그러한 사정을 가장 극명하게 보여 주는 것이 고대 여성들에게 주어졌던 다양한 명명들이다. 명명은 존재에 대한 규정이고 규정은 인식을 반영한다. 본 단락에서는 여성 명명을 통해 드러나는 여성 존재에 대한 인식을 분석해보겠다.

1. 본분本分 명명

여성의 본분4)과 관련된 여성 명명이 존재하였다. 기추箕箒 · 건즐巾櫛 · 규방閨房 · 자웅牝雄 등이 그것이다.

---

4) 물론 가부장 중심 사회의 규정이다.

기추箕帚의 원 의미는 쓰레받기畀와 빗자루帚로, 물 뿌리고 비로 쓸고 쓰레받기로 받아내는 청소 과정에서 연유하여 청소의 의미로, 처妻를 가리키는 말로 쓰였다. 옛 문헌 속에서 남편에 대한 아내의 자기표현으로 '봉기추奉箕帚5)라고 쓴 것을 자주 볼 수 있으니, 이는 비로 쓸고 쓰레받기로 받아내는 집안일을 하면서 남편으로 모시겠다는 의미이다.

건즐巾櫛도 같은 사례이다. 건巾은 수건, 즐櫛은 빗으로, 세수하고 머리감고 가다듬는 데 있어 필요한 도구인데, 처를 가리키는 말로 전용되었다. 수건을 받들고 빗을 받들어, 곁에서 시중들며 남편을 모시겠다는 의미이다. 다만 기추는 집안일에 대한 여성의 본분을 나타내고 있는 반면, 건즐巾櫛은 남편을 시중들어야 하는 아내의 본분을 표현하고 있을 뿐이다. 남편에 대한 아내妾의 자기표현으로 '봉건즐奉巾櫛6)도 흔히 접할 수 있다.

앞서 전제한 바처럼 여성에 대한 명명이 남성의 여성 인식을 드러낸 것이라고 한다면, 기추箕帚와 건즐巾櫛은 여성 및 아내의 집안 직임을 통해 여성의 존재의미를 규정한 것이다. 그런데 이러한 명명 속에는 집안일에 대한 부녀자의 의무를 명하는 동시에 여성 직능에 대한 비하적 인식도 함께 내포되어 있다. 특히 여성 명명을 집안일 도구事物나 남편 시중 도구事物로 표현·동일시한 것은 거의 악의적이다. 이와 상대될 수 있는 남성·남편에 대한 명명은 없다. 용도에만 쓰이고 침묵하는 도구事物처럼 여성은 자신의 직분에만 충실하면 그만일 뿐인 자기주체

---

5) 김시습의 『金鰲新話』 중 「이생규장전」에서 그 일예를 들어본다: 女變色而言曰 本欲與君 終身奉箕帚 永結歡娛 郞何言之若是遽也.

6) 『금오신화』 중 「만복사저포기」: 郞君若不我遐棄 終奉巾櫛

부재의 침묵하는 대상물로 형편없이 비하되고 있기 때문이다.

여성은 아예 규방閨房 · 내방內房 · 내실內室로도 명명되었다. 여성의 거주공간이 여성에 대한 명명으로 전환된 것이니, 이는 여성의 활동영역에 대한 범주제한인 동시에 규방의 내포적인 의미에서 연유한 '순종 · 닫힘 · 침묵 · 정적 · 내밀 · 수동성'[7] 등으로 여성의 존재 특성을 규정한 것이다. 여성의 활동영역은 집안에 한정되며, 그 안에 남아 집안일을 돌볼 뿐 담장너머의 세상 사회는 철저히 남성의 것이라는 의미를 동반한다.

자웅雌雄은 암컷과 수컷을 의미한다. 동시에 승부勝負 · 고하高下 · 우열優劣을 의미한다. 웅雄 - 승勝 - 고高 - 우優와 자雌 - 부負 - 하下 - 열劣로 연관되어져, 수컷은 그 자체로 승리 · 높음 · 우수함을 의미하는 반면, 암컷은 패배 · 낮음 · 열등함을 의미한다. 프로이트는 '해부학은 숙명이다'는 생물학적 결정론[8]을 거론하며 여성 존재의 본질을 '결핍'으로 규정하였다. 이러한 프로이트의 숙명론 못지않게 우리 한자 문화권에서는 일찍부터 암雌 · 수雄[9]를 이용한 용어에 남녀에 대한 상반적인 가치관 · 등급화를 부여했던 것이다. 이러한 자雌 · 웅雄에 관한 관념의 대비를 가장 극명하게 보여 주는 것이 웅비雄飛와 자복雌伏이다. 웅비는 발분맹진奮發猛進을 의미하는 반면, 자복은 남의 아래에 굴종하거나 물러나 숨는 것을 의미한다. 웅雄은 응당 비약 · 도약하여 지배해야 하는 반면,

---

7) 신은경, 「朝鮮朝 女性텍스트에 대한 페미니즘적 조명 試考(1)」, 石靜 李承旭先生 回甲紀念論叢, 원일사, 1991. p.577.

8) 이월영 김익두 역, 『페미니즘 이론』, 문예출판사, 1993, p.187.

9) '雄'字가 들어간 글자는 대부분은 크고 용감하고 결단력 있고 제일이라는 의미를 지닌다. (雄將, 雄大, 雄文, 雄辯…).

자婢는 마땅히 엎드려 굴종해야 한다는 남성 중심적 인식을 이 상반적인 두 용어는 보여 주고 있다. 비婢는 외향적인 도약을, 복伏은 내향적인 굴종을, 각각 규정한 것이다.

과부寡婦 및 미망인未亡人 명명은, 여성은 다만 종속적인 존재에 불과한 '부존재적 존재'라는 남성주의적 인식을 명확하게 드러낸다. '남편이 없는' 부인을 '과부'라고 한다. 이 용어는 존재의 주체가 부인이 아니라 남편이다. 존재해야 할 남편이 존재하지 않으니까 과부이다. '남편 없는 부인', 존재를 상실한 부존재인 것이다. 미망인은 더욱 심하다. 본디는 과부가 스스로를 칭하는 말이었으나 후대로 오면서 과부를 범칭하는 용어로 쓰이게 되었다. 미망인의 글자그대로의逐字的 어원적 의미는 '아직 죽지 못한未亡 사람'이다. 아녀자의 삶은 주체적인 것이 아니라 남편의 존재 하에서만 존재의미를 지닐 수 있다는 뜻이 내포되어 있다. 그러므로 남편이 죽고 없는 마당에 살 이유는 없지만 죽지 못하고 있는 사람이라는 죄스럽고 구차한 명명이 붙여진 것이다.

이상 다룬 바처럼, 여성 본분을 명한 여성 명명들은 가부장 중심적인 이기주의적 여성 인식을 그 속에 분명히 담고 있다. 여성 존재는 늘 남성 존재를 위한 부차적이고 종속적이고 주변적인 존재일 뿐이요, 집안에 갇혀 주어진 본분만을 수행하고 침묵하여야 하는 부존재적 존재로 규정되어 있다.

2. 성적性的 명명

성적 대상임을 암시하는 여성 명명이 여러 개 존재한다. 수절守節에 대한 찬양, 음행淫行에 대한 엄격한 처벌 등, 여성에 대한 성의 억압 및 금욕의 요구는 도를 지나쳐 비인간적일 정도이면서도 남성의 성적 방종은 공공연하게 용인되었다. 남녀에 대해 이처럼 상반적으로 적용되는 성 가치관은, 급기야 상호모순적인 두 개의 법제, 즉 축첩과 재가 금지 법제가 공존하는 사회적 현상을 낳았다. 그러나 성적 대상임을 의미하는 여성 명명은 정실正室이 아닌 첩妾 및 유락녀인 기녀에게만 적용되는 것이 상례이니, 이 또한 가부장 중심 사회의 남성 편의적인 이기주의의 극단을 드러낸 한 예일 것이다. 규방의 여인들은 가부장적 남성들에게 도덕적 허위를 충족시켰다면, 기방의 여인들은 그들에게 속된 즐거움을 제공했고10), 사대부 남성들은 일반적으로 이러한 분열적인 두 얼굴을 가지고 살았다.

첩妾이라는 명명은 두 가지 의미를 지닌다. 첫째는 정실嫡室과 대를 이루는 개념으로서의 첩이요, 다른 하나는 여성들이 자신을 지칭하는 겸사이다. 그런데 첩妾의 어원적 의미는 접接으로 군자와의 접견接見11)을 의미한다 하니, 전자의 의미가 본원적일 것이다. 이 같은 어원적 의미로 볼 때 첩 존재는 육체적 접촉에 의미를 부여한 사실이 드러난다. 이능화李能和의 기록에 의하면, 당시 속간에서는 다음과 같은 동화적 미어謎語가 존재했다.

붉으면 대추, 대추는 달아, 달면 엿, 엿이면 붙지, 붙는 것은 내 첩12)

---

10) 이상린, 「여성의 침묵과 어두움」, 『아세아연구』 33집, 1994, p.42.
11) 妾之言接也. 聞彼有禮 走而往焉 以得接見於君子也.(說文解字)

첩妾과 접接 의미의 친근성親近性을 이용하여 축첩의 자미滋味를 표현한 말이다. 달고 들러붙는 엿의 속성을 첩의 속성과 동일시함으로써, 들러붙는 자미에 첩의 의미를 전적으로 부여하였다. 들붙는 것은 곧 성적 접촉을 의미하고, 달다는 것은 그로 말미암은 쾌락을 의미하니, 첩이라는 존재는 성적 접촉을 통하여 자미를 충족하는 데 소용되는 존재라는 것을 희화한 동요이다.

천침薦枕은 천침석薦枕席 시침侍寢과 같은 의미로, 첩이나 시녀가 잠자리 모시는 것을 의미한다. 기녀나 첩이 잠자리 모시기 원하거나 친분 가지기를 원할 때 '원천침願薦枕[13]'이라는 표현을 흔히 사용한다. 이때 '천薦'은 '올린다進'는 의미이고, '침枕베개'은 잠자는 데 필요한 용구로 곧 잠자리를 환유換喩하니, 잠자리를 보살피는 역할이란 곧 성적인 대상으로서의 역할과 다름 아니다. 첩과 기녀에게 일반적으로 따라 다니는 명명이었으니, 그들을 단지 성적 대상으로서만 존재의미를 부여하고 있음을 드러낸다. 외직外職에 나가 있는 관리들에 대한 관기의 천침은 일반적이었으며, 계집종에 대한 무차별적 성 유희 또한 사대부들 사이에서 일반화되어 있는 풍속도[14]였으니, 여성 존재에 대한 사대부 인식의 정도를 짐작할 수 있게 한다. 성적 대상 즉 천침하는 자로서의 여성 존재에 대한 이 같은 인식은, 아름다운 기생佳娥를 얻어 욕정을 해소하

---

12) 紅則棗 棗則甘 甘則飴 飴則接 接則吾妾也 : 李能和, 『朝鮮女俗考』, 韓國學研究所, 1977, p.42.

13) 自念如此佳郎如不得薦枕則死瞑目(『靑邱野談』, 「平壤妓奸醜不忘」)

14) 야담(野談) 및 소화(笑話)에는, 계집종에 대한 사대부 남성들(그것도 유명한 혹은 덕망 높은) 무차별적인 성적 유희를, 재미삼아 다룬 이야기들이 많이 실려 있다(고전 여성문학자료 참조).

는 것이 소원이라는 이유로 먼 길을 찾아온 마름_{舍音}에게, 관기 중에서 마음대로 선택하여 즉석에서 능욕하도록 한 관찰사의 허락[15]도 실제 가능했던 것으로 여겨진다. 관기와 천첩은 단지 천침하는 자, 바꾸어 말하면 성적 욕망 해소의 도구였을 뿐이다.

추선_{秋扇}의 축자적인 의미는 가을 부채이다. 부채는 가을바람이 불면 무용지물이 되는 것처럼, 미모가 쇠하여져_{色衰} 버림받게 된 여자를 지칭한다. 한_漢나라 여류시인 반첩여_{班婕妤}는 성제_{成帝} 때의 궁녀로 임금의 총애를 받아 첩여_{婕妤}[16]가 되었는데 후에 조비련_{趙飛燕}이 등장하여 왕의 총애를 독차지하게 되자 반첩여는 참소당하여 장신궁_{長信宮}으로 물러가 태후를 모시게 되었다. 그때 버림받음에 대한 슬픔을 애절하게 담은 「원가행_{怨歌行}」[17]을 지어 버림받은 자신을 추선_{秋扇}이라고 자조적으로 비유한 데서, 위 명명은 유래한다. 이로 말미암아 버림받은 여성을 일컬을 때면 으레 추선_{秋扇}[18]이라는 명명을 사용하게 되었다. 여성 스스로가 자기 비하 심정에서 비유적으로 쓰게 된 명명이지만, 실은 지체 높은 남성들이 궁녀·첩·기생 등과 같은 신분의 여성에 대해 지니고 있는 인식을 반첩여가 파악하여 적절하게 비유한 것이니, 여성 존재에 대한 남성 인식이라 해도 지나치지 않다.

불볕 여름 동안 부채는 더위_{熱知}를 식혀 주는 도구이다. 이때의 열

---

15) 李月英 柴貴善 역주,『청구야담』「잊지 못할 두 남성」, 한국문화사, 1995. (고전 여성문학자료 참조).
16) 중국 한(漢)나라 때 궁중의 여관(女官) 이름.
17) 新製齊紈素 皎潔如霜雪 裁爲合歡扇 團團似明月 出入君懷袖 動搖微風發 常恐秋節至 凉風奪炎熱 棄捐篋笥中 恩情中道絕
18) "君無二心 妾豈不知 但衆口紛紜 恐不免秋扇之捐"(淸, 蒲松齡,『聊齋志異』「阿纖」)

기란 곧 정염情炎성적 욕망의 불꽃을 상징한다. 젊은 여인의 아름다움은 남성에게 정염을 일으키며出入君懷袖 동시에 그 정염을 해소시켜 줄 수 있지만動搖微風發, 미색이 쇠하면 남성을 냉담하도록 만들며凉風奪炎熱 그래서 소용가치가 없어진 여인은 더 이상 총애 받을 수 없게 된다棄捐篋笥中 恩情中道絕. 부채는 정염과의 관련에서만 존재하므로 추선은 정염과의 무관함을 의미한다.

임제林悌가 일지매一枝梅에게 부채를 주며 읊은 시19)에서 부채扇의 상징적 이미지를 다시 확인 해볼 수 있다. 가슴에 이는 정염의 불꽃을 다스리는 데 부채는 필요한 것이며, 당신이 그 정염을 해결해 줄 수 있는 부채가 되어달라는 의미에서 부채를 선사했던 것이다.

이처럼 궁녀·첩·기녀 등과 같은 여성 존재는 미색美色으로 남성에게 정염을 일으킬 수 있을 동안에만 필요한 존재일 뿐이요, 색이 쇠하여 더 이상 정염을 일으킬 수 없게 되면 버림당하는 것이 당연한 추선 같은 존재로 남성들에게 인식되었던 것이다.

지분脂粉의 원 의미는 연지와 분이다. 연지와 분이 여성의 화장에 소용되는 물건이라서 여성을 지칭하는 의미로도 사용되었다. 비슷한 사례로 분대粉黛라는 명명도 있다. 즉 얼굴에 바르는 분粉과 눈썹 그리는 먹黛으로, 화장 도구를 지칭하는 용어가 곱게 화장한 미인이라는 의미로 전용된 것이다. 명명은 존재를 규정한다. 화장 도구로 여성을 명명했다는 것은 화장하는 목적에 비추어 여성 존재를 규정한 것과 다름없다. 화장은 자신을 하나의 '아름다운 대상'으로 창조하기 위한 것이다. 어떤 개성이나 의지를 지니지 않은 하나의 대상, 하나의 예술작품과 같

---

19) 莫怪隆冬贈扇枝 爾今年少豈能知 相思半夜胸生火 獨勝炎蒸六月時

은 것이다.[20) 조선조 사회에서 지분脂粉·분대粉黛라는 명명이 적용된 것은 주로 기녀였으며, 그들의 삶은 실로 남성의 성적 대상에 머물러 있었고, 그것이 모든 것이었을 뿐이다. 성적 대상으로서의 효용성이 있어야 남성의 총애를 받을 수 있었던 것이며, 성적 매력이 없거나 떨어지면 그들이 가장 두려워하는 존재 추선秋扇으로 몰락할 것이었다.

성적 매력으로 부각될 때만 그 생존 의의를 찾을 수 있었던 부류의 여성들은 자연히 치장을 통한 성적 매력의 유지에 필사적이었으며, 성적 매력의 가치기준도 치장을 통한 대상으로 존재하는 여성에게는 남성이 제공한 것이었다. 미인에 대한 가장 일반적인 명명인 세요細腰가 그 대표적 사례이다.

세요細腰는 주지하다시피 가는 허리이다. 가는 허리를 소유하는 것이 미인의 요건으로 간주되었고, 그럼으로 인해 미인을 가리키는 의미로 사용되었다. 중국 한漢나라 성제成帝 때 성제로부터 반첩여班婕妤에게 쏟던 총애를 빼앗아 그녀를 장신궁長信宮으로 물러나게 하고 성제의 총애를 독차지했던 요부 조비련趙飛燕은 워낙 가벼워 '비련飛燕'이라는 명명을 얻었는데, 성제가 이처럼 가는 허리를 지닌 마른 여성을 좋아하자 성제의 총애를 얻어 한 번만이라도 그에게 천침薦枕할 수 있는 기회를 얻고자 열망하던 궁녀들은 세요細腰가 되고 싶어 또는 그것을 유지하기 위하여 앞 다투어 굶다가 죽음에 이른 자도 많았다 한다.

이처럼 지체 높은 남성의 주변 혹은 곁에서 궁녀로 첩으로 기녀로 살았던 여성들은 단지 남성의 성적 유희를 충족시켜 주기 위해 존재하는 대상에 불과한 것이었고, 남성들은 그러한 여성들에게 그 존재에

---

20) 이월영 김익두 역, 『페미니즘 이론』, 문예출판사, 1993, p.254.

걸맞게끔 존재를 규정해 주는 명명을 부여했던 것이니, 그러한 명명들을 분석해 보면 모두 주체적인 존재가 아닌 남성의 욕구충족을 위한 대상·도구로서 존재의미를 규정했음이 드러난다.

그들 존재의 궁극적 규정은 천침賤枕에 있었다. 천침으로 그들의 존재의의가 규정된 이상 천침할 수 있는 요건을 갖추어야 했으니 끝없는 치장脂粉을 통하여 분대粉黛·세요細腰의 경지에 이르러 그 상태를 유지시킬 수 있어야 했으며, 더불어 침석枕席의 자미滋味를 충족시켜 주어야 했던 것이다. 그러나 여성의 아름다운 육체란 세월이 가면 쇠할 수밖에 없는 것이니, 끝내는 성적 매력을 잃고 버림받을 수밖에 없는 운명은 예정된 것이었다. 그래서 정도의 차이는 있을지언정 종국에는 추선秋扇 존재로 생을 마감할 수밖에 없었던 것이다.

이상에서 살펴본 바처럼, 여성에 대한 남성주의적 의식의 이분화二分化는 여성에 대한 명명에서도 드러난다. 정숙해야 하는 아내는 집안일의 본분을 규정하는 명명이 적용되었고, 다른 한편 성적 대상이었던 여성부류에게는 성적 대상으로서의 의미를 농염하게 풍기는 명명이 주어졌다. 남성주의적 의식을 반영하는 이러한 이분법적 명명에도 불구하고 공통되는 점이 있으니, 그것은 한결같이 여성 존재를 형편없이 비하시켰다는 점이다. 이는 언어가 남성의 전유물이다시피 했던 과거에 명명을 통해 의도적으로 여성 존재를 남성과 동등할 수 없는 종속적인 주체 부재의 존재로 규정하려 한 데서 기인할 것이다. 여성은 언어의 사용이 지극히 제한되고 금기되었을 뿐만 아니라, 남성 전유물인 언어를 통해 남성의 편의에 따라 여성 존재가 규정되고 농락당했던 것이니, 여성과 언어는 악연으로 맺어졌다.

2_

묵종 · 부재 강요의 역사

이 글은 앞에서, 여성을 제재했던 도덕률 및 여성에게 부여된 명명을 통하여, 여성은 늘 묵종하는 종자從者로, 주체 아닌 대상對象 · 사물事物로 규정되어 왔다는 사실을 밝혔다. 그리고 이를 한마디로 표현하면 '묵종과 부재'의 규정 및 강요라 할 수 있을 것이다. 이러한 사실은 국조신화의 상징적 표현 속에서도, 역사서의 여성관 속에서도, 실화에 바탕을 둔 조선조 후기의 야담 속에서도 역력히 파악할 수 있다. 본 단락에서는 여성의 '침묵과 부재'에 관련된 몇몇 서사물을 대상으로 거기에 내포된 여성 존재의 의미를 분석해 보고자 한다.

1. 신화적 여성의 존재양상

조선족의 원형적인 여성은 웅녀熊女이다. 그리고 그 웅녀에 관한 정보를 제공해주는 것은 단군신화이다. 웅녀로 불려진 것은 곰熊이 변하여 인간 여성이 되었기 때문이다. 곰熊은 그래서 웅녀의 신원을 나타낸다. 웅녀의 짝인 환웅桓雄이 천신지자天神之子로서의 신원을 가졌던 것과는 대조적이다. 이브는 아담의 갈비뼈로 만들어졌고, 프로이트는 여성을 결핍된 존재로 규정했던 것처럼, 웅녀는 완전한 존재 환웅과는 천양지차인 결핍된 존재로 출발하였다. 이러한 상반된 존재 양상은 남성 중심적 여성 인식에서 말미암은 것으로 인식된다.

조금 더 부연하자면, 웅녀의 짝인 환웅은 천부신天父神인 반면 웅녀는 지모신地母神이다. 천天부父, 지地모母라는 남녀존재에 대한 신화적 관념 그 자체는 이미 남녀성에 대한 계급의식 및 역할분담 의식을 드러낸다. 천天부父는 베푸는 존재·능동적인 존재·높은 존재·규정하는 존재인 반면, 지地모母는 받는 존재·수동적인 존재·낮은 존재·규정 당하는 존재인 것으로, 존재 및 역할 분담의 차별성이 분명히 구분된 것이다.

신화적 여성관의 실체는 지모신인 웅녀가 천부신인 환웅의 짝이 되기 위하여 겪어야 했던 통과의례 과정의 상징적 의미에서 찾을 수 있다. 웅熊은 빛과 차단된 동굴 속에서 삼칠일[21일] 동안을 쑥과 마늘만을 먹으며 금기한 뒤 웅녀熊女로 변신할 수 있었다. 빛과의 차단은 죽음을 상징한다. 동굴穴은 죽음과 재탄생의 장소이다. 웅熊은 죽음 같은 시련을 겪고서야 비로소 웅녀熊女가 될 수 있었다. 그런데 그러한 고통스런 과정을 인내하면서까지 웅녀熊女가 되어야 했던 필연적인 이유는 무엇이었을까? 일차적으로는 환웅과의 결합에 있었다. 환웅과의 결합에 앞서 웅熊은 환웅이 지시하는 죽음 같은 어두움 속에서 침묵으로 일관하며 쓰고 매운 마늘과 쑥만으로 연명하는 시련[통과의례]을 겪은 후 비로소 환웅과 결합이 가능한 웅녀가 되었다. 암흑 같은 공간 속에서의 침묵, 즉 부재不在를 여성이 될 조건으로 강요한 최초의 남자는 조선 역사의 시작을 준비해 준 남신男神 환웅이었다.

이처럼 웅녀熊女가 되기 위한 인고忍苦는 단지 환웅과의 결합을 위한 조건적 준비였다. 주체적 자아의 완성을 향한 인고와는 거리가 멀다. 웅녀가 그토록 혹독한 시련을 극복하고 환웅과의 결합을 준비해야만 했던 또 다른 궁극적 목적은 단군壇君의 출산에 있었다. 시련 극복을 통해 웅녀가 완성시킨 것은 주체적 자아 아닌 단군의 출산이었던 것이다. 결국 웅녀는 단군의 출산을 위해 자신의 존재를 마련했던 여성으로, 인내와 끈기를 가지고 침묵하며 견뎌야 하는 조선 여성의 원형을 제시해 준 셈이다.

동명왕東明王의 모친 유화柳花 또한 웅녀와 유사한 신원 통과의례를 겪은 후 동명왕을 낳는다. 하백河伯의 딸 유화를 유혹하여 웅신산熊神山 아래에 있는 압록변鴨淥邊 방으로 데려가 사통한 남성은 천제天帝의 아들 해모수解慕漱였다. 이 둘의 관계도 환웅 웅녀의 관계와 마찬가지로 천天 - 부父와 지地 - 모母로 상징된다. 중매도 없이 사통했다는 이유로, 부친 하백에게 입술이 늘려져 우발수優勃水에 유기되었다가 금와金蛙에게 발견되어 유폐幽閉당하는 시련을 거친 뒤 동명왕을 낳는데, 이러한 시련과정은 자아완성이나 주체성 확립을 위한 것이 아니라 오로지 동명왕을 출산하기 위해 거쳐야 할 통과의례였다. 남성은 거치지 않는 이니시에이션initiation 과정을 왜 여성만이 유독 겪어야 했을까? 이는 천天 - 부父와 결합하기 위해서는, 신성왕神聖王을 낳기 위해서는 성화聖化되어야 한다는, 천天 - 부父와 지地 - 모母에 내재되어 있는 차별성 때문이었으며, 입술이 당겨지고, 유폐당하는 등의 시련은 여성에게 강요된 묵종21)의

한 원형적 모습이다.

신화에는 이미 남편과 아내의 천양지차天壤之差를 암시하는 계급성, 결핍된 존재로서의 여성, 그 결핍을 보상하기 위한 '죽음의 침묵'을 통한 재탄생, 주체 부재의 희생적이고 주변적인 존재로서의 여성 등에 관한 원형적 상징이 내재되어 있다.

2. 여화女禍 콤플렉스

여화女禍는 두 가지 의미를 지닌다. 첫째는 군주가 여자를 지나치게 총애하여 국사를 그르치는 것이요, 둘째는 여주女主가 집정執政하므로 말미암아 국사를 망치는 것이다.[22] 전자는 여자가 나라의 망조에 간접적으로 영향을 끼친 것이요, 후자는 여자가 직접 집정함으로써 나라를 망조 들게 만드는 것이다. 그러나 여자 · 나랏일의 관련성을 지극히 부정적으로 파악하고 있는 점에서는 일치한다. 문제는 여화女禍에 대를 이루는 남화男禍 개념은 없다는 사실이다. 남성 군주 스스로가, 혹은 총신寵臣 정치로 말미암아, 국정을 그르친 사례는 비일비재하지만, 남성 · 국정의 관계를 부정시한 개념은 존재하지 않으니, 이는 여성의 집정을 본질적으로 금기시한 가부장 중심적인 부정적 여성 인식의 표현이라 여겨진다.

---

21) 이상란은 유화의 입술이 잡아당겨진 벌책을 언어의 상실을 강요받는 상징적 의미를 가지는 것으로 보았다. (전게 논문, p.43)

22) 舊史稱寵信女子 或由於女主執政 而敗壞國事爲女禍

신라에는 선덕여왕善德女王, 진덕여왕眞德女王, 진성여왕眞聖女王, 이렇게 3
명의 여왕이 존재했었다. 그 중 선덕여왕은 『삼국유사』에 실려 있는
「지기삼사知幾三事」로 추측해볼 때 어떤 남성 군주 못지않게 저력과 통솔
력을 지녔던 여왕이었다. 중국 당나라 황제가 신라는 여왕이 통치하기
때문에 고구려와 백제의 침공이 잦다고 여왕 통치를 문제 삼자, 진골
계층에서 여왕 통치에 대한 불만을 구실로 반란을 일으킨 적도 있지만,
지기삼사에서 보여 주는 통치자로서의 지혜 및 「지귀志鬼설화」가 보여
주는 다정다감한 인간성을 통해 볼 때, 지덕을 겸비한 상당히 긍정적인
왕으로 인식되어 왔다. 그런데 『삼국사기』의 저자 김부식이 선덕여왕
본기를 기술하고 나서 유독 그 곳에만 붙인 논평은, 여성 정치 참여에
대한 사대부 남성의 관점이 어떠하였는지를 극명하게 보여 준다.

　　논하여 말한다.

　　신臣은 들으니, 옛날에 여와씨女媧氏가 있었으나 진실로 천자天子는
아니요 복희伏羲를 도와 구주九州를 다스렸을 뿐이라고 한다. 여치呂雉
와 무조武曌 같은 경우는 유약한 군주를 만나 조정에 임하여 칭제稱制
天子를 대신하여 정치를 行함하였지만 역사서에서는 공적으로 왕이라 칭하지
못하였고 다만 고황후高皇后 여씨呂氏, 측천황후則天皇后 무씨武氏라 썼을
뿐이다. 하늘의 이치로 말하자면 양강陽剛 음유陰柔요, 사람의 이치로
말하자면 남존男尊 여비女卑이니, 어찌 여자가 규방을 나서 나라의 정
사 결단하는 것을 허락할 수 있겠는가. 신라에서 여자를 부축해 일
으켜 왕위에 둔 것은 진실로 세상을 어지럽히는 일이었으니, 나라가
망하지 않은 것만도 다행이다. 서경書經에, '암탉이 운다牝雞之晨' 했고,
역경易經에, '동여매인 암퇘지羸豕가 요란하게 버둥거린다' 했으니, 경

계하지 않을 수 있겠는가.[23)]

김부식은 천인계합天人契合적인 음양논리陰陽論理에 비추어, 양강陽剛·남존男尊의 영역에 속하는 정사政事를 여성이 수행하는 것은 역천逆天인양 매도하고 있다. 그리고 중국에서는 여성이 칭왕稱王한 적이 결코 없었음을 굳이 강변하고 있으니, 여비女卑·음유陰柔한 존재 여성이 정사를 돌본 것 그것은 진실로 역천逆天으로서 세상을 어지럽히는 일인데도 불구하고 신라가 망하는 데까지 이르지 않았으니 그나마 다행이라는 논리이다. 여성이 규방에서 벗어나 정치에 개입한 그 자체가 음양의 논리에 어긋나고 역천하는 여화女禍라고 김부식은 인식했기 때문에, 과거 신라의 여왕 통치를 강도 높게 비난했으며, '암탉이 운다'는『서경』의 비유 및 '암돼지가 요란하게 버둥거린다'는『역경』의 비유를 들어, 신라의 여왕 통치를 '암탉이 운' 망국적인 치욕으로 여긴 것이다.

여화女禍라는 개념은, 여성의 자기 표출 및 주도를 금기시 했던 가부장 중심 사회의 철저한 이기주의적 산물이다. 다시 말하면 여성에게 규정된 삶의 양식 '침묵과 부재'를 어기고 감히 남성의 영역을 침범한 것에 대한 분노의 표현인 것이다. 아무런 합리적인 이유나 근거 없이, 다만 하늘을 남성으로 땅을 여성으로 유추한 음양의 논리에 비추어, 자복雌伏하기만을 강요했으며, 여성이 그 제어에 응하지 않거나 그 제어 안에 들어있지 않은 채 주체적인 자기 목소리를 내면, 역천한 자 음양

---

23) 論曰 臣聞之 古有女媧氏 非正是天子 佐伏羲 理九州耳. 至若呂雉武瞾 值幼弱之主 臨朝稱制 史書不得公然稱王 但書高皇后呂氏 則天皇后武氏者. 以天言之則良剛陰柔 以人言之則男尊女卑 豈可許姥嫗出閨房 斷國家之政事乎. 新羅扶起女子 處之王位 誠亂世之事 國之不亡幸也 書云牝雞 易云嬴豕孚蹢躅:『三國史記』, 新羅本紀.

의 이치를 위배한 자로 몰리는 비난을 면치 못했던 것이다. 그래서 심지어는 수탉이 아닌 암탉이 우는 것은 자연의 섭리에 위배됨을 들어 여성이 자기 소리 내는 것을 암탉이 우는 것으로 비유했던 것이다.

'암퇘지가 요란하게 버둥거린다(贏豕孚蹢躅)'는 것은 『역경易經』 구괘姤卦 초륙初六 효사爻辭의 끝 구절이다. 구괘姤卦(☴)는 음기가 비로소 나타나 다섯 양陽을 상대하고 있으니 부정不貞하고 몹시 왕성旺한 상태이다. 그래서 괘사卦辭는 '구姤는 여자가 왕성한 것이니 장가들지 말아라[姤 女壯 勿用取女]'고 명하고 있다. 음陰, 여성이 왕성한 기운을 가지고 있으면 양陽, 남성을 해친다는 인식을 나타낸 것이니, 음陰이 강장強壯한 구괘姤卦의 상징성을 천리에 어긋난 불길한 것으로 규정짓고 있다. 그 다음 이어 나오는 초륙初六의 효사爻辭 전체를 소개해보면 다음과 같다.

묶어 제어할 수 있다면 길吉한 것이지만　繫于金柅貞吉

가는 바가 있으면 흉凶을 보리라　有攸往見凶

묶인 암퇘지가 요란하게 버둥거린다　贏豕孚蹢躅

강장한 음을 제어할 수 있으면 길吉할 것이지만, 제어하지 못하면 흉할 것이다. 아직은 제어상태에 있는 음陰이 뛰쳐나가려 버둥거리고 있으니 경계하라는 것이 구괘姤卦 초륙初六 효사爻辭의 전체적 의미이다.

유학자 김부식은 이처럼 『역경易經』 구괘姤卦 초륙初六 효사爻辭에서 여성의 강장強壯을 경계하는 의미를 지닌 끝 구절을 인용하여, 여성의 통치는 근원적으로 불길한 것이니, 행사의 기미가 보일 때 차단해야 한다는 것을 경계하고 있다. 아울러 여왕 통치를 『역경』 구괘의 경계에 유의하지 못했던 불길했던 역사로 간주하였다.

이처럼 유가적 음양 이데올로기에 의거하면 여성의 강장과 주체적 자아의 표현 선도 등은 음으로서의 천리를 어긴 역천이며, 이는 곧 암탉이 울어 집안이 망하고 나라가 망하는 결과를 가져올 여화女禍라고 간주했던 것이다. 이처럼 과거 역사 속의 여성은 끊임없이 침묵과 부재를 강요당해 왔던 것이다.

3. 대외적 자기표현의 금기

집안에의 감금

이상에서 살핀 바에 의하면, 여성은 여러 기제를 통하여 침묵과 부재를 강요당해 왔음이 드러난다. 침묵과 부재는 동전의 양면과 같다. 침묵은 주어진 종자로서의 존재 규정을 말없이 수용하는 것이며, 침묵을 깨고 항거할 때 비로소 부재의 규정은 그 위력을 잃고 주체적 존재에 대한 인식이 대신하게 될 것이기 때문이다. 그래서 과거 가부장 중심 사회의 남성들은 언어를 전유專有한 채 여성에 대한 비하적 명명을 통하여 부존재적 존재를 규정했으며 침묵을 강요하여 주체적 표출을 금기했던 것이다.

여성의 활동은 담 밖을 넘어설 수 없었다. 여성의 직임을 표현하는 명명들에서도 그 사실을 확인할 수 있다. 규방閨房. 內堂. 內室은 여성의 활동 범위를 담 안으로 한정한 명명이며, 기추箕箒·건즐巾櫛도 지아비의 대면에 그 대인관계를 한정한 명명이다. 천침薦枕·추선秋扇도 그 질적 차원은 다르지만 특정 남성과의 관계에만 한정 지은 성적 대상임을 의미한다. 여러 차례 언급하였지만, 명명은 존재를 규정한다. 여성의 대외적 관계는 철저히 봉쇄되어지고 집안·방안에만 감금당한 채, 침묵을 지키며 부존재적 삶을 영위할 수밖에 없었음을 이러한 명명들은 보여 준다.

여성에게 요구되는 일차적 덕목은 열烈이었다. 그러나 그것이 남성에게는 요구되지 않았다. 이에 상대를 이룰만한 남성의 덕목은 국가·임금에 대한 충忠이다. 열烈은 내부지향적인 도덕률인 반면 충忠은 외부지향적 도덕률로, 여성과 남성의 내內·외外의 분별이 이처럼 남·녀에게 적용된 덕목에서도 확연하다. 정조貞操는 남편에 대한 아녀자의 절대적 덕목이지만, 남편에게서는 신의의 차원이건 도덕적 차원이건을 막론하고 정조가 문제시 된 적이 없었다. 여성에게는 급기야 정조관념의 맹신을 촉구한 재가금지법까지 적용되기에 이르렀지만 남성에게는 축첩이 공공연하게 인정되었기 때문이다. 종자從者 아내는 주인主人 남편에게 철저히 종속·감금되는 반면, 주인主人 남편은 임의대로 종자從者를 부릴 수 있다는 논리였다.

여하튼 열烈 덕목은 아내로 하여금 남편 이외의 외적 관계를 차단시키는 역할을 충분히 수행하였다. 열烈은 남편 안에 아내를 가두어 두었으며 그 이데올로기의 위력은 남편이 죽은 이후에도 지속되어 수절守節로 이어졌다.

규방에의 여성 감금 남편 통제 안에의 여성 감금은 대외적 표현의 차단이요, 침묵의 강요이다. 다시 말하면 남성이 규정하는 대로 여성은 규정되어질 뿐이지 주체적이고 독립적 자아로서의 정체성을 지닌 자아는 부재하는 것과 마찬가지였다. 조선 500년을 한결같이 통제해오던 유가의 가부장 중심적 이데올로기는 단 한 번도 여성을 독립적이고 주체적인 정체성을 지닌 존재로 인정한 적이 없었다.

철저한 가부장 중심사회 조선조는 여성에게 글 교육 받을 기회를 차단하였다. 글 교육은 인식능력을 고양시키고 자기 표현능력을 소유할 수 있도록 한다. '여자라는 존재는 오로지 주식酒食을 의논하고, 물 긷고 절구질하는 일을 하면 그만이지 글을 알아서 무엇 하며, 만약 여자가 글을 알면 도리어 규범閨範에 누를 끼칠 우려가 있다'24)는 것이 여성교육에 대한 일반적 관점이었다. 이규경李圭景이 그러한 상황을 「여교변증설女敎辨證說」에서 잘 보여 주고 있다.

> …사물四勿을 닦고, 삼종三從을 밝힌다. 시집가지 않은 것을 일컬어 처녀室女라 하니 다만 부모에게 효도하고 형제에게 우애할 뿐이다. 시집가는 것을 일컬어 하늘을 옮긴다移天 하니 오직 시부모를 공경하며 섬길 것이요 지아비를 받들어 따를 것이다. 사덕四德이 드러나면 규곤閨壼이 숭상할 것이요, 칠악七惡을 모두 갖추면 향당鄕黨이 그를 버리고 존장尊丈이 날마다 눈살을 찌푸릴 것이고 가군家君은 종신토록 반목하리니 이는 집안이 망하는 것이다. 어찌 맛있는 음식으로 봉양할 수 있을 것이며 제사를 도울 수 있겠는가.25)

여성교육으로 거론된 것들은 집안일을 익히고 여성으로서 금기해야할 기본 법도를 지켜야 한다는 주문에 불과할 뿐이다. 즉 남성의 필요에 따라 여성을 통제할 수 있도록 마련된 기제였을 뿐이다.

---

24) 李能和, 전게서, p.132
25) 修其四勿 明其三從 而在家曰室女 但孝於父母 友于兄弟 出家曰移天 惟敬事舅姑 承順夫子 四德旣著 閨壼宗之 七惡咸備 鄕黨棄之 尊丈惟日蹙頞 家君終身反目 則是爲惟家之索 何以奉甘旨之養 助籩豆之供哉..: 李能和 , 전게서, pp.169-170.

사물四勿은 본디 공자가 제자인 안회顔回에게 하면 안 된다고 가르친, '예가 아니면, 보지 말며非禮勿視 듣지 말며勿聽 말하지 말며勿言 움직이지 말라勿動'는 네 가지 일이다. 공자가 안회에게 말했을 당시의 그것은 군자로서의 올바른 처신에 필요한 덕목이었지만, 집안의 부녀자에게 적용될 때는 일언일투족을 견제하는 족쇄로 작용하기에 충분하다. 삼종三從 또한 집 안에, 그것도 여성을 지배하는 남성에게 무조건 자복雌伏하도록 강요하는 것과 다름 아니다.

사덕四德은 여자가 갖추어야 할 네 가지 덕목, 곧 부덕婦德 · 부언婦言 · 부공婦功 · 부용婦容이다. 여성에게 가르침의 구체적인 항목으로 지적되는 것은 바로 이 사덕이었다. 부덕婦德은 부녀자로서 지켜야할 도리를, 부언婦言은 여자로서의 말씨를, 부용婦容은 여자로서 지녀야 할 몸맵시를 문제 삼은 것이다. 말씨 몸맵시까지도 통제 대상이었다. 부공婦功은 집 안에서 부녀자가 하는 일의 솜씨를 문제 삼은 것이다. 부공婦功은 바로 앞서 언급한 술과 음식의 마련主食是議, 물 긷고 절구질하는 잡일井臼 및 바느질하는 일들이다. 부녀자는 남편과 시부모에게 순종하고 집안일 잘 하여 가족 봉양하고 자식 생산하는 것만을 잘 하면 그만이었다. 오히려 이 이외의 다른 일에 관심을 가지거나 남 다른 지적 재능이 있으면, 부녀자로서의 주어진 일에 폐해가 된다하여 백안시했던 것이다. 그러니 여자에게 자신의 주체적 자아의 정립에 필요한 사유를 수반하는 일체의 문자행위는 거의 금기되었던 것이다.

여성 문필 금기의 의미

조선시대 일반 여성이 문자 학습을 받는다는 것은 몽상夢想으로도 불가능했다[26]고 전해진다. 사대부 학자 집안의 규수 가운데, 예를 들면 신사임당^{申師任堂} 허난설헌^{許蘭雪軒} 유몽인^{柳夢寅}의 누이 윤광연^{尹光演}의 부인 등과 같은 몇몇 식자^{識字} 여성들이 있었지만 이들은 모두 재기가 발랄하여 어깨너머로 견학한 것이었지 직접 교육을 받은 것은 아니었다는 것이다.27) 학습 받은 여성 학자란 꿈도 꿀 수 없는 존재였다.

그래도 이른 바 부덕에 도움이 되는 독서는 권유의 대상일 수 있었지만 문필은 한층 심한 금기 대상이었다. 그러한 사정은 이덕무^{李德懋}와 주문위^{周文煒}의 다음과 같은 논변을 통해서 충분히 인지할 수 있다.

> 부녀자는 마땅히 서사^{書史} 논어^{論語} 모시^{毛詩} 소학서^{小學書} 여사서^{女四書}를 대략 읽어 그 뜻을 알고, 백가^{百家}의 성^姓 · 선대의 족보 · 역대의 나라 이름 · 성현들의 이름자를 알면 그만이지, 쓸데없이 시사^{詩詞}를 지어 외간에 전파하는 것은 옳지 않다.28)

서사 · 논어 · 모시 · 소학서에 대한 독서는 생활 예절에 관한 교양적 독서 수준을 넘지 않는다. 여사서는 남존여비와 삼종 사덕의 봉건윤리를 선양한 책이며 영조조에는 언해가 되어 읽힐 정도로 여성 수신의 중요한 지침서였다. 집안에서 남편과 부모를 섬기고 자식을 양육하며 가정을 위해 가사일을 돌보면서 가족을 위해 자신을 희생하는 것이 그들 삶의 모든 것이었으니, 허락된 것 이외의 지적 습득이나 자기표현은 금물이었다. 시사^{詩詞}와 같은 문필은 기본적으로 자기표현을 수반한다. 여

---

26) 至於一般女子之敎育 乃其夢想所不及:『조선여속고』, 134.

27) 상동.

28) 婦人當略讀書史 論語毛詩 小學書 女四書 通其意 識百家姓 先世譜系 歷代國號 聖賢名字而已 不可浪作詩詞 傳播於外間: 李德懋,「婦義」,『朝鮮女俗考』, p.132 재인용.

성이 만일 이를 통해 사회를 대상으로 자기표현을 하게 된다면 그 여성은 더 이상 한 집안의 한 남성 제어 안에 묶어둘 수 없었던 것이다.

주문위는 여성의 문필에 대해서 더욱 적극적으로 매도하였다.

> 재주가 없다고 칭해질지언정 덕이 없다고 칭해져서는 안 된다. 세가世家와 대족大族의 한두 편 시사詩詞가 불행히도 유전된다면 틀림없이 불제자佛弟子 뒤에 창기娼妓 앞에 반열班列될 것이니 어찌 수치스럽지 않을 수 있겠는가.[29]

여성이 글을 지어 그것이 외부로 유출되어 전해진다면, 그 여성은 불제자 뒤 창기 앞쯤 반열될 수치스러운 일을 저지른 격이다. 바꾸어 말하면 여성의 경우 개인적인 문필이 외부로 누출되는 것은 불자같이 천한 자도 하지 않을 짓이요, 천하기가 한 단계 더 심한 창기나 할 수 있는 일이니, 바로 그 앞에 반열 되는 것이 마땅하다는 여성 문필에 대한 극단적 매도인 것이다.

이러한 주문위의 발언을 두고, 이능화李能和는 조선조 양반들이 여자 교육에 대하여 지녔던 사상을 대표한 말이라고 평했다. 내면적 정신생활의 외면적 표출은 주체적 자아의 정립이요, 이는 남성들이나 할 수 있는 웅비雄飛이지, 내방內房에 자복雌伏하여 남성에게 순종하면서 물 긷고 절구질하고 음식하고 바느질하며 가족을 위한 집안일에만 전념하도록 규정된 '부존재적 존재' 여성이 감히 할 수 있는 일로 용납될 수 없었던 것이다. 삼종지도니 사덕이니 하는 여성 교육의 내용들이,

---

29) 이능화,『조선여속고』, p.134 재인용

주체 부존재를 전제로 가정에 봉사할 것을 익히도록 하는 것에 불과했으니, 주체를 외적으로 표현하기 마련인 문필은 가부장 중심사회가 규정한 여성 존재에 대한 거역과 다름없었다.

기녀는 예외적 존재였다. 외적 표출을 업으로 삼는 존재였기 때문이다. 기녀는 내방의 성생활만으로는 만족할 수 없는 사대부들이, 연회宴會에 동원하여 가무를 담당시킨다는 공적 명분을 부여하여 외부에 장치해 놓고 즐기는 성적 대상물이었다. 그래서 기녀에게는 내면적 정신세계의 표출이 그다지 금기되지 않았고, 사대부 남성들은 그들을 상대로 정서적으로 교감하고 수작하는 것을 오히려 고급한 유희로 여겼다. 문필 재능이 있는 기녀들은 지적 유희 욕망을 더욱 충족시켜줄 수 있기에 사대부 남성들이 더 접촉하고 싶어 하는 대상이었다. 기녀는 이처럼 '정상적 여성'의 범주에서 벗어난 주변여성이었기 때문에 오히려 주변적 존재로서의 한계를 벗고 중심 가까이 설 수 있었던 아이러니컬한 존재였다. 그래서 조선조 여성문학은 기녀문학으로 집중되었다 해도 과언이 아니다.

황진이가 조선조 규방 여성으로 존재할 수 있었을까. 그녀를 일반 사대부가의 여성처럼 규방 안에 가둬두고 살게 했다면 질식하고 말았을 것이다. 만약 사대부 집안 여성 가운데 문필 의욕이 강한 여성이 존재했다면 그는 집안의 구속과 문필에 대한 욕망 사이의 알력 때문에 결국 파탄에 이를 수밖에 없었으리라 추측된다. 『이조한문단편선李朝漢文短篇選』에서 소개한 「매헌梅軒」[30]이 그러한 실상을 극명하게 보여 주는 한 실례이다. 그 전문을 소개해 본다.

---

30) 李佑成·林螢澤, 『李朝漢文短篇選』中

사인士人 한생韓生의 아내 이씨는 과부의 집안에서 생장하였는데, 제형들의 책 읽는 소리를 익히 들어 그것을 기억하고 외워 잊어버리지 않았다. 그래서 문장이 점점 이루어져 그가 말을 내면 모든 사람들이 놀랐다. 시집간 뒤에도 영화에는 전혀 뜻을 두지 않고 방안에만 조용하게 거처하면서 길쌈과 바느질은 마치 남 일 보듯 하였다.

이때 중인 처녀 조소사趙召史로 이름은 옥잠玉簪이요 자는 현포絢圃인 자가 이씨의 명성을 전해 듣고 걸어와 방문하였는데, 그들은 처음 만난 사이임에도 불구하고 마치 오래 사귄 벗 같이 가까워졌다. 그들이 문답한 바는 사물의 이치에 관통한 것이었고 경서와 역사에 관한 논리는 명확했다. 그래서 말세의 남자들은 그들이 거처하고 있는 규방의 경계 안을 감히 엿볼 수도 들어올 수도 없었다.

이씨가 조소사에게 화답한 시는 다음과 같다.

'쌍 해오라기는 무슨 마음으로 날다 다시 내려앉으며,
　조각구름은 자취도 없이 갔다 왔다 하도다.'

옥잠이 말하였다.

"낭자의 시의詩意는 맑고 아름답지만 유원한 기상이 없으니, 슬며시 우려됩니다."

얼마 안 있어 이씨는 낙태하여 죽었다. 조소사는 영연靈筵에서 통곡하며 글을 지어 제를 지내고, 돌아가는 길에 시를 읊었다.

'새 누에 물거품 내는 날 늦은 목욕하고,
　옛 제비 알 떨어트렸을 때 공연히 돌아오도다.'

옥잠은 그 이후로 세상에 전혀 뜻이 없어 꽃피는 아침 달 밝은 저녁이면 흐느껴 울거나 탄식하며 말했다.

"이매헌의 아름다운 모습 지혜로운 말을 다시는 볼 수도 들을 수도 없으니 살아있는 것이 오히려 슬픔이다."

곡기를 끊은 채 먹지 않아 병이 깊어져 죽었다.

이씨의 호는 매헌梅軒이다. 사고私稿가 수백 편이었는데 모두 다 완상할 만한 수작이었다. 그런데도 시댁에서는 굳게 숨기고 말하지 않았고, 친정집에서도 깊이 감추어 두고 전하지 않아 세상에서 인멸되고 말았으니 애석하도다.

자기성취 욕망을 가진 재주 있는 조선조 여성들이 봉착할 수밖에 없는 비극적인 삶을 단적으로 보여 주고 있다. 과붓집에서 생장하였다는 것은 생장과정의 결핍을 의미한다. 기억하고 외워 잊지 않았다는 것은 재기가 발랄하였음을 의미한다. 그래서 점점 자라면서 문장력은 일취월장하기 마련이었고, 그녀가 말만 내면 사람들은 경탄을 금치 못했던 것이다. 그러나 그녀의 학문적·문예적인 능력은 결코 학습을 통한 소득이 아니었다. 남자형제들이 글공부하는 소리를 어깨너머로 듣고 자득했을 뿐이다. 기억하고 외워 잊지 않고 문장력을 길렀다는 것은, 천부적인 재능의 소유자일 뿐만 아니라 문필에 깊은 애정을 가지고 집착했음을 보여 준다. 그러니 결혼한 후에도 자신의 주체를 감추고 집안의 가족만을 위하여 봉사하여야 하는 단순한 가사 노동인 길쌈 바느질에 연연할 수 없었다. 한마디로 부녀자로서의 본분을 유기한 것이다.

가부장 중심적인 세계의 틀과 이씨는 규각圭角을 드러낼 수밖에 없었다. 그리하여 모든 세사에 무심한 채 방에 틀어박혀 자신의 취미에 몰두하다, 그의 명성을 듣고 찾아온 지기지우 조소사와의 만남으로 그들만의 세계가 당분간 조성될 수 있었다. 말세의 남성들이 감히 엿보거나 들어설 수 없었다는 것은 규범적 세계와의 단절을 의미한다. 그러나 거대한 규범적 세계 안에서의 그들만의 세계 지속이란 불가능한 일이었고 파탄에 이르리라는 것은 불 보듯 뻔한 노릇이었다. 조소사에게 화답한 이씨의 시 구절은, 자신의 비상 욕망은 오래 지속될 수 없고 세상에 흔적조차 남길 수 없는 뜬구름의 허망한 배회와 같을 뿐이라는, 가부장 중심사회에서 봉착할 수밖에 없는 자신의 운명에 대한 시참詩讖이었다.

낙태로 인한 죽음은 출산 의무에 대한 거부를 상징한다. 가부장 중심 사회에서 여성에게 과한 '가사와 출산'이라는 두 가지 '신성한 의무'를 이씨는 모두 거부한 것이다. 자신의 내면에서 요구하는 대로 살고자 했고 철옹성 같은 규범의 벽에 부딪히자 스스로 외부와 차단한 채 자신의 내면으로만 침잠하여, 그 안에서 시문으로 자신을 표출하다 결국 외적 압력에 질식·고사당하고 만 것이다. 사고私稿가 수백 편이었다는 것은 외부세계와 스스로 차단한 그들만의 세계 속에서 왕성하게 창작했다는 것을 입증한다. 이씨가 죽은 후 남긴 수작의 풍부한 유작들을 처리한 시댁과 친정의 태도는 사대부 남성들의 여성관을 그대로 보여 준다. 이씨가 남긴 유작들은 이씨의 분신이었다. 여성에게 주어진 규범적 삶을 거부한, 그래서 가부장 중심의 조선조 사회에서는 용납될 수 없는 이씨의 분신이었던 것이다.

이처럼 가부장 중심의 사회 특히 양반 집안에서 자아를 표현하기 마련인 문필은 아녀자에게 용납될 수 없는 것이었고, 문필 욕구·자아의 성취 욕구를 강렬하게 지닌 여성들은 스스로 차단되어 고사할 수밖에 없었다. 이는 조선조 사회의 주변여성 기녀가 남성 사회의 가운데 들어가 여성 특유의 문학을 형성할 수 있었던 것과는 대조적이다.

혹 기녀 작가 이외의 여성 작가군이 조선조에 엄연히 존재했다는 사실을 들어 반박을 가할 지도 모른다. 우선 조선조 중기에는 작가로서의 존재를 결코 무시할 수 없는 사대부 집안의 여성 허난설헌許蘭雪軒이 존재했으며, 서영수각徐令壽閣, 김삼의당金三宜堂, 강정일당姜靜一堂 등31)과 같은 조선조 말기 사대부집안 여성들의 한시 작품집이 현재 전하기 때문이다. 그러나 우선 사대부 남성들의 문집이 전하는 것과 견주어 본다면, 그 존재는 구우일모九牛一毛라 해도 과장이 아닐 정도여서 존재한다는 명색을 낼 수 없을 정도이다. 또 허난설헌을 제외하면 사회적 기강이 해체되어가던 조선조 말기 고종 순조 때 재세했던 인물들이요, 또 한결같이 조선조 여성 이데올로기의 범주를 결코 벗어나지 않고 부녀자로서의 삶에 충실했던 인물들이다. 남긴 시편들의 내용도 남편과 자식에 관한 가족의 범주 안에 머물러 있어, 시작詩作도 오히려 부녀자로서의 도리를 실천한 한 방편이었던 것으로 여겨진다.

허난설헌은 27세의 젊은 나이로 요절하였고 그녀의 작품은 본인의 유언으로 전부 소각되었는데, 일부가 친정에 보관되어 있다가 허균이 명나라 사신에게 주어 중국에서 간행되었다 한다.32) 요절·소각 유언·중국에서의 문집 간행 등은, 조선조 여성 이데올로기가 요구하는

---

31) 이혜순·정하영 역편, 『한국 고전 여성문학의 세계』, 이화여자대학교출판부, 1998.
32) 이혜순·정하영 역편, 위의 책 참고.

여성 삶을 살지 못하고 시적 열정으로 자멸할 수밖에 없었던 조선조 여성 시인의 비극을 대변하는 것이며 그런 점에서 매헌과 유사하다.

3_

고전 여성문학의
소사(小史)와 그 의미

　고전 여성문학은 크게 두 가지 방향으로 나누어 생각할 수 있다. 첫째는 여성 작가의 문학 작품이요, 둘째는 여성 또는 여성 문제를 다룬 문학 작품을 총칭하는 것이다. 이 가운데 여성문학의 본령은 여성 작가가 쓴 문학 작품이어야 함은 두말할 나위가 없을 것이다. 이외에 남성 작가들이 지은 작품임에도 불구하고 시적화자가 여성으로 등장하는 규원시閨怨詩 · 염정시艶情詩도 고려의 대상이 될 수 있다. 그러나 여성화자를 내세운 남성 작가의 이 같은 시들은 순수한 규원시 · 염정시라기 보다 음양원리에 따라 임금을 남성 · 님으로 신하를 남편부재의 원부怨婦로 가탁한 경우가 대부분이다. 그래서 여성문학의 보조적 참고자료는 될 수 있을지언정 엄밀한 의미에서의 여성문학은 아닐 것이다. 여성문학은 여성 작가가 지었거나 적어도 여성의 존재 문제를 다루고 있는 작품군을 그 대상으로 삼을 수 있을 것이다.

　본 단락에서는 여성문학에 대한 여러 접근 방법의 가능성33)들을 모두 접어두고 고전문학에 있어 여성문학이 입각할 점은 결국 이 두 가지로 수렴된다는 사실을 염두에 두고 여성문학의 문학사적 전개를 검토해 보도록 하겠다.

1. 여성 존재를 다룬 서사문학

우리의 개국신화인 단군신화 속에 이미 여성 존재 문제가 다루어지고 있다. 천부신 환웅과의 대척점에 웅녀는 지모신적 존재로 위치하고 있으나, 천부신 환웅에 대응할 수 있는 위상을 갖추기 위해 웅녀는 웅熊에서 웅녀熊女로 변신하는 죽음과 재탄생의 통과의례를 겪어야 했다. 이 도식 속에 남녀 관계에 대한 당시의 관념이 충분하게 농축되어 있다.[34]

『삼국유사; 감통편感通篇』에 실려 있는「김현감호설화金現感虎說話」는 여성 희생의 원형을 제시한 이야기로 이해된다. 가족의 안녕을 위해 사랑하는 남성의 현달을 위해 호녀虎女는 기꺼이 목숨을 바쳤다. 바로 뒤이어 나오는「신도징설화」의 중국 호녀와 비교하면 여성 존재에 대한 여성 자신의 처신과 결행에서 무척 다른 점을 발견할 수 있다. 『삼국

---

33) 여성문학의 문학사적 전개에 대한 접근은 여러 가지 방법이 있을 수 있다. 역사적 순차에 따라 차근차근 나아가며 기술하는 방법도 있을 것이요, 장르별로 나누어 여성문학의 전개 상황을 파악하는 방법도 있을 것이다. 위와 같은 방법을 택하여 조망하는 것이 원칙일 것이나, 본 단락의 목적은 여성문학의 역사적 전개에 따른 세부사항을 살피는데 있는 것이 아니라 여성문학 현상의 특성을 중점적으로 진단해보는데 있다. 그러므로 세부적인 사항들은 모두 생략하고 큰 줄거리만 잡아 다룰 것이다.
34) 앞에서 구체적으로 언급함.

사기』에 실려 있는 「온달설화」도 기존 남성 중심적인 제도권문학의 관점에서 일단 벗어나 여성 존재를 문제 삼고 접근하면 색다른 해석에 다다를 수 있을 것이다.

기존 이 이야기들의 의미를 규정해 왔던 남성 중심적 시각에서 벗어나 이제 여성의 존재를 여성의 시각에서 재해석하고 비판할 수 있어야 한다. 여성은 오랜 세월 동안 가부장 중심적인 편의와 시각에 따라 규정당해 왔을 뿐 스스로 규정하고 해석하고 재정립할 기회를 가지지 못했던 것이 사실이다. 만약 여전히 남성 중심적인 제도권문학에 그 해석을 맡겨둔다면 여성은 늘 수동적이며 묵종적인 종자從者의 존재로 머물러 있고 말 것이다.

여성의 존재를 본격적으로 문제 삼은 문학은 조선조 후기에 와서야 등장한다. 여성 작가는 여성의 존재양식을 구체적으로 문제 삼고 말할 방법이 없었다. 인본주의적 관점에서 여성의 성적 욕망을 구체적으로 문제 삼은 최초의 그리고 유일한 작가는 박지원이었다. 「열녀함양박씨전烈女咸陽朴氏傳」이 바로 그런 작품이다. 박지원은 그 곳에서 조선조 여성을 지배하던 수절 이데올로기에 희생된 청상과부 삶의 내면적 실상을 폭로하였으며, 그 이데올로기의 세뇌 및 억압이 초래하는 반인본적 잔인성을 폭로하였다. 채 합방도 해보지 못한 청상들의 자결은 스스로 택한 죽음이라기보다 수절 이데올로기가 저지른 살인이었던 것이다.

야담집에 실린 일부 이야기들 또한 조선조 당시 사회 속에 처한 여성의 존재를 여러 양태로 문제 삼고 있다. 여러 야담집 속에 산재되어 있는 재가담·여성신분상승담·여성자아실현담 등이 그것이다.

재가담은 기본적으로 수절여성 이데올로기에 반하여 여성의 성적 본능을 인본주의적인 관점에서 문제 삼은 것이라 말할 수 있다. 그러나 재가담이 출현했던 더욱 직접적인 원인은 세상 어느 곳에도 존재한 적 없던 재가금지라는 조선조 법제 때문이었다. 조선조는 여성에게는 재가금지 남성에게는 축첩허용이라는 이율배반적인 법제가 동시에 존재했던 철저하게 이기적인 가부장 중심 사회였다. 이러한 조선조 사회의 법제적 모순 속에서 벌어지는 기득권 이용을 통한 남성들의 악랄한 축첩과 여성 존재에 대한 인본주의적 각성 등이 복합적으로 작용하고 반영되어 다양한 재가담35)들을 낳았다.

여성신분상승담 및 여성자아실현담은 자아성취에 대한 인간[여성]적 욕망과 묵종 여성 이데올로기 사이의 알력에서 태어난 이야기이다. 천민 여성의 경우는 주체적인 자신의 능력을 발휘해 신분상승을 성취하는 신분상승담36)으로, 양반가 여성의 경우는 여성 억압을 극복하고 자아성취를 위해 분투하다 결국 죽음에 이르고 마는 자아실현 좌절담37)으로 성립되었다.

2. 조선조의 여성 문인

「공무도하가」의 작가가 백수광부의 처요, 정읍사의 작가는 외지로 행상 나간 남편을 기다리며 이 노래를 부른 아내요, 「도천수관음가」의

---

35) 李月英, 「야담집 소재 재가담 연구」, 『한국언어문학』 42집, 한국언어문학회, 1999. 5.
36) 李月英, 「야담집 소재 여성신분상승담 연구」, 『한국언어문학』 45집, 한국언어문학회, 2000. 12.
37) 李月英, 「야담집 소재 여성담 연구」, 『한국언어문학』 39집, 한국언어문학회, 1997. 12.

작가는 자식의 눈을 뜨게 해달라고 기도하며 노래 부른, 아이의 모친 희명希明으로 이들은 모두 여성이다. 이처럼 구체적인 작품을 가지고 그 작가를 추적하면 고대에서부터 여성 작가는 존재했다 할 수 있다. 그러나 창작 인식을 가지고 작품을 창작했던 여성 작가를 논하려 한다면 그것은 조선조에 와서야 가능하다.

고전문학사 속에서 여성 작가가 집필한 여성문학의 위상을 독립적으로 정립하는 것은 거의 불가능하다. 이러한 현상의 원인은 다원적일 것이지만 그 일차적인 원인은 여성과 언어 사이에 주어진 악연에서 찾을 수 있을 것이다. 언어는 통치자 계급에 속하는 남성의 전용물이었다. 여성이 언어를 통하여 자신을 외적으로 표현하는 데는 수많은 장애가 도사리고 있었다. 정규교육의 대상에서 철저하게 배제된 여성이 글을 익혀 자기표현이 가능한 단계에 이르는 것도 전적으로 자득에 의존할 수밖에 없었으며, 특히 조선조에서는 여성이 문필생활 하는 것을 금기시 하였던 것이다. 여성은 남성의 종속적인 존재로 묵종이 강요되었을 뿐이니 글을 통해 주체적인 자기 목소리를 밖으로 표현하는 것은 여성에게 주어진 규정을 이탈하는 것이었고 때문에 여성의 문필은 거의 실덕失德으로 여겨졌다. 조선조의 규방 여성 작가를 대표하는 허난설헌이 조선조 말까지 남성 사대부들로부터 '재주는 승勝하지만 덕德이 없었다'는 비난을 당해야 했던 것도 결국은 허난설헌의 문필에서 말미암았던 것이다. 단 여성으로서는 주변인이었던 기녀집단만이 이 같은 여성적 규제에서 벗어날 수 있었으며 그런 까닭으로 기녀 작가는 조선조 문단에 있어 특별한 존재였다.

기녀 작가

　기녀는 춤과 노래를 익혀 주연이나 유흥의 자리에 충당되어 흥을 돋우는 일종의 사치노비였다. 단 기녀를 동반하고 즐기는 주체는 주로 사대부 남성이었으므로 일반 여성들과는 달리 지배적인 위치에 있는 남성들과의 접촉이 자유로웠다. 그래서 재주 있는 기녀는 주연에서 가무뿐만 아니라 작시창화作詩唱和를 겸하여 사대부 남성들과 정서적 교감을 나누기도 했으며 당대 문인들과 어울려 풍부한 로맨스를 남기기도 하였다. 사대부 남성들과의 수작酬酌 관계 속에서 기녀들은 수많은 시조와 한시를 남기고 있지만 그 가운데 대표적인 기녀는 단연 황진이와 매창이다.

　황진이는 중종 연간에 활동했던 기녀로 생몰 연대 및 출신이 확실하게 알려진 바 없이 신비의 베일에 싸여 있는 기녀 작가다. 6편의 시조와 10여 편의 한시를 문헌 여기저기에 남기고 있을 뿐 그녀의 문학적 재능 및 수준에 걸 맞는 문집은 존재하지 않는다. 그녀는 당대의 석학·문사들과의 사이에 많은 염문을 남겼으며 금강산 유람[38]에서 단적으로 보여 준 호탕불기豪宕不羈한 여러 기인적 행각은 두고두고 회자되어 전승되었다. 그녀의 시조와 한시는 남아 있는 매 편마다 기발한 착상과 시어의 자유자재로운 재단 및 운용에 있어서 타의 추종을 불허한다. 그녀가 기녀 신분으로 살아야했던 것은 인간적인 불행일 수 있었겠으나 그녀가 남긴 시작품 및 행각의 편린들을 모아 종합해 볼 때, 조선조 여성 억압의 구조 속에서 그녀는 평범한 규방 여성으로는 결코 견뎌낼 수 없었을 것이라고 판단된다. 대 남성적·대 사회적

---

38) 이월영 역주, 『어우야담 보유편』, pp.68-71, 한국문화사, 2001.

행동반경이 비교적 자유로울 수 있는 기녀라는 신분을 유용하여 그 속에서 황진이는 자신의 개성과 재능을 미련 없을 만큼 표출했던 것으로 이해된다. 그러나 황진이가 양반집안 남성으로 태어났더라면 온존할 수 있었을 풍부하고 수준 높은 문예적 결실을 생각하면 애석함을 금할 수 없다. 기생 황진이의 작품은 가부장 중심적 불평등 사회구조 속에서 단편적으로만 전승되어 남았을 뿐 그 대부분은 사장되어 버렸기 때문이다.

매창梅窓은 선조 광해조 연간에 재세 했던 부안 기생으로 황진이와 쌍벽을 이루는 기녀 시인이다. 그녀가 죽은 지 58년 후 변산 개암사에서 2권 1책 58수의 시를 개간하여, 그녀의 시작품들이 비교적 온전할 수 있는 행운을 누렸다. 그녀는 황진이와 쌍벽을 이루는 시인이었지만 황진이와는 대조적인 성향으로 조용하고 섬세하고 나약한 감성의 소유자였다. 이름난 시인이며 학자인 천출賤出 유희경과는 상호간 연정시를 주고받은 각별한 사이였으며 허균에게 그 시재를 인정받기도 한 기녀 시인이다. 그러나 매창은 황진이처럼 활달한 기상으로 소회所懷를 품어내지도 못하였으니, 그 주변에 있었던 남성들과의 관계 속에서 그리움을 토로한 애상적인 상사시가 주를 이룬다. 천부적 감수성과 재능을 가진 여성 시인이었지만 기녀 작가적 범주 안에서 안분했던 여성 시인이다.

규방 작가

규방 작가를 신분에 따라 양반가 여성 시인, 중인 여성 시인 등으로 세분할 수도 있다. 그러나 남성과의 관계가 자유로운 기녀 작가와 그렇지 못한 규방 작가로 대별하는 것이 여성 작가들의 기본적 특성 탐구에 더 선명한 결과를 얻을 수 있을 것이다. 글을 익혀 시를 짓는다는 것은 기본적인 지적 능력을 전제하는 것으로 글과의 접촉이 비교적 많을 양반가 여성들에게 작가로서의 소양을 계발할 기회가 주어질 수 있었다. 그러므로 기생 작가의 대척점에 양반집안 규방 작가가 존재한다.

대표적인 규방 작가로는 조선 중기의 허난설헌許蘭雪軒과 조선 말기의 김삼의당金三宜堂을 떠올릴 수 있다. 이 두 여성 작가는 황진이와 매창이 대조적인 성향을 보이는 만큼이나 여러 가지 면에서 비교되어질 수 있는 작가이다.

허난설헌은 조선 중기 선조조의 여성 작가로 27세의 젊은 나이로 요절하고 만 불행했던 여성 시인이다. 그녀는 재기발랄한 재주를 버리지 못하고 시에 집착하여, 유선시遊仙詩를 통해 여성으로서 겪어야 하는 삶의 억압을 초월하였으며, 규원시閨怨詩를 통해 남편의 외도를 원망하였다. 그러다 요절하여 조선조 가부장 중심 사회 속에서 오래도록 실덕失德한 여인으로 낙인찍혔던 여성 작가였다. 그녀 시의 주된 정조를 이루고 있는 고독·원망·몽상은 그녀 삶의 비애와 원망顯望을 담아낸 것이다. 이런 점에서 허난설헌은 여성 억압적인 사회 속에서 여성에게 주어진 족쇄를 견뎌내지 못하고 고통스러워하고 원망하고 절규하다 비명에 간 불행한 전형적인 사대부가 여성 시인이었다.

김삼의당은 조선조 말기 정조시대에 주로 활동했던 여성 작가로, 여성 시인 중 가장 많은 작품 수를 담은 문집을 남겼다. 그녀의 시문 창작이 원만하게 이루어질 수 있었던 가장 큰 원인은 남편의 전적인 후원에서 말미암은 것으로 볼 수 있다. 삼의당과 남편 담락당湛樂堂은 결혼 초야부터 서로 시를 주고받으며 지기지우知己之友인 동반자적 관계 속에서 그녀의 시작 생활은 지속되었기 때문이다. 그러나 삼의당 시작은 오직 남편과의 관계로만 한정되고 말았다. 20년 동안 지속되었던 남편의 과거급제에 대한 집착과 별리고別離苦가 삼의당 시문 내용의 대부분을 이루고 있기 때문이다. 그러나 그 끈질긴 집착에도 불구하고 남편은 끝내 과거급제에 실패하고 말았고, 회시會試에 응하기 위해 상경하는 남편을 전송하는 시를 마지막으로 삼의당은 절필했다. 회시에서의 불합격은 과거급제에 대한 완전한 절망이었고 거기에서 삼의당의 창작생활도 완전히 멈추고 말았던 것이다. 남편은 삼의당 시의 원천이기도 했지만 삼의당 시의 한계이기도 했다. 삼의당도 벗을 수 없었던 여성 작가로서의 비애는 바로 여기에 있었다 할 것이다.

조선조 여성 문인은 무척 특수한 존재다. 정규교육이 완전히 박탈당한 상태에서 어깨너머로 아니면 자득自得으로 글을 익혀 자유자재로 글을 지을 수 있는 수준에 이른 것은 이미 그 비범성을 증명하는 것이라 보아야 할 것이다. 교육은 물론이고 여성이 자기 표현하는 것도 철저히 억압받았던 것이 조선조의 여성 현실이었다. 그러기에 여성으로서는 주변인이었던 기녀 가운데 그나마 명색 있는 문인이 존재할 수 있었다. 여성 문인을 대표하는 황진이와 매창도 기녀이었기에 그 이름을 후세에 남길 수 있었다. 기녀이면서도 역경을 딛고 글을 쓸 수 있었던 것이 아니라 기녀이기에 오히려 자유롭게 쓸 수 있었던 것이다. 그래서 천부적인 문학적 재능을 지닌 양반가 여성들은 그 삶이 오히려 더 고통스러울 수밖에 없었다.

허난설헌은 타고난 재주 때문에 불행한 일생을 살다 요절하였으며, 시 때문에 남게 된 명성에는 오히려 덕이 모자란 여성이라는 치욕스런 비난의 꼬리표를 먼 후세에까지 달고 다녀야 했다. 매헌梅軒[39]은 문학에 대한 열망 때문에 스스로 외부와 단절한 채 독서하고 시작詩作하는 일에만 몰두하다가 요절하였으나 그가 지은 수많은 작품들은 흔적도 없이 사장 당하고 말았다. 창작생활이 비교적 자유로웠으리라 여겨지는 삼의당도 남편세계 밖으로 벗어날 수 없었던데 여성 문인으로서의 비극이 있었다.

조선조 여성 문인을 제대로 평가하기 위해서는 그 당시 여성들이 처해있었던 억압적 환경에 대한 철저한 이해가 있어야 할 것이다. 이러한 기본 배경에 대한 고려나 분석 없이 다른 남성 문인들과 대등한 견지에서 여성 문인을 논하고 그 결과에 대해 비하하는 것은 부당한 어불성설이다. 교육의 기회를 완전히 박탈당한 여성이 글을 익혀 창작하고 문집까지 남겼다는 것은 그 자체만으로도 출중한 일이었기 때문이다. 아직도 감추어져 있는 여성 작가들의 존재를 계발해 내어 그들 작품 안에 담겨있는 문학세계의 범주를 적극적으로 확장시켜 이해하고 재해석하여야 할 것이다.

39) Ⅱ장, 고전 여성문학자료, 1여성 존재를 다룬 서사문학, 7)매헌.

4장

여성 시의 어제와 오늘

이희경

1_

여성 시의 전사(前史) _1920년대 여성 시

1. 전통적 여성의 굴레 벗기, 사람으로 살기

한국 근대문학에서 여성 문학인이 등장한 것은 1920년대이다. 근대 문학형성기에 남성 문학인과 나란히 문학 활동을 시작했다. 김명순은 소설 「의심의 소녀」[1917]를 시작으로 17편의 소설을 발표했으며, 시집 「생명의 과실」[1925]을 발간했다. 김일엽은 시와 소설도 발표했지만 주로 평론 활동에 주력했다. 나혜석은 시보다는 소설과 수필, 잡문에 능했다. 남성 평론가들은 그녀들이 작품 없는 문인생활을 하며 연애에 골몰했다고 비난했다. 최근 여성 연구자들은 나혜석, 김명순의 작품은 양적, 질적인 면에서 당대의 남성 작가들에 비해서 결코 뒤지지 않았다고 지적하면서 그녀들이 작품이 없다는 평가는 작품을 찾을 마음과 작품을 볼 눈이 없었기 때문이라고 지적하였다.[1]

---

1) 서정자, 「나혜석 연구」, 『문학과 의식』, 1988., 송명희, 「이광수의 〈개척자〉와 나혜석의 〈경희〉에 대한 비교연구」, 『비교연구』 20집, 1995.

당시 한국 여성운동은 봉건적 가부장제와 식민지배라는 두 가지 과제 중 식민지배 극복에 초점을 맞추고 독립운동을 후원하는 형태로 취했다. 말하자면 당시의 여성운동은 여성운동이라기보다는 애국주의에 기반을 둔 민족계몽운동을 후원하는 형태를 띠었다.[2] 김명순, 김일엽, 나혜석은 당시의 신여성들과는 달리 성적 모순 타파를 주장하였다. 자유연애와 자유결혼를 통하여 여성이 남성의 종속물이 아닌 대등한 인간임을 주장했다. 그 방법 중 하나로 선택한 것이 여성문학잡지를 만드는 것이었다. 나혜석, 김일엽, 김명순은 일본 유학 시절, 『여자계』를 중심으로 작품 활동을 하였다. 나혜석은 『여자계』를 실질적으로 이끌었고, 김일엽은 『신여자』를 발간하면서 여성해방문학론을 이끌어갔다. 이들이 문학 활동을 시작하면서 맨 먼저 잡지창간에 관심을 기울인 것은 여성해방문학의 독자적 틀을 구축하고 싶은 의도 때문이었을 것이다.[3] 김일엽은 여성해방의 선구적 잡지인 『신여자』를 발간하면서 여성해방 논의의 지평을 열었다.[4]

---

2) 이효재, 「개화기 여성의 사회진출」, 『한국 여성사』, 이화여대출판부, 1972. p.109. 한국 여성연구회 편, 『한국 여성사』, 풀빛, 1992. p.123., 이효재, 앞의 글., 최혜실, 「1920년대 신여성의 사랑과 고백」, 『신여성들은 무엇을 꿈꾸었는가』, 생각의 나무, 2000. pp.169-170 참조.

3) 당시 문단활동은 동인지를 중심으로 전개되었고, 김명순, 나혜석도 『창조』, 『폐허』 동인으로 참여했다. 그러나 그 활동이 남성 작가에 비해 미비했다. 이것은 남성문인들 중심으로 운영된 동인지에서는 그녀들이 여성의식을 표현하는 것이 어려웠기 때문으로 해석된다. 이러한 문단상황에서 여성해방의식을 피력할 수 있는 문학잡지를 창간한 것으로 보인다.

4) 신여자는 1917년 6월부터 간행시작. 1921년 1월 6호까지 확인되었으나, 정확한 종간 년도는 알 수 없다.

개조!

이것은 5년간 참혹한 포탄 중에서 신음하던 인류의 부르짖음이요,

해방!

이것은 累千年 暗暗한 房중에 갇혀 잇던 우리 여자의 부르짖음입
니다.

(중략)

다만 사회를 위하여, 해방을 얻기 위하여, 남보다 나은 사회를 만
들기 위하여 일 하는 데 조금이라도 공헌하는 바 있을까하여 나온
것이 우리『신여자』입니다.[5]

김일엽은『신여자』창간사에서 신여성의 과제를 '개조'와 '해방'으로
보았다. '개조'는 식민지배의 현실과 맞물린다면, '해방'은 봉건지배와
대응한다. 사회개조와 여성해방을 맞물려있는 것으로 바라보는 시각
은 당시의 여성운동과 같지만 김일엽은 사회개조를 위해서 선결되어
야 할 것이 여성해방이라고 본다는 점이 다르다. 이것은 나혜석과 김
명순의 견해와도 상통하는 점이다. 그녀들은 식민지배라는 민족모순
을 극복하기 위해서는 먼저 여성이 해방되어야 한다고 보았다. 근대
적 자아란 결국 개아(個我)로서의 각성이라고 할 때, 여성의 자각이 봉건
적 압제에 결박된 여성의 상황을 타개하려는 의식으로 표출되는 것은
당연하다.

내가 인형을 가지고 놀 때

---

5) 김일엽, 「婦女雜誌 新女子 創刊辭」, 『신여자』, 1920.3.

기뻐하듯
아버지의 딸인 인형으로
남편의 아내 인형으로
그들을 기쁘게 하는
위안물 되도다

남편과 자식들에게 대한
의무같이
내게는 신성한 의무있네
나를 사람으로 만드는
사명의 길로 밟아서
사람이 되고저

나는 안다 억제할 수 없는
내 마음에서
온통을 다 헐어 맛보이는
진정 사람을 제하고는
내 몸이 값없는 것을
나 이제 깨도다

아아! 사랑하는 소녀들아
나를 보아
정성으로 몸을 바쳐다오
많은 암흑 횡행할지나

다른 날, 폭풍우 뒤에

사람은 너와 나

노라를 놓아라

노라를 놓아라

최후로 순순하게

엄밀히 막아논

장벽에서

견고히 닫혔던

문을 열고

노라를 놓아주게

나혜석, 「인형의 家」6)

    나혜석이 눈을 뜬 어둠은 '아버지 · 남편'에게 '위안물 · 노리개'로 대
상화된 여성의 삶이다. 이것은 이전의 여성에게 '가치'라는 이름으로
부과된 것이지만, 계몽의 빛에 눈을 뜬 지금은 '값없는 것'일 뿐이다.
'값없는 삶'은 "人馬에 밟히면서도 싫다고도 못하고 바람불면 먼지 되
고 비오면 진흙 되는 모래"[沙]와 같은 종래의 여성 삶이다. 모래처럼
사는 것은 주어진 상황에 지배되며 사용될 뿐인 '인형'과 같은 여성의
삶이다. '여성 · 인형'이 갇힌 '집안'은 '집밖'이라는 공적인 영역으로부
터 철저하게 단절된 채, 집밖의 영역에 존재하는 아버지 · 남편과 같은
가부장에 의해 지배된다. 그러므로 '규방/부엌/집'이라는 안의 공간에

---

6) 『매일신보』, 1921. 4. 3.

놓인 여성은 '어머니와 아내'라는 남성과의 관계역할을 수행하는 것을 '신성한 의무'로 강요받는다. 여성에게 남성과의 관계에서 규정되는 타자의 삶[7]을 강요하는 현실을 깨달은 이상, 여성의 삶에 드리워진 어둠을 목도한 이상 '인형의 삶'은 더 이상 '신성한 의무'로 추구할 수 없다.

자신이 아버지·남편의 인형으로 존재했다는 것을 깨닫는 것은 인형이 아니라, '사람'임을 깨닫는 것의 다른 말이다. 나혜석에게 가치로운 삶은 '사람이 되는 것'이다. 그것은 '사람답게 사는 것'과 아직은 다르다. '사람답게'란 이미 사람으로 살아가고 있는 것을 전제한 후에 추구되는 것이라면, '사람이 되는 것'은 아직 '사람으로 대접받지 못하고 있음'을 의미한다. 즉 여성이 남성의 타자로 대상화된다는 상황인식만으로 '사람이 되는 것'이 아니다.

가부장이 지배하는 집에서 여성은 인형처럼 타자의 삶을 살아왔기 때문에 '사람이 되는 것'은 '사람이 되려는' 노력이 뒷받침될 때 비로소 가능하다. 그것은 여성을 인형으로 만들려는 가부장의 가치관에 대한 싸움을 수반한다. 그리고 그 싸움은 '인형의 집에서 가출'로 구체화된다. 남편/아버지 집에서의 가출은 대상적 삶에서 주체적 삶으로, 사적 세계에서 공적 세계로의 진입을 의미한다. 한편으로 그것은 여성 자기만의 집짓기를 의미하기도 한다. 예술가로서의 삶을 추구하는 것은 나혜석에게 자기만의 집을 짓고, 공적 세계와 주체적으로 소통하는 방식이었다. 그 과정에서 글쓰기는 자신의 집짓기를 확인하는 수단이며,

---

7) Simone de Beauvoir(trans. by H.M. Parshley), *The Second Sex*, New York; Bantam,1961. p.851.

여성의 삶을 인식해 가는 도구였다. 나혜석은 '여자이기 이전에 사람이기'를 추구했다. 여기서 그녀가 말하는 '여성으로 사는 것'은 '아버지·남성'과의 관계에서 '딸·아내·어머니'로 살아가는 것을 의미한다면 '사람으로 사는 것'은 화가·문학인의 삶을 의미한다. 앞의 것이 가부장사회가 요구하는 덕목에 순응하는 것이라면, 뒤의 항목은 여성 주체의식을 바탕으로 추구되는 것이다.

나혜석이 가부장제가 부과한 여성성의 정체성을 인식한 위의 시는 여전히 현재에도 유효하다. 가부장제 아래에서 남성의 성 정체성은 한 가정의 가장으로, 그리고 사회적 입신을 통하여 만들어지지만, 여성의 성 정체성은 오로지 아버지·남편·아들에 의해서 규정되고, 그들에 종속되어지는 대상적 자아를 요구한다.

여성이 남성과 동등한 독립된 자아를 추구하겠다는 그녀의 주장은 남성의 집으로부터 가출로 표출된다. 남성 중심의 가계로부터 해방은 그러나 '많은 암흑과 폭풍우'와 같은 시련과 고통이 뒤따르지만 그러나 비로소 그러한 싸움을 통하여만 사람이 될 수 있다는 깨달음을 천명한다.

'사람이 되는 것'은 나혜석이 평생을 두고 추구한 목표였다. 결혼을 하고, 아이들의 어머니가 되고 난 뒤에도, 이혼 후에도 이 목표를 변함없이 추구했다. 이러한 인식 속에서 최초의 근대 여성 작가로서의 글쓰기가 이루어졌다. 여성에게도 자아가 있다는 것, 여성의 육체적 조건과 사회적 불평등을 여성의 입장에서 공론화시켜야 한다는 것, 그것이 물의를 일으키고 욕을 먹는 일이라고 할지라도 여성의 역사에서 의의 있는 일이라면 해야 한다는 것, 이것이 근대 조선여성으로서 나혜석이 지닌 자의식이었다.[8]

벽도 없이 문도 없이

동하여 광야 되고

그 안에 있는 물건

쌩쌩 돌아가는

어쩌면 있는 듯

어쩌면 없는 듯

어느덧 맴돌다가

갖은 빛 찬란하게

그리도 곱던 색에

매몰히 씌워주는

검은 장막 가리우니

이 내 작은 몸

공중에 떠 있는 듯

구석에 끼여 있는 듯

침상 아래 눌려 있는 듯

오그려졌다 펴졌다

땀 흘렸다 으스스 추웠다

나혜석, 「모된 감상기」[9]

---

8) 이상경, 『인간으로 살고 싶다 -영원한 신여성 나혜석』, 한길사, 38-39. 이러한 생각은 그의
   소설에서 지속적으로 추구되는데, 대표적으로 소설 「경희」에서 나혜석은 "경희도 사람이
   다. 그 다음에는 여자다. 그러면 여자라는 것보다 먼저 사람이다. 또 조선사회의 여자보다
   먼저 우주 안 전 인류의 여성이다."(나혜석, 「경희」, 이상경, 앞의 책. 103쪽)라고 말한다.
9) 『동명』, 1923. 1. 14.

이 시는 나혜석이 첫아이를 낳고 난 후 쓴 「모된 감상기」[10]라는 수필에 들어있는 출산의 고통을 다룬 작품이다. 이 글에서 그녀는 두 가지 점에서 '모성의 신화'[11]를 비판한다. 첫째 "모성은 처음부터 있는 것"이 아니라 키우면서 발현된다는 점, 둘째 '어머니로 살아가기'는 예술가로 살아가려는 삶에 장애가 된다는 점이다. 당시는 물론 지금까지도 임신과 출산, '어머니 되기'는 기쁨이며 축하할 일로 그려진다는 점을 고려할 때, 나혜석의 글은 파격이다. 무엇보다도 이 글은 여성의 몸과 모성을 신비화하고 대상화시킴으로써 여성 스스로 자신의 몸을 말할 수 없도록 한 가부장적 금기를 깨뜨리고 있다는 점에서 여성주의적이다.

여성의 몸은 바라보는 자, 즉 남성의 시선과 가치관에 의해서 규정됨으로써 여성은 자신의 몸으로부터 소외된다.[12] 즉 여성의 몸은 가족 제도 안에서 아내와 어머니라는 이름으로, 사회에서는 여성의 성적 매력을 강조하는 통념에 따라 이른바 사물로서의 몸으로 취급된다.[13] 몸의 대상성은 여성 삶의 타자성을 말해 준다. 따라서 여성이 스스로

---

10) 이 글에 대해서 남성의 반론(백결생, 「관념의 남루를 벗은 비애」, 『동명』, 1923. 2. 4)이 제기되자, 그것에 답하는 글에서 나혜석은 "자신의 글이 여성고유의 경험을 공유하는 여성 독자를 향한 것이며, 자신과 같은 경험을 가진 어머니들이 읽고 공명하기를 바랬다"(나혜석, 「백결생에 답함」, 『동명』, 1923. 3. 18)고 말했다.

11) 리치는 '모성의 신비화'는 가부장제 사회에서 남성이 여성을 지배하는 방법이라고 말한다. 리치에 의하면 남성은 여성이 지닌 생명 창조력에 대한 두려움 때문에 모성을 제도화하고 관리함으로써 여성이 스스로 모성을 체험하고 지배하는 것을 막았다(Rich, Adrienne (김인성 역), 『더 이상 어머니는 없다』, 평민사, 1995. 참조).

12) Miriam Greenspan(고석주 역), 『우리 속에 숨어있는 힘』, 또 하나의 문화, 1995. pp.190-201 참조.

13) 이은정, 「육체, 그 불화와 화해의 시학」, 『한국 여성 시학』, 깊은 샘, 1997. p.48.

자신의 몸을 말하는 것은 남성의 타자이기를 거부하는 구체적인 표현이며, 나아가 여성만의 독자적 글쓰기의 출발이 된다. 여성문학의 독자성[14]은 여성의 육체적 체험에서 나오는 글쓰기를 말한다는 점에서 나혜석의 글쓰기는 여성적 글쓰기, 몸으로 글쓰기[15]의 한 단면을 보여 준다.

김명순은 김일엽, 나혜석과는 사뭇 다른 목소리로 글쓰기를 했다. 김일엽, 나혜석이 당당하게 여성해방 입장을 글로 피력했던 것에 반해 김명순은 소극적 목소리로 여성 시인의 입장을 표명했다. 김명순은 평양 갑부 김희경의 서녀로 태어났다. 14살 때 아버지가 돌아가시자 김명순은 가난과 멸시 속에서 살아야 했다. 기생을 어미로 둔 서출의 딸이라는 출생의 비루함을 김명순은 감추고 싶은 또는 극복해야 하는 운명의 굴레로 표현했다. 따라서 김명순에게 여성 문학인이 되는 것은 신분 콤플렉스의 극복은 물론 자신이 추구하는 여성으로서의 길을 동시에 얻을 수 있는 방법이었다. 김명순의 시 「길」은 그녀가 추구하는 여성 시인의 의미와 그것을 표현하는 시인의 태도를 보여 주고 있다.

---

14) 여성 작가들은 여성으로서의 성 정체성을 육체적 경험에서 찾는다. 이것은 남성과 다른 육체적 경험의 차이가 여성문학의 토대라는 여성주의 시각에서 비롯된다(Helena Michie (김경수 역), 『페미니스트시학』, 고려원, 1992. 참조).

15) 여성적 글쓰기(ecriture feminine)는 엘렌 식수스가 여성 글의 독자성을 정의하기 위해 만든 개념이며, 몸으로 글쓰기(writing the body)는 이 개념을 설명한 앤 로잘린드 존스의 글(Ann Rosalind Jones(김효 역), 「몸으로 글쓰기」, 『여성해방문학의 논리』, 창작과 비평사, 1990)에서 붙여진 제목이다. 식수스는 남성과는 다른 여성의 글쓰기의 차이를 월경, 임신, 출산, 수유 등 여성의 육체적 체험에서 비롯되는 것으로 정의했다(Helene Cixous & Catherine Clement(trans. by Besty Wing), *The newly Born Woman*, Minnesota Univ. Press, 1996).

길, 길 주욱 벗은길

音響과色彩의兩岸을건너

주욱 벗은길

길 길 감도는 길

山넘어 들지나

구비구비 감도는길

길 길 적은길

벽과 벽새이에

담과 담새이에

적은길 적은길

길 길 幽玄境의길

서로아는령혼이 解放되여맛나는

幽玄境의길 머리위엣길

김명순, 「길」16)

음향音響과 색채色彩의 양안兩岸은 '소리'와 '빛' 즉 보고 듣는 감각의 세계이며 '벽·담 안'의 세계를 의미한다. '벽·담 안'의 길은 제한된 길이다. 때문에 '벽·담'은 감금의 의미를 지니지만, 한편으로 보호의 기능을 수행하며 '안'의 길을 안정된 길로 만든다. 음향과 색채로 표현되

---

16) 『생명의 과실』, 한성도서, 1925.

는 '벽·담 안'의 길은 감각적이고 가시적인, 그러므로 세속적·현실적 길이다.

시인이 가려는 길은 '벽과 벽', '담과 담 "사이"의 길이다. 그 길은 벽·담이 주는 감금이 없기 때문에 자유로울 수 있지만, 보호도 안주도 없다. 그렇기에 그 길은 누구나 갈 수 없는 '적은 길'이며 아직 '벗은 길'이다. 또한 그 길은 '벽·담 밖'에 있기 때문에 현실의 길에서는 보이지 않는다. 따라서 현실세계에 안주하면 갈 수 없는 길, 안정을 버리고 고통스런 자유를 선택할 때만이 갈 수 있는 길, 자신이 만드는 선구적 길이기 때문에, '해방된 자만의 길'이며, "유현경幽玄境의 길"이다.

가부장제 사회가 여성에게 요구하는 길이 '벽·담 안'의 길이라면 김명순이 추구하는 여성 시인의 길은 '벽·담 밖'의 길이다. 그 길은 최초의 근대 여성 문학인의 길을 개척하는 것이기 때문에 아직은 '벗은 길'이다. 선구적 여성의 길을 걷는다는 김명순의 인식은 김일엽, 나혜석의 생각과 상통한다. 하지만 김명순은 그 길이 여성해방의 길임을 말하면서도, 여성을 선도하려는 계몽의식을 표출하지 않는다.

김일엽, 나혜석이 표명하는 여성 문학인의 길과 김명순이 추구하는 길의 차이는 "사이"라는 어휘에서 드러난다. 김명순이 말하는 여성 문학인의 길은 "사이"의 길이다. '사이의 길'은 '밖'이면서도 '안'인 이중적 길이다. '사이의 길'은 '벽 안'에서 보면 밖이다. 그러므로 '벽 안'의 가치에 지배되지 않는다. 하지만 벽과 벽 사이에 있다는 점에서 보면 안이다. 최초의 여성 문학인으로서의 정체성을 추구한다는 점에서 그녀는 '밖', 즉 '벗은 길'을 향한다. 하지만 남성지배의 문단에서 근대 여성 문학의 입지를 마련하려 했다는 점에서 그녀는 '안의 길'을 지향한다.

일즉핀 안즌뱅이

봄을 마즈러고

피엇스나 꼭한송이

그야 너무적으나

두더지의맘 땅속에숨어

흙패여길갈 때

내적은 꼭한생각

너무추웁든 서름에는

구름감취는 애닲음

그야 너무괴로우나

甘藍色의 하날우헤 숨겨서

다시 한송이 피울 때

김명순, 「甦 笑」[17]

　김명순도 김일엽처럼 여성의식의 표출을 '꽃피움'으로 표현하고 있
다. 그러나 표현방식은 다르다. 김일엽이 '쌀쌀히 쏟아지는 눈 속에 핀
꽃'〈김일엽, 「새벽의 소리-雜誌 「新女子」 序詩 一」〉[18]을 말했다면, 김명순은 '앉은뱅이 꽃'
을 말한다. 김일엽이 당당하게 핀 꽃을 말하고 있다면, 김명순은 '애써
피운 것이 겨우 꼭 한 송이'이며, 그것도 '너무 적다'라고 말한다. 김일
엽의 꽃이 도도하게 피어있다면, 김명순의 꽃은 서럽게 피어있다.

---

17) 앞의 책.
18) 『신여자』, 1920. 3.

여기에서 드러나는 문제는 여성 주체적 글쓰기를 바라보는 시인의 태도이다. 나혜석과 김일엽은 여성해방을 추구하는 글쓰기가 여성들에게 공명되기를 원했으며, 그것에 대한 신념이 있었다. 그녀들의 시선은 남성 중심 문단을 향하지 않고, 여성해방 사상에 향해 있었다. 그러나 김명순은 남성 중심 문단에서 최초의 근대 여성 문학인으로서 입지를 마련하려는 욕망과 남성 중심의 가치관을 거부하고 여성 정체성을 추구하려는 욕망 사이에서 갈등했다. 이것이 위의 시에서처럼 꽃을 피우려는 몸짓과 그 마음을 숨기는 이중적 태도로 드러난다.

김명순이 보여 주는 글쓰기의 이중적 태도는 남성 중심의 문학제도권에서 여성 시인으로서 입지를 마련해야하는 선구적 여성 시인이 지니는 갈등과 신분 콤플렉스에서 비롯된 것으로 보인다.[19] 김명순은 자신의 출생을 부끄러워하면서도 제도의 모순을 볼 수 있는[20] 이중적 태도를 지녔다. 글쓰기는 신분 콤플렉스에서 벗어나기 위한 하나의 방법이 될 수 있지만, 한편으로 글쓰기는 그녀에게 봉건적 가부장제 하에서 여성의 정체성을 세우는 문제와 갈등을 일으키는 원인이 되었다. 제도권으로 편입하려는 욕구와 제도적 모순에 대한 인식이라는 이중적 의식이 그녀로 하여금 여성적 언술을 표명하려는 글에는 비껴 말하기의 방식을 취하도록 했다.[21]

---

19) 김복순(「'지배와 해방'의 문학」, 앞의 책), 최혜실(「1920년대 신여성의 사랑과 고백」, 앞의 책.)은 김명순의 문학을 신분 콤플렉스와 관련지어 바라보았다.

20) 김명순, 「탄실이와 주영이」, 『조선일보』, 1924. 6. 20.

21) 반면 민족상황을 다룬 시에서 그녀는 "자나깨나 싸흠이 잇슬진대/사나죽으나 똑갓틀것이라고/사람마다 두팔에 힘을 내뿜앗다"(「싸흠」)라든지 "그때까지조선의민중/너희는피땀을흘니면서/가티살길을 준비하고/너희의 귀한 벗들을 마즈라"(「귀여운내수리」)와 같이 직선적이며 과감한 언술을 사용한다. 이러한 표현방식의 차이는 여성의식의 표현은

김명순은 나혜석과 김일엽과 더불어 신여성의 길을 가려했고, 근대적 사랑을 주장, 자유연애를 추구했고 사회로부터 추방이라는 결말을 맞았다는 점에서는 비슷하다. 그렇지만 김명순은 나혜석이나 김일엽과는 글쓰기의 동인과 그녀들의 글쓰기를 바라보는 시선이 달랐다. 나혜석은 부유한 환경에서 자라 부모와 남편의 후원 하에서 자신의 생각과 예술을 펼칠 수 있었다. 김일엽 역시 여성해방 사상을 펼치기 위해서 잡지를 발간할 때 역시 남편의 후원을 받았으며, 그녀의 삶은 마지막에 불교에 귀의할 때까지 지속적으로 남성과 관계되었으며, 그들에게 버림받기보다는 그들의 보호와 후원을 입었다. 즉 나혜석과 김일엽은 그들이 부정하고자 했던 가부장적 결혼제도에 일정하게 수혜자였다고 말할 수 있다. 하지만 김명순에게는 처음부터 보호할 가족도 후원할 남편도 없었다. 김명순은 간절하게 근대적 사랑을 통한 결혼을 원했지만, 어떤 남성도 그녀를 쾌락의 대상 이상으로 생각하지 않았다. 김일엽과 나혜석에게 글쓰기가 여성해방적 입장을 표명하고, 계몽적 선구자의 길을 걷는 여성 정체성의 표현이었다면, 김명순에게 글쓰기는 가족, 제도, 문단 등의 제도권 안으로 편입하기 위한 몸부림이었으며, 자신에게 부여된 출생의 비천함을 극복하기 위한 도구였다. 그럼에도 불구하고 그녀에게 글쓰기는 제도권 안에서 추방될 수밖에 없는 출생의 운명에 유폐될 수밖에 없는 자신의 처절한 상황을 확인케 하는 작업이 되고 말았다.

'나쁜 피'의 소유자라는 시선 때문에, 표현의 장애를 겪지만, 민족문제에 대한 언술은 그녀에 대한 시선을 불식시키면서 동시대의 남성 시인들과 공감대를 형성케 함으로써 문단 내에서 자신의 입지를 만들어주는 요인으로 작용할 수 있기 때문으로 보인다.

2. 1920년대 여성 시의 성과와 한계

1920년대 여성 문학인들은 모두 비참한 최후를 맞이한다. 이들은 구체적인 사건과 경험은 조금씩 다르지만 그녀들의 연애관이 그녀들을 사회로부터 매장시킨 원인이다. 그녀들은 한국의 전통적인 규범과 그것에서 만들어진 결혼은 여성의 삶을 종속적, 타자적인 형태로 전락시키며 여성에게 더 억압적이라고 보았다. 자유로운 연애와 성도덕으로부터 해방은 그녀들이 표방한 슬로건이었다.

나혜석이 사회로부터 매장되는 결정적 계기는 '이혼 고백장'[22] 사건과 '최린 제소사건'이다. 그것은 '이혼을 했다는 것'을 문제 삼는 것이 아니다. 이혼은 나혜석이 추구했던 사람의 길, 예술가의 길에 더욱 매진할 수 있는 계기가 될 수도 있었다. 문제는 그녀가 '이혼 고백장'을 통해서 "정조는 취미다"라는 말로 표현한 여성 몸에 대한 가치관에 정면 도전하는 글쓰기를 했다는 점이다. 또한 나혜석은 개인적인 일로 처리되어야 한다고 생각되던 성의 문제, 그것도 자신의 혼외정사를 공론화하였다. 단지 자신의 이야기를 고백적 글쓰기로 지론화한 것을 넘어서 남성 중심의 성 윤리를 고발함으로써, 제도 자체에 대해서 도전하는 형식을 취했다.

"과거에 몇 사람의 이성과 연애를 했더라도 깨끗한 사랑을 새 상대자에게 바칠 수 있다면 정조를 가진 것"[23]이라는 김일엽의 '신정조론'도 나혜석의 글쓰기와 같은 맥락에서 읽혀진다. 이들이 성^{sexuality}의 평

---

22) 나혜석, 「이혼고백장-청구 씨에게」, 『삼천리』, 1934, pp.8-9.
23) 김일엽, 「나의 정조관」, 『조선일보』, 1927. 1, p.8.

등을 주장했던 당시는 '열녀'를 여성의 미덕으로 가치화하던 시대, 일부다처제와 같이 여성과 남성의 성이 다르게 규정·관리되던 시대에서 막 벗어나 근대적 가치관을 정립하던 시기였다. 이러한 사회적 조건에서 그녀들의 주장은 기층 사회는 물론 개명된 사람들도 받아들이기 어려운 것이었다. '성적 체험의 글쓰기'는 나혜석이 가족과 문단은 물론 주변으로부터 버림받고 행려병자로 생을 마감하게 된 결정적 계기가 되었다. 김일엽이 나혜석과 달리 행려병자의 삶에서 비껴 설 수 있었던 것은 사회에 대한 관심을 철회하고 종교에 몸을 맡길 수 있었기 때문이다.

나는 노래를 부릅니다

듯는이만 행복될 님이 가르치신 그 노래를 부릅니다

뭇사람이 욕심때문에 울부짖는 거리에서 나홀로 목청껏 부릅니다

그러나 사람들이 떠드는 잡소리에 눌린 나의 노래는

흐린 날에 연긔처럼 엉-- 기다가 슬어집니다

더구나 세속에 맛지안는 나의 노래가

그들의 반향을 엇더케 바라겠습니까

밋빠진 항아리에 물길어 붓는 여인과도 같이

그래도 그래도 피나게 부를 뿐입니다

永劫에 흐르는 빗물이 땅을 적시고도

남어 바다를 채우듯이

세세생생에 끄님업시 부르는 나의 노래는

대기에 차고도 남어

삼천천세세계에 넘칠테지요

그때 나의 노래는 막는 귀틈으로까지

스사로 숨여들게 될테지요

김일엽, 「나의 노래」

이 시는 김일엽이 불교에 귀의한 다음에 쓴 시다. '세속에 맞지 않는' 자신의 생각을 더 이상 '떠드는 사람들의 잡소리 속에'서 표현하는 것을 포기한다. 그 대신 그녀는 불제자가 되어 '영원한 불교의 진리'를 향한 노래를 부르고 있다. 이것은 그녀가 몸담았던 세상에서 부르짖었던 여성해방의 노래가 사람들의 잡소리 때문에 연기처럼 사라져버렸기 때문이다. 표현의 방식은 달라도 김일엽의 좌절은 김명순과 나혜석의 좌절과 동궤를 이룬다.

김일엽이 불교에 관심을 가지게 된 것은 1923년 9월 충남 수덕사에서 만공 선사의 법문을 듣고 크게 발심한 이후라고 한다. 하지만 법문에 감화가 불교에 입문하게 된 계기를 주기는 하지만, 그것이 전부라고 볼 수는 없다. 김일엽은 파혼과 결혼, 그리고 이혼 등의 혼란 이후, 동경으로 몰래 건너가 김태신을 낳는 등 여성으로 살아간다는 것의 어려움을 처절하게 느낀 다음이었다. 김일엽이 불교에 귀의한 것은 탈속함으로써 해탈에 이르기 위한 구도자의 마음에서가 아니다. 김일엽의 종교행은 법문에 대한 감화가 계기가 되었지만, 자신의 여성해방론이 현실에서 받아들여지지 않고, 더 이상 발붙일 곳이 없는 상황에서 선택된 것이다. 아무튼 김일엽은 종교에 안착함으로써 현실에 대한 인연과 관심을 끊을 수 있었지만, 김명순과 나혜석은 현실에 대한 관심을 버리지 못했다.

한알의 씨앗을 얼른 집어물고

하늘나는 마음아

사람의 구질구질한꼴을

눈역여보느냐네적은새의 몸으로서

이리비틀 저리비틀

썰물에 취해

너털거리는 격정뿐

아모나 모르고 툭툭다치고지난다

세상아 이책임 누에게지우느냐

김명순, 제목 없음[24]

작은 새는 씨앗으로 비유되는 꿈을 물고 하늘을 날고 싶어 하지만, 썰물에 밀려 비상해보지도 못하고 추락하려 한다. 여기서 김명순은 새가 날아오르지 못하도록 하는 세상의 책임을 강조한다. '썰물'과 '작은 새'의 관계처럼 그녀가 몸담고 있는 가부장제 사회는 소수의 선구적 신여성이 무너뜨리기에는 너무 굳건하다. 이것은 김일엽, 나혜석의 시에서도 드러난다. 어쩌면 그 싸움은 결과가 보이는 싸움이다. 문제는 '결과를 문제 삼아, 패배로 볼 것인가, 아니면 신념의 실천을 문제 삼아 승리로 볼 것인가'이다. 나혜석이 신념을 문제 삼았다면 김명순은 그 결과에 집착했다.

김명순은 근대 여성문학의 길을 추구하면서도 서녀라는 신분적 한계에 유폐되거나, 기득권 내에서 추방될[25]지 모른다는 불안감을 드러

---

24) 『조선일보』, 1925. 7. 17.

낸다. 이것은 남성지배문단의 냉대와 조소와 무관하지 않다. 김일엽이 여성해방론자로, 나혜석이 화가로 주목받을 때에도, 김명순은 여성 문학인으로 인정받기를 원했다. 그러나 문학 현실은 그녀에게 최초의 여성 문학인이라는 자리를 내어주지 않았고, 김일엽과 나혜석과 비교할 때조차도 김명순은 서녀였다.

> 펄펄 날던 저 제비
> 참혹한 사람의 손에
> 두쭉지 두 다리
> 모두 상하였네
> 다시 살아나려고
> 발버둥치고 허덕이다
> 끝끝내 못 이기고
> 그만 척 늘어졌네
> 그러나 모른다
> 제비에게는
> 아직 따뜻한 기운 있고
> 숨쉬는 소리가 들린다
> 다시 중천에 떠오를
> 활력과 용기와
> 인내와 노력이
> 다시 있을지

---

25) 김명순, 「네 자신의 위에」, 앞의 책.

뉘 능히 알 이가 있으랴

나혜석, 「신생활에 들면서」26)

"한 알의 씨앗"도 자신 있게 물지 못하고 쫓기듯 "얼른" 집어 문 김 명순 시의 새와는 달리, 나혜석 시의 새는 "펄펄" 날았다. 그러다 사람들에 의해서 두 날개와 두 다리가 모두 상하였지만, 김명순의 새처럼 "비틀거리는" 것이 아니라, "발버둥친다". 두 시에서 새는 현재 상처입은 채 날지 못한다. 그러나 그것에 대한 대응 방법은 다르다. 나혜석은 발버둥치다가 주저앉을지언정, "이리 비틀 저리 비틀 하며 아무것이나 치고" 다니지 않는다. 김명순이 날아오를 수 없음에 좌절한다면, 나혜석은 아직 살아있음으로 희망을 가진다. 나혜석은 '하늘에 오를 용기'가 여전히 있다. 그 날을 위해 상처를 치유하려고 '노력'하며 오늘을 '인내'한다. 이러한 나혜석의 태도는 이혼과 사회적 매장 속에서 죽어가는 순간에도 "사 남매의 아이들아, 에미를 원망치 말고 사회제도와 도덕과 법률과 인습을 원망하라. 네 에미는 과도기에 선각자로 그 운명의 줄에 희생된 자이었더니라"27)라는 말을 가능케 한다.

김명순과 나혜석은 김일엽과는 달리 그녀들이 몸담은 사회와 문학 현실에 대한 관심을 끝까지 포기하지 못했다. 그것을 김명순은 최초의 여성 문학인으로 당대의 문단에서 인정받고자 했던 의지를 꺾고, 끝내 출생의 비천한 운명에 묶어놓은 사회와 문학 현실에 대한 분노와 저주로 표출했다면, 나혜석은 자신을 매장하는 인습과 제도를 비판

---

26) 『삼천리』, 1935. 2.
27) 이상경 편, 나혜석, 「신생활에 들면서」, 앞의 책.

하면서 사회로 재 진입하려는 의지로 표현했다. 그러나 이러한 집착은 김명순이 정신병원에서, 나혜석은 행려병자로 생을 마감하게 하는 결과를 가져왔다.

1920년대 여성 시인들은 "애정 없는 결혼은 매음이다"[28]라는 식의 발언에서도 알 수 있듯이, 근대적 연애관을 과감한 방식으로 실천코자 했다. 그것은 그녀들이 당시의 여성운동과는 달리 민족모순 해결보다 남성위주의 전통적 성 규범으로부터 해방을 우위에 두고, 이것을 글쓰기를 통하여 추구하려 했다는 것으로 드러난다. 이들은 봉건적 가부장제가 규정하는 "여성"이라는 기호를 넘어서 남성과 동등한 의미에서 "인간"이기를 원했다. 그러나 여성에 대한 봉건적 가치관에 대한 철저한 도전은 문단의 냉대와 세인들의 멸시를 가져왔고, 비참한 최후를 맞이하였다. 그녀들의 문학적 행보는 식민지 민족현실·봉건적 가부장제 사회에서 자유연애와 이혼을 했고, 남성 중심 문단에서 여성평등을 주장했다는 것으로 요약된다. 즉 이들의 문학적 생애는 '식민지 민족현실·봉건적 가부장제 사회·남성 중심 문단'에 대한 반발과 그것으로부터의 소외와 추방에 다름 아니다.

1920년대 여성 시인들의 불행은 시대적 산물이다. 그녀들은 선각자 의식을 가지고 있었음에도 불구하고 오늘의 관점에서 보면 다분히 구태의연한 시를 남겼다. 그러나 이것 역시 그녀들의 한계임과 동시에 당시의 한국문학의 한계이며, 여성문학의 상황이다.

1920년대 여성 시인들이 여성주체의 의미를 자각하고 그것을 글쓰기를 통하여 구현하고자 했다는 점에서 근대 여성문학의 출발은 긍정

---

28) 김명순, 「나는 사랑한다」, 『동아일보』, 1926. 8. 17-9. 3.

적이었다고 말할 수 있다. 문제는 그녀들의 여성해방론이 당대의 한국 사회에서 여성이 처한 현실을 올바르게 인식 · 반영하지 못함으로써, 신여성으로서의 선민의식을 벗어나지 못했다는 점에 있다. 그녀들이 기층 여성들의 삶과는 거리가 먼 '성의 해방'을 주요 과제로 삼고 매달린 것이 그 한계를 보여 주는 상징적인 예이다. 이러한 한계는 1930년대 여성 시인들이 1920년대 여성문학을 성과로서 반영하지 못하고, '단절과 거부'로써 자신들의 문학을 출발시키는 결과를 가져왔다. 1920년대 여성문학의 한계와 문학사로부터의 소외는 한국 여성문학이 오랜 시간 '여류'라는 이등 문학적 표지를 달고 진행되어 온 것과 무관하지 않다. 1920년대 여성 시인들의 의의는 '봉건적 가부장제 사회 · 남성 중심 문단'에 대한 반발과 그것으로부터의 추방과 복원의 역사 속에서 찾을 수 있다.

2_

여성이 처한 현실 바로보기

1. 여성상에 내재된 억압 들춰내기

1920년대 여성 시인들의 활동 이후, 여성 문학인들은 '여류'라는 이등 문학적 꼬리를 달고 활동했다. 그들은 남성 전유의 문단에서 사랑의 세계에 갇힌 대상적 여성상을 추구했다. 1980년대에 들어서서 김혜순, 최승자, 고정희, 김승희 등은 여성의 눈으로 자신들이 처한 현실을 직시하고, 여성으로서 겪는 억압과 고통 등을 주목했다. 그녀들의 시는 여성의 비좁은 현실을 보여줄 뿐 아니라 비로소 여성의 입장에서 여성의 삶과 체험을 표현하는 여성적 글쓰기의 단면을 보여 주었다.

여성으로서 시를 쓴다는 것은, 여성으로서 현실을 인식하고, 체험하는 것을 바탕으로 한다. 가부장적 가치관에 의해서 명령 하달된 여성적 세계관을 부정하고, 여성의 입장에서 보고, 생각하고, 쓰려고 할 때, 가장 먼저 터져 나오는 것은 여성 현실의 억압과 부조리함이다.

내가 누구인지를 말하기 위해서 내가 믿고 있는 현실이 나에게 강요하는 거짓의 나를 벗겨내야 하듯 여성이 처한 현실을 직시하고, 그것을 여성의 눈으로 보고, 쓰는 것은 여성성을 바탕으로 한 시 쓰기의 첫걸음이다.

고정희는 사회변혁운동과 민중운동을 삶과 문학을 통하여 실천해 가던 중 자신이 그토록 구원코자 했던 '민중'에서마저 여성은 소외되어 있음을 깨닫게 되면서 여성운동가로 거듭났다. 이러한 인식은 "여자 위에 팽감 친 가부정권 독재 귀신/아내 위에 가부좌 튼 군사정권 폭력 귀신/며느리 위에 군림하는 남편 우대 상전 귀신/딸들 위에 헛기침하는 아들 유세 전통 귀신"은 각각 다른 층위에 있지만 그것은 결국 남성 중심적 독재 권력이라는 이데올로기를 바탕으로 하고 있음을 자각한 시에서 드러난다. 고정희는 경제와 가사라는 이중노동에 시달리는 여성(「우리 동네 구자명씨 여성사 연구 5」), 가정 폭력에 신음하는 여성(「매 맞는 하느님 -여성사연구 4」), 직장과 가정에서 가해지는 성폭력(「살 맛 나는 세상을 위한 풀잎들의 시편」), 여성의 성적 상품화(「뱀과 여자- 역사란 무엇인가 1」) 등 여성이 처한 현실 문제를 고발하는 일련의 작품을 썼다. 이러한 작품 중 특히 주목할 만한 것은 '전통적 여성상'을 비판한 시다.

> 어린 딸들이 받아쓰는 훈육노트에는
> 여자가 되어라
> 여자가 되어라 …… 씌어있다
> 어린 딸들이 여자가 되기 위해
> 손발에 돋은 날개를 자르는 동안
> 여자 아닌 모든 것은 사자의 발톱이 된다.

일하는 여자들이 받아쓰는 교양강좌노트에는

직장의 꽃이 되어라

일터의 꽃이 되어라 …… 씌어 있다

일터의 여자들이 꽃이 되기 위해

손톱을 자르고 리본을 꽂고

얼굴에 지분을 바르는 동안

꽃 아닌 모든 것은 사자의 이빨이 된다

신부들이 받아쓰는 주부교실 가훈에는

사랑의 여신이 되어라

일부종신의 여신이 되어라 …… 씌어 있다

신부들이 사랑의 여신이 되기 위해

콩나물을 다듬고 새우튀김을 만들고 저잣거리를 헤매는 동안

사랑 아닌 모든 것은 사자의 기상이 된다

철학이 여자를 불러 사자가 되고

권력이 여자를 불러 사자가 되고

종교가 여자를 불러 사자로 둔갑한다

고정희, 「여자가 되는 것은 사자와 사는 일인가 · 외경읽기」

　이 시는 유교적 이념이 잔존하는 가부장제 하에서 '여성이 된다는
것'이 무엇인지를 말해 준다. 어린 여자 아이가 '여자가 되어 가는 것'
은 '날개를 자르는 과정'이다. 어린아이가 읽는 동화에서 왕자는 모험
과 탐색을 통하여 성인이 되는 통과의례를 치르는 반면, 공주는 남자
아이의 모험과 용맹성을 확인하는 탐색의 대상으로 존재하면서, 왕자

가 마침내 포획물/공주를 얻을 때까지 공주는 상징적으로 죽어있다. 상징적인 죽음을 받아들이지 않을 때, 여성은 마녀로 전락한다. '날개 자르기'는 여성이 자기 스스로의 삶을 욕망하고 개척하려는 의지의 날개를 자르는 것이며, 결국 남성의 대상으로 사물화 되는 것을 의미한다. 여성은 남성 중심 사회에서는 "꽃"이, 가정에서는 '사랑의 여신'이 되기 위해서 노력해야 한다.

동서양을 막론하고 남성 중심적 가치관은 여성을 남성이 바라보는 대상으로 규정한다. 남성이 바라보는 여성이미지는 여성의 현실성을 무시한 채 천사 아니면 마녀로 양극화되어 있다. 보봐르의 말처럼 가부장제에서 여성은 태어나는 것이 아니라 여성으로 만들어지는 것이다. 여성이 된다는 것은 결국 현모양처가 된다는 것이다. 한국문학에서 현모양처의 원형은 '단군신화'의 '웅녀'에서 찾을 수 있다. 곰은 금기와 제약을 말없이 참아내고 여성으로 재탄생한다. 웅녀는 여기에서 멈추지 않고 아이 낳기를 소원한다. 여기에는 진정으로 여성적인 것은 모성성에 있다는 가치관이 배어있다.[29]

여성으로서의 정체성을 추구하려 할 때 여성은 사회에서 요구하는 가치관과 자신이 추구하는 가치관 사이의 분열을 경험할 수밖에 없다. '현모양처 콤플렉스' 또는 '천사 콤플렉스'는 여성이면 누구나 겪어야 하는 갈등이다.

---

29) 곰/웅녀를 통하여 아이 낳기가 행해지고, 호랑이는 쫓겨나 영원히 동물로 남게 되는 이야기는 모성성을 순종, 희생, 기다림, 수동성으로 규정하고 여성 스스로 자기 삶을 독자적으로 추구하려는 욕망을 금기하는 뒷받침이 된다.

엄마, 엄마,

그대는 성모가 되어주세요,

한국 전래 동화 속의 착한 엄마들처럼

참, 아니, 사임당 신씨

신사임당 엄마처럼 완벽한 여인이 되어

나에게 한평생 변함없는 모성의 모유를

주셔야 해요,

이 험한 세상

엄마마저, 엄마마저 …… 난 어떻게 ……

여보, 여보,

당신은 나의 성녀가 되어주오

간호부처럼 약을 주고 매춘부처럼

꽃을 주고 튼실튼실한 가정부도 되어

나에게 변함없는 행복한 안방을

보여 주어야 하오,

이 험한 세상

당신마저, 당신마저 …… 난 어떻게

여자는 액자가 되어간다

액자 속의 정물화처럼

고요하고 평화롭게

액자 속의 가훈처럼

평화롭고 의젓하게

여자는 조용히 넋을 팔아 넘기고
남자들의 꿈으로 미화되어

김승희, 「성녀와 마녀 사이」

가부장적 가치관은 여성으로 하여금 아이에게는 현모/성모이기를, 남편에게는 양처·성녀·치유사, 성적 욕망의 대상으로 존재하기를 바란다. 남성을 위해 사랑하는 일, 사랑과 눈물, 헌신으로 남성을 구원하는 일을 여성의 일로 규정할 때, 여성과 남성의 관계는 어머니와 아들의 관계가 된다. 그러므로 여성은 사랑을 베푸는 자가 되어 "家和萬事成의 액자"로 집안에 '걸린다/못 박힌다'. 집안의 평화와 행복이라는 이름 아래, "액자 속의 모나리자의 미소"처럼 여자는 '家和萬事成'의 글씨로 웃고 있다. 이것 역시 '바라보는 자/남성'의 느낌이다. 하지만 시인은 모나리자의 미소가 행복한 미소인지 울음인지를 묻는다. '모나리자의 미소'는 남성들의 바람이 만들어낸 강요된 미소가 아닐까 묻는다. 김승희는 항상 똑같은 표정으로 자애롭게 미소지어야 하는 모나리자의 미소 뒤에 숨겨진, 남자들의 바람대로만 살 수 없는, 살고 싶지 않은 '뜨거운 화산'처럼 폭발할 수 있는 분노가 숨겨져 있음을 본다.

몸 속으로 풍덩!
두레박을 넣어 물을 길어 올리겠어요
그 물로 쌀을 씻어
맛있는 저녁식사를 지어 올리겠어요

올올이 살을 풀고 피 섞어

쫄깃한 잡채도 버무리겠어요

참다못해 깊은 산이 샘물을 터트리듯

머리 속에서 솟아나는 눈물을 받아서

생수 한 잔 곁들이겠어요

모락모락 피어오르는 숨결로

저녁식탁의 따뜻함을

장식해드리겠어요

그러니 참아주세요

밥 주발 속에 깨지지 않는

돌 몇 개쯤 들어있다고

화내지 말아주세요

김혜순, 「참아주세요」

김혜순은 '행복한 식탁'이라는 단란한 가정의 환상은 여성의 육체/삶이 바쳐져서 만들어진 것으로 파악한다. 이것을 시인은 여성 육체의 절단과 해체를 통하여 표현한다. 이 시에서 여성의 몸은 쌀을 씻어 밥을 짓고, 음식을 요리하고 저녁 식사를 준비하는 과정에서 재료로 쓰인다. 여성의 몸에서 길어 올린 생명의 물로 쌀이 씻어지고 밥이 지어진다. 살과 피는 풀어져 한 그릇으로 잡채로 버무려진다. 김혜순은 여성의 육체와 삶이 여성 자신의 것이 되질 못하고, 다른 사람의 것으로 쓰이고 요리되는 과정을 전복시켜 보여 준다. 김혜순은 육체의 해체와 절단과 같은 과격한 방식을 통하여 길들여진 여성으로 살아가야 하는 여성의 분노를 드러낸다.

우리는 부엌에서 가족을 위한 따뜻한 밥상을 차리기 위해서 분주한 주부의 모습을 행복이라는 이름으로 포장하여 보여 주는 자본주의 포스터를 종종 본다. 그 모습을 바라보는 남편과 아이들의 행복한 시선에는 그렇게 부엌에 여성의 삶을 붙박이 하고 싶은 가부장적 욕망이 숨겨져 있다. 부는 단란한 가정과 행복한 식탁을 준비해야 한다는 역할 기대 속에 여성의 삶과 몸은 가정에 바쳐진다. 그리고 부서진다.

가부장제에서 여성의 가사 노동은 사용가치를 생산하기 때문에 여성의 노동은 그것을 사용하는 남성/가족의 것이 된다. 여기에서 가정 내의 존재로서 여성의 삶은 소외된다. 여성의 삶은 반복적, 순환적, 정적이며, 타자적이다. 그래서 "부엌에서는/언제나 술 괴는 냄새가"나고 "한 여자의/젊음이 삭아 가는 냄새/한 여자의 설움이/찌개를 끓이고/한 여자의 애모가/간을 맞추는 냄새/부엌에서는/언제나 바삭바삭 무언가/타는 소리가"〈문정희, 「작은 부엌의 노래」〉 난다.

분노를 끓여 찌개를 만들고, 자신의 삶과 꿈을 자르며 음식의 재료를 썰고, 머리에서 솟아나는 눈물을 받아서 생수를 만든다. 김혜순은 따뜻한 한 끼의 식사가 마련되는 과정에 숨겨져 있는 여성의 분노, 눈물, 부서진 육체, 잘라진 꿈 조각을 본다. 가부장제가 추구하는 행복한 식탁, 단란한 가정의 신화는 여성의 삶에 대한 욕망이 부서지면서 만들어진다는 인식을 김혜순은 여성 신체의 분해를 통해서 보여 준다. 그러나 여성의 분노는 공공연하게 노출되지 않는다.

"-겠어요"라는 다소곳한 말씨와 "참아주세요"라는 완곡 어법 안에 분노는 은닉된다. 또한 보기 좋게 요리된 음식 안에 여성의 눈물과 부서진 육체는 감추어진다. 드러내놓고 노골적으로 분노를 표면하기에는 주부의 자리가 너무 비좁다. 그렇지만 반복되는 일상 속에 갇혀 자신의 삶과 육체가 부서지는 것을 느껴야만 하는 여성의 분노 또한 쉽게 가라앉지 않는다.

김혜순은 남성 중심 가족 제도에서 어머니로 살아간다는 것과 여성 자아를 추구하는 것 사이의 간극, 주부라는 이름에 과중하게 실린 여성적 가치관을 정면 공격하지 않는다. 오히려 여성 자신의 육체를 절단하고, 분해하는 자학적 방법을 통하여 뒤집는다. 즉 자학은 여성의 삶과 몸이 타자적으로 정의되는 현실에 대한 공격의 한 방법으로 쓰인다.[30]

김정란은 「엄마 버리기, 또는 뒤집기」에서 여성이 주체적으로 살아가기 위해서는 '모성의 신화'를 뛰어넘어야 한다고 말한다. 시인의 내면으로 들어와 자신있게 어머니를 주장하는 그것을 김정란은 "얼굴도 알 수 없는 정체불명의 몸뚱이" 또는 "무덤"일 뿐이라고 말한다. 시인에게 무덤은 이미 죽은 존재가 들어있다고 믿는 기호일 뿐이다. 정체불명의 몸뚱이가 어머니임을 자처하면서 시인에게 어머니를 강요하는 기호로서의 어머니, 모성의 신화를 시인은 아주 "가볍게" 뛰어 넘어버리고, 전혀 "미안해하지 않는다". 그것을 김정란은 "바깥"에 사는 것이라고 말한다. 누구의 딸도, 누구의 어머니도, 누구의 아내도 아닌 바깥의 자리는 가부장제도의 바깥이다.

대부분의 여성 시인들은 여성으로서의 자아를 추구하는 것과 어머니로서의 삶 사이의 간극과 균열을 감지하지만 김정란처럼 모성의 신화를 가볍게 뛰어넘지 못한다. 그것이 가출이든 출가이든지 간에 가

---

30) 이러한 방법, 즉 자살, 자학 등은 개인이 거대한 사회나 혼자의 힘으로는 대항할 수 없는 대상에 대한 방어적인 싸움의 한 형태라고 볼 수 있다.

부장적 사회로부터 추방일 수 있다는 두려움이 도사리고 있기 때문이다. 여성은 가부장적 질서 안에서도, 밖에서도 평화롭게 삶을 안치시키기는 어렵다. 가부장제가 존속되는 한, 그 안에서 살아가는 한, 여성은 해탈이 불가능하다. 여성은 식민지 상황에 살고 있기 때문이다.31) 경계에 걸쳐 있는, 그래서 이중적일 수밖에 없는 여성적 삶으로부터 여성적 시 쓰기의 한 유형이 나온다.

2. 부권의 거부를 통한 시 쓰기

앞장에서는 '타자로서의 여성'이 아니라 '살아있는 주체'로서 여성을 인식하려는 여성의 삶에 대한 시 쓰기를 다루었다면, 이 장에서는 여성 시인으로서의 정체성을 확립하기 위한 시 쓰기를 살펴보려 한다. 최승자는 욕설, 신체 분해, 아버지의 부정 등 기존의 시 문법 파괴를 시 쓰기의 출발로 삼고 있다. 이것을 남성 평론가들은 당시의 문학 경향, 즉 형태 파괴와 우상 파괴라는 해체시 경향으로 인식했다. 이성복, 황지우, 박남철 등의 남성 시인들은 정치적 물리적 억압에 대한 저항으로 기존의 시 문법을 해체했다. 물론 최승자의 시도 큰 틀에서 본다면 아버지의 권위 부정, 우상 파괴라는 점에서 같은 범주에 속한다고 볼 수 있지만 그녀가 도달하려는 목표는 남성 시인들과는 다르다. 남성 시인들의 경우 아버지의 부정은 기존의 권력에 대한 도전이다. 기존의 권위를 전복시켜 새롭게 아버지 되기를 꿈꾸는 것이 이들 남성

---

31) 김혜순, 문학동네, 1995. pp.146-147.

시인들의 목표였다. 반면, 최승자는 '아버지의 이름/부권' 자체를 거부한다.

최승자는 "아무 부모도 나를 키워 주지 않았다"(「일찌기 나는」)고 말한다. 아버지의 딸, 부권 중심의 가계를 부정하기 때문에 그녀는 일찍부터 · 애초부터 "아무 것도" 아닌 존재로 자신을 규정한다. 즉 가부장적 질서에서 자신의 존재는 처음부터 없다. "아무 것도 아닌 존재"란 존재 자체를 부정하는 것이 아니라, 관계의 부정을 의미한다. 나아가 최승자는 "아무의 제자도 아니며/누구의 친구도" 아닌 자리에 자신을 세운다.

> 나는 아무의 제자도 아니며
> 누구의 친구도 못 된다.
> 잡초나 늪 속에서 나쁜 꿈을 꾸는
> 어둠의 자손, 암시에 걸린 육신.
>
> 어머니 나는 어둠이에요.
> 그 옛날 아담과 이브가
> 풀 섶에서 일어난 어느 아침부터
> 긴 몸뚱어리의 슬픔이에요.
>
> 밝은 거리에서 어이들은
> 새처럼 지저귀며
> 꽃처럼 피어나며
> 햇빛 속에 저 눈부신 天性의 사람들
> 저이들이 마시는 순순한 술은

가라진 이 혀끝에는 맞지 않는구나.

잡초나 늪 속에 온몸을 사려감고

내 슬픔의 毒이 전신에 발효하길 기다릴 뿐

뱃속의 아이가 어머니의 사랑을 구하듯

하늘 향해 몰래몰래 울면서

나는 태양에의 사악한 꿈을 꾸고 있다

최승자, 「자화상」 전문

　　최승자는 누구의 딸, 누구의 제자라는 인륜적, 관습적, 제도적 끈, 계보 중심적, 서열 중심적인 가부장적 가치관을 부정한다. 최승자는 부권적 질서에서의 탄생 그 자체를 거부한다. 그러므로 "낯도 모르는 낯도 모르고 싶은 어느 개뼉다귀가 내 아버지인가 아니다 돌아가신 아버지도 살아 계신 아버지도 하나님 아버지도 아니다 아니다"라고 말한다. 이때의 아버지는 가부장적 상징 질서를 표상하는 아버지이다.

　　인간은 언어와 더불어 주체가 되고 동시에 부권적 질서 안에 편입되어 단일 주체로서의 단일성을 부여받고 사회적 관계의 체계 속에 편입된다. 결국 상징성이란 부성, 권력, 단일성 등이 개재되는 억압적 과정인 동시에 개인이 사회 속의 일원으로 자기정립을 하는데 필수적인 과정이다. 창조의 빛과 말씀을 인정하는 것은 아버지의 권위와 명령을 따르는 것이다. 천지창조를 믿는다는 것은 여성의 열등함과 원죄를 인정한다는 것이다. 따라서 그것은 가부장적 질서와 아버지의 힘과 이름에 대한 복종을 의미한다. 그러나 최승자는 부권적 질서에 편입을 거부하고 자신을 어둠의 자손으로 규정한다. 그 어둠은 신의 창조 이전의 어둠이다. 태초의 인간인 아담과 이브가 빛과 말씀으로 창조되었다면, 그녀는 창조 이전의 어둠의 자손일 뿐, 창조되지 않았다.

　그녀는 최초의 인간인 아담과 이브가 탄생하기 이전부터 어둠이었으며, 그 후로도 어둠인 채로 있는 혼돈 그 자체이기 때문에 일찍이, 그리고 여전히 그녀는 "아무 것도" 아닌 존재이다.

> 어머니 어두운 뱃속에서 꿈꾸는
> 먼 나라의 햇빛 투명한 비명
> 그러나 짓밟기 잘 하는 아버지의 두 발이
> 들어와 내 몸에 말뚝 뿌리로 박히고
> 나는 감긴 철사 줄 같은 잠에서 깨어나려 꿈틀거렸다
> 아버지의 두 발바닥은 운명처럼 견고했다
> 나는 내 피의 튀어 오르는 용수철로 싸웠다
> 잠의 잠 속에서도 싸우고 꿈의 꿈속에서도 싸웠다
> 손이 호미가 되고 팔뚝이 낫이 되었다
>
> 최승자, 「다시 태어나기 위하여」

　아버지가 실재적인 아버지든 상징적인 아버지든 그것은 문화, 제도, 역사적 규범 안에 시인을 가두고, 시인의 진정한 자아 찾기를 가로막는, 부정적인 대상이며, 증오의 대상이다. 시인으로 탄생하기 위하여 아버지는 반드시 극복되어야 할, 부정되어야 할 대상이다.

　최승자는 부권적 혈통을 부정하기 때문에 어머니의 뱃속에서 탄생을 꿈꾼다. 하지만 '아버지의 두 발'은 그녀의 탄생을 강력하게 억누른다. 가부장적 질서는 어머니의 딸을 인정하지 않으며, '아비 없는 자

식'을 철저히 단죄하며, 추방한다. 그럼에도 불구하고 최승자는 운명처럼 견고한 '아버지의 두 발/억압'과 피를 튀기며 싸운다. "다시 태어나기 위하여", 진정으로 태어나기 위하여, 마침내 그 싸움을 이기고 어머니의 몸을 통하여 태어나기 이전까지 시인은 여전히 어둠 그 자체, 아무 것도 아닌 존재로 자신을 고집한다.

최승자가 해체 전복시키려는 것은 신/인간, 삶/죽음, 빛/어둠, 남성/여성, 선/악, 미/추 등 남성 중심적 논리로 대변되는 이원적 사유체계이다. "개 같은 가을이 쳐들어온다/매독 같은 가을"이라는 파격적인 인식과, 시적 언술에서 비천한 것, 부정적인 것으로 인식되어왔던 '개새끼', '쌍', '이년', '나쁜 놈' 등의 욕설, '말똥', '오줌냄새', '곰팡이', '구더기', '썩은 시체', '오물', '어둠', '무덤'을 통하여 자신의 존재와 자리를 증명하는 것 등을 통하여 최승자는 여성적이라고 평가되어왔던 시 문법을 '깨 부셨다'. 그것은 여성적인 시 쓰기를 거부하기 위해서가 아니라 진정한 여성적 시 쓰기를 하기 위해서였다. 그녀는 기존의 여성적 담론으로 규정되어왔던 문학 관습을 부정·해체함으로써 여성성의 신화를 깼다.

최승자는 남성 중심적으로 형성된 문학전통의 딸을 거부함으로써, 그 어떤 예술적 계보에도 자신을 위치 짓지 않는다. 여성적 전통 속에서 새롭게 태어나기 전까지 그녀의 글쓰기는 어둠과 혼돈, 죽음, 무덤에서 파생된 것이다. 최승자는 이른바 '부재의 시 쓰기'를 통하여 여성성의 시 쓰기를 하고 있다.

최승자에게 아버지의 부정이 부권적 가계, 여성적 시 쓰기의 정체성을 확립하기 위한 것이라면, 김혜순, 노혜경 등의 경우 아버지는 여성의 언어, 시 쓰기와 말하기를 억압하는 담론을 상징한다.

다음 -- 아버지들이 나온다

나와서 내 몸 밖에 커튼을 친다

비단처럼 보드라운! 그러나 강철 커튼!

솜처럼 푹신한! 그러나 이불보다 더 두꺼운!

다음 -- 말씀의 채찍으로 내리친다

다음 -- 잉크를 먹인다

몸통 가득 잉크가 차 올라온다

드디어 발가벗기고 매맞고

무거운 이야기를 옷인 양 입고

몸 위로 가득 글씨를 토하고야 만다

김혜순, 「그곳 2 - 마녀 화형식」

시인은 '아버지'가 아니라, '아버지들'에 의해서 갇힌다. 이때 아버지
는 실재적인 아버지가 아니라 상징적인 아버지이다. 아버지는 시인의
몸 밖에 커튼을 친다. 그 커튼은 비단처럼 보드랍지만 강철보다 강하
고 솜처럼 푹신하지만 이불보다 더 무겁다. 시인의 몸 밖에 쳐진 '커튼'
은 부권사회에서 여성에게 드리워진 장막/벽이다. 커튼은 아버지의 이
름이 지닌 금기이자 법이다. 아버지의 상징은 보호와 금지를 동시에
지닌다.32) 그러므로 커튼은 비단/솜털처럼 보드랍게 가부장제 사회 안
에서 보호하는 기능을 지니지만, 동시에 커튼 밖으로 나가는 것을 금지
함으로써 강철보다 강하게 무겁게 짓누르는 억압기제로 작용한다.

---

32) Dylan Evans(김종주 외 역), 『라깡 정신분석 사전』, 인간사랑, 1998. pp.226-227.

아버지의 이름은 말씀의 채찍을 내리치고 시인의 몸에 잉크를 붙는다. 시인이 아버지의 이름의 억압 아래서 쓰는 시는 토해내도록 강요받은 시다. 그 글은 여성 시인의 것이 아니라, 외압에 의해서 주입된 아버지의 글이다. 아버지의 이름으로 강요된 가부장적 담론을 무겁게 걸쳐 입을 때 시인의 몸의 상처, 가부장적 폭력의 흔적은 가리워진다.

시인에게 언어는 단지 표현의 수단을 넘어서 존재 확인의 수단이자, 현장이다. 시인은 언어를 통하여 쓰며 비로소 사는 것이다. 그러므로 시인이 자신의 언어를 토해내지 못하고 강요된 언어를 써야 한다는 것은 죽음이다. 글을 쓰지만 자기를 쓰는 것이 아니고 살아있지만 자신으로 살아있는 것이 아니다.

그러므로 아버지의 이름으로 드리워진 커튼은 여성 시인에게는 죽음의 커튼이고, 감금의 벽이다. "모든 것은 그곳에 갇힌다." '그곳에서 살갗은 썩고, 이빨을 뽑혀진다.' 그곳은 '똥구덩이'이며, '얼어붙은 폭포'〈「그곳 3·검정 또는 겨울」〉이다. 즉 그곳은 생명력을 상실한 곳이며, 모든 것을 가두었기 때문에 부패와 악취가 나는 곳이다. '그곳'은 '천만 개의 자물쇠로 밀봉〈「그곳 3·검정 또는 겨울」〉되어' 있지만 그 자물쇠는 보이지 않고 겉으로는 안락하게 드리워진 커튼만이 보이는 곳이다.

문제는 여성적 정체성을 바탕으로 시를 쓰려는 여성 시인에게만 커튼과 자물쇠의 밀봉이 보인다는 점이다. 가부장적 질서 안에서 편안히 쉴 수 없는 자, 금 밖으로 밀려나간 것들을 보아버린 자에게 안식이란 없다. 이제 여성 시인은 자신이 이미 알아버린 그것을 발설하고 픈 욕망과 말하면 안 되는 금기 앞에 놓이게 된다.

밤마다 꿈을 꾼다. 거적데기에 싸여 커더란 구덩이에 버려지는 젊디젊은 아마데우스의 꿈을.

말하라구? 내가 본 것을 말하라구? 아마데우스, 그는 터져버렸던 것이다. 비어져 나오는 천상의 비밀을 더 다물고 있을 수 없어서, 작열하는 블랙홀을 더 끌어안아 감출 수 없어서,

그는 쫓겨다니며 시를 쓰고
앓으면서, 절룩거리면서, 구걸하면서 시를 쓰고
매맞으면서 쓰고 그리고 흐느끼면서, 흐느끼면서
죽어갔다. 그의 전 존재를 떠내면서 올라오는 그것 때문에
흐느낌을 멈출 수가 없어서 죽어버렸다

떠나라! 나를 어지럽히는 꿈들에게 말한다. 떠나라!
그러자 커다란 손이 나를 후려친다. 내 입을 틀어 막고는
말해! 말하겠다고 말해!
커다란 바이올린이 내게 주어진다.
엄청나게 거센 떨림이 일어난다.

나는 내 입을 틀어막은 손을 가까스로 밀어낸다.
그리고
어, 어, 어, 어, 어, 어, 어,
어, 버, 버,

노혜경, 「흐느낌, 흐느낌의 ……」

시인은 밤마다 꿈을 꾼다. "거적데기에 싸여 버려진"〈「흐느낌, 흐느낌의」〉

시인의 꿈을 꾼다. 그는 매 맞으며, 흐느끼며, 죽어가면서 시를 썼다. 그 꿈을 떨쳐버리고픈 마음과 죽은 시인이 쓴 시를 보아버린 시인의 고통 앞에, 커다란 손은 입을 막고 말을 강요한다. 입을 틀어막은 커다란 손은 시인의 죽음을 목격한 그녀에게 아무 것도 보지 못했다고 말하도록 강요한다.

강요된 침묵과 언어 안에 여성 시를 가두는 문학적 관습과, 여성의 정체성을 외부에서 조립하여 하달하는 아버지를 노혜경은 온 몸으로 밀어낸다. 오랜 침묵과 부재 끝에 자신의 목소리를 찾은 시인이 내는 첫마디는 절규에 가까운 소리이다. 끊기며, 가까스로 토해내는 "어, 어, 어, 어, 어, 어, 어,/어, 버, 버,"는 의미를 아직 낳지 못한 몸의 언어이다. 마침내 노혜경은 기록자가 신중히·은밀하게 삭제한 외침을 듣고, 말하고 쓴다. "너무 긴 세월을 메아리치고 있는/(나는 알아야 한다)/지워져버린 글자들/내가 죽여버린 글자들/잊을 수 없는 이야기들"(「진기한 기록」)을 써나간다. 그것은 오랜 세월 역사와 철학, 종교와 문학 등 가부장적 담론에 의해서 말살된 여성들의 이야기이다. 노혜경은 남성 중심적으로 이룩된 문학적 관습과 문학사에서 지워진 글자를 다시 쓰고, 기록에서 누락된 글자를 복원시켜, 새롭게 여성의 이야기를 써야 하는 기록자로써 여성 시인의 정체성을 세운다.

여성문학 전통의 주된 이야기는 해방된 자아의 추구이다. 여성들에 의해서 씌어진 문학에서 우리가 관찰하는 놀랄만한 일관성은 자아와 예술과 사회의 전략적 재규정을 통한 사회적이고 문학적인 감금으로부터 자유롭고자 하는 여성의 충동이다.[33] 여성 시인들은 여성의 자

---

33) Susan Gilbert & Gubar, *The Madwomen in the Attic*, New Haven:Yale Univ., 1979. p.12.

유로운 글쓰기를 가로막는 가부장적 담론체계와 억압에 대한 인식을
시 쓰기를 통하여 토로하면서, 억압에 대항하는 목소리, 억압을 폭로
하는 글쓰기를 한다. 여성 시를 가두는 시문법의 해체, 남성 중심적
문학전통의 거부, 여성적 말하기와 시 쓰기를 가로막는 억압기제를 폭
로하는 것은 여성적 시 쓰기의 독자성과 정체성을 확립하는 과정에
다름 아니다.

3_

여성성, 여성적 글쓰기 탐구하기

1990년대를 거치면서 수많은 여성 시인들이 탄생했고 연구되었다. 그 동안 여성 시인들은 물론 여성문학 비평가들도 여성문학의 기준은 여성 현실의 제 모순을 얼마나 적확하게 발언하는가에 있었다. 여성 몸은 사회적·도적 가치관과 폭력이 행사되는 성차별적 장소임과 동시에 여성으로서의 성 정체성을 추구해 가는 토대가 된다는 점에서 여성적 시 쓰기의 원천이 되어 왔다. 매력적인 성적 대상이 되기 위해서 여성의 몸은 훼손되고 조작되며, 모성의 신화에 짓눌려 여성의 욕망은 금기되어 왔다. 가치관, 제도, 미덕이라는 이름 아래 여성의 몸은 가둬지고 억압되고 구속되었다는 점에서 여성의 몸은 성차별이 새겨지는 장소이다. 시에 여성 몸은 남성과는 다른 생물학적 성차를 드러내준다는 점에서 여성성의 발현지이기도 하다. 즉 여성 몸은 차별뿐 아니라 여성의 차이를 보여 주는 장소이다. 따라서 여성 시인들의 몸을 통한 글쓰기는 사회적 발언임과 동시에 정체성 추구의 한 표현으로 읽어야 한다.

이 장에서는 여성 시인의 성적 정체성을 탐구하는 방식이 어떻게 되는지를 살펴볼 것이다. 여성성에 대한 탐색이 어떻게 여성 몸에 대한 발견으로 드러나며, 그것이 생명을 낳는 몸에 대한 발견으로 이어지는지를 밝혀볼 것이다. 몸으로부터 우러나오는 여성적 시 쓰기가 단지 남성과 구별되는 차이를 낳는 것만으로 그치지 않고, 그 차이가 여성 시가 품어내는 아름다움으로 빛날 때, 비로소 여성 시는 진정성을 얻을 수 있다.

1. 모성성, 여성 시인의 정체성

가부장적 가치관이 요구하는 여성상과 여성적 시 문법을 거부하고, 여성의 입장에서 새롭게 여성상·여성성을 정립하기 위해서 여성 시인들은 자신 속에 잠들어 있던 모성성·여성성을 깨운다.

'모성성'은 가부장적 가치관과 여성주의 관점 모두에서 관건이 된다. 앞서 지적되었듯이 남성 중심 사회에서 모성성은 희생과 기다림, 인내와 침묵으로 일관된 삶, 자아욕구와 욕망이 제거된 여성의 삶과 몸을 바탕으로 형성된 개념이다. 여성이면 누구나 다 사회에서 제시하는 어머니가 되기를 요구받고, 그것에 맞지 않을 때는 불온한 여성성의 소유자로 비판받음으로써 여성은 자기 스스로의 삶에 대한 욕망을 감추거나 혹은 속일 수밖에 없고, 나아가 자아욕구를 가정의 평화를 위해 희생해 왔다.

이러한 제도화된 모성성은 여성주의 관점에서 추구되는 모성성이 아니다. 여성주의 비평은 어머니의 역할이라는 제도화된 모성이 아니라, 여성이면 누구나 지닌 모성적 잠재력을 강조한다.

> 천지에 가득 달빛 흔들릴 때
> 황토 벌판 향해 불러본다 어머니
> 이 세계의 불행을 덮치시는 어머니
> 만고 만건곤 강물인 어머니
> 오 하느님을 낳으신 어머니"
>
> 고정희, 「어머니, 나의 어머니 -땅의 사람들 8」

> 사람의 본이 어디인고 하니
> 인간세계 본은 어머니의 자궁이요
> 살고 죽는 뜻은 팔만사천 사바세계
> 어머니 품어주신 사랑을 나눔이라
>
> 고정희, 「여자해방염원 반만년」

불행을 덮고, 생명의 물줄기를 대주며 신을 낳은 존재가 바로 어머니다. 어머니의 모습은 희생과 인내, 갈등을 넘어서 우주의 중심에 거하는 어머니로 나타난다. 이때의 어머니는 생명의 근원으로서 모든 죽음과 상처를 치유하는 근원적인 힘을 지닌 우주모의 모습이다. 고정희뿐 아니라 여성 시인들에게 창조력, 생명력을 지닌 원형적인 모성성은 전쟁과 죽음, 억압과 차별, 무한경쟁을 조장하는 부권적 가치관에 맞설 수 있는 유일한 대안적 가치로 인식된다. 어머니는 여성 시인들의 삶과 문학의 중심에 있는 여성의 원초적인 목소리이다.

김승희는 부권적 혈통이 아니라 어머니의 딸로 이어지는 여성 삶의 역사를 몸의 중심에 있는 "배꼽"을 통하여 확인한다. "배꼽은 과거완료가 아니라 언제나 현재 진행형으로 나의 삶 속에 움터"(김승희, 「배꼽을 위한 연가」) 오르면서 시인과 연결되어 있다. 모자母子를 연결해주던 탯줄은 끊겼지만, 배꼽은 그 흔적을 말해 주고 있고, 그것을 기억하고 써 가는 시인에 의해서 어머니와 연결은 지속된다. 이때의 어머니는 혈연적인 의미에서의 어머니가 아니라 '모성성'을 의미한다.

김혜순의 시에서 자주 등장하는 "죽은 어머니" 모티프는 개인의 어머니가 아니라 모든 어머니, 어머니에서 어머니로 이어지는 어머니들이다. 그것은 때로 "달"의 상징을 통해서도 드러난다. 달의 순환성은 딸이 어머니가 되고, 어머니의 딸이 다시 어머니가 되는 어머니의 순환성을 말해 준다. 따라서 죽은 어머니는 모든 어머니가 되고, 원형의 모성성을 의미한다.

여성 시인 자신이 시 쓰기의 중심에 세운 어머니와 합일된다는 점에서 분만 체험의 시적 형상화는 여성 시인의 시에서 중요한 의미를 지닌다. 문학 작품의 창조는 산고와 분만으로 자주 묘사된다. 이것은 특히 여성 시인의 경우에는 신체적 경험과 상통한다는 점에서 여성적 시 쓰기의 근원적 힘과 창조력의 원천으로 작용한다. 그것이 실제적인 경험이든 상상적이든지 간에 여성 시인들은 '분만 체험'을 통하여 자기 안에 있던 모성의 창조력을 낳는다.

> 거울을 열고 들어가니
> 거울 안에 어머니가 앉아 계시고
> 거울을 열고 다시 들어가니 그 거울 안에 외할머니 앉으셨고

외할머니 앉은 거울을 밀고 문턱을 넘으니

거울 안에 외증조할머니 웃고 계시고

외증조할머니 웃으시던 입술 안으로 고개를 들이미니

그 거울 안에 나보다 젊으신 외고조할머니

돌아앉으셨고

그 거울을 열고 들어가니

또 들어가니

점점점 어두워지는 거울 속에

모든 웃대조 어머니들 앉으셨는데

그 모든 어머니들이 나를 향해

엄마엄마 부르며 혹은 중얼거리며

입을 오물거려 젖을 달라고 외치며 달겨드는데

젖은 안 나오고 누군가 자꾸 창자에

바람을 넣고

내 배는 풍선보다

더 커져서 바다 위로

이리 둥실 저리 둥실 불리워 다니고

거울 속은 넓고 넓어

지푸라기 하나 안 잡히고

번개가 가끔 내 몸 속을 지나가고

바닷속에 자맥질해 들어갈 때마다

바다 밑 땅위에선 모든 어머니들의

신발이 한가로이 녹고 있는데

청천벽력.

정전. 암흑천지.

순간 모든 거울들 내 앞으로 한꺼번에 쏟아지며

깨어지며 한 어머니를 토해내니

흰옷 입은 여럿이 장갑 낀 손으로

거울조각들을 치우며 피 묻고 눈감은

모든 내 어머니들의 어머니

조그만 어머니를 들어올리며

말하길 손가락이 열 개 달린 공주요!

김혜순, 「딸을 낳던 날의 기억」 전문

이 시에서 '거울'은 자기 반영적 의미를 넘어서 있다. 시인은 거울을 통하여 자신을 들여다보는데 그치지 않고, 거울을 '열고' 안으로 '들어 간다'. 시인이 거울을 통하여 보는 것은 자신이 아니라 어머니이다. 즉 시인은 거울을 통하여 어머니의 딸인 자신을 보는 것이 아니라 어머니인 자신을 본다. 그리고 시인은 거울을 통하여 어머니를 바라보는 것에 그치지 않고 거울을 열고 들어가 어머니를 만난다. 거울을 하나씩 열고 들어갈 때마다, 시인은 모든 윗대 어머니들을 거듭거듭 만난다. 그렇게 거울을 열고 들어가서 어머니를 만날수록 시인은 딸에서 벗어나 어머니가 되어간다.

'거울을 열고 들어가는 것'은 아이를 낳기 위해서 여자의 몸이 서서히 열리는 것, 그래서 고통 속으로 들어가는 과정을 의미한다. 거울이 열리는 깊이는 산고의 깊이, 자궁의 열림과 비례한다. 더 멀리, 점점 더 깊이 몸이 열리면서 시인은 더 먼 윗대의 어머니들까지를 만난다. 마침내, "청천벽력", 순간의 "정전", "암흑천지" 같은 고통의 극점, 정지의 순간에 '하나의 딸'을 낳는다. 그것을 시인은 "조그만 어머니"라고 말한다. 딸을 낳음으로써 딸이었던 여성은 어머니가 된다. 따라서 어머니와 딸의 관계는 어머니와 어머니의 유대감, 똑같이 누군가의 어머니로서 살아야 하는 동반자 관계로 변화한다. 이렇듯 분만은 자기 안에 잠재되어 있던 어머니가 일깨워지는 순간이며, 그 자신이 어머니가 되는 순간이며, 어머니로 표현되는 여성의 삶에 발을 들여놓는 순간이다. 결국 자신이 낳은 딸 역시 언젠가는 누군가의 어머니가 될 것이기에 '딸'은 '조그만 어머니'인 셈이다.

여기서 탄생은 '죽음'을 바탕으로 한다. 아이를 낳는 것은 딸인 여성은 죽고 어머니로 태어나는 과정이기도 하다. 그러므로 한편으로 아이의 탄생은 어머니의 탄생과 맞물려 있고, 다른 한편으로 딸인 여성의 죽음과 맞물려 있다. 어머니와 딸의 관계, 생명의 탄생과 성장으로부터 죽음과 재생에 이르는 경험의 주기는 자연의 풍요·불모·재생으로 이어지는 계절적 순환과 유사하다. 여성의 삶은 소녀·어머니·할머니를 거쳐 죽음에 이르고, 그것은 또 다른 딸의 탄생으로 이어진다. 그러므로 어머니에서 딸로 이어지는 끈이 지속되는 것은 한 어머니의 지속이다.[34]

여성 시인 김혜순에게 분만이 갖는 문학적 의미는 태어나는 아이와의 관계에서가 아니라, 그 자신이 어머니와 맺게 되는 여성적 세계와의 관계이다. 분만은 자기 안에 잠재되어 있던 어머니가 일깨워지는

---

34) 테미테르·페르세포네 신화에서 여신은 소녀, 어머니, 지혜로운 할머니 등으로 나타난다. 여신들의 세 가지 양상은 이 세 상태를 지나는 달의 여신에 대한 헌신에서도 나타난다 (Mara Lynn Keller, 「엘레우시스인들의 신화: 테메테르와 페르세포네의 고대 자연종교」, Irene Diamond & Gloria Feman Orenstein(ed)(정현경, 황혜숙 역), 앞의 책, pp.84-85).

순간이며, 그 자신이 어머니가 되는 정점이기 때문이다. 딸에서 어머니가 되는 신체의 변화는 시인에게 어머니와의 정신적, 신체적 유대감과 결속력을 불러일으킨다. 많은 여성들이 아이를 낳으면서 그녀 자신의 어머니를 간절히 생각해내고, 고마움과 그리움을 토로하는 것이나, 아이를 낳은 딸을 보며 안쓰러움과 대견함을 느끼는 어머니의 모습에서 느낄 수 있는 것은 어머니와 딸의 관계가 어머니와 어머니로 변화된, 즉 같은 여성의 삶을 살아야 하는 두 어머니의 연대감이다.

딸을 낳음으로써 시인은 자신으로부터 거슬러 올라서 무수한 어머니들과 만나고, 딸 역시 언젠가는 누군가의 어머니가 될 것임을 느낀다. 어머니에서 딸로 이어지는 끈이 지속되는 것은 결국 한 어머니의 지속이며, 모든 여성이 언젠가는 이르게 되는 모습이다. 그러므로 여성성의 원형은 모성성이 되고, 그것은 죽은 어머니의 상징으로 나타난다. 여성의 자궁은 아이를 낳음으로써 여성의 삶을 거슬러 올라가고, 이어지는 '어머니'를 낳는 순환적 구조를 지닌다. 따라서 자궁은 '무덤'이다.

> 여자들은 저마다의 몸 속에 하나씩의 무덤을 갖고 있다.
> 죽음과 탄생이 피 흘리는 곳,
> (중략)
> 모든 것들이 태어나고 또 죽기 위해선
> 그 폐허의 사원과 굳어진 죽은 바다를 거쳐야만 한다
>
> 최승자, 「여성에 관하여」

'어머니들의 죽음'은 탄생의 바탕이 된다. 아이를 낳는 것은 딸인 여성은 죽고 어머니로 태어나는 과정이기도 하다. 그러므로 아이의 탄

생은 딸인 여성의 죽음과 어머니의 탄생과 맞물려 있다. 자궁은 탄생과 죽음이 맞물려 있는 근원적·순환적 공간이다.

남성 중심 사회에서, 여성 시인이 자기 몸을 통하여 모성을 체험하고, 그 자신이 모성성·여성성을 시 쓰기를 통하여 구현한다는 것이 결코 행복한 것은 아니다. 앞서 거론되었듯이 여성의 몸을, 모성을 가부장적 가치관으로 제도화하려는 음모가 끊임없이 지속되는 한, 현실 안에서 생명력과 창조력을 지닌 모성성은 위협받기 때문이다. 최승자의 시에서 생명 창조의 자궁은 가부장적 가치관에 의해서 들씌워진 모성의 신화에 의해 오염된 자궁으로 나타난다.

> (불길해. 오늘밤 달빛이 불길해)
> 우리 엄마 자궁 속에 암 기운이 번지나봐
> 나 돌아가야 할 곳이 흔들려, 자꾸만 물결쳐
>
> 최승자, 「지금 내가 없는 어디에서」

> 여자의 자궁은 바다를 향해 열려 있었다.
> (오염된 바다)
> 열려진 자궁으로 병약하고 창백한 아이들이
> 바다의 햇빛이 눈이 부셔 비틀거리며 쏟아져 나왔다
>
> 최승자, 「겨울에 바다에 갔었다」

최승자는 남성 중심 세계의 폭력성, 여성 몸에 가해지는 폭력과 억압을 고발하기 위해서 오염된 자궁, 사산의 자궁의 이미지를 차용한다. 이 시에서 자궁은 생명을 보듬어 제대로 키우지 못한 채, 암 기운이 번져 병든 자궁이다. 제 기능을 상실한 자궁에서 병약하게 자란 아이들은 '비틀거리며 나온다'. 그것은 병든 자궁, 오염된 바다라는 생명력을 상실한 여성의 몸에서 비롯된다. 병든 자궁에서 나온 아이들은 건강하게 자라지 못하며, '매독을 퍼뜨리고 사생아를 낳는다'(최승자, 「겨울에 바다에 갔었다」). 최승자는 황폐하고 타락한 세계는 여성의 몸이 생명력을 상실했기 때문이라고 본다.

최승자는 생명을 낳는 몸, 자궁에서 여성성을 발견한다. 나아가 그녀는 자본주의적 가부장제 아래에서 여성의 몸/자궁이 지니는 생명력은 위협받고 있다고 본다. 이것은 자본주의적 가부장제 아래에서 여성의 몸·자궁·여성성은 남성 욕망이 투사되어 만들어진 타자적 공간이기 때문이다.

창조력과 생산력을 지닌 여성의 몸이 불모의 공간으로 바뀌는 것은 여성 몸에 자행되는 남성적 가치관과 제도 때문이다. 어머니와 아내라는 이름으로 구성된 허구화된 몸, 여성의 성적 욕망을 거세시킨 부자연스러운 몸, 여성의 몸을 상품화시키는 남성 중심의 타락한 성, 자신의 몸이지만 자신의 것이 아닌 가부장적 욕망으로 덧칠해진, 타자화된 여성 몸에 대한 인식이 "사산된 자궁", "오염된 자궁"으로 나타난다.

2. 여성 몸, 치유와 구원

생명력에서 우러나오는 여성성, 여성적 원리는 어머니인 대지를 이루는 원리이기도 하다. 여성 몸으로부터 발현되는 생태적 인식이야말로 자본주의적 가부장제가 지니는 반생명적·죽음 지향적 부정성을 극복할 수 있는 대안이다. 여성문학이 지니는 진정성은 생명 지향적 가치관에서 찾아져야 한다. 모순과의 싸움은 반드시 치러져야하지만 그것을 이루는 방식은 죽이기 위한 것이 아니라, 살리기 위한 생명 지향적 싸움이어야 한다.[35] 이것은 치유와 구원이 두 과정을 통해서 이루어진다.

> 너는 날 버렸지,
> 이젠 헤어지자고
> 너는 날 버렸지,
> 산속에서 바닷가에서
> 나는 날 버렸지.
>
> 수술대 위에서 다리를 벌리고 누웠을 때
> 시멘트 지붕을 뚫고 하늘이 보이고
> 날아가는 새들의 폐벽에 가득 찬 공기도 보였어.
>
> 하나 둘 셋 넷 다섯도 못 넘기고
> 지붕도 하늘도 새도 보이잖고

---

35) 생태여성주의는 지배와 정복을 가치화하는 남성적 세계관을 부정하지만, 그것의 부정이 또 다른 여권주의적 세계관이어서는 안 된다고 본다. 즉 생태여성주의는 지배자사회가 아닌 동반자적 사회를 꿈꾼다는 점에서 기존의 여성주의와 차별된다. 생태여성주의는 지구의 오염과 타락한 자본주의적 가부장제가 같은 데서 연유하며, 그것의 해결방안을 생태여성적 인식에서 찾는다.

그러나 난 죽으면서 보았어.

나와 내 아이가 이 도시의 시궁창 속으로 시궁창 속으로

세월의 자궁 속으로 한없이 흘러가던 것을.

그때부터야.

나는 이 지상에 한 무덤으로 누워 하늘을 바라고

나의 아이는 하늘을 날아다닌다.

올챙이꼬리 같은 지느러미를 달고

나쁜 놈, 난 널 죽여버리고 말 거야

널 내 속에서 다시 낳고야 말 거야

내 아이는 드센 바람에 불려 지상에 떨어지면

내 무덤 속에서 몇 달간 따스하게 지내다

또다시 떠나가지 저 차가운 하늘 바다로,

올챙이꼬리 같은 지느러미를 달고

오 개새끼

못 잊어!

최승자, 「Y를 위하여」 전문

시에서 '너·남자'는 화자를 버리고 화자는 아이를 낙태하기 위해 수술대 위에 올라가 있다. '너·남자가 나를 버리는 순간 나는 나 스스로를 버린다'. 나를 버리는 것은 시적 화자에게 아이를 버리는 것과 동일한 의미를 지닌다. 표면적으로 아이를 낙태하는 것은 여성이지만, 아이를 버리도록 만든 것은 '나를 버린 너·남성'이다. 아이를 지우기 위해서 수술대 위에서 마취주사를 맞으면서 화자는 아이를 죽이는 것이 자신을 죽이는 것임을 느낀다. 화자는 자신과 자신이 죽인 아이가

도시의 시궁창 속으로 흘러가는 것을 본다. 여성의 자궁이 사산의 공간이 됨으로써, '나'와 '아이'는 죽게 된다. 아이를 지우면서, 시인/여성 화자는 남성을 향해 욕지거리 섞인 분노를 표출한다.

"나쁜 놈, 난 널 죽여 버리고 말 거야'라는 외침은 전통적으로 인식된 여성적 시 어법을 넘어서 있다. 하지만 남성에 대한 분노가 최승자가 표현하려는 전부는 아니다. 시인은 '널 죽이는 것에 머무는 것이 아니라, 널 내 속에 다시 낳고야 말겠다는' 의지를 강하게 표명한다.

여성의 자궁을 불모의 공간으로 만든 '너'를 용서할 수 없다. 그런 너를 죽이지 않는 한, 여성의 몸/자궁은 무덤일 뿐이다. 그래서 너를 죽여야만 한다. 그러나 '널 죽이는 행위'는 결국 너를 "내 속에서 다시 낳기 위함이다. 너를 내 속에서 다시 낳음으로써, '나'의 몸은 사산의 공간에서 생산의 공간으로 바뀐다. 그렇게 함으로써 여성의 몸을 죽음으로 몰고 가는 '너' 역시 생명력을 지닌 존재로 다시 태어난다.

나를 버린 임에 대한 하염없는 용서와 기다림으로 일관된 사랑을 보여 주는 것이 여성의 미덕으로 배운 우리에게, "나쁜 놈, 난 널 죽여 버리고 말 거야'라는 최승자의 외침은 충격적이면서도 신선하다. 그리고 통쾌하다. 여기에서 최승자 시가 가지는 매력을 더하는 것은 나를 버린 남성을 끌어안는 우주적 사랑이다.

최승자가 그리는 여성은 나를 버린 님을 수동적으로 용서하고 참는 것이 아니라, 적극적으로 미워하고, 분노하지만 끝내 그를 품어 안아, 다시 태어나게 한다. 이러한 사랑은 모성적 사랑을 닮아 있다. 어머니는 자식의 타락을 무기력하게 슬퍼하지 않는다. 준열하게 꾸짖고 분노한다. 그리고 자식이 구원될 때까지, 어머니의 사랑은 포기와 좌절을 모른다. 이러한 사랑의 모습은 "오 개새끼/못 잊어"라는 구절에서 극단적으로 표현된다. 누가 욕설을 퍼부으면서 "오~"라고 감탄하며 말할 수 있겠는가. 양립 불가능한 두 어휘의 결합, 그것은 분노와 애정이 버무려진, 끝내는 사랑할 수밖에 없는 마음의 표현이다.

최승자 시는 가부장제의 불모성 혹은 타락상을 사산의 자궁을 통하여 자학적으로 드러낸다고 평해진다.[36] 물론 최승자는 자본주의적 가부장세계가 지닌 타락상을 분노한다. 그러나 그녀가 세계를 부정하고, 그 타락을 끊임없이 괴로워하는 순간에도 그것은 어쩔 수 없는 애정이 밑받침되었음을 알 수 있다. 또한 그녀가 부정하는 것은 타락한 자본주의적 가부장제이지 남성은 아니다. 그러므로 최승자는 사산의 자궁을 말할 때에도 "붉은 달 아래 소리 없이 땀 흘리며"(들때) 거듭거듭, 끝내 아이를 낳으려는 자궁의 생명력을 말하고 있음에 밑줄을 긋고 싶다.

최승자는 자본주의적 가부장세계가 지닌 타락성을 부정한다. 그녀가 부정하는 것은 여성의 몸과 그것으로 표상 되는 대지의 생명력을 파괴하는 가부장적 가치관이다. 그러나 그 부정에 대한 대안은 여성적 원리 안에서 남성을 끌어안는 방식이다. 부정되어야 할 것은 자본주의적 가부장제이지 남성은 아니다. 그렇게 함으로써 정복과 지배, 파괴와 개발로 동일시되는 남성성을 추구하는 남성들을 생명을 유지·향상시키는 여성의 동반자로 바꾸어 놓으려 한다. 이것은 여성에

---

36) 김현, 「게워냄과 피어남」, 『말들의 풍경』, 문학과지성사, 1990.
이광호, 「위반의 시학, 그리고 신체적 사유」, 『현대시세계』, 1991. 봄호.
이은정, 「육체, 그 불화와 화해의 시학」, 『한구여성 시학』, 깊은샘, 1997.
장석주, 「죽음, 아버지, 자궁, 그리고 시 쓰기」, 『문학과 사회』, 1994. 2.
정효구, 「죽음과 상처의 시」, 『현대시학』, 1991. 5.

게 속한다고 여겨져 왔던 가치 및 특성들을 남성도 공유할 수 있도록 하는 것을 의미한다. 이는 작게는 남성들이 무임의 가사 노동, 생명 노동에 참여하는 것을 의미한다.[37] 오늘날 남성들은 생명 창조와 양육의 기회를 박탈당했다. 경쟁을 조장하고 정복과 지배를 남성성으로 동일시하는 가부장제 사회가 남성에게 부여한 권력과 지배욕은 남성의 생명마저 위협하는 수위에 이르렀다. 그러므로 여성적 원리의 회복은 남성들이 전쟁논리로부터 벗어나 생명을 위한 책임을 함께 나눔으로써, 성장 지향적 자본주의적 가부장제가 지니는 폐해를 극복하는 것이다. 그렇게 "널 내 속에 다시 낳아" 죽음 지향적 사회를 생명 지향적 사회로 바꾸어 놓을 때까지 '여성의 몸/대지'는 사산의 공간으로 남아 있다.

부'권'제에 대한 대안이 모'권'제 사회일 수는 없다. 그것은 지배자 사회의 또 다른 동전의 한 면일 뿐이기 때문이다. 생명의 공존과 공조를 인정하는 동반자적 가치관의 추구야말로 경쟁, 정복과 같은 죽음 지향적 사회를 생명 지향적 사회로 바꿀 수 있다. 부정적 남성성을 추구하는 남성을 거부 · 비판하는 것이 아니라, 적극적으로 끌어안아 여성적 원리 안에서 새롭게 탄생시키려는 여성적 · 생태적 인식이야말로 여성 시가 추구해야 할 건강한 아름다움이다. 자본주의적 가부장제 사회가 지니는 타락상, 무한경쟁의 질주 속에 신음하는 남성을 여성적 원리 안에서 치유하고 구원하려는 '우주적 어머니'의 모습은 허수경의 시에서도 나타난다.

---

37) Maria Mies(한정숙 역), 「전지구적 생태여성론이 세계를 구할 수 있는가?」, 『여성과 사회』 7, 1996.

물살에 내맡긴 사내들의 빨래에는
땀자욱 핏자욱 황토흙도 쩔어 있고
북만주 흩날리는 아득한 눈발
원망과 갈망과 목놓아 소리하던
꿈도 묻어 나오지만
눈부시게 헹구고 나면
오직 그리운 눈매 유순한 눈매

허수경, 「남강 시편」3 부분

'사내들'은 원망과 갈망, 또는 꿈 등으로 인하여 절규하고 분노하며 싸움에 '쩔어 있다'. 그런 '사내들'의 땀자욱, 핏자욱을 '아낙들은' '헹구어낸다'. 싸움으로 일축되는 갖가지 갈망의 흔적을 헹구어낸다. '사내들'이 영광을 위해서 행하는 몸짓들, 즉 원망과 갈망, 싸움 등은 '핏자욱'으로 응축된다. 사내들의 '타오르는' 갈망을 '아낙들'은 눈물로, 강물로 잠재운다. 나아가 그것을 말끔히 헹구어내, '유순한 눈매'로 바꾸어 놓는다. 즉 시인은 투쟁 지향적인 사내들의 삶을 단지 부정하는 것을 목적으로 하지 않는다. 싸움에 휘말리기 이전의 상태로 되돌려 놓는 것, 즉 새롭게 태어나게 하는 것이 시인/아낙의 바람이다. 그것은 여성적 원리를 회복시키는 것으로 통한다.[38] 따라서 '유순한 눈'으로 돌

---

38) 여성적 원리는 여성들에게만 발견되는 것이 아니라, 자연, 여성, 남성 모두에게서 발견되는 활동성 및 창조력의 원리이다. 여성과 자연에 있어서 여성적 원리의 소멸은 수동성을 여성적인 것으로 치부하였고, 남성에게 있어서 여성적 원리가 소멸됨으로써 활동성이라는 개념이 창조가 아닌 파괴로, 힘이라는 개념이 지배로 변환되어 나타나게 되었다 (Vandana Shiva(강수영 역), 『살아남기』, 솔, 1998, pp.106-107).

려놓는 것은 파괴와 지배가 아닌 창조의 힘을 지닌 여성적 원리를 회복하게 하는 것을 의미한다.

>그 사내 내가 스물 갓 넘어 만났던 사내 몰골만 겨우 사람 꼴 갖
>춰 밤 어두운 길에서 만났더라면 지레 도망질이라도 쳤을 터이지만
>눈매만은 미친 듯 타오르는 유월 숲 속 같아 내라도 턱하니 피기침
>늑막에 차오르는 물 거두어 주고 싶었네
>　산가시내 되어 독오른 뱀을 잡고
>　백정집 칼잽이 되어 개를 잡아
>　청솔가지 분질러 진국으로만 고아다가 후 후 불며 먹이고 싶었네
>저 미친 듯 타오르는 눈빛을 재워 선한 물같이 맛깔 데인 잎차 같이
>눕히고 싶었네 끝내 일어서게 하고 싶었네
>　그 사내 내가 스물 갓 넘어 만났던 사내
>　내 할미 어미가 대처에서 돌아온 지친 남정들 머리맡 지킬 때 허
>벅살 선지피라도 다투어 먹인 것처럼
>　어디 내 사내 뿐이랴

>　　　　　　　　　　　　　허수경, 「폐병쟁이 내 사내」 전문

　여인은 '불타는 눈매', '앙상한 뼈만 남은 몸'으로 표현되는 '병든 사내'를 끌어안는다. 사내의 몰골은 긴 싸움으로 인하여 병들고 지쳐 있다. 허수경 시에서 사내들은 '땀자욱', '핏자욱'으로 얼룩진 채 원망과 갈망에 타오르는 눈빛을 가진 것으로 묘사된다. 그녀의 시에서 사내들의 세계는 싸움과 살육이 중심을 이룬다^(연작시 「원폭수첩」, 「남강시편」 3). '사내'는 경쟁과 싸움, 정복에 대한 갈망으로 인하여 병들어 있다. 그런

사내를 살리기 위한 여인의 몸짓은 "피기침"을 거두어 주고, "독오른 뱀"도, "개"도 잡아 먹이고, 자기의 살점마저 잘라 먹이려 할 만큼 처절하다.

여인이 사내를 살리는 과정은 '치유와 구원'이라는 두 과정을 거친다. 먼저 '미친 듯 타오르는 불'을 잠재운다. '불'은 가부장 사회에서 남성에게 기대되는 다양한 열망 또는 남성성을 함축한다. 바로 그 '불'로 인하여 사내의 생명은 꺼져간다. 그러므로 여인은 어떻게든 '불'을 잠재우려 한다. '불'을 물로 잠재워버림으로써 반생명적 남성성이 소멸된다. 이때 불을 끄는 것은 재생을 위한 통과적 죽임이다.

그 다음, 사내는 치유와 구원되기 위해서 선한 물에 눕혀진다. '불'이 정복, 야망을 상징하면서 수직 상승하는 남성적 세계를 상징한다면, 물은 세정, 소생, 탄생을 드러내면서 수평적으로 끌어안는 여성적 세계를 상징한다. 말하자면 불을 물로써 소멸시킴으로써 부정해야 할 것을 부정한다. 그러나 부정의 대상은 남성성이지 남성 그 자체는 아니다. 즉 '타오르는 불'을 "잠재우고" 물에 "눕히는" 것은 사내를 "끝내" 다시 "일어서게 하"기 위함이다.

물에 '눕혀짐'은 여성의 거둠, 치료, 끌어안음과 같은 여성적 행위를 통하여 이루어진다. 이때 사내가 눕혀지는 곳은 푸르게 맑고 잔잔한 '잎 차' 같은 물이다. '물'에 눕혀짐으로써 사내는 상처가 치유, 세정되고 드디어 소생된다.

남성이 눕혀지는 공간은 자궁이며 동시에 무덤이고, 부드러운 감옥이다. 투쟁·대결·전쟁·힘으로 표현되는 남성적 가치관은 자궁 안에 눕혀지고 가둬진다. 그런 점에서 자궁은 감옥이며, 무덤이다. 하지만 끝내는 여성의 몸/어머니인 대지를 통하여 남성을 다시 낳고, 물처럼 흐르게 하고, 일으켜 세움으로써 여성/지구의 자궁은 생명 창조공간의 의미를 지닌다. 그것은 여성적 원리를 통한 치유와 구원으로 이루어진다. 그러므로 여성적 원리로부터 발현된 생태적 인식은 자연과 여성의 해방, 그리고 생명 창조의 기회를 박탈당한 남성들의 해방을 포함한 생명 중심적 세계관으로 통한다.[39]

3. 여성성의 원천, 둥근 몸의 미학

여성의 경험을 바탕으로 여성의 이야기를 짜나갈 때 제기되는 물음은 여성 저술의 원천, 혹은 차이에서 우러나오는 글쓰기의 차별성이 무엇인가라는 점이다. 여성문학이 여성이라는 성 정체성을 바탕으로 형성되고, 여성문학이 지닌 미학 역시 여성성에서 발현된다고 볼 때, 여성적 시 쓰기의 관건은 여성성의 정체성과 차별성에서 발현되는 여성 시의 특징이 무엇인가에 달려있다.

여성주의 비평은 여성 글의 차이가 남성 중심 사회를 살아가면서 겪게 되는 사회적 경험에서 비롯된다고 보는 입장과 임신, 출산, 수유, 월경 등 여성 신체로부터 온다고 보는 입장으로 나뉘어진다. 여성의 몸으로부터 나오는 여성성은 문화적, 역사적 차이를 떠나서 본질적으로 공유하는 여성적 특질이다. 사회적 성^{gender}은 사회마다 다르게 형성되지만 생물학적 성^{sex}은 본질적이다. 육체적 경험에서 발현되는 상상력이 여성 글의 차이를 낳는 요소로 작용하고 있음을 대부분의 여성

---

39) Vandana Shiva(강수영 역), 『살아남기』, 솔, 1998. p.106.

시인의 글에서 알 수 있다.

　여성 시에 나타나는 하나의 특징은 '둥근' 이미지에 주목한다는 점이
다. 여성 시인들은 '둥글다'라는 어휘의 직접적 사용은 물론, '둥근' 이
미지를 가진 사물에 주목하여 '둥근' 것이 지니는 환기력에 집중한다.

비틀어 짜 말려도 원상태로 돌아오는 둥근 가슴에 대한 기억

〈중략〉

복숭아 열매가 둥글게 자라는 건 열매가 갖고 있는 기억 때문이다

김선우, 「둥근 기억들의 저녁」 부분 ①

바다풀 같은 어린 생명을 위해

숨을 나누어 갖는

둥근 배를 갖고 싶어

김선우, 「입춘」 부분 ②

둥근 달을 보면 슬퍼진다

저만큼 둥글어지기 위해

얼마나 많은 어둠들을 베어먹었을까?

이경임, 「지독한 허기」 부분 ③

살며시 찾아와 보랏빛 둥근 생각들을

온몸에 달면 달 없는 밤에도

휘어이 휘어이 산책할 수 있을 텐데

박라연, 「등꽃」 부분 ④

둥근 혹 속에 고여 있던 휘발유들이 햇살에 점화되어 환한 등 켜
는 것을 엿본 적이 있다

이경임, 「등꽃」 부분 ⑤

내 몸에서 뿌리가 희고 둥글게, 무수히, 돋아날 것처럼 푸르다

박라연, 「겨울잠 네 흙 속으로 간다」 부분 ⑥

시 ①에서 열매가 둥글게 자라는 것은 원상태로 돌아가려는 '둥근'
것에 대한 '기억' 때문이다. '열매'는 성장의 결실이다. 열매를 거두어
들인다는 것은 씨앗을 마련하는 것이다. 즉 열매의 맺힘은 씨앗으로
환원하기 위한 과정이다. 때문에 그것은 완성이며 한편으로는 죽음이
다. 하지만 재생이 준비된 죽음이다. 그렇게 볼 때 열매의 둥그런 모
양은 생명의 순환성을 표상하는 이미지가 된다.

'둥근'이 생명의 순환성을 연상시키는 이미지라고 할 때 시 ②도 예
외는 아니다. 시인은 '둥근 배'를 가지고 싶어 한다. '둥근 배'는 어린아
이를 기르는 창조의 공간으로 추구된다. '둥근 열매'와 '둥근 배'는 생
명 창조의 여성적 이미지를 지닌다는 점에서 '둥근 달'의 이미지와 연
관된다. 더 둥그려져야 만 열매/아이는 태어나는 것처럼, ③에서 달은
둥글어지기 위해 인내한다.

시 ④에서 '등꽃'이 둥그렇게 피어 있는 모습은 둥그런 달과 비교된
다. 마치 탐스러운 열매처럼 매달려 피어있는 등꽃은 불을 켠 '등'으로
연상되고 마침내 그것은 달을 대체시킨다. 둥근 등꽃이 시 ⑤에서는
'둥근 혹'으로 비유된다. 휘어져 자라는 등나무에 핀 꽃을 이경임은 슬
픔의 응결체로 비유한다. 등꽃은 여자의 비애가 안으로 고이고 고여

만들어낸 슬픔의 꽃/혹이다. 그 혹 속에 고여 있던 슬픔들이 품어내는 비애의 빛 때문에 둥근 혹은 환하다.

시 ⑥에서 뿌리는 수직과 수평으로 뻗어나가지 않고 둥그렇게 말아져 자란다. 뿌리는 대개 마치 인간의 위계적, 계보적 질서처럼 뻗어나간다. 그러나 시 ⑥에서 뿌리는 둥그렇게 자란다. 뿌리는 생명의 원천이다. 뿌리로부터 식물은 소생하고, 번성하고, 생기를 거두어들인다. 따라서 뿌리는 식물의 탄생과 성장, 죽음의 드라마가 연출되는 장소이다. 뻗어나가는 뿌리의 외형에 주목하지 않고, 탄생과 죽음의 순환성을 담지한 속성을 지녔다는 점에 주목할 때 뿌리는 '둥근' 것이 된다.

'둥근'이라는 의미망은 생명체의 탄생과 성장, 죽음을 선적인 과정으로 보지 않고 순환적 과정으로 바라보려는 생태적 인식의 소산이다. 둥근 열매로부터 둥근 뿌리가 연상된다면, 둥근 배는 둥근 자궁과 연결되어 있다. 즉 둥근 열매/꽃이 식물의 뿌리가 지니는 생명의 순환성에 대한 외현이라면, 둥근 배/달은 둥근 자궁을 드러내주는 기표이다.

무덤은 여기

가슴에 매달린 두 개의 봉분

이 아래 몇 세기 전의 사람들이 아직 묻혀

숨 들이켜고 있는 곳 무덤은 여기

두 개의 무덤 아래

죽은 자들이 모여 살면서

망망대해를 펼치고 오므리는

달을 건져 올리고 끌어당기는

여자의 깊은 몸 구중궁궐

또 한 세상. 무덤은 여기

몇 세기 전의 어둠이 아직도

피 흘리며 갇혀 있다가

초승달 떠오를 때

기지개 켜는 곳

여우와 뱀이 입맞추고

초록 풀 나무 덩굴이 수천 번

되살아나고 되지던 곳

김혜순, 「어느 별의 지옥」 부분

여성의 가슴은 두 개의 무덤으로 비유된다. 여성의 몸/무덤에는 수 세기 전 사람들이 아직도 묻혀 있다. 묻혀 있지만 숨 쉬고 있다는 것은 '무덤'이 죽음의 장소뿐 아니라 생명의 장소임을 알려 준다. 묻혀 있기 때문에, 죽어 있지만, 숨 쉬고 있기에 살아 있다. 바닷물을 '펼치고' '오므리는', 달을 '건져 올리고', '끌어당기는' 것처럼 대립된 것들이 여자의 가슴/무덤 안에서 반복·순환한다. 무덤은 갖가지 것들이 삶과 죽음을 순환하는 장소이다.

여자의 깊은 곳/가슴/무덤은 동궤를 이루면서 생명이 순환하는 장소이다. 그곳은 사람만이 모여 사는 것이 아니다. 그곳에서는 밀물과 썰물이 교차하고, 여우와 뱀이 입맞추며, 초록풀이 수천 번 되살아나고 다시 진다. 그곳에서 인간은 식물과 동물, 물과 달과 조화롭게 공존하며 태어나고 죽고, 다시 태어난다. 그러므로 여자의 깊은 곳, 무덤은 우주적, 몸 즉 어머니인 대지로 확대된다. 최승자처럼 김혜순도

여성성을 생명의 출산과 관련지어 파악한다. '가슴=무덤=어머니 대지'
라는 유추는 모든 생명체가 여성/자연의 몸에 갇혀 태어나고 살고 죽
는다는 유사성으로부터 온다. 모든 생명체는 자연으로부터 나서 자연
으로 돌아간다. 그런 점에서 여성/자연은 무덤이다. 그리고 무덤은 출
생 장소이다. 모든 것에 생명을 주고 거두어들이기도 하는 지구의 품
에 갇혀 있다는 점에서 그것은 지옥이다. 그러나 그 감옥은 "부드러
운" 감옥이다.

> 아침, 너울거리는 햇살들을 끌어당겨 감옥을 짓는다. 아니 둥지라
> 고 할까, 아무래도 좋다 냄새도 뼈도 없는, 눈물도 창문도 매달려 있
> 지 않은 부드러운 감옥을 나는 뜨개질한다
>
> 이경임, 「부드러운 감옥」 부분

감옥은 햇살이 비추지 않는 간힘의 공간이다. 때문에 감옥에서 쇠
창살은 외부와의 유일한 소통의 창구이다. 그러나 시인이 짓는 감옥
은 햇살로 지어진다. 따라서 창문을 매달 필요가 없다. 차라리 그것은
둥지에 가깝다. 어린 새들이 '둥지'에 가두어져 있어야만 온전한 생명
체로 자랄 수 있듯이, 시인이 짓는 감옥은 생명을 길러내는 '둥근' 둥
지와 같은 곳이다.

> 꼬마들과 함께 아파트 화단에 나팔꽃 씨앗들을 심었다 꽃삽으로
> 작은 구덩이를 파고 자연의 음표 같은 씨앗들을 심었다 아침마다 내
> 안에서 누군가 나팔을 연주한다 땅속의 씨앗들이 답답할 거라며 꼬
> 마들은 안절부절못한다 씨앗들도 꽃을 피우기 위해선 감옥살이를 한

다 참, 뭉클하다 그렇게 작은 감옥들이 나팔을 연주할 수 있다니!

이경임, 「나팔을 연주하는 감옥」 전문

오랜만에 단 포도를 먹었다
단 열매들은 오래된 감옥들이다

이경임, 「박피포도」 부분

씨앗들이 꽃으로 피기 위해서는 땅 속에 묻힘/갇힘의 시간이 필요하다. 땅 속에 묻힌 씨앗들을 보며 아이들은 씨앗이 답답할 거라며 야단이지만, 시인은 안다. 그것은 꽃을 피우기 위한 감옥살이라는 것을. 이정임은 하나의 생명체가 태어나기 위해서는 갇힘의 시간이 필요하다는 것을 본다. 태어나기 위해서 가두는 감옥은 그러므로 부드럽다. '부드러움'의 이미지는 '둥글다'라는 어휘와 연관되면서 감옥의 이미지를 만들어간다.

따라서 시인에게 '단 열매'들은 오래된 감옥이다. 완성에 이르기 위해서는 오랫동안 부드러운 감옥에 갇혀 있지 않으면 '단 열매'가 되지 못한다. 꽃이거나 열매의 맺힘으로 대표되는 생명의 탄생과 완성은 이처럼 기다림과 인내를 수반한다. 여성적 삶의 양식을 기다림의 양식으로 정의[40]한 것도 여성 몸이 갖는 이와 같은 특징 때문이다. '둥근 열매'는 '둥근, 부드러운, 감옥/자궁'에 가두어짐으로써 만들어진다. 즉 '자궁'은 '부드러운 감옥'이다. 생명을 옥죄이고 자유를 억압하는 딱

---

40) Adrienne Rich(김인성 역), 『더 이상 어머니는 없다』, 평민사,1995. p.43.

　　Josephine Donovan(김익두 · 이월영), 『페미니즘 이론』, 문예출판사, 1993. pp.314-323.

딱하고 차가운 사각의 감옥과는 달리, 자궁은 생명을 탄생시키기 위해서 가두는 둥글고 부드러운 감옥이다.

이정임은 미나리, 민들레, 등꽃, 장미, 담쟁이 등의 식물을 여성으로 등치시켜 바라보면서, 그것들이 꽃피우기 위해서 참아내는 어둠의 시간, 갇힘 또는 가둠을 여성적 체험으로 환원시켜 보여 준다. 생명체의 탄생, 사랑의 완성, 예술의 결실, 삶의 어떤 이룸도 이경임에게는 부드러운 감옥을 거치지 않으면 이룩될 수 없는 것으로 비춰진다. 이경임은 "부드러운 감옥"의 렌즈를 통해서 세계와 생명체를 바라본다. 여기에서 여성성에서 우러나오는 여성 시인의 생태적 상상력을 만나게 된다.

여성의 자궁이 인간의 탄생을 위한 감옥이라면 흙은 씨앗들의 감옥이다. 모든 인간들이 여성의 자궁에 갇혀 길러지고 탄생된다면 살아있는 생명체들은 어머니인 지구의 자궁으로부터 태어난다. '둥근' 부드러운 감옥은 자궁이 지닌 원형적 이미지를 잘 드러내준다. 자궁은 일정한 기간 동안 생명체를 가두지만, 그것은 죽이기 위한 것이 아니라 살리기 위한 가둠이다. 자궁이 가둠의 기능을 상실하면 오히려 죽음의 공간이 되는 역설을 시인은 안다. 아니 온 몸으로 체험한다.

> 아침, 너울거리는 햇살들을 끌어당겨 감옥을 짓는다. 아니 둥지라
> 고 할까, 아무래도 좋다 냄새도 뼈도 없는, 눈물도 창문도 매달려 있
> 지 않은 부드러운 감옥을 나는 뜨개질한다
>
> 이경임, 「부드러운 감옥」

시인은 "부드러운 감옥"을 "뜨개질한다". 감옥은 생명체를 가두는

공간이다. 감옥은 가둠, 자유를 억압함, 그러므로 딱딱한 이미지를 지닌다. 그러나 시인이 짓는 감옥은 부드러운 곳이다. 부드러운 감옥은 "눈물도, 창문도" 없다는 점에서 일반적인 감옥과는 의미를 달리한다. "눈물"과 "창문"은 갇힌 몸의 슬픔과 소통을 드러내는 이미지이다. 그러나 시인이 짓는 부드러운 감옥은 눈물도, 창문도 필요가 없다. 부드러운 감옥은 생명을 가두기 위한 장소가 아니라 생명을 길러내기 위한 장소이기 때문이다.

> 꼬마들과 함께 아파트 화단에 나팔꽃 씨앗들을 심었다 꽃삽으로 작은 구덩이를 파고 자연의 음표 같은 씨앗들을 심었다 아침마다 내 안에서 누군가 나팔을 연주한다 땅속의 씨앗들이 답답할 거라며 꼬마들은 안절부절못한다 씨앗들도 꽃을 피우기 위해선 감옥살이를 한다 참, 뭉클하다 그렇게 작은 감옥들이 나팔을 연주할 수 있다니!
>
> 이경임, 「나팔을 연주하는 감옥」 전문

씨앗들이 꽃으로 피기 위해서는 땅 속에 묻힘/갇힘의 시간이 필요하다. 땅 속에 묻힌 씨앗들을 보며 아이들은 씨앗이 답답할 거라며 야단이지만, 시인은 안다. 그것은 꽃을 피우기 위한 감옥살이라는 것을. 이정임은 하나의 생명체가 태어나기 위해서는 갇힘의 시간이 필요하다는 것을 본다. 태어나기 위해서 가두는 감옥은 그러므로 부드럽다. '부드러움'의 이미지는 '둥글다'라는 어휘와 연관되면서 감옥의 이미지를 만들어간다.

부드러움과 동그란 감옥은 자궁의 지닌 원형적 이미지를 잘 드러내 준다. 자궁 역시 일정한 기간 동안 생명체를 가두지만, 그것은 죽이기 위한 것이 아니라 살리기 위한 가둠이다. 자궁이 가둠의 기능을 상실하면 오히려 죽음의 공간이 되는 역설을 시인은 안다. 아니 온 몸으로 체험한다. 여성의 몸으로부터 체득된 상상력을 통하여 시인은 세계를 인식하며, 체험한다. 이정임은 미나리, 민들레, 등꽃, 장미, 담쟁이 등의 식물을 여성으로 등치시켜 바라보면서, 그것들이 꽃피우기 위해서 참아내는 어둠의 시간, 갇힘 또는 가둠을 여성적 체험으로 환원시켜 보여 준다. 생명체의 탄생, 사랑의 완성, 예술의 결실, 삶의 어떤 이룸도 이경임에게는 부드러운 감옥을 거치지 않으면 이룩될 수 없는 것으로 비춰진다. 이경임은 "부드러운 감옥"의 렌즈를 통해서 세계와 생명체를 바라본다. 여기에서 여성성으로부터 우러나오는 여성적 시 쓰기의 아름다움이 도출된다.

4. 전망 : 대안으로서 생태시

여성성이 생명의 출산과 양육이라는 생명력, 창조력으로부터 발현된다는 점을 긍정적으로 검토할 때, 생명을 보듬고, 키워내고, 지켜내려는 생명을 향한 열망이야말로 여성성의 본질이라는 인식에 이른다. 그럴 때 여성성은 생태적 인식과 조우된다. 생태여성주의는 여성과 자연의 유사성을 바탕으로 생태론과 여성주의가 결합된 것이다. 자연과 여성은 그것이 지니는 본질적인 속성과 자본주의적 가부장제에 의해서 취급받는 방식이 유사하다. 생명을 낳고 기른다는 점에서 자연과 여성은 같다. 자본주의적 가부장제 하에서 여성과 자연은 그것의 내재적 가치, 즉 생명 창조의 가치를 박탈당하고 유용성이란 측면에서 취급되는 원자재와 같은 것, 혹은 개척되지 않은 채 야만스러운 상태에 있기 때문에, 개척, 정복, 지배되어야하는 것으로 취급된다.[41] 그런 점에서 인간 중심주의, 남성 중심주의와 같은 이원론은 자연과 여성을 지배, 정복, 억압하는 반생명적 이데올로기이다.[42]

여성성은 자연과 여성을 단일하게 바라볼 수 있는 중심 개념이다. 생태적 원리로서 여성성은 우주와 세계가 다양하고 역동적이며 순환적 관계 속에 모든 부분들이 얽혀 있음을 인식할 수 있는 능력[43]을 말한다. 여기에서 바탕이 되는 것이 생명 중심적 가치관이다. 인간 중심, 남성 중심 가치관을 벗어나 생명 중심 관점에서 바라볼 때, 인간에 의한 자연 억압, 남성의 의한 여성 억압, 남성 권력에 의한 남성 개개인의 억압이 극복될 수 있기 때문이다. 또한 훼손된 여성의 몸에 대한 고발에 그치지 않고 그것을 살리려는 의지는 생태적 인식과 만나게 되기 때문이다.

> 저렇게 크고 붉은 해가 떠오르기 위해
> 샘물은 얼마나 깊었으며 나무는 얼마나
> 팽팽하게 물줄기를 빨아올려야 했을까
> 살아있는 모든 세포를 위해

---

41) Vandana Shiva & Maria Mies,(손덕수·이난아), 『에코페미니즘』, 창작과 비평, 2000. pp.37-52. 참조.

42) Ynestra King, 「상처의 치유」, Irene Diamond & Gloria Feman Orenstein(ed)(정현경·황혜숙 역), 『다시 꾸며보는 세상』, 이화여대 출판부, 1996.

43) Vandana Shiva & Maria Mies, Ecofeminism, Zed Book 1993. pp.17-18. 문순홍, 「생태여성론의 이론적 분화과정과 한국 사회에의 적용」, 『여성과 사회』 7, 1996.에서 재인용.

조각조각 아름답게 갈라지는 햇살이라면

박라연, 「사과를 깎으며」 부분

사과 한 알이 붉게 익어 떨어질 때까지, '샘물'은 끊임없이 물줄기를 내어주고, 또 나무는 그 물줄기를 팽팽하게 빨아올려야 했으며, 또 햇살은 살아있는 세포를 위해 조각조각 갈라져 들어갔다. 사과 한 알이 익기 위해서 수많은 것들이 공조했음을, 그리고 희생했음을 알기에, 시인에게는 사과 한 알조차도 한 세상만큼이나 '무겁다'. 그렇게 애써 익은 사과는 시인의 몸속에 들어가 생명에 한줄기 힘으로 보태어진다. 그래서 '차마 함부로 베어 물지 못한다'.

시인은 생각한다. '난보다는 잡초/학보다는 황새/은어보다는 피라미에 대해'. 그렇게 누추해 보이는 것들의 목숨의 소중함에 대해. 눈길을 주지 않아도 자라고 한 생을 아낌없이 보내는 생명의 경건함에 대해. 난이 아닌 잡초라고 해서 난이 되려하지 않고, 주어진 생을 살아가는, 또 다른 생명체의 먹이가 되어 생을 마감하는 것들에 대해. 시인은 말한다. "왼쪽으로만 감으며 뻗어 가는 까치콩과/오른쪽으로만 감으며 뻗어 가는 등나무 줄기와/벽면에만 붙어 올라가는 담쟁이덩굴"은 각각 주어진 삶의 방식에 충실하게 살아간다는 것을. 까치콩이 등나무줄기를 부러워하지 않고 완두콩이 고구마를 닮아가려 하지 않으며, 담쟁이덩굴이 등나무의 생리를 조롱하지 않는 생태계의 조화와 공존 그리고 공조를.

순환성은 여성적 삶의 원리를 드러내는 주요한 특징이다. 여성들은 월경, 출산, 분만과 양육 등을 통하여 생명의 순환성을 체험한다. 따라서 생명의 순환성에 대한 인식은 여성의 성 정체성을 추구하는 과정에서 만날 수 있는 한 지점이다. 여성 몸에 대한 깨달음은 하나의 생명체가 살아가기 위해서는 다른 존재의 생명을 취하지 않고서는 불가능하다는 것, 즉 상호의존성과 관련성, 다양성과 같은 생태계의 기본법칙에 대한 인식으로 확장된다. 이러한 인식은 여성 자신의 삶을 이루는 것 뿐 아니라 우리가 몸담고 있는 지구 생태계가 여성적 원리[44]로 이루어져 있음을 깨닫는 것이다.

'돌멩이 하나도 제 있던 자리에 돌려 놓아야 한다는, 땅 속 미물의 목숨도 함부로 하지 않기 위해 뜨거운 물도 함부로 땅에 버리지 않는' ⟨김선우, 「할머니의 뜰」⟩ 할머니의 모습에서 생명 있는 모든 것을 존중하는 생태적 인식이 드러난다. 각각의 생명체마다 삶의 방식, 생래적 조건이 달라서 강하고 약한 것들로 나타나기도 하지만 그 어떤 생명체도 강하다고 다른 것을 지배하지 않는다. 예컨대 사자나 호랑이가 동물의 왕이라는 생각은 인간들의 생각일 뿐이다. 인간이 다른 사람과, 다른 피조물과 연결되어 있는 존재임을 인식할 때, 우월한 존재에 대한 개념은 사라진다.[45]

생태계는 이처럼 상대적 가치를 지향한다. 우리 인간이 들판에 피어있는 자줏빛 꽃이나 흐르는 강물, 모래사장을 조심스럽게 기어다니는 게에 비해 더 나은 우주의 생명체가 아니고, 그것들보다 못한 존재

---

44) 여성적 원리는 어머니로서의 지구가 지닌 특성에서 도출된 원리, 즉 지구 생태적 원리 또는 특성을 지칭한다. 따라서 생태적 원리로서 여성적 원리는 여성만의 본성이라고 불리는 직관, 모성, 보육, 감성 등을 지칭하지 않는다. 여성적 원리는 이러한 것들을 포함한 생명력, 다양성, 역동성, 순환성을 의미한다(Vandana Shiva & Maria Mies, Ecofeminism, Zed Book 1993. pp.17-18. 문순홍, 앞의 논문에서 재인용).

45) Carol. p.Christ, 「신학과 자연을 다시 생각하며」, Irene Diamond & Gloria Feman Orenstein(ed)(정현경·황혜숙 역), 앞의 책.

도 아니라는[46] 생태계의 법칙을 시인은 깨닫고 있다. 우리는 다른 존재의 생명을 취하지 않고서는 생존할 수 없다. 생명의 거미줄 안에서 서로 연결되어 있다[47]는 관점은 생명체의 다양성에 대한 가치를 일깨워준다. 생태계에는 위계질서가 존재하지 않는다. 각각의 피조물들은 일종의 매듭[48]처럼 생명의 그물망에 연결되어 있다. 따라서 생태적 세계인식은 서구의 이원론적 세계관을 부정한다.[49]

밥 잡채 닭도리탕 고등어자반 미역국
이토록 많은 종족이 모여 이룬
생일상을 들다가 문득, 28년 전부터
어머니를 먹고 있다는 생각이

시금치 닭 고등어처럼 이 별에 씨뿌려져
물과 공기와 흙으로 길러졌으니
배냇동기 아닌가,
내내 아버지와 동침했다는 생각이

김선우, 「숭고한 밥상」 부분

---

46) Ibid., p.115.
47) Ibid., p.116.
48) Michael E. Zimerman, 「심층생태학과 생태여성주의」, Irene Diamond & Gloria Feman Orenstein(ed)(정현경·황혜숙 역), 앞의 책, p.221.
49) 자본주의적 가부장제는 남성 중심, 인간 중심, 이성 중심 세계관을 추구한다. 그것은 자연, 여성, 유색 인종, 노동자에 대한 정복과 지배를 합리화해준다. 자본주의적 가부장제 사회에서 자연과 여성은 지배, 정복, 개발되어야할 대상으로 전락하고, 생태계의 순환적 그물망은 위계적 질서 속에서 파괴된다.

생명체들은 먹이사슬의 그물망 속에서 서로서로 연결되어 있다. 생일상에 차려진 음식을 먹으면서 시인은 지금까지 어머니를 먹고 있었다는 생각을 한다. 그것은 '내가 먹고 있는 닭 한 마리'와 '내 할아버지를 이루는 원소가' 같기 때문이다. 따라서 어머니, 나, 아버지는 지금 할아버지를 먹고 있는 것이나 다름없다. 이러한 관계는 할아버지와 우리와의 관계에만 그치지 않는다. 내가 어머니를 먹고, 어머니가 아버지를 먹고 아버지가 나를 먹는 먹이의 연쇄·순환사슬로 얽혀 있다. 즉 '시금치'나 '닭', '고등어'가 똑같이 '지구별에 뿌려져 물과 공기 흙 등으로 지구별에서 길러졌으니', 시인에게 모든 생명체들은 '배냇동기'이다. 우리는 대지로부터 태어났고 그 곳으로 돌아간다. 생명은 생명을 기른다. 우리는 다른 사람이 죽었기 때문에 살게 된 것이고, 또한 다른 사람이 살 수 있도록 죽어 갈 것이다. 모든 생명체들은 서로서로 생명을 먹는 관계 속에 살아간다.

생명의 탄생과 성장. 죽음은 각각 고립된 채, 혹은 독립된 채 만들어지는 것이 아니라, 생명체들의 공조를 통하여 이루어지고, 또 다른 생명체를 위한 먹이가 됨으로써 재생한다. 죽음이 삶을 이루고, 삶이 죽음을 통하여 완성되는 생태계의 변증법적 순환성은 밥과 똥의 순환으로 표현할 수 있다.

> 어릴 적 어머니 따라 파밭에 갔다가 똥 한 무더기 밭둑에 누곤 하
> 였는데 어머니 부드러운 애기 호박잎으로 밑끔을 닦아주곤 하셨는데
> (중략) 늬들 것은 다아 거름이어야 하실 땐 어땠을라나 나는 좀 으쓱
> 하기도 했을라나
>
> 김선우, 「양변기 위에서」 부분

우리가 먹는 밥 한 그릇이 만들어지기까지 생명체는 물론 일체의 삼라만상이 함께 생명의 순환과정에 참가한다. 우리가 먹는 밥은 다른 생명체들로 구성되었다. 우리는 다른 생명을 먹고 활동하며 성장한다. 똥은 우리가 생명 순환 과정에 참가하는 과정에서 만들어진다. 생명이 생명을 먹는다. 그 먹이의 변화된 물질이 똥이다. 똥은 거름이 되어 흙의 밥이 된다. 그 흙을 먹고 생명체들은 자라고. 그것이 다른 생명체들의 밥이 된다.[50] 그러나 지금 양변기 위에 버려지는 똥은 거름이 되기는커녕 물을 더럽히는 오염물질일 뿐이다.

밥과 똥의 순환은 삶과 죽음의 순환, 생명을 먹이로 취하는 것과 우리가 다른 생명체의 먹이로 바쳐지는 먹이의 순환이다. 밥과 똥의 순환에 대한 깨달음은 깨끗한 것과 더러운 것, 삶과 죽음을 구분하는 이원론적 세계관에서 일원론적 세계관으로 전환을 의미한다.

서구의 자본주의적 가부장제가 지향하는 인간 중심, 남성 중심 가치관은 생태계의 순환적 먹이사슬을 깨트렸다. 그것은 인간이 생태계의 다른 피조물처럼 여성/자연 안에서 나고 그녀 안에서 죽는다는 것을 부정하고 자연을 한낱 기계적인 도구로 전락시키고 말았다. 자본주의적 가부장제는 생명체 사이의 관계를 순환적 먹이사슬로 인식하지 않고 정복과 지배라는 약육강식의 논리로 인식한다. 이 논리에 따라 인간은 자연을, 남성은 여성을, 백인은 유색인을, 자본가는 노동자를 지배한다. 인간 중심적 이원론은 누군가의 먹이가 되는 것을 부정하기 때문에, 그렇게 되지 않기 위해서는 강해져야 하고, 다른 생명체를 정복해야 하는 이른바 군사주의야말로 자본주의적 가부장제의 주

---

50) 김지하, 『밥』, 분도출판사, 1984. 참조.

요 방식이다.[51)]

인간을 제외한 생명체들은 죽음을 통하여 다른 생명체의 먹이가 된다. 오직 인간만이 죽음을 다른 생명체를 위해 헌사하지 않는다. '묘지 문화'야말로 인간의 반생태적 의식을 단적으로 보여 주는 예이다.

> 내 죽은 담에는 늬들 선산에 묻히지 않을란다
> 깨끗이 화장해서 찹쌀 석 되 곱게 빻아
> 뼛가루에 섞어달라시는 엄마 바람 좋은 날
> 시루봉 너럭바위 위에 흩뿌려달라시는
>
> 들짐승 날짐승들 꺼려할지 몰라
> 찹쌀가루 섞어주면 그네들 적당히 잡순 후에
> 나머진 바람에 실려 천지·사·방·훨·훨
> 가볍게 날으고 싶다는
>
> 김선우,「엄마의 뼈와 찹쌀 석되」 부분

'선산'은 유교적 가부장제의 서열적·계보적 의식이 만들어낸 공간이다. '선산'은 방외인方外人으로써 살아가는 여성의 삶이 죽어서까지 관철되는 장소이다. 전통적으로 여성은 결혼 전에는 출가외인出嫁外人으로, 결혼 후에는 입가외인入家外人으로 살아간다. 즉 아버지 중심으로 형성된 부권 가족 제도에서 여성의 삶은 남성의 삶에 종속·부가된다. '선

---

51) Judith Plant(ed), *Ecofeminism: Women, Culture, Nature*, Indiana University Press, 1997, pp.128.

산'은 족보와 마찬가지로 부권 중심 계보에 의해서 구획된 것이다. 따라서 선산에 묻히지 않겠다는 어머니의 다짐은 반가부장적이다. 나아가 어머니가 선택한 죽음의 방식은 생태적이다.

아이를 출산, 양육하고 가족을 돌보는 어머니는 자신의 삶을 가족들을 위해서 바친다. 자신의 삶을, 살아있는 몸을 가족을 먹이기 위해서 바쳤다면, 이제 어머니는 죽은 몸을 '들짐승, 날짐승'의 먹이로 바치려고 한다. 이러한 어머니의 발언을 통하여 자본주의적 가부장제가 지향하는 이원적 세계관을 뛰어넘은 생태적 세계관을 만나게 된다. 서구의 이원론적 세계관은 인간을 비인간 세계에 포함되는 것들, 자연, 비인간을 지배할 수 있는 중심으로 바라본다. 이원론적 세계관에서는 인간/비인간, 남성/여성, 이성/자연 등이 중심과 주변, 긍정과 부정으로 서열화 되기 때문에[52] 인간이 동물의 먹이로 바쳐지는 것은 그야말로 "비인간적'이라고 혐오된다. 따라서 죽음을 통하여 동물의 먹이가 되겠다는 어머니의 발언은 한편으로 먹이사슬을 통한 생명의 순환과정을 받아들이는 것이며, 또 한편으로는 생명체의 먹이사슬의 순환을 거스르는 이원론적 세계관을 거부하는 것이다. 생태계의 질서에서 본다면, 무덤을 만들어 묻히는 것은 생명이 생명을 먹고 살아가는 생명의 순환, 공조의 질서를 깨뜨리는 것이기 때문이다.

생명에 대한 지향, 삶을 살리려는 의지, 억압과 차별에 맞서는 것이 여성주의의 최종적인 목표라면, 그것은 남성 중심적 휴머니즘을 넘어서 있다. 생명을 지향하는 여성성은 인간과 자연, 인간과 동물을 대립

---

52) Val Plumwood, Feminism & the Mastery of Nature, Routledge. 1992. 이귀우, 「에코페미니즘」, 앞의 책 참조.

적인 것으로 파악, 인간 중심적으로 문명과 사회를 이룩해 온, 이원론
적인 남성 중심역사관과 대립된다. 모든 것을 대립물로, 이원적으로
파악하려는 남성 중심적 가치관의 중심에는 항상 백인·남성·인간이
자리하기 때문이다. 대립이 아니라 포용을, 죽음이 아니라 삶을 지향
하는 품음과 생명의 원리를 지닌 여성성은 여성문학의 근원이자, 여성
미학을 구성하는 힘이다.

　남성 중심적 가치관으로 무겁게 입혀진 모성의 신화를 벗고, 남성
문학 전통에서 명령 하달된 여성 시 문법을 해체하고, 비로소 여성 몸
에서 체득된 여성적 시 쓰기가 지향하는 것은, 남성적 가치관에 대한
적대적 글쓰기가 아니다. 무조건적, 무비판적 수용은 더더욱 아니다.
여성적 시 쓰기의 아름다움은 죽음을 죽임으로 맞서는 것이 아니라
죽음을 끌어안아 다시 살려내려는 생태여성적 인식에 있다.

5장

여성 소설의 어제와 오늘

고은미

1_

가부장제에 대한 저항과 도전

1. 고발과 저항의 글쓰기

여성이 픽션을 쓰기 위해서는 '돈'과 '자기만의 방'이 필요하다던 버지니아 울프의 말처럼 교육을 통한 여성의 경제적 자립이 시작된 1980년대 이후 한국 문단에는 남성 작가나 비평가들이 위기의식을 느낄 정도로 많은 여성 작가들이 등장하기 시작한다. 이들은 문학과 인간에 대한 기존의 남성 중심의 이해방식을 거부하고 여성의 관점에서 작품을 읽고 여성들의 경험과 느낌을 중시하는 작품을 창작하기 시작한다. 여성주의의 세례를 받은 이들은 이 땅에서 여성으로 산다는 것의 문제에 천착한다.

박완서는 「살아있는 날의 시작」, 「서 있는 여자」, 「그대 아직도 꿈꾸고 있는가」 등의 작품을 통해 남성 중심적 사고방식에서 비롯된 여성의 피해의식을 증언하고, 여주인공이 자존의 삶을 확립해 가는 과정을 묘사한다. 특히 가부장제에서 남편으로 대표되는 가부장의 울타리를 벗어난 여성의 홀로서기를 다룬 「그대 아직도 꿈꾸고 있는가」의 대중적 성공은 당시 여성계의 오랜 숙원이었던 '호주제 폐지'에 대한 사회적 공감대를 불러일으키기도 하였다.

불평등한 남성 중심의 가족·사회제도에 대한 고발과 비판의식은 이경자의 작품 『절반의 실패』에서 정점에 이른다. 여성 문제에 대한 사회적 인식을 바꿔 놓을 만큼 대중적으로 큰 반향을 일으킨 이 작품은 옴니버스 형식으로 고부갈등, 맞벌이, 아내 폭력, 남편의 외도, 혼인빙자 간음, 매춘, 성의 소외, 이혼, 빈민여성의 문제를 다루고 있다. 평자들은 이경자의 첨예한 여성의식과 전투적 에너지를 느낄 수 있는 『절반의 실패』가 일반인들의 공감을 얻으며 여성 운동의 대중화에 물꼬를 텄다는 데 의미를 부여한다.

이경자의 『절반의 실패』에서 가장 심각하게 드러나는 여성 문제 가운데 하나는 '가정 폭력'이다. 일찍이 시인 고정희가 남성 폭력에 무방비 상태로 속수무책 당하기만 하는 여성을 '매 맞는 하나님'으로 형상화한 이후 여성 소설가들은 여성을 '노예'로 길들이려는 가정 폭력의 근원에 도사린 가부장제의 음모를 폭로한다. 맞벌이 부부의 문제를 다룬 「안팎곱사등이」의 여주인공 김인호는 남편과 같은 대학을 졸업한 후 은행원으로 일한다. 그녀는 직장에서는 여자라는 이유로 고졸입사동기인 남성에게 승진에서 밀려나고 집에서는 남편하나 자식하나 제대로 건사하지 못하는 칠칠맞은 아내, 어머니, 며느리로 낙인찍힌 상태다. 모든 역할을 잘 하고 싶지만 어느 것 하나 제대로 되는 게 없는 것 같아 속이 탄 그녀는 결국 한 가지라도 잘 하자는 심정으로 사표를 던진다. 하지만 걸핏하면 사표를 내라던 남편은 "새삼스럽게…

정작 사표를 내야 할 땐 기를 쓰고 다니더니 애들 다 커서 무슨 사표
냐고 힐난한다.

이경자는 '인호'를 통해 가족 안에서의 차별뿐만 아니라 직장 내 성
차별의 문제를 제기한다.

> 11시 반쯤 노 대리 찾는 전화를 인호가 받았다.
>
> "노 대리님 전화 받으세요."
>
> 인호가 말했다. 노 대리는 서른셋, 인호는 서른넷, 노 대리는 고졸,
> 인호는 대졸이었다.
>
> 노 대리는 김병권과 얘기하는 중이었다.
>
> "노 대리님 전화 받아요!"
>
> 인호가 다시 소리쳐도 그는 얘기만 하였다.
>
> "노 대리! 전화 받아!"
>
> 인호가 이렇게 소리치자 그가 수화기를 들었다.
>
> 전화를 바꿔 주고 인호는 곧장 점심 약속을 만들었다. 피자집과
> 김치찌개집이 엇갈려 일단 만나서 정하기로 하였던 것이다.
>
> "미스 김!"
>
> 갑자기 싸늘한 목소리로 노 대리가 불렀다. 그의 얼굴은 어찌나
> 화가 났는지 하얗게 질려 있었고 눈에서는 노리끼리한 빛살이 퍼지
> 는 듯하였다. 인호는 그의 기색에 더럭 겁부터 나서 대답도 제대로
> 하지 못한 채 그를 쳐다보았다.
>
> "……내 친구가 낯이 뜨겁더래. 니가 어떻게 보였으면 여행원한테
> 명령받느냐는 거야!"
>
> 그는 말하고 담뱃갑을 들었다가 소리나게 책상을 쳤다.

"아니……노 대리님……뭐를……"

처음 인호는 그의 분노가 도대체 무엇 때문인지 알아챌 수 없었다. 그러나 곧, 그를 '노 대리!'라고 지칭한 것과 '전화 받아!'했던 것을 기억하였다.

노 대리는 미스 김이 일을 잘 해낸다고 인정하였다. 그러나 여자에겐 일이 중요하지 않았다. 그는 여자란 일보다 우선 여자다워야 한다고 믿었다. 일이란 여자 없이도 얼마든지 남자가 해낼 수 있기 때문이었다. 일을 못해도 여자다운 여자는 사랑받을 수 있지만, 여자답지 못하면서 일욕심만 내고 또한 능력 있는 여자란 남자를 불쾌하고 불행하게 만드는 존재라고 믿었다.

이경자, 「안팎곱사등이」에서[1]

인호는 대학을 졸업했으면서도 승진에서 고등학교 나온 남자동기에게 밀려야만 했다. 철저하게 서열 중심으로 움직이는 직장 내에서 여성의 위치는 언제나 남성의 밑이다. 그런데 이상한 것은 여성을 뺀 남성 모두가 이를 당연하게 생각한다는 것이다. '여자는 이래서 안 돼'란 소리가 듣기 싫어 집에서 밀린 일거리를 처리 하려던 인호는 피로를 못이겨 잠들고 만다. 아침에 시어머니가 깨워서야 일어난 인호는 일거리를 끝내지 못해 발을 동동 구르지만 집안 누구도 그녀의 처지를 이해하려 들지 않는다.

---

1) 본 인용문은 1989년 발표된 이경자의 『절반의 실패』(동광출판사)를 참조한다. 이후 인용문에서는 소제목만을 밝히기로 한다.

"아유, 난 몰라. 아침이잖아!"

인호가 누가 아침을 끌어다 놓기라도 한 듯이 이렇게 울먹였다.

"난 이제 못 다녀. 오늘 가서 사표 내야지……."

인호는 여전히 울상이 되어 자료들을 챙기며 지껄였다.

"다니지 말어!"

빠끔이 들여다보던 남편이 소리쳤다.

"살림이나 잘해라!"

시어머니가 기다렸다는 듯이 맞장구를 쳤다.

"엄마 회사 또 가?"

눈이 움푹 꺼진 기태가 침대에 누운 채 물었다.

"간다! 니가 태어나기 전부터 엄마는 회사 다니는 여자였어! 아빠보다 엄마가 돈을 더 많이 벌어! 아빠보구는 뭐라구 안하면서……."

인호는 아이에게 퍼대었다. 퍼대면서, 아이가 만만하기 때문이라고, 사실은 시어머니와 남편 들으라는 소리라고, 그러나 이런 방법은 너무나 비열하다고 생각하였다.

이경자, 「안팎곱사등이」에서

「안팎곱사등이」의 '인호'는 『절반의 실패』의 여주인공들은 대부분이 그렇듯이 남편과 세상을 향해 소리내어 저항하지 못한다. 맞벌이를 하고 있음에도 밖에서 일하느라 힘들다며 아들만 챙기는 시어머니 앞에서 정작 하고 싶은 말을 삼킨 채 죄인처럼 고개 숙일 뿐이다. 인호와 마찬가지로 「절반의 실패」의 정순 또한 외도를 하고도 그 원인이 아내인 자신에게 있다며 오히려 큰 소리를 치는 남편 기남에게 '그게 왜 내 탓이냐' 따져 묻지 못한 채 속으로 분노를 삼킬 뿐이다.

보약? 누구 얼굴이 더 나쁜데, 눈 뜨면서 잠들 때까지 일이야, 술을 마셔, 담배를 피워. 이 집구석에서 누가 내 건강 한번 살펴 주었어!

바깥일 본다고? 난 뭐 안쪽일 보나?

인정머리 없는 것들……

인호는 시어머니와 남편이 수작하며 마침내 현관에서 헤어지려 할 때까지 속으로 마구 욕하였다.

이경자, 「안팎곱사등이」에서

"똑바로 해!"

소리치고 집을 나갔다.

"개새끼! 너나 똑바로 해라아!"

정순은 튕기듯이 일어나 앉으며 소리 죽여 울부짖었다. 그의 얼굴 살갗이 푸들푸들 떨렸다.

이경자, 「절반의 실패」에서

…… 맞고 사는 것도 하루이틀이지. 쥐도 급하면 고양일 문다지 않는가. 이게 어딜 갔겠나. 자네도 자식 길러 뼈아픈 거 알걸세. 출가외인이라지만 기죽어 사는 자식 설움에 어느 한시인들 가슴이 편겠나…….

장모는 이런 맘을 말로 내지 못하고 꿀꺽꿀꺽 삼켰다.

"자네 볼 낯이 없네"

장모는 맘과 달리 이렇게 제 살 깎는 소리를 하였다.

이경자, 「맷집과 허깨비」에서

불합리한 세상에 제 목소리를 내지 못하는 여성들 중 하나인 「맷집과 허깨비」의 인옥은 남편의 폭력으로 인해 정신이상이 되어 정신병원으로 향한다. 가정폭력의 문제는 당대에서 끝나는 것이 아니다. 폭력은 다음 세대에게 대물림 되어 그들의 삶에 큰 상처로 남는다. 인옥의 남편 박우환은 아내를 겁주기 위해 몹시 화가 난 날, 별 생각 없이 부엌칼을 들이댄다. 그리고 그날부터 말이 없어진 아내의 태도를 우환은 순종과 복종의 표시로 생각한다. 하지만 어머니 인옥의 폭력에 대한 순응과 무기력은 아들에게 고스란히 전이된다.

「절반의 실패」의 정순은 대학교수인 남편의 외도를 참다못해 이혼을 요구한다. 남편 기남은 정순의 이혼 요구에 폭력과 회유와 협박으로 맞선다. 남편을 만나기 전 정순은 젊은 날, 재능을 인정하고 대학원에 남으라는 지도교수의 권유를 뿌리치고 어렸을 때부터 꿈꿔오던 교사의 길을 걷고 있었다. 교직은 정순이 소망하는 직업이었다. 하지만 남편의 외도는 정순으로 하여금 교직을 포기하도록 만든다. 정순의 고민을 들은 직장 동료를 비롯한 친구들 친정 부모들마저도 그녀에게 '가정을 지키라'고 충고했기 때문이다. 그러나 교직까지 포기하며 지키려던 가정을 정순을 끝내 포기하고 만다. 남편의 폭력 앞에서 자신의 더 이상 '인간'일 수 없음을 깨닫게 된 순간 정순은 남편에게 이혼을 요구한다. 「맷집과 허깨비」의 인옥처럼 폭력으로 인해 정신이상이 되지 않기 위해서 '탈출'을 감행하는 것이다. 하지만 '탈출'의 결과는 혹독했다. 정순은 "굴욕적인 삶을 사절한 값으로, 수태·임신·출산·양육에 대한 권능을 박탈당했던 것이다."

이경자의 『절반의 실패』 이후 등장한 작품 『나는 소망한다, 내게 금지된 것을』에는 남성들의 부정과 폭력과 억압에 맞서 그들을 응징하는 여전사·테러리스트가 등장한다. 가부장적 권위에 기대 여성의 노동력을 착취하고 그녀들에게 폭력을 휘두르면서도 그것이 폭력임을 인지하지 못하는 남성들을 향해 복수의 칼을 들이댄 양귀자의 『나는 소망한다, 내게 금지된 것을』은 발표되자마자 대중들의 인기를 얻게 된다.[2]

『나는 소망한다 내게 금지된 것을』의 주인공 강민주는 명석한 두뇌의 소유자이다. 대학원에서 심리학을 공부하는 학생이며 여성 문제 상담소에서 상담원으로 일하기도 한다. 또 어머니가 남긴 많은 유산은 자본주의 사회에서 그녀의 든든한 보호막이 되어주고 있다. 그녀의 곁에는 충실한 심복 역할을 하고, 때로는 보호자로서 목숨을 아끼지 않을 황남기가 늘 함께 한다. 강민주는 황남기와 함께 그 시대 여성들에게 만인의 연인으로 추앙받고 있는 영화배우 백승하를 납치 감금한다. 남성에 대한 복수심에 불타던 강민주는 백승하의 납치를 통해 폭력성을 간직한 남성 중심 사회에 경종을 울리려 한다. 나아가 남성이 아닌 여성 지배를 통한 세상의 교화를 꿈꾼다. 하지만 백승하와 8개월을 함께 살면서 오히려 그의 인간성에 감화되어 애초대로 계획을 마무리하지 못한 채 무너지고 만다.

강민주는 폭력적 가부장인 아버지로 인한 상처를 안고 살아가는 인물이다. 어린시절 술만 마시면 집에 들어와 어머니를 폭행하는 아버지를 참다못해 칼을 찾는다. 하지만 집안 어디에서도 칼을 찾을 수 없

2) 양귀자의 『나는 소망한다, 내게 금지된 것을』은 발표 당시 5주간 베스트셀러 1위를 차지한 작품이다. 작품의 인기에 힘입어 당시 최고의 인기를 누리는 최진실을 주연으로 영화화되기도 하였다.

었다. 어머니가 집안에 있는 칼이란 칼은 모두다 숨겨두었기 때문이다. 결국 강민주는 마당에 있던 장독 뚜껑을 들어다 아버지에게 던지고 어머니를 짓누르고 있던 그의 팔을 물어뜯어 어머니를 구출한다. 그날 모녀는 아버지에게서 도망친다.

강민주의 어머니는 경제적으로 성공한 이후에도 밤에 편히 잠들지 못한다. 남편의 폭력에 시달린 지난날의 상흔이 남아 작은 베개를 안고 웅숭그리고 잠든다. 그런 어머니를 보면서 강민주는 어머니와 자신에게 상처를 준 불합리한 세상에 대한 복수를 꿈꾼다. 세상 모든 남성들을 적으로 단정하고 이들 남성들을 단죄하고자 한다. 그 남성의 대표선수가 바로 백승하다. 강민주가 백승하를 납치한 이유는 그가 당시 여성들이 가장 선망하는 남성이었기 때문이다. 하지만 납치한 백승하는 자신이 알고 있던 아버지와 같은 남성이 아니었다. 여기서 강민주의 갈등이 시작된다.

『나는 소망한다, 내게 금지된 것을』은 여성주의를 옷을 걸쳤지만 진정한 의미의 여성 소설이라고 보기 어렵다. 여성주의가 배격하고자 하는 가부장제의 '강압'과 '폭력'과 '수직적 권위'를 여성전사라는 '강민주'가 고스란히 유산으로 물려받았기 때문이다. '강민주'는 여성 캐릭터이지만 우리 사회에서 전통적인 남성의 이미지로 형상화되었고 '황남기'와 '백승하'는 남성 캐릭터이지만 '처녀 같았다' 등의 표현으로 여성의 이미지로 형상화된다. 강민주와 황남기의 관계는 기존 가부장제의 주종관계를 그대로 옮겨놓은 것에 불과하다. 여성인 강민주는 부와 권력과 황남기의 사랑을 이용해 철저하게 주인의 자리에서 황남기를 부린다. 그리고 자신의 계획의 목표물인 백승하를 '먹잇감'으로 표현하며 '사냥꾼'이 되어 간다. 정글의 사냥꾼이 된 강민주를 통해 '여성해방'을 가져온다는 발상 자체가 설득력이 떨어진다. 이런 점들은 이 작품을 페미니즘 작품의 새로운 가능성을 열어 보이는 문제소설로 평가하기 어렵게 만든다.

강민주는 아버지의 폭력을 대물림하는 어린 아들의 모습을 보여 준다. 아버지의 폭력을 보고 자란 아이가 커서 자신의 아내를 매질하는 모습과 강민주가 백승하를 테러하는 모습은 남성과 여성의 위치만 바꿨을 뿐 폭력의 본질은 크게 다르지 않다. 남성의 폭력을 학습한 채 혼돈에 빠져 방황하는 강민주의 모습은 「절반의 실패」의 여성들이 여전히 남성의 폭력에서 벗어나지 못한 채 숨죽이며 살아가거나 설혹 폭력으로부터 벗어나 자유로운 몸이 되었다 하더라도 아직 갈 길을 찾지 못한 채 방황하고 있음을 예견케 한다.

여성 작가들은 남편의 폭력에서 벗어난 여성들이 이혼과 동시에 자유를 얻었다고 생각하는 것이 얼마나 어리석은 일인지를 지적한다. 『그대 아직도 꿈꾸고 있는가』의 '문경'은 이혼녀가 되어 홀로 아이를 낳는다. 이혼녀이면서 동시에 미혼모가 된 그녀에게 세상 사람들은 그 모든 원인이 그녀에게 있는 듯한 시선을 보낸다. 문경은 남자 없이도 생계를 유지하고 건강하게 살아갈 만큼 경제적으로나 정신적으로 독립적인 여성이지만 아이의 양육권을 인정하지 않는 남성 중심의 법 제도 앞에서 분노하고 좌절해야만 한다. 가정 내의 여성차별이 가족이란 사적 공간에서만 머무르는 것이 아니라 사회 구조적 차원으로까지 확대되어 있음을 깨닫게 된 문경은 제도와의 치열한 투쟁을 시작한다. 가정 내의 차별과 폭력은 사회와 맞닿아 있다. 이경자와 박완서의 작품은 남성 중심의 법과 제도와 문화가 가정 내 폭력과 여성 차별을 뒷받침하는 강력한 기제로 작용하고 있음을 보여 준다. 그리고 공지영의『무소의 뿔처럼 혼자서 가라』는 이러한 성차별적 사회 구조가 계층과 성별을 불문하고 확산되어 있음을 보여 준다.

『무소의 뿔처럼 혼자서 가라』는 대학동창 세 여성의 홀로서기를 다룬 작품이다. 작품의 목차 가운데 드러난 '절대로, 어차피, 그래도'란 소제목은 세 여성의 삶의 태도를 상징적으로 대변한다. 아이의 죽음을 자신의 탓으로만 돌리면서 자신의 잘못이 무엇인지 알지 못하는 남편과 도저히 같이 살 수 없어 이혼을 선택한 혜완, 아나운서라는 당당한 전문직을 갖고 있는 여성이었지만 '어차피' 여자 팔자는 남성에 의해 결정되는 세상에 살아가고 있음을 인정하고 이에 편승해 신분상 승을 꿈꾸는 경혜. 영화감독 남편을 하늘같이 떠받들고 사는 알뜰살뜰한 현모양처 영선이 각각 '절대로, 어차피, 그래도'의 삶의 태도를 상징한다.

'절대로'의 혜완은 불합리한 현실을 견딜 수 없어 이혼을 선택한다. 그녀는 가부장제의 성차별에 대해 강한 거부를 드러내는 인물이다. 이에 비해 부유한 의사 남편을 만나 결혼과 동시에 직장을 포기하고 유한마담이 된 경혜는 끊임없이 바람을 피우는 남편과 형식적인 부부 관계를 유지하고 있을 뿐이다. 하지만 이혼은 안 한다. 남편의 사회적 지위와 경제력에 편승해 안락하게 살고 싶은 욕망 때문이다. 이런 경혜에게 세상은 '어차피' 이렇게 사나 저렇게 사나 매양 마찬가지일 뿐이다. 영선은 자신이 쓴 시나리오를 남편이 쓴 것인 양 제출해 그를 성공하게 만든다. 부부 관계에서 남성이 여성보다 우월적 위치에 놓이는 것을 당연하게 여기는 사회적 분위기를 내면화한 영선은 그러한 사실을 당연하게 받아들인다. 오히려 자신의 재능 때문에 남편이 주눅 들지나 않을까 전전긍긍하는 모습을 보인다. 하지만 남편은 그런 영선의 희생과 헌신으로 이룩된 가정을 포기하려 한다. 그런 남편과 '그래도' 살아보려던 영선은 결국 자살을 택한다.

각기 다른 상황에 놓여있는 세 여성이 '여성'으로서의 공감대를 형성해가는 계기를 마련한 것은 너무도 행복하게 잘 살고 있다고 믿어 의심치 않던 영선의 자살 사건을 통해서이다. 자살 사건 이후 무슨 일을 당했느냐는 두 친구의 물음에 영선은 자신이 지나온 길을 '짐승같아지는 시간들'이라 표현한다. 혜완은 영선의 말을 듣고 자신 또한 '스스로 짐승 같아지는 시간들'을 거쳐 왔다는 사실을 떠올린다. 혜완과 경혜는 영선의 자살 사건 이후 그녀가 프랑스 유학 당시 자신의 졸업 논문으로 작성했던 시나리오를 남편의 이름으로 제출했다는 걸 알게 된다. 당시 영선은 여자인 자신보다 가장인 남편이 성공해야 가족이 행복할 수 있다고 믿었고 자신은 철저하게 남편의 그늘 아래로 숨었다. 영선의 재능은 아이들 돌보기와 집안 살림 속에서 서서히 녹슬어 갔다.

남편을 떠나 홀로서기를 시작하기로 한 영선은 다시 시나리오를 써보려 하지만 20대의 재능은 그동안 아이돌보기와 남편 뒷바라지, 집안 살림을 하면서 녹슬어버렸다. 다시 되돌리기에는 너무 멀리 와 버렸음을 깨달은 영선은 죽음을 택한다. 영선의 죽음 앞에서 경혜와 혜완은 무엇 때문인지는 모르겠으나 "억울하다"고 외친다.

> 난 우리 연지한테 가르칠 거야. 시집가서 남편 뒷바리지나 하라고…… 그게 여자가 바랄 수 있는 최상의 행복이라고…… 더이상은 꿈도 꾸지 말라고…… 그도 아니면…… 처음부터 아무것도 줄 생각을 하지 말라고 할 거야. 영선이처럼 그 바보같은 것처럼 뭐든지 다

줄 생각하지 말라고 언제나 제 몫은 아무도 모르게 제 몫은 남겨 놓

으라고…… 근데 혜완아…… 왜 이렇게 억울하다는 생각이 드니……

두 여자는 관을 바라보며 그 검은 관에 있을 영선의 가냘픈 시선

을 생각하며 두 손을 붙들고 울었다. 영선도 그렇게 말했었다.

생각해 봤는데 억울한 거 같애……

공지영, 『무소의 뿔처럼 혼자서 가라』에서

그녀들의 '억울함'은 어디에서 비롯되는 것일까. 혜완은 단지 '이혼
녀'라는 이유만으로 선우의 누나로부터 모욕적인 말을 듣는다. 그럼에
도 불구하고 그녀는 자리를 박차고 일어나 '뭐가 문제냐'고 따져 묻지
못한다. 혜완은 이혼녀가 총각을 사랑하는 것이 '죄'가 아니라는 것을
알면서도 당당히 그 사실을 말하지 못한다. 그녀는 인식과 실천 사이
에서 방황한다. 이는 '어차피'로 상징되는 경혜도 마찬가지다. '절대로
와 어차피'가 불합리한 현실에 저항하지 못하는데 '그래도'의 영선이
죽음을 맞이한 것은 어쩌면 당연해 보인다. 혜완과 경혜는 '억울함'에
는 남성 중심적 가부장제에 대한 비판과 함께 그 세상을 향해 당당히
도전장을 내밀지 못한 자기원망이 담겨 있다.

혜완의 남자 친구 선우는 이혼녀 혜완에게 스스로를 부끄러워 말고
당당히 설 것을 요구한다. 선우의 누나는 동생이 이혼녀를 만난다는
사실을 알고 동생에게 참한 여선생을 소개한다. 하지만 선우는 무조
건 남성·남편을 중심으로 사고하는 이 참한 여선생과 당당한 혜완을
비교하며 자신을 버리려는 자세를 가진 여선생의 태도를 비판적으로
바라본다.

선우는 자신이 존경하고 사랑하는 여성은 스스로를 존중할 줄 알

며, 스스로의 삶을 책임질 수 있을 만큼 독립적이며, 자신도 남성과 똑같은 인간임을 주장할 수 있는 지식인이자 독립된 사회인이라고 말한다. 선우는 그런데 만일 여성 스스로가 그것을 포기한다면 어쩌면 자신도 경환과 같은 부류의 남성이 될지도 모른다는 불안감 때문에 마음이 편치 않다고 고백한다.

"어느 날 그 여선생이랑 누나네 집에서 만나기로 했지. 내가 가니까 여선생이 먼저 수제비를 만들고 있었어. 잘못 간을 맞추는 바람에 간이 조금 짰지…… 내 성격 알지…… 좀 짜군요, 내가 말했어. 그러자 그녀가 몹시 당황한 얼굴을 했어. 누나가 말했지. 요즘 요리 학원에도 다니고 있어 곧 좋아질 거야…… 그런데 빌어먹게도 하필이면 그때 니 생각이 난 거야……. 너 같으면 이렇게 말했겠지. 난 글쓰는 것도 바빠. 간이 짜면 물을 좀 더 부어 먹어. 싱거우면 간장을 치고…… 넌 나보다 요리 더 못하잖아? 만들어 준 것만도 고맙다고 해야 옳을 일이지…… 왜 고맙다는 소리를 쏙 빼고 불평부터 하니? 넌 어머니나 누나가 요리를 해줘도 고맙다는 생각 안 하는 것 같더라. 안그래? 그건 분명히 고마운 거야. 이렇게 말이야. 말도 안되는 고집을 세워가면서……"

듣고 있다가 혜완이 힘없이 웃었다.

"나 그 여선생에게 상처를 줄까봐 겁이 났던 거야. 그 여자는 언제든 교직을 그만 둘 자세가 되어 있었고 그 여자는 내가 원하기만 하면 시골에 가서 어머니 아버지 모시고 살기라도 할 것 같았어. 그런데 왜 니 생각이 나니? 빌어먹을 그 정신과 의사놈이 이야기 한 대로 너의 노을이 나한테까지 전염되어 있었던 걸 느꼈단 말이야. 난 그녀와 결혼하면 그녀가 자신의 지식을 버리고 내 뒷바라지만 하는 걸 아무렇지도 않게 여기게 될 것만 같았어. 그녀가 내게 자기도 인간이고 하나의 지식인이고 독립된 사회인이라고 우기지 않으면 나도 경환이가 너에게 했듯이 그녀가 조금만 집안 살림을 소홀히 해도 화가 날 것만 같았어…… 그녀의 그런 마음은 분명 내게는 유리한 것이었지만 이상하게 마음이 편하지가 않았어."

공지영, 『무소의 뿔처럼 혼자서 가라』에서

선우에게 이제까지와는 다른 여성적 인식을 심어준 사람은 혜완이다. 선우는 이혼 후 당당하게 살아가는 혜완을 사랑한다. 선우가 순종적인 여선생을 사랑할 수 없는 이유는 그동안 혜완을 통해 기존 가부장적 질서에 순응하지 않으면서도 자신의 자리에서 최선을 다해 살아가는 여성이 아름다울 수 있음을 깨닫게 된 때문이다. 그러나 혜완은 그가 첫 남편 경환과는 달리 남녀 차별에 반대하고 가부장적 위계질서를 거부하는 사람임에도 불구하고 그와의 결합을 택하지 않는다.

'선우'를 통해 작가는 차츰 변화하는 남성상을 제시하고 이혼 후 변화한 경환의 태도도 남성들이 변화하고 있음을 예견케 한다. 경환은 혜완과 살 때는 전혀 손도 대지 않는 집안일이며 육아에 참여한다. 이혼과 현재 그와 살고 있는 여성이 경환의 삶을 변화시킨 것이다. 그러나 아이의 죽음에 대한 죄책감과 경환을 향한 원망에 가득 찼던 과거의 혜완은 경환을 변화시킬 여력이 없었다. 혜완은 경환을 통해 결국 변화는 누군가에 의해 주어지는 것이 아니라 스스로 만들어가는 것이어야 한다는 것을 깨닫게 된다. 그러면서도 한편으로 또한 자꾸만 삶의 안락함을 찾아 삶에 대한 긴장의 끈을 늦추려는 자신을 경계한다.

선우의 말처럼 "여성해방의 깃발을 들고 오는 남자를 기다리는 신데렐라"가 되지 않기 위해 혜완은 "무소의 뿔처럼 혼자서 가"는 길을 선택한 것이다.

무소의 뿔처럼 혼자서 가라

그제서야 눈물이 쏟아졌다.

언젠가 불경을 읽다가 영선이 말을 한 적이 있었다.

---이 말 참 좋지? 들어봐…… 소리에 놀라지 않는 사자와 같이 그물에 걸리지 않는 바람과 같이 무소의 뿔처럼 혼자서 가라……

좋다고 혜완도 말했었다.

---넌 결국 여성해방의 깃발을 들고 오는 남자를 기다리는 신데렐라에 불과했던 거야.

선우가 말했었다.

그랬다. 영선은 그 말의 뜻에 귀를 기울여야 했었다. 경혜처럼 행복을 포기하고, 혜완처럼 아이를 죽이기라도 해서 홀로 서야 했었다. 남들이 다 하는 남편 뒷바라지를 그냥 잘하려면 제 자신의 재능에 대한 욕심 같은 건 일찌감치 버려야 했었다. 그래서 미꾸라지처럼 진창에서 몸부림치지 말아야 했다. 적어도 이 땅에서 살아가려면 그래야 하지 않을까.

누군가와 더불어 행복해지고 싶었다면 그 누군가가 다가오기 전에 스스로 행복해질 준비가 되어 있어야 했다. 재능에 대한 미련을 버릴 수가 없었다면 그것을 버리지 말았어야 했다. 모욕을 감당할 수 없었다면 그녀 자신의 말대로 누구도 자신을 발닦개처럼 밟고 가도록 만들지 말았어야 했다.

공지영, 『무소의 뿔처럼 혼자서 가라』에서

"어머니들은 딸들에게 자신과 다른 삶을 살라고 가르쳤고, 아들들에게는 아버지와 같은 삶을 살라고 가르쳤다."라는 본문의 말처럼 『무소의 뿔처럼 혼자서 가라』의 세 딸들은 어머니와 같은 삶을 살기를 원치 않는다. 이에 비해 그녀들의 남성들은 그녀들에게 자신의 어머니처럼 살기를 요구하고, 자신들은 아버지처럼 살려 한다. 하지만 선우와 경환은 변화의 조짐을 예견하게 한다. 공지영은 『무소의 뿔처럼 혼자서 가라』를 통해 아버지와 함께 살면서 흘려야 했던 눈물을 보고 자란 아들들이 자신의 아내가 눈물로 지내온 어머니의 세월을 살아가기를 바라는 모순으로 인해 여성과 남성은 불화할 수도 있지만 이를 극복할 남성들과 더불어 공존해 갈 것임을 이야기한다.

『절반의 실패』에서 살펴보았듯이 80년대 이후 90년대 초반까지 여성 작가들은 작품을 통해 가부장제가 지닌 성차별과 그로 인해 비롯된 문제점들을 고발한다. 고발 후엔 『나는 소망한다, 내게 금지된 것을』의 강민주를 통해 가부장제에 대한 응징에 나선다. 하지만 그 응징의 방법이 '테러'라는 극단적인 것으로 표현되었다는 점에서 긍정적으로 바라보기 어렵다. 강민주를 넘어서서, 『무소의 뿔처럼 혼자서 가라』의 혜완은 현실을 부정하고 자살한 영선과 현실을 외면해버리고 살아가는 경혜와 달리 현실에 맞서 '홀로서기'를 선택한다. 드디어 작품 속에서 남성에게 의지하지 않고 독립된 주체로 홀로 서는 여성들이 등장하기 시작한 것이다.

그러나 공지영의 『무소의 뿔처럼 혼자서 가라』는 '지나치게 중산층 여성의 입장만을 대변하고 있다'라는 민중민족문학 진영의 비판을 받기도 하였다. 현재 우리 사회에서 가장 억압받고 있는 사람은 대학 나와 그나마 자신의 목소리를 낼 수 있는 유한마담들이 아니고, 자신이 아니면 가족이 굶어죽을 처지에 놓인 생활전선에서 사투를 벌이고 있는 수백만의 빈곤 여성들이기에 작가는 이들을 잊어서는 안 된다는 주장들이 제기되었다. 하지만 이러한 비판에 대해 한 여성학자는 작가를 대신하여 다음과 같이 말한다.

모든 여성은 차별받고 있지만, 차별의 구체적 내용은 계층에 따라 다르며, 『무소의 뿔처럼 혼자서 가라』에서는 대학을 나온 소위 중산층 여성들의 문제를 다루고 있다는 점이다. 이전 같으면 이렇게 말했을 것이다. 중산층 여성들만(!)의 문제를 다루었다고.

그렇게 말하던 시절에 나의 울분의 근원은 통계수치였다. 저임금에 차별임금, 장시간 노동…… 그에 비해 볼 때 중산층 가정에서 외딸로 자란 내가 겪은 차별과 억업이란 너무나도 사소하고 주변적인 것이기 때문에 죄책감을 느꼈다. 그러나 어머니가 가신 여자의 길을 가고 있는 지금은 바로 그 사소함들이 얼마나 거대한 괴물인가를 알고 있다. 그리고 이 괴물은 결코 통계로 보여질 수 없다는 것도 알고 있다. 이를테면, 허우적거리며 별 돈벌이도 안 되는 일을 하고 있는 나는 '남편이 참 너그러우신가 봐요?' 하며 짓는 묘한 비웃음 앞에서 번번이 모멸감을 느껴야 한다. 아이의 감기가 좀 오래 끌기라도 하면 모성이 의심받아야 하고, 신호등을 무시하고 나에게 달려든 차에 항의를 할 때조차 남편이 나서줘야만 그나마 사과라도 받을 수 있었다는 것을 알게 되었다. 우리 사회 전체를 놓고 볼 때 이것들은 여전

히 주변적인 문제이다. 그러나 그렇다고 해서 진지하게 다루어져서
는 안된다고 할 수는 없지 않은가? 중산층 여성들만의 문제까지도
진지하게 다뤄 준 작가에게 감사하고 싶다.

　유현미, 「무소의 뿔처럼 결연한 고독 안에 희망」, 『무소의 뿔처럼 혼자서 가
라』에서

　어떤 결과를 낳는 인간의 행위는 지극히 개인적인 판단으로만 이루
어지는 것은 아니다. 인간의 행위는 사회의 객관적 구조와 이 구조를
개인의 의식에 내재화하는 의식화 과정을 통해 결정된다. 물론 이 의
식화 과정은 겉으로 드러나지 않는 자연스런 과정으로 이해된다.

　남성과 여성의 성을 구분하고 이를 통해 역할을 나누는 사회적 역
할론이 본래는 가부장제의 관습에서 비롯된 오인일 수 있음에도 불
구하고 인간은 이것을 필연적으로 부여된 본성인 것으로 받아들이게
된다. 이러한 사회 문화적 규범에 길들여진 인간은 그 규범이 작용하
는 공간에서는 편안함을 느끼지만 바깥으로 나가게 되면 불안감을 갖
는다. 또한 이들은 규범이 지배하는 공간을 벗어나려는 사람을 적대
시한다. 왜냐하면 이들에 의해 규범의 안정성이 파괴될 수 있기 때문
이다. 이러한 사회적 규범을 부르디외는 '하비투스'라 칭한다. 하비투
스는 비단 배타적으로 작용할 뿐만 아니라, 배타성에 대항해서 그 집
단 속으로 들어오려는 사람에게, 혹은 거기서 나가려고 하는 사람에게
자신의 지각이나 신체 인식을 근저로부터 뒤엎을 것을 요청하기 때문
이다. 게다가 하비투스는 공간적인 확대뿐만 아니라 시간적인 연속성
을 가지는 것이므로 - 즉 유아기부터 반복적으로 이루어지는 경험의
축적을 포섭하고 있으므로 - 지각이나 신체 인식의 발본적인 개혁은

아예 불가능하다. 그 때문에 어느 하비투스 속으로 들어가려는 사람이나 거기서 나오려는 사람은 지각이나 신체에 가해지는 하비투스의 "상징적인 폭력" 때문에, 자기 구축의 불안정성을 심적·신체적 구조 속에 껴안게 된다.[3]

공적 영역과 사적 영역이 남성과 여성의 영역으로 이분화되어 있는 사회구조 속에서 자신에게 배정되어 있는 사적 영역을 나와 공적 영역에 진입하는 여성은 극도의 긴장감과 불안을 느낄 수밖에 없다. 하비투스 개념은 여자가 유급 생산 현장인 공적 영역에 나갈 때 그것을 방해하는 것은 단순히 시어머니나 남편의 개인적 인식의 문제가 아니라 결국은 '신체화된 문화'이며 '지각에 짜 넣어진 관습'이 공적 영역에서 활동하는 여자에게, 적어도 이성애자 남성이 경험하는 일이 없는 심리적이고 신체적인 긴장과 불안정감을 일으킬 수 있음을 깨닫게 해 준다.[4]

「안팎곱사등이」의 인호나 『무소의 뿔처럼 혼자서 가라』의 혜완과 같이 공적 영역에서 일하는 여성들은 끊임없이 젠더화하는 하비투스의 상징적 폭력 앞에 노출되어 있다 해도 과언이 아니다. 결국 이들을 옥죄는 것은 시어머니와 남편이 아닌 남성의 기득권을 유지하기 위해 이러한 구조를 양산하고 지속하려는 가부장적 사회 제도인 것이다.

이처럼 기득권을 여성에게 혹은 타성의 집단에게 빼앗기지 않고 유지하려는 가부장제는 여성의 신체가 가진 본래의 생명력을 파괴하기에 이른다. 『무소의 뿔처럼 혼자서 가라』의 혜완의 어머니는 아들을

---

3) 다께무라 가즈코 지음, 이기우 옮김, 『페미니즘』, 한국문화사, 2000, pp.136-137 참조.
4) 다께무라 가즈코 지음, 이기우 옮김, ibid, p.139 참조.

낳지 못하고 내리 딸만 셋을 낳은 탓에 평생 집안에서 큰소리 한 번 내지 못하고 아들 낳은 아랫동서에게 기죽어 사는 인물이다. 박완서의 「꿈꾸는 인큐베이터」에 등장하는 '나' 또한 혜완의 어머니와 다르지 않았다. 하지만 양수 검사를 통해 소파수술을 하고 아들을 낳은 이후 나를 억압하던 시어머니와 시누이 앞에서 세상을 다 얻은 듯 거만해졌다. 딸 둘에 아들 하나를 둔 '나'는 전업주부로 지극히 평범한 일상을 살고 있다. 나는 때때로 같은 아파트 단지에 살며 직장 생활하는 동생 집안일까지 챙겨주고 어린 조카를 돌봐주고 있다. 그러던 어느날 바쁜 동생을 대신해 조카의 연극공연을 보러 유치원에 갔다가 한 남자를 만나게 된다. 조카의 비디오 촬영을 도와 준 답례로 나는 그 남자에게 차를 대접한다. 차를 마시던 중 그 남자가 아들이 없다는 사실을 알게 된 '나'는 아들이 없어도 행복하다는 그 남자 앞에서 아들의 중요성에 대해 일장 연설을 늘어놓는다. 그러다 문득 아들 타령을 하는 시어머니와 시누이의 등살에 못이겨 양수검사를 하고 아들이 아닌 딸아이를 지워 버린 과거를 회상하게 된다.

딸을 지우기 위해 가랑이를 벌리고 수술대에 누울 때도 시어머니와 시누이는 곁에 붙어 있었다. 지극정성이었다. 나는 그들이 확인 사살을 위해 지키고 있는 사람들처럼 무서웠다. 그들은 양쪽에서 내 손을 잡고 뭐라고 위로의 말을 했다. 내가 그들을 미워하기로 작정한 건 아들을 낳고 나서가 아니라 아마 그때부터였을 것이다. 곧 스러질 생명에 대한 에미가 바칠 수 있는 애도는 그것밖에 없었다. 마취가 들고 하나둘을 세면서 의식이 멀어져가는 중에도 나는 시어머니와 시누이의 얼굴을 망막에 새겨 두려고 똑바로 바라보았다.

인큐베이터 속에서 내 아기가 꼼실대고 있었다. 손가락만한 아가였다. 너는 엄지아가씨로구나. 가엾어라. 불면 날아가게 생겼네. 인큐베이터를 지키고 있지 않으면 누가 훔쳐 갈지도 모른다고 생각하면서도 자꾸만 졸음이 와서 허벅지를 꼬집었다. 아프지 않아서 이상했다. 그때였다. 검은 옷을 입은 시어머니와 시누이가 투실투실한 아기를 안고 들어왔다. 동시에 여기저기서 흰 옷 입은 사람들이 모여들어 방안이 가득해졌다. 시어머니가 그들에게 그 큰애를 넣기 위해 우리 엄지아가씨를 내보내라고 요구하는 듯했다. 안 돼요. 그 애는 그 안에서 나오면 당장 스러지고 말 거예요. 나는 소리치려고 했지만 목소리가 나오지 않았다. 검은 옷 입은 사람하고 흰 옷 입은 사람하고 저희들끼리 흥정을 했다. 얼마 주면 엄지아가씨를 내쫓고 그 아이를 넣어 주겠느냐는 흥정 같았다. 사람들은 악마처럼 웃으며 액수를 자꾸 올리고 나는 그 짓을 말려야겠다고 아무리 몸부림쳐도 몸도 안 움직여지고 말도 안 나왔다. 그러다보니 인큐베이터 속의 엄지 아가씨는 자취도 없이 사라진 뒤였다. 이슬처럼 사라졌구나. 나의 슬픔엔 아랑곳없이 방안이 사람들의 무례한 홍소로 가득 찼다. 나는 내 몸이 그 거친 웃음소리 위에 떠 있는 것처럼 들들들 진동하는 걸 느꼈다. 뛰어내릴 수 있는 거라면 뛰어내리고 싶었다. 속이 온통 메슥거렸다.

그 기분 나쁜 웃음소리는 점점 사람의 소리 아닌 걸로 변하더니 자갈밭 위를 지나가는 쇠바퀴 소리가 됐다. 그런 소리는 정말로 참을 수가 없었다. 쇠바퀴 소리가 뇌수로 파고드는 것 같아 나는 귀를 틀어막으려고 몸부림쳤다.

미는 침대에 실려 회복실로 가고 있었다. 아가 괜찮냐? 시어머니와 시누이가 근심스러운 얼굴로 굽어보고 있었다. 그들의 얼굴이 또 동체를 떠나 공중에 둥실 떠 있는 것처럼 아득하고 기괴해 보였다. 나는 눈을 감았다. 요다음 임신에 지장이 없겠느냐고 시어머니가 의사한테 묻는 소리가 들렸다. 내 귀에는 그 소리가 고장난 음반에서 나오는 소리처럼 일그러진 채 마냥 반복해서 들렸다. 태아는 소파수술로 제거하기에 적당한 날짜가 지나 좀 어려운 수술이었다는 걸 나중에 알게 됐다. 그래서 그렇게 다음 임신을 걱정했구나. 나는 하염없는 마음으로 내가 인큐베이터에 지나지 않았다는 걸 수락했다.

박완서, 「꿈꾸는 인큐베이터」에서

뱃속의 아이가 딸이란 이유로 낙태를 하는 사람들을 '여아 살해범'으로 부르는 그 남자 앞에서 나 역시 남자가 말하는 여아 살해범이란 사실과 직면하게 된다. 아들을 낳지 못해 항상 죄인처럼 고개 숙이고 있던 '나'는 아들을 낳은 이후 "쌀쌀하고 무도한 여자로 표변했다." 나에게 낙태를 강요한 시어머니와 시누이와 사사건건 불화해왔던 나는 그 남자를 만나고서야 비로소 그것이 잃어버린, 나의 외면으로 세상의 햇빛을 보지 못하고 뱃속에서 죽어간 나의 딸에 대한 '죄의식' 때문이었음을 깨닫는다.

박완서는 주인공을 통해 여성의 '자궁'이 남성의 계보를 잇기 위한 도구·수단으로써만 그 유용함을 인정받는 가부장제의 문제점을 파헤친다. 「꿈꾸는 인큐베이터」는 아들을 낳지 못한 여성은 온전한 사회 구성원으로서, 가족 구성원으로서 인정받지 못하는 현실, 아들을 낳아 자신의 존재를 증명해야만 하는 여성의 현실을 고발한다. 90년대까지도 사회에 만연했던 남아선호 사상은 여성의 자궁을 가부장으로 대표되는 남성의 기득권 유지를 위해 아들을 낳는 기계 '인큐베이터'로 환원시켜 버렸다. 박완서는 가부장제의 남아선호 사상이 세대를 영원하게 하는 창조의 공간인 자궁의 생명력을 파괴해 죽음의 공간으로 몰아가고 있음을 드러낸다.

여성 작가들의 '몸'에 대한 탐구는 90년대 소설까지 지속적으로 이어진다. 가부장제 사회에서 오랫동안 여성의 몸은 주체적인 욕망에 의해서 형성된 것이 아닌 남성의 필요와 욕망에 의해서 규정되었다. 때문에 여성의 고유한 경험인 임신과 출산은 여성이기에 누릴 수 있는 창조적 생산과정이라기보다는 가부장제 하에서 여성에게 부과된 의무적 재생산과정에 불과했던 것이다. 우리는 몸을 통해 세상의 모든 것과 관계하고 행동하며 생각한다. 우리는 육체, 즉 몸을 통해서 세계를 만들고 반응한다. 그런데 남성 중심의 가부장제는 세계와 나를 이어주는 매개체로서의 정체성을 확인을 가능케 하는 몸의 의미를 배제한 채 여성의 신체를 체제 유지를 위한 수단으로 전락시킨다.

2. 비판적 읽기와 글쓰기

문학 작품을 읽는 독자는 작품의 등장인물, 그중에서도 주인공과 자신을 동일시하기 마련이다. 실제로 독자가 향단이와 방자처럼 생긴 인물일지라도 춘향과 이도령을 자신과 동일시하며 「춘향전」을 읽는다. 이때 독자는 이들 주인공을 통해 세상을 경험하며 이들의 생각과 눈으로 세상을 읽는다. 때문에 책을 통한 간접 경험이 인생의 소중한 자산이 된다고 말해지는 것이다. 그러나 작품에 대한 무조건적일 동일시는 작품에 숨겨진 이데올로기를 비판적으로 바라볼 수 있는 객관적 거리를 빼앗아간다. 전문적인 비평교육을 받은 사람들은 작품과의 사이에서 비판적 거리를 유지할 수 있으나 이는 극히 소수에 불과할 따름이다. 대부분의 사람들은 작품의 주인공과 자신을 동일시하는 것을 자연스럽게 받아들인다. 그런데 기존 남성 중심의 문학 풍토에서 창작된 작품은 여성의 시점이 아닌 남성의 시점에서 서술된 것들이 대부분이다. 이에 따라 여성 독자들은 자신이 여성임에도 불구하고 남성의 시점에서 작품을 읽게 되고 이를 통해 남성이 요구하는 여성으로 길들여지게 된다.

여성주의 문학비평가들은 무비판적으로 작품에 동의하는 독자의 문제점을 지적하고 여성들에게 '저항하는 독자'가 될 것을 요구한다. 그리고 그러한 시점에서 작품을 쓸 것을 권한다. 산드라 길버트와 수잔 구버는 「다락방의 미친 여자들」에서 가부장제에 저항하는 여성 작가들의 숨겨진 전략이 여성 인물의 '광기'를 통해 드러나고 있다고 평가한다. 그 한 예가 샬롯 브론테의 「제인 에어」에 나타나는 로체스터의 아내 '버사 메이슨'이다. 그런데 이후 제3세계 여성 문제에 관심을 갖고 있는 스피박은 「제인 에어」를 식민지 여성의 시선으로 다시 읽어서 주인공 제인의 결혼이 '제국주의적 프로젝트'와 연관되어 있다는 사실을 밝힌다.[5] 스피박의 시선을 이어받은 진 라이스Jean Rhys는 제국주의적 입장이 아닌 포스트콜로니얼postcolonial 페미니즘의 입장에서 「제인 에어」를 새롭게 해석한 『드넓은 사가소 바다Wide Sargasso Sea』(1963)를 발표한다.[6]

---

5) 태혜숙, 『탈식민주의 페미니즘』, 여이연, 2001, pp.125-127 참조.

우리 문단에도 서구의 여성 작가들처럼 정전으로 읽히고 있는 작품들을 여성의 관점에서 재해석하고 이를 다시 쓰려는 시도들이 시작되었다. 남성 중심의 세계관을 주입시키기 위해 정전으로 치장되어 왔던 작품을 비판하고 전복하기 위해 여성 작가들은 패러디적 방법을 취한다. 패러디는 권위와 위반, 반복과 차이를 전제[7]로 한다. 이남희의 「허생의 처」는 박지원의 「허생전」, 윤영수의 「하늘여자」와 전경린의 「여자는 어디에서 오는가」는 설화 「나무꾼과 선녀」, 송경아의 「나의 우렁총각 이야기」는 설화 「우렁각시」, 하성란의 「푸른수염의 첫 번째 아내」는 프랑스 설화를 동화로 각생한 페로의 「푸른수염」을 패러디한 작품이다.

이남희의 「허생전」의 주인공은 '허생'이 아닌 그의 아내 '허생의 처'이다. 허생전의 작가 박지원은 조선시대를 대표하는 진보적 지식인이다. 그러나 그 역시 조선 유교 가부장제의 자장 안에 있던 남성이었음을 이남희는 「허생전」을 통해 보여 준다. 이남희의 작품 속에서 '허생의 처'는 남편의 외면과 배고픔에 지쳐 그의 곁을 떠날 결심을 한다. 자신의 뜻을 전하기 전 먼저 '출유'하겠으니 큰형님 댁에 몸을 의탁하라는 남편 허생에게 그녀는 절연할 것을 요구하고 팔자를 고치고 싶

---

6) 진 라이스는 도미니카에서 출생한 영국계 작가로 다락방에 갇힌 짐승같던 버사를 온전한 인간으로서 과거를 가진 정상적인 여자 앙뜨와네뜨로 부활시킨다. 작품의 구조도 처음부터 끝까지 한 사람의 화자 대신 앙뜨와네뜨와 이름이 밝혀지지 않는 영국 남자의 시점이 함께 나오며 과거와 현재, 현실과 꿈이 한 공간에서 함께 만나 섞이는 독특한 방법을 이용하여 『제인 에어』가 못다한 이야기를 들려준다(태혜숙, ibid, pp.127-128). 티모시 핀들리(Timothy Findly)의 주변부의 입장에서 성서의 권위에 접근한 『원하지 않는 항해(Not Wanted on the Voyage)』 또한 저항하는 독자로서의 시선으로 쓰여진 작품이다.
7) 린다 허천 지음, 김상구·윤여복 옮김, 『패로디 이론』, 문예출판사, 1992, p.173.

다고 말한다.

바가지를 긁는다고 분연히 책을 덮고 나가 버린 후 오년 동안 나는 남편이 죽었는지 살았는지조차 모르고 지내었다. 굶기를 밥 먹듯 하며 무작정 기다렸었다. 들어오면 밥이라도 한술 해주려고 입쌀을 구해 두기도 했고, 매일 사랑방을 청소하고 간간이 불도 때었고, 장마철 전후로 서책을 바람 쐬어 말려 두고, 의복도 금방이라도 입을 수 있게 매만져 두었다. 내년까지 소식이 없으면 제사를 지내야겠다고 하면서도 남편이 집에 있을 때나 다름없이 해두었다.

다 어머님이 가르치신 바였다. 어쨌든 남편이었고, 살아 있다면 언젠가 돌아올 것이었고, 난 기다릴 도리밖에 없었다. (중략)

돌아온 뒤 남편은 예전 같지 않았다. 더욱 오만해졌고, 더는 글을 읽지 않았으며, 늘 나돌아다니며 집에 들어오지 않는 날이 많았다. 나가지 않는 날에는 반드시 내객이 있었다.

죽든지 도망치든지 하고픈 욕망이 점점 부풀어올랐다. 이 나이가 되도록 자식조차 없으니 거리낄 게 없었다. 남편은 남편대로 나는 나대로 전혀 딴 세상을 살고 있는 것 같았다. 때로는 남편이 어쩌려는 생각인지 궁금하지 않은 바도 아니었다. 평생 불안하게 풀칠로 연명하려는지, 자식은 두지 않을 작정인지, 십 년을 넘게 읽은 책은 다 어디 쓰려는지 묻고 싶었다. 그러나 내가 말을 꺼내면 남편은 빙그레 웃을 뿐 대꾸도 하지 않았다. 그것이 나를 더욱 절망스럽게 했다.

(중략)

"집을 판다면…… 아주 안 돌아오십니까?"

"그렇다면 차라리 저와 절연하시지요."

"무슨 해괴망측한 소릴 하오? 우린 혼인한 사이인데, 그걸 어찌 쉽게 깨뜨린단 말이오? 사람에겐 신의가 중요한 것이오."

"남자들은 저 편리한 대로 신의니 뭐니 하더군요. 우리가 혼인한 것이 약속이니 지켜야 한다고 합시다. 하지만 어찌 그 약속이 여자 홀로 지켜야 할 것입니까? 당신이 그걸 저버리고 절 돌보지 않으니 제가 약속을 지켜야 할 상대는 어디 있는 겁니까? 전 차라리 팔자를 고쳤으면 합니다."

"사대부집 아녀자가 어찌 입에 담지 못할 소리를 하오. 당신이 인륜을 저버리고 예의, 염치도 모르리라곤 생각지 않소."

"인륜? 예의? 염치? 그게 무엇인지요? 하루 종일 무릎이 시도록 웅크리고 앉아 바느질하는 게 인륜입니까? 남편이야 무슨 짓을 하든 서속이라도 꾸어다 조석 봉양을 하고, 그것도 부족해 술친구 대접까지 해야 그게 예의라는 겁니까? 아무리 굶주려도 끽 소리도 못하고 눈이 짓무르도록 바느질하고 그러다 아무 쓸모없는 노파가 되어 죽는 게 인륜이라는 거지요? 난 터무니없는 짓 않겠습니다. 분명 하늘이 사람을 내실 때 행복하게 살며 번성하라고 내셨지, 어찌 누구는 밤낮 서럽게 기다리고 굶주리다 자식도 없이 죽어 버리라고 하셨겠는가 말예요."

"기다리는 게 부녀의 아름다운 덕이오."

"덕요? 난 꼬박 오 년이나 당신을 기다렸지요. 그전엔 굶기를 밥 먹듯 한 것이 몇 해였지요? 우리가 입에 풀칠이라도 할 수 있었던 것은 오로지 내 두 팔이 바삐 움직이고 두 눈이 호롱불 빛에 짓물렀기 때문이에요. 그런데 전 뭔가요? 앞으로도 뒤로도 어둠뿐이에요. 당신은 여전히 유유자작 더러운 세상을 경멸하며 가슴에 품은 경륜을

뽐낼 뿐이지요. 당신은 친구들과 담화할 때, 학문이란 쓰임이 있어야 하고, 실이 없으면 안 되고, 만물을 이롭도록 운용되어야 한다고 하셨지요. 그런데 당신도 세상에 있는 소이所以가 없고 당신을 따르는 한 나 역시 그러해요. 그래요. 당신은 봉새예요. 그러나 난 참새에서 당신의 높은 경지를 따를 수가 없어요. 그렇지만 나는 단 한 가지를 알고 있는데 난 앞으로는 그걸 따라 살 것이에요. 나는 열 살 때 전란을 겪었고 그 와중에서 뼈저리게 느꼈었어요. 당신은 무엇 때문에 십 년이나 기약하고 독서했지요? 당신은 대답할 수 없으시지요! 난 말할 수 있어요. 그건 사람이 살고 자식을 낳고 그 자식들을 보다 좋은 세상에서 살게 하려는 때문이라고요. 난 그렇게 하고 싶고, 꼭 할 거예요……"

이남희, 「허생의 처」에서

　'허생'의 시각이 아닌 '허생 처'의 시작에서 씌어진 위 작품은 기존 남성 중심의 문학을 여성의 눈으로 읽고 재해석 한 뒤 그 속에 나타난 부정적 여성상을 여성주의적 시각에서 조명하기 위해 씌어진 작품이다. 앞서 언급했듯이 일반적인 독자들은 주인공과 자신을 동일시한다. 대부분이 남성이 주인공인 소설들에서 그 남성의 파트너인 여성들은 '신데렐라'나 '잠자는 숲속의 미녀', '백설공주'처럼 아름답지만 무기력하거나 남성의 성공을 가로막는 여성으로 등장한다. 이 경우 문제는 독자들은 특히 여성 독자들을 스스로의 역할을 작품에서 긍정적으로 그려지는 여성들과 동일시하게 된다는 점이다. 이로 인해 여성의 '외모지상주의'가 지속적으로 강화되고 끊임없이 문학을 통해 주체가 아닌 '대상/객체'로서의 여성이 길러지게 되는 것이다. 남성 중심의 독해와 문학관행이 지속되는 한 이러한 문제는 사라지지 않을 것이다. 이에 페미니즘 이론가들은 여성들에게 '동의하는 독자'가 아닌 '저항하는 독자'가 되어 여성으로서 독해할 것을 요구한다. 남성적 가치가 지배적인 작품을 읽을 때 "여성 독자는 명백히 제외된 경험에 참여하도록 강요된다. 그녀는 자신과 대립하는 것으로 정의된 자아selfhood와 동일시하도록 요청된다. 그녀는 그녀 자신에 대항하여 동일시하도록 요구된다."[8]

페털리는 여성주의 비평은 "단순히 세상을 해석하려는 것이 아니라 읽는 사람의 의식과 그들이 읽는 대상과의 관계를 바꿈으로써 세상을 바꾸려는 목적을 지닌 정치적 행위"에 목적이 있다고 본다. 따라서 여성주의 비평의 첫째 행위는 "동의하는 독자보다는 오히려 저항하는 독자가 되는 것이고, 동의하기를 거절함으로써 우리 안에 주입되어 왔던 남성적 정신을 쫓아내는 과정을 시작하는 것이다"라고 주장한다.[9] 고전 「허생전」은 여성 독자로 하여금 양반 남성 허생의 눈으로 세상을 보도록 유도한다. 그 결과 그의 뒷바라지에 손발이 부르트고 남편의 외면으로 인해 지독한 고독과 외로움에 처했을 그의 처는 허생의 그림자 뒤로 사라진다. 아니 사라지는 것보다 오히려 허생의 앞길을 가로막는 방해자로 인식된다. 남성 중심적 관점에서 허생의 처는 남편 내조를 제대로 하지 못한 부정적 여인일 뿐이다.

설화 「나무꾼과 선녀」는 다양한 이본이 있다. 하지만 이들 이본의

---

8) 조나단 컬러 지음, 김옥순 옮김, 「여성으로서의 독해」, 『페미니즘과 문학』, 문예출판사, 1988, pp.178-179.
9) 조나단 컬러 지음, 김옥순 옮김, ibid, p.179.

공통점은 사슴의 도움으로 선녀 옷을 훔친 나무꾼이 선녀를 아내로 맞아 행복하게 살지만 결국 선녀 옷을 되찾은 아내에게 버림받는다는 내용이다. 간혹 나무꾼이 하늘에 올라가 선녀와 아이들과 재회하고 행복하게 살았다는 해피엔딩도 있지만 대부분의 이본들은 '선녀와 아이들의 떠남'이란 비극적 결말을 담고 있다. 「나무꾼과 선녀」는 아름다운 사랑이야기로 아이들을 위한 전래동화 목록에 빠지지 않고 등장하고 있다.

그러나 여성의 관점으로 기존 작품을 재해석하는 '여성이미지 비평'이 도입되면서 아름다운 사랑이야기로 전해오던 이야기 속에 지독히도 차별적이고 억압적인 폭력이 숨겨져 있음을 폭로한다. 우리나라 전역에서 구전되어 왔던 「선녀와 나무꾼」은 현재까지도 '선녀와 나무꾼의 아름다운 사랑이야기'로 인식되고 있다. 하지만 '여성주의의 세례를 받은' 여성 작가들은 남성 인물 '나무꾼'이 아닌 선녀의 입장에서도 이 작품이 아름다울 수 있을까에 대한 의문을 품기 시작한다. 그리고 작품으로 이러한 의문을 가진 이들에게 답한다.

윤영수의 「하늘여자」의 주인공은 선녀가 아니다. 서사는 사슴의 관점으로 진행한다. 「하늘여자」의 사슴은 자진해서 나무꾼을 돕는 게 아니라 산삼이 묻힌 곳을 찾아내라는 나무꾼의 협박에 못 이겨 산을 헤매다 선녀들이 목욕하는 곳에 이르게 된다. 음흉한 나무꾼은 선녀의 옷을 훔친 후 선녀를 자신의 집으로 데려와 선녀의 의지와 상관없이 성폭행하고 선녀를 가둔다. 그리고 선녀에게 베틀에 앉아 베를 짜도록 시키고 베를 판 돈으로 주막에서 주모를 끼고 놀거나 도박을 일삼는다. 심지어는 돈을 내놓지 않는다며 선녀를 폭행하기도 한다. 하지만 약한 선녀는 나무꾼에게 저항하지 못하고 힘겨운 현실을 벗어나기 위해 결국 두 아이를 옆구리에 끼고 절벽에서 뛰어내린다.

선녀의 원형을 그대로 간직한 채 남편의 폭력에 희생된 '하늘여자'와 달리 『여자는 어디에서 오는가』의 주인공은 선녀가 아닌 '늑대여인'이다. 한국문학 속에서 늑대는 낯설다. 오히려 늑대는 남성을 상징한다. 그걸 모를 리 없는 작가가 왜 하필 여우가 아닌 늑대에게 여성성을 부여한 것일까. '구미호'로 대표되는 여우는 '간사함, 꼬드김, 유혹'의 이미지를 소유한 여성 상징으로 익숙하다. 전경린이 제시하려는 야성의 속성을 간직한 바람처럼 자유로운 영혼을 소유한 여성성을 표현하기에 '여우'는 적합하지 않았을 것이다.

천상의 선녀에서 지상의 늑대로 환치된 '늑대 여인'을 통해 작가 전경린은 "여자의 혼이 생래적으로 야성이며 반란이고 몽환이고 유랑임을, 남자는 그런 여자에게 스쳐 지나가는 타인이고 잠시 방문하는 무의미한 손님이며 인생을 소용돌이쳐도 결코 화합하지 못하며 근본적으로 그의 어머니이자 아내인 여성을 이해하지 못"하는 존재임을 드러낸다.

자신을 강제로 취한 숯장수 '정'의 집을 나와 신 짓는 법을 배우러 갖바치를 찾아간 여자는 다음과 같이 말한다.

> "저에게 신 만드는 법을 가르쳐주십시오."
> 여자가 머리를 조아리며 곡진하게 말했습니다.
> "이것은 아녀자가 배울 일이 아니라오."
> "신 만드는 일에 저 자신을 묶어 한세상을 보내고자 합니다."
> "왜 세상을 잊으려 하시오?"
> "나는 나를 모르며 세상을 모르며 단지 미망 속에서 살고 미망 속

에서 죽을 뿐입니다."

"흐르는 삶은 영원하고 그대는 아침이슬과도 같고 먼지와도 같고 물거품과도 같은 것이오. 사는 일을 알려거든 우선 그대 자신을 잊으시오."

"어미도 모르고 아비도 모르며 이름도 나이도 모릅니다. 나를 안 뒤에야 잊을 수 있고 나를 가진 뒤에야 버릴 수 있는 바, 나를 본 적이 없는데 어찌 잊으라 하십니까. 차라리 신 짓는 일에 나를 묻도록 허락해 주십시오."

"그렇다면 그대는 어디서 왔소?"

"알지 못합니다. 바람 속의 나뭇잎처럼, 물결에 실린 뒤집힌 배처럼 왔습니다."

갖바치는 여자를 하염없이 내려다보다가 말했습니다.

"그대는 참으로 아름다우나 보아하니 현세의 사람은 아니오. 그대는 천상의 옷을 얻어 다른 세계로 날아오르려 하니, 천상의 옷을 짓든 손끝으로 끊임없이 공을 들이려 하는 것이오. 내 그대에게 신 만드는 법을 가르치리다."

전경린, 『여자는 어디에서 오는가』에서

자신이 어디에서 왔고 누구인지 알지 못하는 늑대여인은 남편과 자식을 사랑하지 못하지만 나중에 자신이 누구인지를 알고 어디로부터 왔는지를 알게 된 순간 고통스럽게 자신의 심장을 파고드는 남편과 아이를 향한 사랑을 깨닫는다. 전경린은 이 작품을 통해 자신의 정체성을 잃어버린 여성은 진정으로 누군가를 사랑하지 못하며 진정한 사랑이란 자신이 누구인지를 인식하는 것에서부터 출발해야 함을 강조한다. 「나무꾼과 선녀」의 선녀가 나무꾼을 떠난 것과 달리 늑대여인은 자신이 누구인지를 모를 때는 자신이 온 곳으로 되돌아가려 몸부림치지만 자신이 누구인지를 알고 나서는 정을 떠나지 않는다. 오히려 돌아가기를 거부하고 남편과 아이들 곁에 남는다.

늑대여인은 강제로 땅에 끌어내려진 선녀가 아니다. 스스로가 선택한 삶을 살기 위해 정 곁에 남는다. 작가가 "이 책을 결혼한 모든 여성들에게, 그리고 자신과 결혼한 여성이 누구인지 모르는 모든 남성들에게 바치고 싶다."고 서문에서 밝히고 있듯이 이 작품은 여성에게, 그리고 자신과 함께 살아갈 여성이 누구인지 궁금해 하는 남성들에게 보내는 초대장이다.

「하늘여자」와 『여자는 어디에서 오는가』 두 작품 모두 기존 「나무꾼과 선녀」에 드러난 남성 중심의 여성관을 깨뜨리기 위해 씌어진 점은 동일하다. 하지만 윤영수의 「하늘여자」가 남성 중심 세계의 폭력성과 그로 인한 선녀의 비극성에 강조를 두었다면 전경린의 『여자는 어디에서 오는가』는 자유로운 야생의 혼을 간직한 길들여지지 않은 여성성을 간직한 늑대여인과 남성 중심적 가치관에 길들여진 방식으로 그녀를 사랑한 남자의 사랑에 초점을 두고 있다는 점에서 차이가 있다.

송경아의 「나의 우렁총각 이야기」는 총각이 우렁각시와 결혼하는 설화와 달리 홈쇼핑에서 판매하는 우렁총각이 주인이 없는 사이 인간 남성의 모습으로 변해 주인을 위해 집안일을 한다는 내용이다.

우렁총각은 과연 놀라웠다. 일주일이 지나자 집안이 머리카락이나 먼지 하나 없이 반들반들해졌다. 재활용 쓰레기도 종이, 병, 캔 등으로 나뉘어 차곡차곡 묶였고, 냉장고에는 우렁총각이 만들어 두는 밑반찬이 가득했다. (중략) 빨래는 빨래통에 쌓일 틈이 없이 베란다 건조대에서 햇빛에 반짝이며 펄럭였다. 흰 빨래는 모두 한 번씩 삶는 것인지, 얼룩 하나 없이 눈이 부실 지경이었다.

송경아, 「나의 우렁총각 이야기」에서

모든 우렁총각들의 로망은 자신의 알몸을 본 미혼의 주인 여자와 결혼하는 것이다. 「나의 우렁총각 이야기」의 우렁총각도 자신의 주인 소현을 바라보며 그녀와 결혼하는 꿈을 꾸지만 우렁총각의 알몸을 본 소현은 그를 자신의 파트너로 받아들이지 않는다. 오히려 부담스럽다며 우렁총각을 인터넷 옥션에 남은 할부 값만 받고 팔아버린다. 남성에게 구원받은 우렁각시와 달리 우렁총각은 21세기 여성 소현에게 버림받는다. 밥하고 청소하고 빨래하는 데 여성이 필요했던 설화 「우렁각시 이야기」의 총각과 달리 현대 여성에게 우렁총각은 꼭 필요한 존재는 아니었던 것이다. 이미 여성 스스로 너무나도 오랜 시간 동안 연마해온 일들이었으므로 꼭 우렁총각이 없더라도 그리 큰 불편을 겪지 않을 것이기 때문이다.

우리 설화를 패러디한 위 세 작품과 달리 하성란의 『푸른수염의 첫 번째 아내』는 프랑스의 설화를 바탕으로 한 페로의 동화 「푸른수염」을 패러디한 작품이다. 주인공 '나'는 서른이 넘은 노처녀이다. 비행기에서 우연히 만난 연하의 교포와 결혼한 후 뉴질랜드에서 생활한다. 주인공 '나'와 남편 제이슨은 아직 학생이었지만 부유한 부모님 덕에 경제적으로 여유로운 생활을 누리며 살아간다. 그런데 이상한 점은 남편이 중국계 친구 챙과 유난히 가깝다는 사실이다. 챙은 나보다 더

제이슨의 개인적인 부분을 잘 알고 있다. 그래서 때론 나는 제이슨의 취향 같은 것에 대해 챙에게 묻곤 한다. 나는 결혼 전 손 한번 잡지 않는 남편을 보고 단순히 '매너가 좋은' 남자로 여겼지만 남편 제이슨과 챙이 연인임을 짐작할 수 있는 장면을 목격한 후 남편이 왜 그랬는지를 깨닫게 된다. 나는 제이슨과 챙의 관계를 알면서도 제이슨에게 헤어지자 말하지 않는다. 그것은 제이슨이 경제적 원조를 얻기 위해 내가 필요했던 것처럼 '나' 또한 영주권을 얻기 위해 제이슨이 필요했던 까닭이다. 하지만 어느 날 더 이상 묵인할 수 없는 장면을 목격하게 된 나는 결국 헤어지자는 말을 먼저 하게 되고 제이슨에 의해 열두자 오동나무 장롱에 갇히게 된다. 죽음의 길목에서 간신히 탈출해 성공한 나는 제이슨과 이혼하고 결국 한국으로 돌아와 다시 월급 약사로 일한다.

『푸른수염의 첫 번째 아내』의 푸른수염은 물론 제이슨이다. 설화속 푸른수염은 금기를 어긴 아내들을 죽여 전리품으로 매달아 응징한다. 남성 가부장의 말을 어긴 여성에게 주어지는 형벌은 죽음이다. 설화 속 푸른수염은 부와 권력을 지닌 영주로 물론 이성애자이다. 그런데 하성란은 자신의 작품에서 푸른수염 제이슨을 이성애자가 아닌 동성애자로 설정했다. 더욱이 제이슨은 이성애를 중시하는 가부장제에 저항해 성적 소수자로서 자신의 정체성을 지키기 위해 세상의 억압에 맞서 싸우는 강인한 사람이기보다는 부모의 경제력에 기생하는 무기력하고 유약한 남성으로 그려진다. 결혼을 통해 나를 불행하게 만드는 제이슨은 이성애중심 가부장제의 피해자이면서 가해자이다. 제이슨이 '나'와 결혼한 이유는 동성애를 인정하지 않는 부모 때문이다. 하지만 자신도 제도의 희생자이면서 제이슨은 자신의 안락을 위해 타인의 희생을 강요하는 이기적인 인물이다.

> 서울로 돌아온 얼마 후 제이슨의 부모가 날 찾아왔다. 제이슨의
> 부모는 진작 모든 것을 알고 있었다. 제이슨의 어머니가 울었다.
> "걔가 아직 그 버릇을 고치지 못했다니……."
> 제이슨의 아버지는 시종일관 화가 난 사람처럼 입을 꾹 다물고 있
> 었다. 그가 여자와 결혼하기 전까지는 그에게 조달되던 모든 것들이
> 일시에 끊길 것이었다. 그는 지금까지 한 번도 생계를 위해 일해본
> 적이 없었다.
>
> 하성란, 『푸른수염의 첫 번째 아내』에서10)

독자는 제이슨이 두 번 세 번 계속해서 결혼을 하게 될 것이고 그
에 따라 '나'처럼 상처받는 푸른수염 제이슨의 아내들이 늘어갈 것임
을 쉽게 예견할 수 있다. 하성란은 소설은 끝났지만 그녀가 제기한 소
설 속 문제는 현실에서 결코 끝나지 않고 계속해 재생산될 것임을 이
야기한다.

『푸른수염의 첫 번째 아내』에는 오동나무가 등장한다. 주인공이 태
어난 날 아버지가 뒷산에 심은 오동나무는 서른 두해를 살고 나의 결
혼식을 위해 베어진다. 목공소에 특수제작을 의뢰해 만들어진 오동나
무 장롱은 결혼한 나와 함께 뉴질랜드까지 갔다. 그곳에서 나의 관이
될 뻔했던 오동나무 장롱은 나를 따라 다시 한국 땅으로 돌아온다. 나
는 전기톱의 엔진 소리로 귀가 먹먹하고, 온 숲에 오동나무 수액 냄새

---

10) 하성란, 『푸른수염의 첫 번째 아내』, 창작과비평사, 2002.

가 진동하던 오동나무가 베이던 순간을 생생히 기억한다. "32년을 자란 13미터 남짓한 오동나무가 베어 넘어질 때 거기 모여선 모든 사람들이 웃으면서 합창했다. 나무 넘어간닷!" 뉴질랜드로 간 나는 남편 제이슨에게 열두 자 오동나무 장롱을 자랑스럽게 어루만지며 나무질이 제일 좋은 손동孫桐을 "대대손손 지켜두었다가 자동子桐으로는 우리 딸 장롱을, 손동으로는 우리 손녀 장롱을 만들어 줄 거"라고 말한다.

이 작품에서 오동나무는 '결혼'을 상징한다. '나'의 아버지는 내가 태어나던 날 오동나무를 심는다. 탄생과 결혼이 오동나무를 통해 운명처럼 엮여있음을 보여 준다. '나'가 오동나무로 딸과 손녀의 장롱를 만들어 줄 일을 상상한다는 것은 '나' 또한 아버지와 어머니가 그랬듯 결혼을 인생에 있어 선택이 아닌 절대 조건으로 받아들이고 있음을 드러내고 있다. 그런데 작품 후반 그 오동나무 장롱이 사실은 가짜일지도 모른다는 인부의 말은 우리가 진실인 줄 알고 믿어왔던 어떤 것이 때론 거짓일 수 있음을 상징적으로 드러낸다.

하성란은 결혼과 동의어로 인식되는 '오동나무 장롱'의 진위 여부를 통해 이 사회를 살아가는 청춘남녀들이 꼭 해야만 하는 것으로 알고 있는 결혼이라는 제도가 실은 누군가에 의해 조작된 가짜일수도 있음을 폭로한다. 작품 말미 '나'의 독백은 결혼이란 제도를 운명처럼 받아들이고 있는 이 시대를 살아가는 젊은 청춘에게 던지는 질문이다. "도대체 나는 무슨 잘못을 했을까."

이상의 작품들을 통해 여성 작가들은 기존 남성 중심적 문학관행 아래 이루어진 고전 작품의 성차별적 내용을 폭로하고 그 의미를 전복한다. 1990년 여성주의의 세례를 받고 등장한 여성 작가들은 여성 인물에 대한 남성 중심적 독해의 문제점를 극복하고 이를 해결하기 위해 의도적으로 '여성으로서의 독해'를 시도했다. 이를 통해 기존 남성 중심의 문학 작품의 성차별성을 고발하고 여성적 관점에서 새로운 작품을 창조해 가고 있다. 그 연장선에 놓인 「허생의 처」, 「하늘여자」, 「여자는 어디에서 오는가」, 「파란 수염의 첫 번째 아내」, 「나의 우렁 총각 이야기」는 여성문학이 이제 고발문학의 단계를 넘어 새로운 전망을 모색하는 과정에 들어섰음을 보여 준다.

3. 가족 신화를 넘어 마이너리티 세계 감싸안기

80년대 이후 등장한 젊은 여성 작가들은 공통적으로 가족에 대한 비판적 인식을 공유하고 있다. 그런데 이상한 점은 이들 젊은 여성 작가들의 작품에는 문학이 시작된 이래로 남성 작가들이 그토록 찬사해 마지 않는 '가족을 위해 헌신하는 희생적 어머니'가 거의 등장하지 않는다는 사실이다. 게다가 이들의 작품에는 '가족 제도' 자체에 대한 부정과 회의가 나타난다. 배수아의 『랩소디 인 블루』의 미호는 가족을 구성하기 위해 필연적으로 거쳐야만 하는 제도인 결혼을 거부한다. "우리 만일에 결혼한다면"이란 말로 미래를 약속하려는 신이에게 미호는 다음과 같이 말한다.

결혼이란 것은 생각이 안 들어. 그건 너에게 아주 자연스러운 무엇이라고 생각될지라도 나에게는 안 그래. 난 뭐랄까. 몸에 맞지 않는 거북한 옷처럼 느껴지는 걸. 결혼 생활을 제대로 하고 있는 사람은 누구일까. 정이의 엄마 아빠와 같은 사람들일까. 윤기 있는 마룻

바닥에 존경하는 직업. 향기롭고 따뜻한 과일차에 뽀송한 아이들의 뺨이 있는, 그들은 그런 결혼 생활을 하고 있지만 딸인 정이는 앞으로 안 그럴 거야. 그 아이는 집으로 돌아가려 하지 않아. 어둡고 깊은 동물의 숲을 밤새워 헤매 본 사람의 얼굴은 다르지. 그들은 그들끼리만 서로 알 수 있어. 이렇게 많은 사람들이 같이 있어도 너무나 무너지기 쉬운 끝없는 계단 위에 서 있다는 것, 밤이 되면 도시의 건물과 건물 사이에서 검은 늑대들의 무리가 움직이면서 숨어 있다는 것을 나는 알아. 나의 오빠도 그렇게 생각하고 있을 거야. 너무나 좋은 것이지만 맞지 않는 옷이야. 신이야, 나에게 결혼은 없으리라, 난 그렇게 생각이 들어.

배수아, 『랩소디 인 블루』에서[11]

『랩소디 인 블루』의 미호의 엄마는 시집 식구들과 음식 취향이 다른 자신에게 취향 바꾸기를 강요하는 시집 식구들의 요구를 거부한다. 또한 남편 아닌 다른 남자를 향한 자신의 사랑을 딸아이 앞에서 감추려 하지도 않는다. 추운 겨울 늦은 밤 딸아이의 손을 잡고 서서 아이가 추워 떠는 것에도 아랑곳하지 않고 젊은 의사와 밀어를 속삭이고, 아이를 제과점에 혼자 남겨두고 남자를 찾아 나선다. 남자를 만나고 나와선 제과점에 두고 온 아이의 존재 자체를 잊고 혼자서 길을 건너려 신호등 앞에 선다.

90년대를 살아가는 청소년·신세대들에게 더 이상 희생적이고 헌신적인 어머니는 없다. 그들 앞에는 강요된 역할을 묵묵히 따르는 누

---

11) 배수아, 『랩소디 인 블루』, 고려원, 1995.

군가의 아내이자 어머니인 여성이 아니라 자신의 이름을 불러주기를 바라고 또한 그 이름을 불러주는 누군가에게로 향하는 사랑을 숨기지 않는 욕망에 충실한 한 여성이 서 있을 뿐이다. 하지만 각자의 욕망에 충실한 가족 안에서 미호는 언제나 혼자임을 느낀다. 결국 미호는 "가족이란 흡혈귀"일 뿐이라 생각한다.

가족에 대한 미호의 부정적 인식은 「마요네즈」의 주인공 '아정'에게도 나타난다. 「마요네즈」의 주인공 아정은 엄마가 속한 가족으로부터 벗어나기 위해 결혼을 선택한다. "낡은 가족에 대한 희망없는 집착이 공허해진 지 오래였다. 결혼은 내가 그렇게 마음먹어도 되는 일종의 라이센스 같았다." 아정은 흡혈귀 같은 가족에게 벗어나기 위해 결혼을 택한다. 하지만 그것이 '착각'이었음을 깨닫는 데는 그리 오랜 시간이 걸리지 않는다.

> 그때, 나는 다시는 가족 같은 것은 만들지 않겠다고 결심했다. 비록 남편이 곁에 있었지만, 그 남편과 가족 따윌 만들 생각은 없었다. 아주 먼 외딴 곳으로, 외로운 두 사람의 숨구멍을 찾아 피신하는 것일 뿐이라고 애써 견강부회했다. 하지만 어이없는 착각이었다. 버리고 떠난 남루한 가족 대신, 나는 그때껏 경험한 적이 없는, 아주 생소하고 뿌리 깊은 대가족 속으로 콸콸콸콸 휩쓸려 들어갔다. 대가족의, 그 걷잡을 수 없는 공기는 숨이 막혔을 뿐만 아니라, 진통이 깊고, 기름졌다. 너무 유들거리고 흡착력이 강해서, 세상의 어떤 칼로도 끊어낼 수 없었다.
>
> 전혜성, 『마요네즈』에서[12)]

아정의 엄마는 원고료를 받으면 이를 해 달라, 밍크코트를 해 달라 졸라댄다. 엄마가 아니라 마치 떼쓰며 보채는 아이와 같다. 아침 열시가 되어도 아정이 아침을 차려 줄 때까지 마냥 굶고 기다린다. 아정에게 엄마는 빛과 어둠을 경계로 소녀와 마귀할멈 사이를 태연히 넘나드는 존재와도 같다. 때문에 아정은 꿈꾼다. "내게도 오래된 스웨터처럼, 낡았지만 포근한 그런 엄마가 있었으면 참 좋을 것"(41쪽) 같다고.

아정의 엄마는 풍으로 쓰러진 아버지를 돈만 까먹는다며 강제로 퇴원시킨 후, 자신은 죽었다 깨어나도 똥오줌을 받아낼 수 없다며 간병인에게 남편을 맡겨 둔다. 병자를 간병인에게만 맡기고 방치한 채 마사지를 하느라 얼굴에 콜드크림을 바르고 머리에는 마요네즈를 바르는 어머니이다. 하지만 어머니의 그런 행위에는 이유가 있다. 젊은 시절 어머니는 아들을 낳지 못했다는 이유로 아버지의 폭력을 견디며 살아야 했던 것이다. 아들을 낳지 못한 것도, 무면허로 약국 문을 닫게 된 것도, 사업에 망한 것도 아버지는 모두 아내의 탓으로 돌리고 폭력을 행사했다. 그러나 어머니는 당하고만 있지 않았다. 물리적인 힘이 부족해 맞고 살았지만 아버지의 폭력에 굴복하지 않고 사춘기 아이들이 부모의 강압에 반발하듯 일탈된 행위로 남편의 폭력에 반응한다. 『마요네즈』의 어머니는 『절반의 실패』에 등장하는 어머니들과는 전혀 다른 반응을 보인다.

뽀얗게 분 바른 엄마도 어느 날인가부터, 뜨거운 대굿국을 끓이지 않았다.

---

12) 전혜성, 『마요네즈』, 문학동네, 1997.

아버지에게 염증을 일으키면서, 국솥과 밥주걱 따위에도 환멸을 느껴버린 것 같았다. 쿠키를 구워주던 회색 오븐은 선반 밑에서 보얀 먼지만 덮어썼다. 노릇한 고구마 튀김도, 명절이 아니면 튀겨주지 않았다. 엄마는 홀린 듯이 밖으로만 나돌았다. 아이들 간수, 소풍 수발까지 일하는 언니에게 떠넘기고. 엄마에게선 어딘지 비탄에 빠진 동백부인 냄새가 났다.

외출 때마다 굽 높은 빨간 샌들을 옆집 고춧가게까지 공수하는 임무는 막내 아영의 몫이었다. 엄마는 집에서 신는 슬리퍼를 끌고 이웃 마실을 가는 체 무연히 집을 나섰다. 그리곤 고춧집 안방으로 직행해선, 특공대원처럼 날래게 빨간 원피스로 갈아 입었다. 세트로 맞춘 샌들과 '빽'을 챙겨들기 무섭게, 뒤도 안 돌아보고 쌩소리나게 사라졌다. 떡함지 같은 몸빼 바지를 요란하게 추어올리던 고춧집 아줌마의 멍, 벌어진 입술.

그 후로도 오랫동안 어버지만은 몰랐다. 엄마의 아지트가 설마하니 엎어지면 코 닿을 옆집 고춧가게라곤.

전혜성, 『마요네즈』에서

당장 나가라는 딸에게 나중에 후회하게 될 테니 그런 말은 하지 말라며 반 협박조로 말을 거는 어머니. 그러다가 크리스마스 이브에 만나자는 옛적 남자친구의 말에 뭘 입을지를 걱정하며 가슴 설레며 크리스마스를 기다리는 어머니. 아정은 그런 어머니와의 관계 설정에 힘겨워한다. 아정의 어머니는 기존 자신이 익히 배웠던 어머니, 주변에서 보아왔던 어머니의 모습이 아니다. 지독히도 개인적 욕망에 충실한 어머니는 낯설다. 어머니라는 이름은 사랑과 헌신과 인내의 동의어가 아니었던가! 하지만 결국 아정은 어머니를 있는 그대로 받아들이기로 한다.

> 하지만 나는 별로 달라지지 않을 것이다. 변화는 단 한번도, 내가 원하는 방향에서 걸어오지 않았다. 엄마도 그리 많이 변치 않을 것이다. 아직도 엄마는, 우리에게 필요한 진정한 변화가 무엇인지 알지 못한다. 애시당초 엄마에겐, 삶은 누림이지 사색이 아니었다.
>
> 그러니 그 변치 않음에 너무 절망하지 않아야 한다. 내겐 더 이상, 비탈을 구르는 살바퀴를 막아설 힘 같은 게 남지 않았다. 진작 아무 희망 없이, 서로를 바라볼 수 있었으면 좋았을 것이다.
>
> 전혜성, 『마요네즈』에서

"리치는 모성이라는 사회적 제도는 다양한 사회적, 정치적 상황 속에서 여성에 대한 남성의 통제와 억압의 근본 원리"[13]로 작용해왔음을 지적하고 있다. 전혜성은 『마요네즈』에서 가부장제가 여성 통제와 억압의 수단으로 가장 애용하던 '모성' 이미지를 전복한다. 『마요네즈』의 '어머니'는 이전 남성 작가의 작품에서는 볼 수 없던 '새로운 어머니 상'이다. 남성 작가의 시선으로는 결코 포착해 낼 수 없는 누군가의 딸이자, 누군가의 아내이자, 누군가의 어머니가 아닌 그저 자신에게 충실한 한 사람으로 살아 왔고, 살아갈, 이 땅에 예전부터 존재해 왔던 '여성'을 재발견한 것뿐이다. 이러한 발견은 가부장의 폭력에 속수무책으로 짓밟혀왔던 여성이 가부장제가 요구하는 가족주의 신화를

---

13) 제인 프리드먼 지음, 이박혜경 옮김, 『페미니즘』, 이후, 2002, p.132.

거부한 데서 비롯된다.

이상에서 언급한 작품들은 기존 가부장제가 만들어낸 가족 제도의 모순을 파헤치고 그것을 해체하려는 움직임을 보여 주었다. 하지만 동시에 보수적인 가족주의로 회귀하려는 모습도 나타난다. 여성적 문체로 조명을 받아 온 신경숙은 「풍금이 있던 자리」에서 사랑하는 사람의 가족을 지켜주기 위해 먼 옛날 자신이 선망했던 아버지의 여자가 그랬던 것처럼 자신 또한 사랑하는 남자의 곁을 떠난다. 그녀가 자신의 사랑을 포기하는 이유는 남자를 향한 사랑이 식어서가 아니라 상처받을 남자의 아내와 아이를 위해서이다. 자신의 사랑으로 인해 남편에게 버려질 남자의 아내는 내가 강사로 있는 에어로빅 학원에 와서 음악에 맞춰 춤을 추다가 갑자기 엎드려 통곡을 하던 뚱뚱한 중년의 여성, 그리고 그 옛날 젊은 여자에게 남편을 빼앗긴 채 밤마다 울면서 성치 않은 다리로 폴짝폴짝 줄넘기를 하던 점촌댁과 동일시 된다.

점촌댁은 제사에 쓰일 장을 봐서 오는 길에 맞은편에서 달려오는 자전거를 피하려다 다리 밑으로 굴러 떨어졌다. 그 일로 다리를 다친 점촌댁은 움직이지 못한 채 방안에만 있느라 점점 몸이 불었다. 그러자 얼마 후 점촌댁의 남편은 읍내에 딴 살림을 차린 채 돌아오지 않았다. 점촌댁은 남편을 돌아오게 하려고 밤마다 새끼줄 두 줄을 뚤뚤 말아서 아픈 다리로 서서 울면서 줄넘기를 했던 것이다. 남자와 사랑의 도피를 준비하던 나는 고향에서 점촌 할머니가 돌아가셨단 소리를 듣게 된다.

점촌 할머니가 돌아가셨다는 얘길 들었을 때, 그 여인의 에어로빅이…… 할머니의 새끼줄 줄넘기와 함께, 제 가슴을 훑고 지나간 건 또…… 웬……

점촌댁, 이젠 돌아가신 점촌 할머니가 언제부터 줄넘기를 그만두셨는지는 모르겠으나, 그 이후로 점촌댁은 지금껏 홀로 살다가 이제 할머니가 되셔서 가신 거예요.

(중략)

당신, 저를, 용서하세요.

이 말을 하지 않으면, 제 말이 모두 당신에게 오리무중일 것만 같으니, 점촌 아주머니를 혼자 살게 한 점촌 아저씨의 그 여자, 그 중년 여인으로 하여금 울면서 에어로빅을 하게 만든 그 여자…… 언젠가, 우리집……그래요, 우리집이죠…… 거기로 들어와 한 때를 살다 간 아버지의 그 여자…… 용서하십시오…… 제가…… 바로, 그 여자들 아닌가요?

신경숙, 「풍금이 있던 자리」에서[14]

「풍금이 있던 자리」의 나는 그 여자들을 위하여 사랑을 포기한다. 하지만 과연 그것이 진정한 의미의 사랑일까에 대해서는 이견이 있을 수 있다. 이미 아내를 떠나버린 남자의 마음이 연인이 떠나준다고 해서 다시 제자리를 잡는다는 보장은 없기 때문이다. 남자는 '나' 아닌 다른 연인을 찾아 집 밖을 서성거릴지도 모를 일이다. 신경숙의 「풍금이 있던 자리」에는 주체로서의 여성이 등장하지 않는다. 여성 인물들은 언제나 남성의 타자로서만 존재한다. 주인공 '나'조차도 나의 존재를 그와 그의 아내, 그의 아이와의 사이에서 찾는다. '나'를 규정하는

---

14) 신경숙, 『풍금이 있던 자리』, 문학과지성사, 2001.

것은 언제나 외부에 있다. 이는 동시대에 등장한 다른 여성 작가들의 작품과 구별된다.

여성이 말한다고 다 여성의 목소리라고 말할 수는 없다. 여성주체와 여성주의적 주제에는 차이가 있다. 여성주체는 호명된 주체를 의미하지만 여성주의적 주체는 여성주체에서 출발하면서도 그것으로부터 거리를 둘 수 있는 의식화된 주체를 의미한다. 여성주체의 경험이 바로 여성주의적 주체를 가능하게 하지만 여성주체는 반여성주의적일 수 있다. 또한 이 여성주의적 주체에는 생물학적 성이 계산되지 않을 가능성도 있다.[15] 이런 점에서 가부장제의 가족 체계를 수호하여 가부장적 가족 이미지를 재생산하고 있는 『풍금이 있던 자리』의 '나'와 『나는 소망한다 내게 금지된 것을』의 강인주는 '여성주체'이기는 하지만 '여성주의적 주체'일 수 없다.

공지영, 배수아, 은희경, 전경린 등 80년대 이후 등장한 대부분의 여성 작가들은 세련된 도시 감각으로 중산층 여성의 자아 찾기와 성차별적 사회 고발과 비판에 초점을 두고 창작 활동을 전개해 갔다. 당시 이들 여성 작가들을 향한 진보진영의 남성 비평가들의 주된 비판은 당장 우리 사회가 직면한 '빈곤'의 확산으로 인해 야기되는 계급적이고 사회적 문제는 도외시한 채 경제적으로 우위에 놓인 여성의 입장만을 대변한다는 것이었다. 하지만 이들은 공선옥이란 작가로 인해 그 비판의 강도를 높일 수 없었다. 그만큼 공선옥은 당시 여성 작가들과 구별되는 독자적인 영역을 구축해가고 있었다.

---

15) 고갑희, 「여성주의적 주체 생산을 위한 이론1」, 『여/성 이론』, 여성문화이론연구소, 1999, pp.24-27 참조

공선옥의 소설에 일관되게 등장하는 인물들은 이 사회의 가장 밑바닥에서 생계를 위해 자신의 몸을 팔아야만 하는 가난한 이들이다. 이는 아마도 그녀의 삶의 이력과 무관하지 않을 것이다.[16] 공선옥 소설의 여성 주인공들이 닥뜨린 '적'은 생존이라는 절박한 과제이다.

「목숨」의 혜자는 "열여섯 살 딸과 의붓아비를 차마 한방에서 재울 수 없어" 등을 떠미는 술장수 엄마를 떠나 서울로 상경한 후, 브라자공장의 시다에서 출발해 미싱사가 된다. 하지만 노동운동을 하는 유숙과의 우연한 만남은 혜자를 공장에서 쫓겨나게 만든다. 공장에서 쫓겨난 혜자는 고향 동무 덕분에 버스 차장 노릇을 하게 된다. 그렇지만 이것도 3년 후 감원 열풍에 휘말려 정리해고 된 뒤 갈 곳이 없이 헤매다 구로동 공장 담벼락에 붙은 '여종업원 구함, 숙식제공, 선불 줌'이란 광고에 혹해 술집 작부가 된다. 작부가 된 뒤 만난 공장노동자 재호와 살림을 차리고 처음으로 사는 것처럼 살지만 행복은 잠시, 재호는 5월 광주의 끔찍한 악몽에 시달리다 5월이 되자 혜자를 떠난다. 재호를 찾아 그의 고향에 내려 간 혜자는 그의 어머니로부터 그가 왜 5월만 되면 미쳐 정처 없이 돌아다니게 되었는지 알게 된다. 그곳에서

---

16) 공장 노동자, 술집 작부, 미혼모, 농부 등 공선옥 소설의 주인공들은 우리 사회의 밑바닥 인생들이다. 이는 작가의 이력과 무관하지 않다. 고등학교 1학년 때 광주에서 5·18을 몸소 체험하고 대학 중퇴 이후 노동운동에 뛰어든 공선옥은 아버지의 사업실패로 지독한 가난에 시달린다. 현장 노동자와 결혼 후에도 가난을 벗어날 길 없는 숙명처럼 그녀와 함께 했다. 그녀는 이혼 후 생계에 대한 살인적 공포 속에 아이들을 광주시립임시아동보호소라는 곳에 맡기고, 자신은 고향 근처 태인사라는 절의 식모로 들어가기도 한다. 이후 두 아이를 데리고 서울로 상경 달동네에 정착해 재봉질로 생계를 연명하다『창작과비평』에「씨앗불」이 당선 등단한다.「씨앗불」을 쓸 당시 그녀는 먹고 살기 바빠 따로 글쓸 시간을 낼 수 없어 재봉틀 위에 원고지를 올려놓고 재봉질 틈틈이 소설을 썼다고 한다. 그녀의 이러한 이력은 그녀 소설의 원천으로 작용하고 있다.

혜자는 재호의 아들 '홍이'를 만난다. 아비 없는 자식을 낳을까 망설이던 혜자는 재호의 집에 다녀 온 후 아이를 낳기로 결심한다.

주인공 혜자를 비롯하여 「목숨」에 등장하는 인물들은 하나같이 못 배우고 가난하고 억척스러운 사람들이다. '가난'은 천형처럼 이들의 어깨를 짓누른다. 수택은 결핵에 걸려 죽어가고 있는 애인의 약값을 구하기 위해 작부에게 몸을 판다. 강원도 산골에서 엊그제 올라온 정순이도 돈 때문에 팔려간다. 혜자의 어머니는 간경화로 죽어가는 남편 약값을 보내달라며 혜자만 보면 돈타령이다. 모두들 '돈' 때문에 삶의 벼랑 끝에 몰린 사람들인데 탈출구가 보이지 않는다. 때문에 그들은 아무리 일을 해도 좀처럼 살림살이가 나아지지 않는 이 불합리한 현실을 향해 욕설을 내지른다. 이들이 내뱉는 욕설은 이들의 삶의 역경과 분노를 고스란히 담아낸다.

「목숨」의 가출한 정순이, 세차장 옆 구두닦이 이군, 작부 임희숙, 공돌이 희철이, 재호 등은 『유랑가족』의 유랑민이 되어 이 땅을 떠돈다. 『유랑가족』에 수록된 작품은 모두 5편이다.[17] 「겨울의 정취」, 「가리봉 연가」, 「그들의 웃음소리」, 「남쪽 바다, 푸른 나라」, 「먼 바다」 등 모두 다섯 편의 연작으로 구성된 『유랑가족』에는 소설을 관통하는 하나의 중심 플롯이 없다. 주인공 사진작가 '한'을 통해 각각 한 장의 사진처럼 하나의 풍경을 보여 줄 뿐이다. 그런데 이 다섯 꼭지가 차례차례 모이면 한 컷의 사진 바깥에 숨어 있던 풍경이 새로이 드러나면서 또

---

17) 『유랑가족』은 계간 『실천문학』에 2002년 봄부터 2003년 봄까지 5회에 걸쳐 연재되었던 작품이며, 개고 기간에 2년여를 공들인 작품이다. 2005년 실천문학사에서 단행본으로 간행되었다.

다른 세계를 이룬다. 방민호는 『유랑가족』의 이러한 구성을 '모자이크 식 구성'의 탁월한 '미적 성취'라 평하고 있다.[18] 하지만 여성주의 비평 가들은 이러한 구성을 '조각이불의 형식'[19]이라고 부른다. 『유랑가족』 의 서사 구성은 파편적 일상의 단면을 엮어내어 거대한 현실의 문제 를 드러내는데 효과적인 조각이불의 형식을 취하고 있다. 마치 잊혀 지고 버려진 주변적인 것들을 엮어 하나의 온전한 조각이불을 완성해 내듯 공선옥은 '한'의 시선을 통해 우리 사회가 껴안고 가야할 삶의 모 습들을 담아내고 있다.

『유랑가족』의 주인공은 다큐멘터리 사진작가 '한'이다. 한은 중국 동포들이 모여 사는 가리봉동도 가고, 의지할 곳 없는 어린 소녀가 있 는 산골도 방문한다. 마누라는 도망가고 남자들은 농약을 먹고 그들 의 아이들이 저마다 살기 위해 바둥대는 농촌 마을도 찾아간다. 그곳 에서 '한'이 만난 인물들이 저마다의 사연을 간직하고 소설 속을 넘나 든다.

「남쪽 바다, 푸른 나라」에서 한이 만난 인물은 열한 살의 영주이다. 늙은 할머니와 단 둘이 살아가던 영주는 어느 날 할머니가 암에 걸려

---

18) 모자크식 구성이란 따로 놓여 있을 때는 아무런 내적 관련성이 없이 독립적으로 존재하 는 것들이 전체를 이룰 때는 서로 필수불가결한 요소들이 되어 긴밀하게 작용하는 것을 말한다.

19) '조각이불의 형식'이란 『보랏빛』의 작가 앨리스 워커가 일관성 있게 엮어 나가기 어려운 여성들의 일상적이고, 단편적인 삶을 드러내 주는 형식으로 사용한 용어이다(박소연, 「앨 리스 워커의 『보랏빛』을 통해 본 상징과 서간체 형식」, 『또 하나의 문화』 제9호, 1992, pp.255-256 참조). 이를 여성주의 문학 평론가 김복순은 이를 플롯방식을 지칭하는 용어 로 사용하고 있다(김복순, 「대모신의 정체성 찾기와 여성적 글쓰기」, 『페미니즘 문학과 보편성의 문제』, 소명출판사, 2005, p.298 참조).

죽자 혼자 남게 된다. 아이의 딱한 처지를 차마 외면할 수 없어 장례를 마치고 아이의 먼 친척을 찾아 산골 마을에 들어간 나에게 비친 풍경은 절망 그 자체다. 제대로 서지도 못하는 굽은 허리로 기다시피 밭을 매는 노인에게 도저히 아이를 맡길 수 없었던 한은 수소문 끝에 영주를 남해의 먼 섬에 데려다 준다. 다행히 아이를 맡은 고모 부부는 정 많은 따뜻한 사람들로 한은 안심하고 그곳을 떠나며 1년 후에 꼭 다시 보러 온다는 약속을 남긴다. 하지만 1년 뒤에 찾은 섬에는 영주가 없었다. 착하고 순박한 고모 가족의 파탄으로 또다시 혼자가 된 영주의 종적을 '한'은 끝내 찾지 못하고 돌아온다.

『유랑가족』의 '유랑'이 의미하는 바는, 요즘 흔히 이야기하는 국경과 시공을 넘나드는 '노마디즘'과는 거리가 멀다. 공선옥 소설의 '유랑'은 가진 것 없이 태어나 현실세계의 권력 궤도 속으로 진입하지 못하고 튕겨져 나온 사람들이 마지막으로 선택하는 삶의 방식이자, 가난의 형상이다. 집도 절도 없이 정처 없이 떠도는 삶이 유랑이다. 그 안에서 현대의 유랑민의 가족은 가난으로 인해 끊임없이 해체된다. 『유랑가족』의 '가족'은 산업화와 도시화로 집을 잃고 가족의 구성원을 상실한 파편화된 우리 사회의 현재적 가족을 의미한다. 이들 『유랑가족』은 물질을 향한 무한 욕망에 사로잡힌 남성이 이룩한 문명의 한가운데 선 현대인이 파괴한 인간관계의 반대에 서있다. 이들 '유랑민'이 구축하는 새로운 인관관계는 혈연이나 지연이나 학연으로 맺어진 관계가 아니라 '사랑'으로 맺어진 관계이다. 공선옥은 아직도 여전히 인간 구원은 '사랑'에 있음을 강조하고 있다.

"가난 때문에 가정이 파괴되는 모습을 무수히 보아온 한이었다.

가난은 사람을 황폐하게 만들기도 하고 난폭하게 만들기도 하고 무기력하게 만들기도 했다. 가난은 다양한 형태로 사람들의 삶을 무너뜨렸다. 가난한 사람들이 그들의 가정을 지켜낼 수 있는 마지막 무기는 사랑뿐이었다."

공선옥, 「가리봉연가」에서[20]

『유랑가족』의 인물들은 누군가에게 속아 재산을 잃고 거리로 나앉게 되고, 또 그러한 처지에 내몰린 사람들이 자신과 같은 처지에 놓인 자들을 속인다. 속고 속이며 시골에서 도시로 다시 도시에서 시골로 떠도는 동안 '가난'과 '불행'은 이들의 몸과 마음에 문신처럼 새겨진다. 하지만 그럼에도 불구하고 소설의 인물들이 속고 속이면서 세상을 유랑하는 동안에도 세상 한구석에서 사람을 죽이지 않고 '살리는' 이들이 존재한다. 「그들의 웃음소리」의 인숙은 스스로 목숨을 끊은 연순의 아이를 버리지 못하고 거둔다. 「남쪽 바다, 푸른 나라」의 영주 고모네 또한 혈혈단신 고아가 된 영주를 거둔다.

『유랑가족』의 인물들이 드러내는 절박하고 답답하고 궁핍한 현실은 절망스럽다. 그리고 슬프다. 그런데도 마음 한구석이 아리면서도 절망이 아닌 희망을 예감하는 것은 세상을 향해 따스한 시선을 거두지 않는 투박하지만 진중한 작가 공선옥의 진정성을 믿기 때문이다. 『유랑가족』을 통해 공선옥은 권력의 중심에서 밀려나 주변적인 존재가 되어버린 사람들의 각양각색의 이야기를 하나하나 주워 모아 꿰매어 그들을 추위로부터 가려줄 커다랗고 따뜻한 '조각이불'을 만들어

---

20) 공선옥, 『유랑가족』, 실천문학사, 2005.

내고 있다. 그 연장선에 김숨의 『백치들』이 놓여 있다.

『백치들』에 등장하는 '백치들'에게는 공통된 특징이 있다.

> 백치들은 해방과 함께 태어나거나 해방 이후에 태어났으며 어린
> 시절에 6·25전쟁과 4·19를 겪었다. 백치들 중에는 북한에서 내려
> 온 김신조 때문에 6개월 연장된 40개월 동안을 군인으로 살아야 했
> 던 이도 있었다. 청년이 되어서는 40개월 동안을 군인으로 살아야
> 했던 이도 있었다. 청년이 되어서는 오로지 먹고살기 위해 사막의
> 건설현장으로 가거나, 군인이 되어 월남 전쟁터로 가거나 광부가 되
> 어 서독으로 날아가야 했다. 백치들은 젊은 날 청바지를 입고 장발
> 을 하기도 했지만 근면과 절약과 저축을 미덕으로 믿고 살았다. 백
> 치들은 통행금지 시간을 알리는 사이렌 소리를 기억하고 있었다. 차
> 범근과 신성일은 백치들과 같은 세대이기도 했다. 백치들은 차범근
> 처럼 자식을 셋만 낳거나 둘을 낳았다.
>
> 김숨, 『백치들』에서

김숨의 백치들은 얼마 전까지만 해도 집 안팎에서 무소불위의 권력
을 휘두르던 이 땅의 가부장家父長들이다. 그러나 급변하는 현실에서 낙
오된 이들은 가난하고 무기력하다. 더 이상 이전의 가부장의 권위를
회복할 수 없을 듯 보인다. 작중 화자인 '나'는 사막에서 돌아온 아버
지가 더 이상 가족에게 돈과 더불어 희망을 주던 아버지가 아니란 사
실에 절망한다. 부재하는 동안에는 가족의 '희망'이었다가 귀향과 더
불어 '백치'로 받아들여진다는 것은 이제 더 이상 남성이라는 이유만
으로 가족들 앞에서 가부장으로 존재할 수 없다는 사실을 말해 준다.

'나'의 어머니는 백치인 아버지를 대신해 가계를 꾸려가기 위해 손이 짓무르도록 가죽 혁대에 본드를 칠한다. 도심 변두리 가난한 가족의 궁핍한 일상은 무기력해진 백치 아버지로 인해 더욱 절망스럽다. 공선옥의 작품에서 이룩한 질기고 강한 생명력을 가진 존재는 유일하게 '나'의 어머니뿐이다. 『백치들』의 일상은 어머니로 대표되는 여성의 노동으로 유지되어 간다.

2_

대안적 공동체 탐색

1. 여성성의 탐색

초기 '고발' 문학의 단계를 거치고 난 90년대 여성주의 문학은 이후 '여성적인 것'이 무엇인가라는 문제에 집중한다. 페미니즘 문학을 다루는 특집에 주된 아이템을 차지한 것은 "여성적 글쓰기, 여성적 차이, 여성적 신체 등의 문제들이었다. 여성적인 것에 대한 질문은 남성적인 것과는 다른 차이에 대한 질문인 동시에 지금까지 억압되어왔던 여성적인 것의 복원의 시도로서 중요한 역할을 하였다."21) 이와 연장

---

21) 그러나 여성적인 것에 대한 질문이 무수한 차이들에 대한 질문이 되는 대신 여성이라는 것의 본질을 정립하고 그것을 대안으로 제시하는 방식이 될 때 이는 남성적 차이와 여성적 차이라는 이분법을 반복할 뿐 아니라 본질론적 환원의 위험을 내포하게 된다. 반대로 차이보다는 평등을 문제틀로 삼는 페미니즘 담론은 여성적인 것의 차이보다는 다른 모든 배제된 집단들과의 유비 구도 속에서 문제를 설정한다. 그러나 평등에 대한 문제 설

선상에서 천운영, 한강, 전경린, 은희경, 조경란, 신경숙, 김별아 등 여성 작가들은 '여성적인 것이 무엇인가', '여성성이란 존재하는가'에 대해 문제를 제기하고 이에 대한 자신의 견해를 작품을 통해 드러내기 시작한다.

천운영의 「바늘」의 주인공 나는 "툭 튀어나온 광대뼈와 곱추를 연상케 할 정도로 둥그렇게 붙은 목과 등의 살덩이, 눈살을 찌푸리게 하는 목소리, 뭉뚝한 발가락"을 가진 문신 전문가다. 나의 엄마는 나의 간질병을 고치러 미륵암으로 향한다. 나의 간질병이 호전되었음에도 엄마는 그곳의 주지 현파 스님을 사랑하여 나를 홀로 남겨두고 그곳에 남는다. 나는 엄마와 헤어져 문신을 하며 살아간다. 추악한 내 외모와 달리 내가 사람들의 몸에 그려내는 문신은 너무도 아름답다. 덕분에 나에겐 손님이 끊이지 않는다. 나를 찾는 남자들은 문신을 통해 '힘'을 얻으려 한다. 그러던 어느 날 내 어머니가 현파 스님을 죽였다는 경찰의 전화를 받는다. 하지만 얼마 뒤 다시 전화를 건 수사관은 현파 스님의 죽음은 노환에 의한 자연사로 결정났다고 말한다. 나는 미륵암에 가 엄마를 찾지만 엄마의 모습은 보이지 않는다. 나는 엄마와 내가 머물렀던 방에서 엄마에게는 더 이상 필요 없어진 침낭과 바늘쌈을 가지고 집으로 돌아온다.

미륵암에서 돌아온 날 전쟁기념관 매표소에서 일하는 801호 남자가 나를 찾아온다. 자신의 몸에 '세상에서 가장 강력한 힘을 가진 무기'를 그려 넣어 달라 말한다. 나는 그의 가슴에 '새끼손가락만한 바늘'을 하

정은 여성적 문제를 고유한 문제로 설정하는 것을 방해하게 된다(권명아, 『맞짱뜨는 여자들』, 소명출판, 2001, 13쪽).

나 그려준다.

엄마는 왜 죽이지도 않은 스님을 죽였다고 했을까? 그리고 왜 스스로 목숨을 끊은 것일까? 엄마가 가장 아끼던 일제 바늘쌈을 펼친다. 1호부터 20호까지 금빛 머리를 빛내며 꽂혀 있는 바늘들. 손가락 끝으로 아주 미세한 곡선의 감촉을 느끼며 바늘을 뽑아든다. 갑자기 모든 신경 세포가 한꺼번에 바늘 끝으로 몰린다. 나는 눈을 부릅뜨고 바늘들을 들여다본다. 스무 개의 바늘은 전부 뾰족한 바늘 끝이 잘려져 있다. 바늘은 날카로움을 잃어버린 채 철사처럼 뭉뚝했다. 엄마는 일부러 바늘 끝을 잘라 낸 것이다.

'바늘을 잘게 잘라 매일 마시는 녹즙에 넣어 봐. 가늘고 뾰족한 바늘 조각은 내장을 휘돌아 다니면서 치명적인 상처들을 만들지. 혈관을 따라 심장에 이르면 맥박을 잠재우며 죽음을 부르는데, 아무런 외상도 없어.'

엄마의 생생한 목소리가 사방에 울리고 있었다. (중략)

나는 그의 가슴에 새끼손가락만한 바늘 하나를 그려 주었다. 티타늄으로 그린 바늘은 어찌 보면 작은 틈새 같았다. 어린 여자 아이의 성기 같은 얇은 틈새. 그 틈으로 우주가 빨려들어갈 것 같다.

그는 이제 세상에서 가장 강한 무기를 가슴에 품고 있다. 가장 얇으면서 가장 강하고 부드러운 바늘.

천운영, 「바늘」에서[22]

우주를 빨아들이는 틈새로서의 여성 성기를 상징하는 '바늘'은 세상 그 어떤 무기보다 강하다. 어머니가 아무도 모르게 '현파 스님'을 살해할 수 있었던 것도 '바늘'이 있었기에 가능했다. 어머니는 외면당한 자신의 사랑을 죽임과 죽음으로써 완성하려 했다. 어머니가 현파 스님을 죽이는 데 사용한 '바늘'은 금지된 사랑에 대한 처절한 복수를 상징한다. 몸도 성치 않은 딸을 버리고 선택한 남성은 여성과의 사랑을 받아들일 수 없는 상징적으로 거세된 남성이다. 그 남성에게 여성 성기를 상징하는 '바늘'을 매일 조금씩 잘라 녹즙에 넣는 엄마의 행위는 여성의 성을 거부하는 남성과의 '육체적 접촉'의 은유로 읽힌다.[23]

나는 스님의 부음을 듣고 문득 미륵암의 새끼 고양이를 기억해낸다. 자신의 사랑을 받아주는 않는 남성을 죽음으로 몰아넣은 엄마의 행위처럼 나 또한 내가 가지지 못한 아름다움을 가진 '동물'을 살해한 경험을 가지고 있다. 나는 미륵암을 배회하던 수많은 고양이 떼, 마당이나 법당까지 함부로 나다니는 고양이들을 무척이나 두려워했다. "그러나 고양이들은 아름다웠다. 그 자그마하고 부드러운 몸속에는 온갖 아름다움이 용수철처럼 휘어져 숨어 있는 것 같았다. 여리고 따뜻하고 조금은 메마른. 스님은 때로 신도들이 가져온 생선대가리나 고깃덩어리를 요사채 앞에서 고양이들에게 던져주곤 했다. 그때마다 눈빛

---

22) 천운영, 『바늘』, 창작과비평사, 2001.

23) 이광호는 "'현파 스님'을 죽인 어머니의 행위는 스님으로 상징되는 제도적으로 거세된 남성적 문화에 대한 살해로 해석될 수 있다. '바늘-여성성기-틈새'는 변신에 관한 모든 존재론적 가능성을 품고 있는 악마적인 힘을 보유한다. 바늘이 어떤 변신도 실현할 수 있다면, 여성의 틈새야말로 어떤 존재도 태어나게 하는 창조적 부재의 자리이다. 그곳은 우주를 흡수하고, 우주를 거듭나게 하는 틈새"라고 말한다(이광호, 「그녀들, 우주를 빨아들이는 틈새」, 『바늘』, 창비, 2001, p.257).

을 번득이며 육질의 맛을 느끼고 있는 고양이들을 나는 시기에 찬 눈으로 쳐다보았다." 송홧가루가 분분히 날리던 어느 날 나는 그 아름다운 어린 고양이를 어미 고양이에게서 훔쳐 내어 단 일초의 망설임도 없이 산 아랫마을 공중변소에 집어던진다.

주인공 '나'의 육식 선호는 아름다움을 향한 욕망이다. 어릴 적 살해한 '작고, 부드럽고, 온갖 아름다움이 용수철처럼 휘어져 숨어 있을 것 같은 고양이'가 눈빛을 번득이며 음미하던 그 '육질'의 맛을 느끼기 위해 나는 "양념하지 않은 고기를 먹는다." "쌀눈이 살짝 비치도록 말간 밥알에 약간 검어진 육류의 핏물이 스며들 때" 고기 맛은 정점에 달한다. 아름다움에 대한 나의 집착은 육식 취향과 문신 작업으로 이어진다. 그리고 결말에는 여성적 아름다움을 소유한 덕택에 군대에서 성추행 당한 후부터 자신의 부드럽고 여린 신체를 혐오하여 '힘'을 얻고자 그녀를 찾아온 남자와 결합하게 된다. 남자의 집은 801호, '나'의 집은 806호 "승강기의 축으로 반을 접는다면 남자와 나는 한곳에서 만난다. 골리앗거미의 보각처럼." 성적 욕망을 일으키지 않을 만큼 추한 여자가 세상에서 가장 아름다운 문신을 남자의 몸에 새긴다. 그리고 그 여자가 가장 강력한 '힘'을 가지기를 소유하는 아름다운 남성에게 '여성성기의 상징인 바늘'을 그려 넣는다. 천운영은 세상에서 가장 강력한 무기는 가장 작고 힘없는 듯하지만 조각보를 이어 옷을 만들고 서서히 몸의 자국을 새겨 아름다운 외피를 만들어내는 '바늘' 즉 "우주를 빨아들이는 틈새"로서의 '여성성'임을 보여 준다.

천운영의 강력한 힘을 지닌 '여성성'에 대한 인식은 「월경」으로 이어진다. 「월경」의 '나'는 성장이 멈춘 신체를 소유하고 있다. 보름만 지나면 스무 살이 되는 나의 "젖가슴은 열세 살 몽우리로 남아 있고

키는 150센티미터가 안 된다." 열두 살에 시작한 생리도 신경이 끊어지고 호르몬에 이상이 생겨 현재는 중단된 상태이다. 나의 몸에서 유일하게 자라나는 것은 '머리통'뿐이다. "지나치게 커다란 머리통은 곱추의 등허리처럼 부담스럽고 거치적거리기만 한다. 계단을 내려가거나 갑자기 일어설 때면 균형을 잃고 넘어지기 일쑤다."

'나'가 '그'라 부르는 아버지는 붉은 보름달이 낮게 뜬 어느 날 은행나무 아래서 나를 만들었다. 하지만 "사람들로 하여금 경계를 넘어서게 만드는 묘한 힘"을 가진 그 보름달 때문에 아내를 잃었다. '나'의 어머니, 즉 '그'의 아내는 트럭운전을 하는 그가 집을 비울 때면 낯선 남자와 정사를 벌인다. 나는 은밀히 어머니의 정사를 문틈으로 지켜본다. 그러던 어느 날 현장을 목격한 남자는 알몸으로 뒤엉켜 있는 붉은 살덩어리의 남녀에게 칼을 꽂는다. 그의 칼질에 난도당한 "그녀의 피가 내 다리 사이로 흘러들어오는 것을 보았다. 그리고 기차가 왔다. 온 땅을 흔들며, 고꾸라진 내 머리를 짓이기며, 문지방을 넘어선 나를 벌주며, 기차가 지나갔다."

> 붉은 보름달이 낮게 뜬 어느 날, 은행나무 아래에서 그와 그녀는 허겁지겁 옷을 벗었다. 어깨를 부풀린 가지 끝에서 은행알들이 떨어져 내리고 있었다. 몸을 움직일 때마다 은행들은 다 지난 암내를 풍기며 살 속 깊이 파고들었다. 그가 그녀를 안은 것은 꽉 찬 보름달 때문이었을 것이다. 보름달은 사람들로 하여금 경계를 넘어서게 만드는 묘한 힘을 가지고 있으니까. 그날 밤 도처에서는 숱한 경계들이 은밀하게 무너지고 있었으리라.
>
> 천운영, 「월경」에서[24]

「월경」에서 "은행나무는 성적인 상승의 이미지이며, 보름달은 월경月經과 월경越境의 이중적 상징이다. "더 이상 차오를 수 없는 보름달은 스스로 몸을 허물어 경계를 지우리라"라고 말할 때의 '보름달'은, 월경하는 여성성의 깊은 상징이다. 여성적 원리로서의 달은 끊임없이 몸을 바꾸는 우주적 생성과 순환의 리듬을 표현한다. 보름달은 그 순환의 한 극점으로서의 지점이다. 또한 '밤의 눈'으로서의 달은 이성적인 원리의 반대편에서 비합리적이고 원초적인 충동의 은유이다."[25]

하지만 성장이 멈춘 '나'는 성적 상승의 이미지인 은행나무를 좋아할 수 없다. 집 앞 국도변 가로수로 심어진 은행나무들 가운데 수나무는 마르고 여읜 몸을 움츠리고 있는 듯한 반면, 살집 좋은 암나무는 "헤프게 꽃을 피우고 길 한복판에서 부끄럼없이 화분花粉을 한다." 마치 내 어머니가 나를 가질 때처럼, 그리고 아버지의 칼에 찔릴 때처럼 말이다. 늦가을 암은행나무 가지마다 은행이 빼곡히 매달린 그 수를 헤아릴 수 없는 은행나무는 생식력이 넘쳐흘러 "노란 고름을 질질 흘리며 바닥으로 떨어져 구린 냄새를 풍기곤 한다." 은행이 주렁주렁 매달린 은행나무는 '다산多産'의 상징이다. 월경이 중단되어 생식력을 잃어버린 '나'의 신체는 '다산多産'의 공간이 아닌 '불모不毛'의 공간이다. 때문에 '나'는 은행나무를 좋아할 수 없는 것이다. 그러나 그럼에도 불구하고 부인할 수 없는 것은 "내가 은행나무 언저리에서 생겨났다"는 사실이다.

불모의 공간인 나의 신체와 달리 '은하수 계집'의 신체는 성적 충만

---

24) 천운영, 『바늘』, 창작과비평사, 2001.
25) 이광호, ibid, p.253.

함으로 일렁인다. '나'는 내 결핍된 여성성의 보완을 위해서 '계집'의 신체를 탐닉한다.

> 촉촉하고 따뜻한 무덤 속, 계집의 무덤 속으로…… 조심조심 계집의 팬티를 벗겨낸다. 작은 팬티는 골반뼈에서 잠깐 걸렸다가 도르르 말려 내려온다. 계집은 고른 숨을 내뿜으며 깊은 잠에 빠져 있다. 계집의 낡은 무덤 곁에 머리를 기대고 눕는다. 계집이 숨을 쉴 때마다 무덤이 들썩들썩한다. 봉곳하게 솟은 계집의 무덤에서 향긋한 풀냄새가 나는 듯하다. 두덩에서 안쪽으로 결을 고른 풀들은 윤기가 흐르고 진한 색을 띠고 있다. 계집의 풍성한 풀들에서 비옥한 대지를 엿볼 수 있다.
> 나도 팬티를 벗어 계집의 작은 팬티 위에 얹어놓는다. 계집의 것에 비하면 내 것은 노인의 거죽처럼 처지고 볼품없어 보인다. 듬성듬성 제멋대로 뻗은 털들 사이로 보이는 누렇게 질린 두덩과 밋밋하게 뻗은 얇은 틈. 꼭 낙석주의 표지판이 있는 국도 같다. 메마른 황토와 돌덩이가 후둑후둑 떨어지는 잘려진 산허리. 내 무덤 위에는 검은 그물이 쳐져 있다.
>
> 천운영, 「월경」에서

계집의 무덤은 촉촉하고 따뜻한 대지이다. 그 대지 위에는 윤기가 흐르는 풀들이 가득하다. 그러나 내 무덤에는 듬성듬성 제멋대로 뻗은 털들과 메마른 황토와 돌덩이가 있을 뿐이다.

계집의 가슴은 무덤이고 대지이고 어머니이다. '가슴·자궁·무덤·대지'는 모든 생명이 창조되고 소멸되는 공간으로서의 의미를 지닌다. '나'는 그것이 비록 어머니처럼 '나'를 죽음으로 이끌지라도 '삶과 죽음'이 공존하는 공간으로서의 풍요롭고 비옥한 여성의 신체를 욕망한다.

'나'는 '월경月經'이 멈춰버린 불모의 신체 너머로의 '월경越境'을 꿈꾼다. '바늘'과 같은 '틈새'로부터의 '월경月經'은 여성의 '월경越境'을 가능하게 한다. 「바늘」과 「월경」의 두 여성은 아름다움과 추함, 선과 악, 여성성과 남성성의 경계에 살면서, 경계를 넘나들며, 경계를 낳는다.[26]

> 몸에는 거대한 바다가 출렁인다. 바다가 보내는 수신호처럼 아픔은 들썩이는 커다란 파도로 혹은 찰싹이는 잔물결로 다가왔다 사라진다. 미열에 들뜬 몸은 하릴없이 부침을 거듭하며 파고를 따라 떠돈다. 날카로운 격통과 함께 천 근의 무거워진 몸이 심해를 향해 추락한다. 스쳐 가는 검은 그림자들, 밤의 정막과 같은 치렁한 어둠이 눈앞을 가린다.
>
> (중략)
>
> 누군가 주먹을 옥쥔 채 쾅쾅 문을 두드리고 있다. 비죽이 열린 문

---

[26] 이광호는 천운영 소설의 미학을 다음과 같이 평가한다. "그녀의 소설들은 제도화된 여성성과 거세된 남성적 문화를 돌파하는 관능과 일탈의 은유들로 들끓고 있다. 천운영 소설 속의 야생적인 여성성은 사회적인 타자들 내부의 억압된 자질들을 개방하는 공격적인 힘을 포함한다. 그녀들의 시선은 제도화된 여성적 자아의 내부에 머물지 않는다. 그 제도적 영역의 바깥으로 질주하는 원초적이고 본능적인 여성적 에너지를 드러낸다. 거기에서, 식물적인 여성성으로부터 동물적인 여성성으로의, 혹은 타자로서의 여성성으로부터 창조적인 부재와 이질적인 복수항(複數項)으로서의 여성성으로의 탈주라는 존재론적인 전환의 사건이 벌어진다. 천운영을 통해 한국의 여성 소설은 독특한 야생의 미학을 자기 목록에 추가할 수 있게 되었다(「그녀들, 우주를 빨아들이는 틈새」, 『바늘』, 창비, 2001, pp.257-258)."

틈을 엿보며 어서 열어 달라 채근하고 있다. 검도록 푸르고 검도록 붉은 선명한 적록의 고통이 몸 안 깊숙한 곳에서부터 들썩이며 울린다. 변의가 느껴진다. 구리고 퀴퀴한 통증이 코끝까지 밀려왔다 물러나곤 한다. 몸속에 아주 작고 단단하게 웅크린 통점을 간직한 채 거죽만 부풀어 올라 치수가 맞지 않는 가죽 옷을 들쓴 듯하다. 한순간 지나치게 크고 무거운 외피의 실밥이 부드득 뜯기는 느낌과 함께 온몸의 마디마디와 오래전 닫힌 숨구멍까지도 활짝 열리는 기분에 휩싸인다.

이젠 더 보여 줄 것이 없다. 더 노출하여 뻔뻔스레 드러낼 것이 없다. 마지막 힘을 쓰고 기진하여 맥을 놓는 순간 달음질쳐 간 바다가 수평선의 끝에서 하늘과 닿았다. 뜨뜻하고 미지근한 해수가 새어나와 가랑이를 적셨다. 바다를 막아 놓은 둑이 터져 숲을 덮치고 대지를 쓸었다. 문득 먼 곳으로부터 외로운 짐승이 우는 소리를 들은 듯했다. 아득하고도 처연했다.

김별아, 『미실』에서[27]

경계를 넘은 여성의 몸은 존재의 변이를 일으킨다. 성 에너지로 가득 찬 찬란한 여성의 신체는 새로운 존재를 잉태하고 이를 낳는다. 출산의 과정을 통해 여성의 존재는 딸에서 어머니로 환치된다. 여성이 간직한 경계로서의 '틈새'를 넘어 새 생명이 탄생한다. '미실'에게 내재된 창조적 생산성은 '여성성'의 원천이다.

『미실』은 삶과 죽음이 공존하는 대지로서의 여성성을 간직한 여성

---

27) 김별아, 『미실』, 문이당, 2005,

을 창조한다. 『미실』은 유교적 금욕주의가 지배 이데올로기로 자리잡기 이전 신라를 배경으로 한다. 『미실』의 주인공 '미실'은 왕을 색으로 섬겨 황후나 후궁을 배출했던 모계혈통 중 하나인 대원신통의 여인으로 태어나 신라 24대 왕인 진흥왕, 25대 진지왕, 26대 진평왕을 색으로 섬기며 신라 왕실의 권력을 장악했던 여인이다. '미실'은 외할머니 옥진으로부터 온갖 미태술과 기예를 배우며 성장한다. 미실은 왕실의 권력 다툼에 휘말려 자신의 사랑을 잃고 난 후 자신에게 주어진 가혹한 운명을 깨닫게 된다. 이후 미실은 다시는 빼앗기지 않기 위해서 스스로 권력의 중심에 서고자 한다. 그녀의 뜻대로 미실은 타고난 머리와 미색을 동원해 신라 왕실의 최고 권력자가 되지만 인생의 무상함을 깨닫고 절에 몸을 의탁한다.

'미실'은 자신의 성(性)적 능력, 즉 색을 통해 권력을 장악하는 '팜므파탈'의 면모를 보여 준다. 하지만 그러한 자기 운명에 충실하면서도 결코 구속당하지 않는 자유로움을 추구한다. 동륜과 금륜태자를 죽음으로 몰아가는 음모를 꾸미는 한편 첫사랑인 사다함, 남편으로서 그녀에게 평생을 바친 세종전군, 미실의 목숨과 자신의 목숨을 맞바꾼 설원랑과의 사랑 속에서 '미실'은 운명을 뛰어넘어 본능에 충실한 여성으로서의 모습을 보여 준다. 미실은 다산을 한다. 평생 삶과 죽음의 경계를 넘나들며 8명의 아이를 낳는다.

『미실』은 자기 운명에 발목 잡혀 파멸의 길을 걷는 비운의 여인이 아닌 자기 운명을 개척해 간 여인, 욕망과 본능에 충실하면서도 마녀나 요녀로 전락하지 않은 자유로운 혼의 여인으로서의 미실, 그리고 그런 여인이 가능했던 신라를 보여 주는 데 성공했다는 평가를 받고 있다. 김별아는 『미실』을 통해 음란하고 방종한 나라가 아니라 아름다움을 섬기고 모신 신라를 현대에 재현한다. 그리고 그러한 시대를 살았던 여인 미실을 통해 욕망과 본능이 억압되고 왜곡된 현대 사회에서 여성이란 무엇인지, 여성으로 살아간다는 것이 무엇인지에 대한 질문을 던진다.

김별아의 『미실』이 대중들에게 거의 알려지지 않은 「화랑세기」 속의 여인이었다면, 한국인에게 가장 잘 알려진 역사상 여성 인물은 '황진이'일 것이다. 최근 드라마와 영화로 방영되어 대중적인 인기를 끌고 있는 '황진이'는 조선 최고의 시인이라 평가받는다. 그녀의 문학적 재능만큼이나 파란만장했던 삶은 작자들의 호기심을 자극하기에 충분했고 그에 따라 여러 작품이 창작되었다. 그 중 전경린의 『황진이』만이 유일하게 여성 작가가 쓴 작품이다.

> "아씨, 이 방에서는 향기가 나오. 아씨가 없을 때는 연향같이 은은하지만 아씨가 자고 일어나면 연향이 깊어져 달콤하고 아련하고 몽롱해져요. 때론 어찌나 강한지 정신이 혼미하여 입이 헤벌어지고 침이 흐를 지경이라오. 간혹 이런 여자가 있다고 말은 들었어도, 참 신기하오. 아씨는 낭군님을 잘 만나야지 허술한 사내는 아마 명대로 못 살 것이오.
>
> 전경린, 「황진이」 1에서[28]

> "그 여자에겐 사람을 홀리는 이상한 기운이 있습니다. 아니 짐승도, 꽃도 그 여자 앞에서는 취할 것입니다. 향기인 듯도 하고 빛인

---

28) 전경린, 『황진이』 1-2, 이룸, 2004.

듯도 하고 온기인 듯도 합니다. 그것은 두 눈의 빛을 따라 나오고 살속에서 나오고, 손끝에서 나오고 그 여자의 작고 큰 기척을 따라 공기를 흔들며 나옵니다. 그 여자의 특징은 자신을 바닥에 끌고 유랑하면서도 오연하며 자신을 버리면서도 자족적인 데에 있습니다. 행색은 남루하고 얼굴은 그을리고 손은 거칠었으나 그녀는 이미 스스로 아름다움을 품고 있었습니다. 더구나, 그 아름다운 여자는 제 것을 탐닉하지도 않았습니다. 제 것을 끊임없이 다른 것과 바꾸어 남들에게 베풀었습니다. 그 여자는 천 개의 달이 비치는 천 개의 강물이며 언덕을 돌아 아득히 사라지는 무수한 길이며 덧없는 밤하늘을 흐르는 구름이며 빗방울과 안개와 햇살과 눈과 바람 같았습니다. 그 여자는 그 여자만이 아니었습니다. 그 여자는 그렇게 무심한 중에도 자신이 얼마나 아름다운지를 모르지는 않는 것입니다. 다만 그것으로 무엇 하나 제 것 삼으려 하지 않았습니다. 그토록 태연하게 몸을 파는 것도, 제 살조차 자신이면서 동시에 남의 것이기 때문이지요.

전경린, 「황진이」 2에서

아름다움을 타고난 '진이'는 양반에서 기생으로 신분 변화를 겪지만, 그 가혹한 운명 앞에 무릎 꿇지 않는다. 그녀는 스스로 '기생'이 되어 당당히 세상과 맞서 자신의 존재를 드러낸다. 그녀의 아름다움은 남성들의 가슴에 불을 붙이고 불나방처럼 그녀 주위를 맴돌게 만든다. 때론 그로 인해 상처입기도 하지만 진이는 결코 자신의 성적 매력을 숨기지 않는다. 오히려 자신의 성을 활용해 문둥이 가족을 부양한다. 왜 그랬냐는 스승 서화담의 물음에 진은 "참으로 참혹하였어요. 괴사로 발가락과 손가락과 살점들이 뭉텅뭉텅 떨어지고 불에 익은 듯 녹고 눈과 눈썹과 코와 입술이 한데 엉켜 붙은 사람들이 굶주려서 넘어져 있었지요. 그 사이에는 아기까지 있었어요. 도저히 그냥 지나올 수가 없었습니다. 한 끼만, 하루만 배를 채워주자고 시작한 짓이었습니다. 몸을 팔아서 콩자루 보릿자루를 지고 문둥이 집으로 돌아갈 때마다 저절로 흥이 나서 노래를 불렀습니다. 한 끼 하루만 배를 채워주자고 한 짓이 꼬박 석 달 동안 계속되었지요. 스승님 저는, 다름 아닌 저의 신 앞에서 설 것입니다. 저의 신은 아실 것입니다. 늘 저와 함께 했으니까요." "제게 몸은 길과 같은 것이었습니다. 한 걸음 한 걸음 길을 밟으면서 길을 버리고 온 것처럼 저는 한 걸음 한 걸음 제 몸을 버리고 여기 이르렀습니다. 사내들이 제 몸을 지나 제 길로 갔듯이 저역시 제 몸을 지나 나의 길로 끊임없이 왔습니다. 길이 그렇듯, 어느 누가 몸을 목적으로 삼고 누가 몸을 소유할 수 있으며 어찌 몸에 담을 치겠습니까? 길이 그렇듯, 몸 역시 우리 것이 아니지요. 단지 우리가 돌아가는 방법이지요." 작품 초반 남자를 유혹하는 팜므파탈적 이미지로 형상화된 황진이의 치명적인 아름다움은 말미에서는 세상과 타자에 대한 사랑을 간직한 구도자의 이미지로 탈바꿈한다.

2. 자매애의 모색과 구현

한강의 「내 여자의 열매」에는 이유 없이 말라가는 여자가 등장한다. 여자는 결국은 아파트 베란다에서 식물이 되어 간다. 여자의 남편은 여자가 그토록 대화를 하고 싶어 할 때는 여자를 외면하더니 여자가 식물이 되자 베란다 문턱에 걸터앉아 얘기도 하고, 진딧물도 잡아주고,

아침마다 물통 가득 약수를 길어와 부어주고, 새 흙을 사와 분갈이를 해주고, 새벽녘이면 창문을 활짝 열어 환기를 해 준다. 남자는 여자와 산 3년이 자신에게 가장 행복했던 시간이라 여긴다. 하지만 자신이 가장 행복했던 3년 동안 아내는 서서히 말라 죽어가고 있었다는 사실을 남자는 깨닫지 못한다. 아내의 몸에 푸른 멍이 점점 커지고 있다는 걸 알고서도 외면하다 아내가 '식물'로 존재의 변이를 일으키고 나서야 아내를 바라본다. 「내 여자의 열매」의 주인공 '나'가 아내를 사랑하지 않은 건 아니었다. '나'는 나의 방식으로 '아내'를 사랑했다. 단지 방식이 달랐을 뿐 사랑이 없었던 게 아니다. 아내가 식물이 되어서도 나는 아내와 소통하는 방법을 몰라 '엉거주춤'한 자세를 취할 뿐이다.

> "그녀의 허벅지에서 흰 잔뿌리가 무성하게 돋아나왔다. 가슴에서는 검붉은 꽃이 피었다. 끝은 희고 아랫부분이 노르스름한 도톰한 꽃술이 유두를 뚫고 올라왔다.
> 치켜올린 손에 약간이나마 힘을 줄 수 있었을 때 아내는 내 목을 끌어안고 싶어했다. 아직 어렴풋한 빛이 남아 있는 눈을 마주보며 나는 그녀의 동백잎 같은 손이 내 목을 잘 안을 수 있도록 엉거주춤 허리를 숙이고 있었다."
>
> 한강, 「내 여자의 열매」에서[29]

'서로 다른 신체를 가지고 태어난 남성과 여성은 과연 온전하게 서로를 이해할 수 있을까, 신체적 차이만큼이나 상이한 경험을 하게 되

---

29) 한강, 『내 여자의 열매』, 창작과 비평사, 2003.

는 여성과 남성은 서로를 향한 깊은 사랑에 도달할 수 있을까라는 물음에 『그 여름날의 치자와 오디』의 그녀들은 '아니오'라고 답한다.

『그 여름날의 치자와 오디』는 인터넷 블로그를 통해 내면을 교류하는 두 여성의 이야기를 그리고 있다. 가상공간인 인터넷 블로그에서 '치자'와 '오디'라는 아이디로 만나게 되는 두 여성은 성적 소수자이자 여성주의자이다. 주인공 오디가 화장실에서 자위를 하는 것으로 시작하는 작품의 첫 장면은 매우 충격적이다. 이성애만이 정상적인 사랑의 형태이고 여성의 자위는 여전히 죄악시 되는 현실에서 화장실에서 자위하는 20대의 동성애자 오디의 모습은 그 자체만으로도 현실 질서에 대한 '도전'이고 '반역'이다.

> 내가 누구더냐? 지구의 허파인 아마존을 지켜내기 위해 음악을 무기삼아 투쟁하고 있는 스팅……과는 아무 관련이 없는 오디 아니더냐. 이 오디는 이름에 걸맞게 그 오디서든 아마존을 키울 있단 말이지. 소품이라곤 뭐 하나 갖춰진 게 없고 보이는 거라곤 때 전 변기와 쓰레기통뿐인 공중변소일지라도 아마존을 키워 풍성해질 수 있어. 왜냐하면 난 에로틱하니깐.
>
> 끌어안은 가방에서 내 사랑 부르르, 바이브레이터를 꺼낸다. 나의 애인과 사랑을 나누는 동안 본의 아니게 일으킬 다소의 소음으로 높아질 민망 체감지수를 고려하여 그 사이 빼놓았던 이어폰을 귀에 꽂는다.
>
> 내 손끝이 내 온몸을 부드럽게 따스하게
>
> 아~ 하 아~ 하 아~ 하 아~ 하
>
> 내 온몸에 숨어있는 내 기쁨을 내 환희를

아~ 하 아~ 하 아~ 하 아~ 하

붉어지는 내 입술을 부드럽게 촉촉하게

아~ 하 아~ 하 아~ 하 아~ 하

내 뜨거운 내 숨결은 쏟아지는 내 욕망은

아~ 하 아~ 하 아~ 하 아~ 하

아~ 하 아~ 하 아~ 하 아~ 하

한 손으로 가슴을 쓸며 슬며시 눈을 감는다. 마스터베이션엔 지현의 마스터베이션이 최고여!

누가, 사랑을 아름답다고 했던가.

오감을 열어주었던 스크린의 주옥같은 장면들을 빠른 화면으로 편집해 돌린다. 나를 R, E, S, P, E, C, T, 존경의 염으로 바라보는 눈길, 이내 볼을 깨뜨리면 패가망신하는 비취빛 고려청자처럼 감싸고 있는 두 손, 나의 머리끝에서부터 안단테, 안단테로 초콜릿의 단맛을 남기며 내려가고 있는 붉은 혀……

몸이 점점 뜨겁게 달아오르고 잇새로 주체할 수 없는 신음이 터져 나온다. 손으로 입을 막아보지만 저 깊은 곳에서 터진 봇물은 어떤 수로도 막아낼 도리가 없다. 샐리도 아닌 것이 오르가슴 흉내를 그럴듯하게 연기하던 시절도 있었지만 이건 가짜가 아닌 진짜 내 안의 외침. 모든 감각, 모든 신경, 모든 실핏줄들의 환호작약.

대니!

자위는 하면 배가 되고 섹스는 하면 반이 된다, 뭐가? 삶보다 더 지겨운 눈앞 일상과 맞장 뜨겠다는 불굴의 의지가, 오늘의 어록 되시겠다.

단잠을 자고 난 듯 개운해진 몸을 가볍게 스트레칭 해준다. 가방에 다시 넣기 전 나의 바이브에 입을 맞춘다. 혀처럼 부드럽고, 귀엽고 앙증맞은 바이브레이터, 그리고 윤활제가 세트 상품으로 출시되었다는 인터넷 기사를 본 적이 있다. 달콤한 아이스크림 같은 혀가 덜덜 떨며 자극을…… 읽는 것만으로도 찌릿찌릿 필이 꽂혔지만 우리나라에서는 공식적으로 판매되지 않는다고 기사 끝에 못을 박아놓았다. 정 사고 싶은 사람은 뒷돈 듬뿍 찔러줘가며 비공식적으로 한번 사보시라는, 행간의 깊은 의미를 전달키 위해 작성된 기사였다 하더라도 과학자들이 전쟁 신무기 개발에만 광분하지 않고 여성들의 성적 욕구 충족을 향상시키는 데 학문과 정열을 바치는 일은 치하할 만한 일이긴 하다. 치하해주고 싶어도 그럴 일이 없어 입 안에 가시가 돋힌다는 게 문제지만, UFO 같은 SF판타지에서 이제 대사회적 발언까지 화제가 심층화되는 걸 보니 오르가슴은 역시 좋은 것이야.

김연, 『그 여름날의 치자와 오디』에서[30]

두 여자 주인공 오디와 치자는 팍팍하고 살벌한 현실에서 피를 토하듯 자신들의 버거운 일상을 블로그에 쏟아낸다. 영화 〈파니 핑크〉에서 서른 넘은 여자가 남자 만나는 것은 핵폭탄 맞기보다 어려운 일이라고 했던가. 오디와 치자는 둘 다 이제 막 30대에 접어든 비정규직 여성 노동자이다. 오디는 애니메이터, 치자는 학원강사라는 한국 사회에서 안정성을 보장받을 수 없는 불안한 직업을 가지고 있다. 그들을 둘러싼 일상은 아침 출근 길 전철에서부터 위협받는다. '쩍벌남'이나 '성추행범' 아니면 같이 앉은 건장한 청년에게는 뭐라 나무라지 않고

---

30) 김연, 『그 여름날의 치자와 오디』, 실천문학사, 2006.

노약자석에 앉았다고 젊은 여자들에게만 지팡이를 휘둘러대는 마초 노인네에게 수모를 당하기 일쑤다. 심지어 야근이나 회식 때문에 늦은 퇴근길에서는 무례한 택시기사의 수작으로 인해 생명의 위협까지 느낀다.

이들에게 가정이라는 테두리 역시 따스한 보금자리하곤 거리가 멀다. 치자의 경우는 생물학적으로나 법적으로 아버지가 되는 '그 남자'로 인한 가정폭력과 가난에 수시로 노출되어 가장 큰 피해자인 어머니와 함께 속에 피멍이 든 지 오래다. 오디는 그나마 대학교수인 아버지와 교양 있는 어머니 슬하에서 부족할 것 없이 자랐지만 집안의 남아선호 사상과 딸을 결혼시장에서 교환가치로만 간주하는 어머니의 속물근성에 질려 폭발하기 일보직전이다. 더군다나 오디는 어린 시절 자신의 동성애 경향을 억압당한 후 섹스와 폭식에 탐닉한 경험을 가진 이 땅의 성적 소수자이기도 하다.

집안과 사회에서 이리 치이고 저리 치인 그들에게는 유일한 안식처로 등장하는 남자들과의 인연도 그리 오래 가지 않는다. 그들 역시 태생적으로 여성 억압적 현실을 확대재생산 해내는 가부장제의 계승자들이고 정서적으로 소통이 불가능한 화성인들이기 때문이다. 결국 오디와 치자는 블로그를 통해 자신의 정체성과 꼭 맞는 반쪽을 발견하기에 이른다. 서로의 글 속에서 정서적 공감대를 확인하고 나아가 자매애의 연대까지 이르는 지점에서. 두 사람은 어딘가 숨어있는 자신의 반쪽이 굳이 이성異性일 필요가 없다는 데에 공감하게 된다. 이성애와 동성애라는 이분법에서 떠나 진정으로 교감을 나눌 상대를 만나 떠나는 치자와 오디의 여행길은 이성애중심주의에 대한 저항이자 도발이다.

『그 여름날의 치자와 오디』에서 너무도 일상적으로 벌어지는 가정

폭력이나 여성 차별적 상황, 성추행이 빈번이 일어나는 지하철의 모습은『절반의 실패』에서 제기된 문제가 2000년대에도 여전히 해결되지 않고 있음을 증명한다. 그러기에 처절한 몸부림 끝에 쟁취한 치자와 오디의 사랑이 더욱 큰 의미를 갖는다. 이들의 사랑은 개인적인 것은 정치적인 것이란 명제를 다시금 깨닫게 한다. 다양한 사랑의 형태를 수용하는 듯한 현재의 사회적 분위기 안에서도 여성 동성애자는 남성 동성애자에 비해 훨씬 열악한 위치에 놓여있다. 남성 동성애자들의 커밍아웃이 늘고 있지만 이들과 비슷한 숫자로 존재할 여성 동성애자들의 커밍아웃 소식을 들려오지 않는다. 그것은 동성애자들 내부에서도 여성은 억압적 위치에 놓여있다는 것을 증명한다. 때문에 치자와 오디 두 여성의 사랑은 개인적 차원을 넘어 전복적 정치 행위로 확대된다. 소설 마지막에서, 오디는 치자와 함께 경춘선 기차를 타고 가며 세상을 향해 말한다. "나는 지금 기적을 믿는다. 나는 더는 인생을 증오하지 않는다. 나는 이제 행복, 낭만, 동경, 희망, 미래 그리고 더한 것들이라도 신뢰한다."

하지만 이들의 미래가 낙관적인 것만은 아님을 천운영의 「세 번째 유방」이 말해 준다. 할머니의 유방만이 유일한 피난처이고 위안이었던 「세 번째 유방」의 '나'는 할머니의 죽음 이후 아버지의 집으로 들어가게 된다. 하지만 절대 권력을 지닌 독재자 아버지의 눈에 들지 못한, 아니 결코 아버지처럼 될 수 없었던 나는 스스로 집을 뛰쳐나온다. 그리고 만난 그녀에게서 삶의 위안을 찾는다. 하지만 세 번째 유방을 갖고 있던 그녀는 그녀와 유사한 여자를 만나 사랑에 빠져 나를 떠나려 한다. 삶의 유일한 안식처인 그녀를 잃어버릴 수 없었던 '나'는 결국 그녀의 가슴에 칼을 꽂는다. 이성애자인 '나'의 시선에 동성애를 나누는 그녀들은 '마녀'로 비친다. 서로를 사랑하는 그녀들은 "마법을 나누는 마녀들처럼. 비밀집회를 갖는 마녀들처럼. 서로를 경배하는 마녀들처럼." 인식된다. 결국 '세 번째 유방'을 가진 그녀들은 이성애 자인 남성에 의해 죽임을 당한다.

> 내가 죽인 것은 네가 아니라 마녀였어. 세 번째 유방을 가진, 저주의 마법을 부리는, 밤 외출을 하고 악마와 교합하는 마녀. 마녀가 사라진 너는 지금 한 송이 붉은 꽃이 되었구나. 그런데 나는 이제 무얼 해야 하지? 마녀를 처형했으니 다시 신에게로 돌아갈까? 신은 나를 다시 받아줄까? 난 붉게 물든 네 몸에서 젖꼭지를 차고 있어. 그래야 다른 세상으로 갈 수 있으니까. 나는 네 젖꼭지를 누르기 시작해. 자, 누구세요, 물어봐야지. 누구세요. 나는 마녀의 심부름꾼이야. 그런데 다음 문은 어디로 통하는 문이지?"
>
> 천운영, 「세 번째 유방」에서[31]

기차를 타고 길을 떠난 '치자와 오디'에게 세상은 아직도 위태로운 장소이다. 하지만 혼자가 아닌 둘이기에, 이들을 지켜보는 무수히 많은 자매들이 있기에 외롭지 않을 것이다.

---

31) 『2005 이상문학상 작품집』, 문학사상사, 2005.

3. '히스토리-History'를 넘어 '허스토리-Herstory'를 향하여

1930년대 시대적 전환기의 아버지의 몰락과 가족의 해체는 남성의 타자인 여성을 중심으로 하는 새로운 형태의 가족을 재건하도록 유도하였다. 여성 작가들은 이러한 시대적 상황을 반영하여 아들과 아버지로 이어지는 플롯이 아니라 딸의 플롯이 중심이 되는 여성 가족사 소설을 창작하기 시작하였다.[32] "역사적으로 서사체에서 여성의 가계는 아버지와 아들을 위해, 혹은 아버지와 남편을 가장으로 이상화하기 위하여 억압되어 왔다. 하지만 현대의 가족 소설에서 가계의 연대성은 주체인 남성 가계를 근거로 하기보다는 타자인 여성 가계나 다양화한 주변 인물로 대체되곤 해 왔다. 이와 함께 여성 작가들 내부에서는 전통적인 가족 질서에 대한 전복의 욕망을 지속적으로 꿈꿔왔다.[33] 이 전복의 욕망은 권력의 무게중심을 남성에서 여성으로 옮겨갈 수 있는 저항의 힘으로 작용한다.

박경리의 『토지』, 박완서의 『미망』, 최명희의 『혼불』의 가계는 남성이 아닌 여성 인물에 의해 유지된다. 가문의 절대자는 남성이 아닌 여성이다. 이 세 작품에서, 딸 혹은 며느리로서 여성은 가문의 대리자로서 그 권위를 내외로부터 인정받고, 가문을 이끈다. 이들 작품은 주변부에 위치했던 여성의 역사를 주류로 끌어올려 조명하고, 여성의 역

---

32) 오세은, 「여성가족사 소설 연구-『토지』, 『혼불』, 『미망』을 중심으로」, 서강대 대학원 박사학위 논문, 2001.

33) 오세은, 「한국가족사소설의 의례와 연대성」, 『여성문학연구』 7, 2002.

사를 복원하되, 결코 여성 영웅의 이야기로 나아가지 않고 여성과 남성이 어우러져 가족과 역사를 함께 꾸린다고 평가받고 있다.[34]

『토지』에서는 '최씨부인'에서 손녀 '서희'에게로, 『혼불』의 청암부인에서 며느리 '효원'에게로 여성을 통해 가계가 이어진다. 『미망』에서도 거상 전처만의 손녀 '태임'이 죽은 아버지 대신 가계와 가업을 잇는다. 그러나 각각의 작품에 등장하는 세대 간 여성 인물의 성격은 상이하다. 『토지』의 최씨부인과 『혼불』의 청암부인은 죽은 남편을 대신해 가문을 충실히 보전한다. 하지만 『미망』의 전처만의 처 홍씨부인은 앞의 두 여성 인물에 비해 유약한 여성으로 등장한다. 남편의 그늘에 가려 숨도 크게 쉬지 못하고 살아간다. 홍씨부인은 며느리의 부정을 용서하지 못하고 며느리 '머릿방아씨'를 죽음으로 내몬다. 이에 반해 『토지』의 최씨부인은 며느리의 부정을 알면서도 큰아들의 눈을 피해 며느리와 '환'의 도피를 도모한다. 홍씨부인이 가부장제를 보존하기 위해 며느리를 희생양으로 삼았다면, 최씨부인은 며느리를 도피시킴으로써 가부장제가 금기시한 '근친상간'을 용인함과 동시에 '여필종부'의 이데올로기를 깨뜨린다. 이 점에서 『토지』의 최씨 부인은 세 작품에 등장하는 1세대 여성가운데 가장 진보적인 인물로 볼 수 있다.

세 작품의 또 다른 공통점 가운데 하나는 가문의 계보가 1세대에서 2세대로 이어지지 않고 3세대로 넘어간다는 점이다. 이 작품들은 3세대 인물들인 '서희', '효원', '태임'을 통해 새로운 시대의 도래를 예견한다. 그러나 이들 작품의 계보가 여성을 통해 이어진다는 점만으로 여성주의적이라 평가하기 어려운 측면이 있다. 『토지』의 서희의 경우

---

34) 우찬제, 『박완서 문학 길찾기』, 세계사, 2000 참조.

아버지가 물려 준 '최씨' 성을 유지하기 위해 머슴 길상과 혼인한다. 자신이 사랑한 양반 이상현과 혼인할 경우 '최씨' 가문의 대가 끊길 것을 알고 있는 서희는 자신보다 신분이 낮은 길상을 택한다. 그리고 길상의 성과 자신의 성을 바꿔 두 아들에게 '최씨' 성을 물려준다. 『혼불』이 청암부인 또한 이씨 가문의 대를 잇기 위해 양자를 들인다. 그리고 애정 없는 겁간의 기억으로 효원은 간신히 이씨 가문의 대를 이을 철재를 낳는다. '서희'와 '효원'이 사력을 다해 지켜내려는 가문 보존은 결국 남성의 계보의 단절을 막고 이를 지속하기 위해서 이루어지는 행위이다. 이들은 잠시 부재중인 남성 가부장을 대신해 이러한 역할을 수행하고 있을 뿐이다.

효원의 남편 강모가 멀리 간도로 떠나가지 않았더라면, 서희나 태임에게 남성 형제가 있었더라면 이들을 통한 가문계승은 불가능했을 것이다. 여성의 곁에 강력한 남성 존재가 있을 경우 여성을 통한 가문 승계는 결코 이루어지지 않는다. 이러한 문제의식을 공유한 90년대 이후 등장한 여성 작가들은 남성의 대리자로서의 여성 가부장으로부터 비롯되는 가족사 소설이 아닌 '어머니와 딸'의 관계를 중심으로 한 '모계사'에 관심을 갖는다.

송은일의 『한 꽃살문에 관한 전설』은 모녀 삼대가 얽혀들어가는 비극의 계보를 그린 작품이다. 주인공 이율희는 '양귀비 꽃살문'으로 대한민국 공예대전에서 대상을 받은 촉망받는 공예가이지만 지독한 사랑의 상처를 안고 사는 여성이다. 이야기는 이율희의 곁을 10년 넘게 지키고 있는 문학잡지의 편집장 시형이 고향 '달아실'로 잠적해버린 율희를 찾아가면서 시작된다. 시형은 율희의 고향에서 그녀를 둘러싼 가족사의 비밀을 하나씩 파헤치면서 '양귀비 꽃살문'의 의미를 해독해 간다.

율희의 집안 여인들은 달아실에서 멀리 떨어지지 않은 금동의 유씨 집안 남성들과 대대로 운명처럼 얽혀 있다. 율희의 할머니 '백중이'는 유태준의 할아버지 '유정언'과 관계를 갖고 '진복'을 낳는다. 율희의 어머니 '장진복'은 유태준의 아버지 '유기환'과 사랑을 나누고 그 결과 '연희'를 낳는다. 그러나 이연희는 유태준의 이복 동생 유기종에게 강간을 당하고 19살에 자살로 생을 마감한다. 이러한 사실을 알지 못하는 율희와 태준은 어릴 때부터 사랑을 키운다. 태준이 율희와의 결혼을 감행하려 하자 아버지 기환은 태준에게 자신과 율희 어머니와의 과거를 밝히고 율희의 언니 연희의 생부가 자신이었음을 알린다. 결국 태준은 율희를 떠나 다른 여인과 결혼한다. 그러나 율희와 태준의 이별로도 악연은 끝나지 않는다. 율희가 언니 연희를 죽음으로 몰고 간 유사종의 아들 '유사준'과 결합함으로써 할머니와 어머니의 뒤를 이어 유씨 집안과 결합한다. 그러나 그녀의 선택은 사준을 죽음으로 몰고 간다. 율희는 사준과의 사이에서 쌍둥이를 낳고 곧이어 죽음을 맞이한다.

언뜻 보면『한 꽃살문에 관한 전설』은 두 집안의 비극적 사랑이야기로 읽힌다. 그러나 이 작품에서 주목할 만한 부분은 사랑이야기보다 '달아실'과 그곳에서 살아가는 여성 삼대의 직업과 삶의 태도이다. 달아실의 한자 지명은 '월곡月谷'이다. 전통적으로 '달'은 여성성을 상징한다. 그 달 안에 숨겨진 깊은 골짜기는 여성성이 극대화된 공간으로 생명력으로 가득하다. 그런데 달아실은 마을에서 한참 떨어진 외곽에 위치해 있다. 때문에 대부분의 사람들은 금당이란 마을 외곽에 그런 곳이 존재한다는 사실조차 알지 못한다. 그곳에 처음 자리를 잡은 사람이 율희의 외할머니 백중이다. 백중이는 마을 의사이다. 그녀는 드넓은 마당과 뒷산에 꽃과 약초와 나무를 심어 사람들을 치료한다. 정언의 권유로 부잣집 첩노릇을 할 수도 있었으나 거부한다. 대신 정언으로부터 달아실을 받아 그곳에 터를 잡고 딸을 낳는다.

율희를 찾아 달아실로 가는 길을 가르쳐달라는 시형에게 마을 노인네들은 율희의 어머니 진복이 독풀을 먹고 자살했다고 말해 준다. 노인들의 기억 속에서 의사 백중이는 '명의'이다.

"나는 연희 어매 진복인가 하는 여자를 못 봤제만 금당 여편네들 말들응게 뭔 독풀을 씹었다고 한 것 같은디요? 그 백중이 할매가 동네 의사 아녔소? 그 집은 병원이었고, 꽃도꽃도 그렇게 많았으까? 봄부터 가실까지 거그는 꽃 대궐이었당게. 그래서 근동 사람들은, 특히나 아낙네들은 쌀 한 됫박씩 이고 숱하게 달아실 찾어댕겼제. 뭔 약이덩가 곡식 한 됫박이면 됐당게. 곡식이 없으믄 꼬사리나 고비, 취 같은 노물 한 소쿠리로도 되았고. 더덕이나 돌갓, 엉겅쿠 뿌랭기 들고 찾아다닌 아낙네들도 있었응게라. 나도 그 백중이 할매가 져준 환약 몇 번 얻어묵고 가슴애핀지 홧병인지가 안 낫어부렀소? 술 안 마시곤 잠이 안 오등만 그 약 묵고 난 담에는 신통하게 잘 자게 되고 지랄하고 싶던 맘도 가라 앉아서 참말 영하다 생각했제. 그래 갖고 내가 약 잠 더 달라고 달아실로 또 갔는디, 백중이 할매가 더는 안 줍디다. 마음 병을 약으로 다스릴라고 하믄 세상 못 산다고 함시롱. 자네 빙은 다 나섰응게 하고 자픈 거 엔간히 하면서 살소, 그라시면서요. 그때 그 집 구석구석에 몰린 풀들이 얼매나 많았다고라. 위아래채 창고까지 처마 밑을 빙 둘러서 줄줄이 대롱대롱 매달아놨었제. 그래서 나는 진복이가 독풀 묵고 죽었다는 말이 맞는가 보다고 생각

했제. 약이 되는 풀을 아는 어매 밑에서 살았으니 독이 되는 풀도 알
았겠다 싶어서 말이요."

송은일, 『한 꽃살문에 관한 전설』에서[35]

달아실은 치유의 공간이다. 하지만 진복의 죽음이 말해주듯 치명적
인 위험이 도사린 곳이기도 하다. 달아실의 약초는 독초가 될 수도 있
는 것이다. 율희의 외할머니 백중이는 환자를 치료하기 위해 뒷산에
몰래 양귀비꽃을 재배해 왔다. 할머니와 어머니가 죽고 난 뒤 율희가
이를 관리한다. 율희의 전자우편 아이디는 파파벨라이다. 파파벨라는
전설 속에 나오는 양귀비꽃 이름이다. 양귀비꽃은 약이면서 독이다.
이로써 '파파벨라=양귀비=독/약=율희'의 등식이 성립한다. 율희의 외
할머니 백중이는 양귀비꽃으로 사람들을 살렸다. 어머니 진복은 그 양
귀비꽃을 부엌을 제외한 모든 문에 새겨 넣었다. 그리고 독초를 먹고
스스로 죽음을 택한다. 그 뒤를 율희가 잇는다. 율희는 외할머니처럼
양귀비꽃을 재배하고 어머니처럼 그것을 나무에 새겨 꽃살문을 만
든다.

선산에 묻히는 금당의 유씨집안 사람들과 달리 달아실의 사람들은
죽어서 '나무 아래' 묻힌다. 율희의 외할아버지 장목수는 달아실로 들
어가는 입구 저수지 옆 느릅나무 아래 묻혔다. 외할머니 백중이는 흰
동백나무가 되어 안마당에, 율희의 어머니 진복과 아버지 이상출은 각
각 석류나무와 느릅나무가 되어 아랫마당에, 언니 연희는 뒷마당 매실
나무로 서 있다. 그리고 유가 집안으로 들어가지 않겠다며 달아실을

---

35) 송은일, 『한 꽃살문에 관한 전설』, 랜덤하우스 중앙, 2005.

찾아온 유태준의 할머니를 율희의 외할머니는 뒷산에 묻고 그 자리에 살구나무를 심는다.

작가 송은일은 죽은 이의 관으로 쓰이기 위해 베어져나가는 나무를 가부장적 죽음의 공간에서 달아실의 생명의 공간으로 옮겨 심는다.[36] 나무는 여성성이 가득한 '달아실'에서 본래의 생명력을 회복한다. 그 나무 아래에는 사람이 묻혀 있다. 나무와 사람은 둘이 아닌 하나이다. 죽은 자들의 신체가 나무를 키운다. 달아실의 여성 인물들의 삶과 죽음은 나무를 통해 하나로 연결되어 끊임없이 순환되고 세상을 향해 자신의 존재를 드러낸다.

죽어 봉분을 만들지 않고 나무가 되어 살아가는 달아실 사람들은 성적 욕망을 위해 여성의 희생을 당연시하고 끝없는 욕심으로 타인을 짓밟고 일어선 금당의 폭력적 남성을 대표하는 이사종과는 반대편에 서 있다. 금당이 타락한 폭력의 세계라면 달아실은 생명을 창조하는 예술적 공간이다. 결국 남성 중심의 폭력적 세상에 도전장을 던진 이율희는 도편수의 지휘를 받는 소목장은 자신의 개별적인 이름을 새겨서는 안 된다는 금기를 깨고 대웅전 꽃살문에 자신의 이름을 새겨넣는다.

---

36) 여섯 살 혹은 일곱 살 자신을 따르던 거명이를 삼촌에게 데려다 주었던 날의 기억. 삼촌을 비롯한 동네 남정들에 의해 떡메처럼 커다란 나무 망치로 얻어맞고 축들어져 뒷산 나무에 매달린 거명이와 눈이 마주쳤던 순간의 기억. 그날은 말복 날이었다. 작가 송은일은 그날의 일을 자신이 경험한 첫 번째 폭력으로 기억한다. 이후 살아가면서 그것과는 비교할 수 없을 만큼 크나큰 폭력과 만나야 했지만 작가에게 그날의 기억은 '폭력'으로 남았다. 그래서 그녀는 "이 '꽃살문 전설'은 단적으로 말하자면 폭력에 관한 이야기라고 할 수 있을 것이다. 알면서 행하는, 악의 서린, 어쩔 수 없는, 사랑이나 아름다움이나 운명의 이름으로도 저지를 수 있는, 온갖 명분을 둘러쓰고 자행되는 치명적인 그것들."(411)에 관한 이야기라고 말한다.

'중생이 사바세계의 먼지를 털고 극락으로 들어가는 경계임을 상징하는 꽃살문은 소목장이 제작한다. 소목장은 보통 건물 전체 조성 책임자인 도편수의 지휘를 받기 마련이다. 도편수는 휘하의 목수들과 단청장을 거느리고 현지에 가서 작업을 진행한다. 사찰 꽃살문의 지역적인 편차를 찾기 어려운 이유는 그 때문이다. 더불어 꽃살문 제작자인 소목장이 한 개별적 존재로 기록될 수 없는 까닭도 그 때문이다. 이불란암 대웅전 꽃살문이 새롭다는 사실에 주의해야 할 이유는 정작 거기 있다. 꽃살문에 나타난 소목장, 이른바 목수의 존재. 대대적인 축조 과정의 한 작은 분야일 뿐이라 할 수 있는 소목장이 꽃살문에 감히 아로새긴 자신의 이름! 문 아래쪽에 댄 널을 궁창^{穹蒼}이라 한다. 이불란암 대웅전 궁창의 무늬는 연못의 물인 듯, 하늘을 떠다니는 구름인 듯, 혹은 사바세계인 듯 복잡하게 뒤엉킨 물결무늬가 새겨졌다. 그곳에서 뻗어 올라간 줄기에 연잎이 나고 꽃이 피었음을 문 전체가 상징하고 있다. 그 물결무늬를 자세히 보면 은근하게 흩어져 있는 문자 기호들을 발견할 수 있다. 교묘하게 흩어진 그 자음과 모음을 조합하면 하나의 이름이 표표히 나타난다. 이, 율, 희다.'

송은일, 『한 꽃살문에 관한 전설』에서

대웅전 꽃살문에 도도하게 자신의 이름을 새겨넣은 율희는 죽어 초여름부터 가을까지 내내 진분홍 꽃을 피울 배롱나무로 달아실 안마당에 서 있다. 너무 번식력이 강해 해마다 한군데 한 포기만 남기고 잘라내야만 하는 위험한 꽃, 독이면서 약이 되는 꽃이었던 양귀비꽃 율희의 아이들은 아버지의 법과 질서가 지배하는 세상에서 받아들여질 수 없는 존재들이다. 사준의 어머니가 남편 유사종에게 전하지 않는 유씨 가문에서는 그 존재조차 잊혀질 율희의 아이들을 품어주는 공간이 바로 달아실이다. 아이들에게 달아실은 증조할머니와 외할머니 그리고 어머니의 품이다. 이들은 금당의 가부장적 가족 제도에 균열을 일으키고 이를 전복할 불온한 세력으로 자리할지도 모른다. 율희는 죽었지만 그녀는 배롱나무가 되어 달아실 안마당에서 자신의 아이들을 내려다보고 있으며 그녀의 이름은 대웅전 꽃살문에 도도하게 각인되어 있다.

문턱은 경계를 나누고 문은 경계를 넘나들기 위한 수단이다. 진복과 율희의 양귀비꽃살문은 금당으로 상징되는 남성적 세계의 경계를 넘어 여성성이 가득한 이상세계를 향한 작가의 열망을 보여 준다. 이러한 열망은 조선시대 무희를 주인공으로 한 소설 『반야』로 이어진다.

아버지를 살려 부권적 세계를 유지하려던 무가의 신 '바리데기'와 달리 무녀 '반야'는 아버지의 세계를 변화시키려 한다. 반야는 세상의 변화가 불가능할 경우 전복해 새 세상을 만들어가고자 사신계에 몸담는다. 사신계는 '모든 인간은 동등하고 자유로우며 스스로의 의지로 자신의 인생을 가꿀 권리가 있다'를 강령으로 내걸고 수천 년 이어온 비밀 결사이다. 반야는 사신계에 들자마자 조직이 정점에 앉은 존재 '칠요'가 된다. 그리고 그 자리에서 자신이 만파식령이라는 사실을 알게 된다. 만파식령은 세상을 마음대로 움직일 수 있는 힘을 상징한다. 반야는 사신계의 칠요로서 그리고 만파식령으로서 차별과 억압으로 가득한 아버지/남성의 세계를 바꿔가려 한다.

『반야』에서 탐욕스럽고 사악한 김학주와 절대 권력을 지니고 있는 왕이 지배하는 세상은 부권적 질서가 지배하는 곳이다. 반상의 신분 질서가 개인의 자유와 가능성을 억누르고 남녀 차별이 당연시되는 억

압적 공간이다. 반야를 사신계로 입문하도록 도운 사람 가운데 하나
인 칠성부 무진 혜정원주의 과거가 이를 증명한다.

> 그는 열다섯 살에 시집가 혼인한 지 여덟 달 만에 자신보다 나이
> 어린 서방을 잃었는데 시집에서 열여섯 청상에게 열녀 되기를 노골
> 적으로 강요했던 모양이었다. 별채 밖 출입을 못하게 하는 것은 물
> 론이고 나중에는 방 밖 출입도 어렵게 하면서 밖에다 며느리가 서방
> 을 잃은 뒤 식음을 전폐하고 있다고 소문을 내기 시작했다던가. 굶
> 어 죽어 열녀가 되어 달라는 것이었다. 그 겨울 새벽, 혜정은 방에
> 갇힌 뒤 자신의 옷을 뜯어 만든 남복으로 갈아입고 시집올 때 가져
> 온 패물들을 챙겼다. 그리고 자신의 서안에 놓였던 책 《내훈》을
> 갈기갈기 찢어붙인 뒤 이부자리며 옷가지에도 내던지고 나와 월담을
> 했다. 담 밖에 멀찍이 서서 자신이 일 년 가까이 거처한 별당과 자신
> 의 열여섯 해가 벌겋게 타오르는 걸 보고 몸을 돌렸다. 찾아가 보아
> 야 골방에 가둬 굶겨 죽일 게 뻔한 친가는 애초에 버리고 곧장 절집
> 을 향해 걸음을 놓았다.

송은일, 『반야』 1에서[37]

이처럼 억압적 공간을 뛰쳐나온 이들이 새 세상을 열어가려는 사신
계로 모이고 그 정점에는 반야가 있다. 반야가 거주하는 '은새미·미
타원'은 사랑이 가득한 공간이다. 그곳은 『한 꽃살문에 관한 전설』의
'달아실'과 동일한 공간이다. 달아실의 백중이가 죽어가는 이들을 치

---

37) 송은일, 『반야』 1-2, 문이당, 2007.

료했듯이 반야의 어머니 유을해는 은새미에서 병에 걸려 버려진 아이를 간호하고 이들을 자식으로 거둔다. 은새미에서 아버지의 세계에서 소외된 이들 모두는 '한가족'이 된다. 은새미는 사신계가 만들어가려는 새로운 세상의 축소판으로 읽힌다. 그러나 그 이상향이 사악한 김학주에 의해 전소됨으로써 현실 속 이상향은 사라지고 만다. 이에 절망한 반야는 시력을 잃게 된다. 하지만 반야는 좌절하지 않는다. 어머니를 잃은 아이들을 품어 안아 자신의 자식으로 키운다. 혈연에 종속되지 않은 탈 혈연적이고 탈 가부장적인 가족이 탄생하게 된 것이다. 또한 자신의 연인이자 친구이고 충복이고 동생이었던 백정의 아들 '동마로'의 혼을 빈궁의 몸에 넣어 가장 천한 존재에서 가장 존귀한 존재로 뒤바꾼다.

송은일은 반야를 통해 신분제의 굴레 속에서 신음하던 팔천 가운데 하나인 백정의 아들을 왕손으로 환치시킨다. '반야'란 사물의 피상적인 모습을 떠난, 절대 완전한 지혜를 뜻한다. 다시 말해 현상의 본질을 파악하지 못하는 인간이 가장 완벽하고 이지적인 지혜의 눈을 지니게 되는 상태를 의미한다. 송은일이 '절대 지혜'를 지닌 여성 반야를 통해 구현하고자 했던 세상의 도래는 작품에 구현되지 않는다. 하지만 작품의 말미는 그 희망을 예견한다.

반야는 기도하듯 엎드린 채 손바닥에 닿는 풀과 흙을 쓸어 보았다. 만령, 회소, 설이, 당간, 반야……. 전대 칠요들의 이름이 손가락 사이에서 피어났다. 하늘 아래 모든 목숨의 값이 같음을 알고 숱한 자식들을 낳으며 살다가 흙으로 돌아간 이들. 그들처럼 살 수 있기를 바랐다. 모든 인간은 동등하고 자유로우며 스스로의 의지로 자신

의 삶을 가꿀 권리가 있다는 그 쉬운 원리가 통하는 세상으로 나아
가고자 했다. 하지만 정작 그런 세상을 믿은 적이 있던가. 최소한 자
신의 이번 생에서는 만날 수 있을 거라 기대하지 못했다. 백 년이나
이백 년 뒤, 그도 아니면 다시 천년 뒤쯤, 후세의 숱한 반야들이 만
날 세상이리라고 여겼다. 오체투지하듯 엎드린 땅의 마른 풀잎 사이
로 흙내가 올라왔다. 아주 모처럼 맡아보는 흙냄새였다.

송은일, 『반야』 2에서

투쟁과 갈등, 억압과 차별이 사라진 이상적 여성 세계를 향한 송은
일의 열망은 박정애의 『에덴의 서쪽』에서도 발견된다. 『에덴의 서쪽』
은 어머니 '똥님이'와 그녀의 딸 '하윤지'의 삶을 중심으로 진행된다.
가난한 집안에서 자라 병신 남편에게 팔려가다시피 한 똥님이와 고등
교육을 받았으나 아버지의 강요에 떠밀려 바보 신랑에게 시집온 예설
영은 동서 사이이나 동병상련하면서 육친에 가까운 자매애를 느낀다.
두 여성은 시집이라는 울타리를 탈출하여 새로운 삶을 시작하지만 예
설영은 아들 하나를 낳고 죽어 똥님이가 그 아이를 자기 아들처럼 키
운다. 보따리 장사를 하며 만난 사내와의 사이에서 딸을 얻은 똥님이
는 그 남자의 엽색 행각으로부터 도망쳐서 두 아이를 키운다.

똥님이의 딸 하윤지는 늘 오빠의 세계에 관심을 가지고 오빠의 일
기장을 읽는 아이였으며, 자라서 친 남매가 아니라는 것을 알게 되면
서 오빠를 사랑하지만 어머니 똥님이가 예설영에게 느낀 육친의 정을
알게 되면서 그 사랑을 포기한다. 하윤지도 그로 인해 고향을 떠난다.
하윤지는 대학을 졸업하고서야 어머니와 오빠와 대면할 수 있게 된다.
그리고 상냥한 후배와의 정사에서 쌍둥이 딸을 낳으면서 경험하는 모

성을 통해 어머니 똥님이를 이해하게 된다.

윤지의 오빠 윤열의 아내 혜주는 똥님이가 예전에 알고 지내던 박 귀주의 동성 파트너였다. 혜주는 구두공장을 운영하는 귀주가 어린 구두공들의 노동력을 착취하고 이들과 자신에게 군림하는 폭군임에도 불구하고 귀주가 제공하는 물질적 풍요와 안락함을 쉽게 떨쳐버리지 못한다. 그러나 자신을 유난히 따르던 구두공 동규가 심한 매질에 쓰러지는 것을 목격한 후 자신의 노예 상태를 깨닫고 동규를 데리고 탈출해 똥님의 민박집에 찾아든다. 그리고 똥님의 민박집에서 일을 돕던 윤열은 혜주와 결혼해 동규를 아들로 맞아들인다.

똥님은 자신과는 피 한 방울 섞이지 않은 윤열을 친자식으로 받아들여 정성을 다했듯이, 혜주가 데려온 동규를 손주로 받아들여 정성을 기울인다. 그리고 미혼모가 되어 돌아온 딸 윤지를 외면하지 않고 두 팔 벌려 감싸 안고 기꺼이 딸의 딸들인 쌍둥이들의 할머니가 되어준다.

『에덴의 서쪽』이란 제목이 주는 상징성은 강렬하다. 아버지의 율법이 지배하는 '에덴의 동쪽'과 반대편에 있는 어머니의 나라 '에덴의 서쪽'은 가부장제의 위계적 수직질서를 부정하고 여성들의 자매애와 모성을 통해 새로운 세상을 건설하려는 작가의 열망이 담겨 있다.

똥님은 자신에게 신세만 지던 동네 여자가 남편의 매를 견디다 못해 도망치면서 돈이 든 앞치마를 도둑질해 갔어도 "그 돈 갖고 되겠나. 얼라 데꼬 살라 카마 그 돈 갖고는 힘들낀데."[252쪽]라고 말하며 아이 데리고 타향을 떠돌 여자의 신세를 안타까워한다. 똥님은 누군가에게 유용하게 쓰인다면 잃어버린 돈도 아까워하지 않는 여성이다. 그런 똥님이 아까워하는 것이 있다면 "깜빡 졸다가 태워 버린 냄비나 냉장고에 넣어 두고는 잊어버려서 못 먹게 된 음식 같은 아주 하찮은 것들"이다. 딸 윤지로 대표되는 현대인들이 하찮게 여기는 것들을 소중하게 받아들이는 똥님의 품으로 모든 상처받고 버려진 자들이 모여든다. 바보 남편에게서 도망쳐 새로운 사랑을 찾았지만 결국 버림받고 미혼모가 된 예설영. 자신이 똥님의 친아들이 아님을 알고 방황하던 예설영의 아들 윤열, 귀주의 성적 노리개이기를 거부하고 탈출한 혜주, 그리고 고아로 노동력을 착취당하던 동규, 미혼모가 되어 내려온 딸과 그 딸이 낳은 쌍둥이, 똥님은 이들 모두를 넉넉한 대지가 되어 품어 안는다. 때문에 윤지에게 '집'은 그냥 집이 아니라 '엄마의 동산'이다.

미혼모가 되어 내려간 시골집에서 똥님이가 지난 세월을 기록한 '영농일지'를 우연히 찾게 된 윤지는 "남자들의 족보와 그들의 역사만이 문서로 기록되고 존중받는 세상에서, 존재하면서도 존재하지 않는 것처럼 여겨지는, 머지않아 가는 세월과 손잡고 망각의 벼랑에서 추락할, 명사십리의 모래알 두 개 같은 어머니와 나의 삶을 몇 백 년 묵어도 청청한 해송海松으로 탈바꿈시켜 내 딸들의 그늘이 되고자 하는 갈망을 키보드 위로 미끄러지는 내 날렵한 손가락들의 노동으로 실현하고자, 마치 어머니가 그 거친 손으로 날미꾸라지를 고아서는 뼈까지 싹싹 갈아 탕을 끓임으로써 미꾸라지의 존재에 변이를 일으키는 것처럼." 새로운 역사를 기록하기 시작한다. 윤지는 아버지에게서 아들로 이어지는 '히스토리History'가 아닌 어머니에게서 딸로 이어지는 '허스토리Herstory'를 창조한다.

윤지가 써내려가는 '허스토리'는 윤지의 딸들에게로 이어질 것이다. 똥님이는 윤지가 딸 쌍둥이를 낳자 아이들이 너무 예쁘다며 눈물을 흘린다. 윤지는 딸을 낳고서야 어머니 똥님이를 온전하게 이해하게 된다. 윤지는 어머니에게 딸이란 존재는 어떤 의미를 가지며, 그 딸에게 어머니란 어떤 존재인지에 대해 질문한다.

딸들을 낳기 전까지 나는 줄곧 어머니와 내가 질적으로 다른 종류의 인간이라고 생각했다. 어머니가 벌어온 밥을 먹고 어머니가 걸레질한 방에 누우면서도 저 밝은 인식의 광채를 나누지 못한 어머니를 나는 여전히 어둡고 습한 동굴 속에서 나오지 못한 관대하고 참을성 많은 곰이라고 생각했다. 받을 것을 생각하지 않고 베풀며, 눈에는 눈, 이빨에는 이빨로 대응하지 않는 그 습성은 원시성과 무지의 다른 이름이기도 했다. 끊임없이 순위를 매기는 제도교육 속에서 우등상과 표창장을 지겹도록 거두어들였던 나는 내 미래를 어머니와 연결시켜 본 적이 없었다. 나는 나도 모르는 사이에 나 자신을 남자로 생각하고 남자의 시선과 가치관으로 여자를 바라보곤 했다. 위인전을 읽더라도 성웅 이순신과 조지 워싱턴에 나 자신을 동일시했기에 그 부인들에게는 눈길을 주지 않았다. 설사 그 부인들의 인생이 남편을 위한 희생으로 점철되었다 하더라도 위인의 탄생을 위해서는 그러한 희생이 꼭 필요한 법이니까, 그들의 운명은 나의 것이 아니려니, 했다. 자타가 공인하는 페미니스트로서 내가 들을 때마다 닭살이 돋을 만큼 진저리를 치며 역겨워했던 '욕'은 '이 기집애야'였다. '이 새끼'나 '야 임마', '짜샤'는, 결코 '이 기집애'만큼은 기분 나쁘지 않았다.
딸들을 낳고 나서야 나는 내 속에 언제나 있었던 자궁을, 어머니를 발견함과 동시에 내 몸을 낳아 기른 어머니를 다시 보게 되었다. '아버지는 내 몸을 낳으시고[父生我身], 어머니는 내 몸을 기르셨도다[母鞠

胎身'라는 오래된 거짓말이 거짓말이라는 것을 비로소 몸으로 깨달았다. 당신 몸속의 방房에서 나를 키워 뼈마디마디가 뻐개지는 것 같은 고통 속에서 나를 세상에 내보낸 다음 지상의 방에 나를 눕히고 내 입술의 선홍빛 점막 속으로 당신 유방乳房의 한가운데에 돌출된 검붉은 점막을 밀어 넣은 어머니의 체험을 나는 내 딸들을 낳으며 오롯하게 공유할 수 있었다. 내 몸 속에도 방이 있다는 것, 그 속에서 생명이 자란다는 것, 그 방을 나오면 길이 있다는 것, 그 길을 통해 생명이 나온다는 것, 그 길의 바깥 그늘진 서울에는 입술이 있다는 것, 그 입술은 해가 뜨고 질 때의 메꽃잎처럼 스스로 오므렸다 폈다 할 수 있다는 것을 나는 겪음으로써야 알게 됐다. 방과 길과 입술은 모두 촉촉한 점막이었다. 그 촉촉함을 혐오하고 메마른 것들만을 추구해 온 스물 몇 해의 맹목과 나는 결별하기로 했다.

박정애, 『에덴의 서쪽』에서[38]

똥님의 동산인 『에덴의 서쪽』에는 세상에서 버림받고 소외된 존재들이 모여들어 가족을 이룬다. 혈연으로 묶이지 않았지만 다른 어떤 관계보다도 다정스레 서로를 배려하며 살아간다. 아버지의 힘과 질서가 아닌 어머니의 사랑이 가득한 풍요로운 동산에서 세상의 모든 존재는 행복하다.

『한 꽃살문에 관한 전설』, 『반야』, 『에덴의 서쪽』 등은 모성의 원리인 보살핌의 원리를 개별 가족에게만 적용하는 것이 아니라 사회 전체로 확대하는 것으로 혈연으로만 이루어진 가족이 아니라 대안 가족

---

38) 박정애, 『애덴의 서쪽』, 문학사상사, 2000.

의 모습을 제시하고 있다. 이들 작품에 나타나고 있는 모성 확대의 모티프는 공지영의 『착한 여자』, 김형경의 「세상이 둥근 지붕」, 김연의 『나도 한 때 자작나무를 탔다』, 차현숙의 「나비, 봄을 만나다」 등에서도 찾아 볼 수 있다.

"그러나 모성의 원리를 다룬 모든 텍스트들이 간과하지 않아야 할 사실은 모성이 현재 여성이 당면하고 있는 모든 문제를 해결할 수 있는 마법의 열쇠가 아니라는 점이다. 아이를 낳고 기르는 체험이 본래 훌륭한 것이라고는 해도 사회에서나 가정에서나 돈, 지위, 권력의 원천이 될 수 없는 것이 우리의 현실이다. 그 동안 제대로 인정받지 못한 모성을 찬양하고 그것을 통해 여성이 자신에게 긍정적인 느낌을 갖는 것이 좋은 일이다. 하지만 과도한 모성 담론은 아이를 가질 수 없거나 갖지 않기를 선택한 여성들에 대한 압력이 될 수 있다는 사실과 모성이 제대로 실현되기 위해서는 경제적 제도, 사회복지제도, 여성 섹슈얼리티 등 사회적 제반 조건을 함께 고려해야 한다는 사실을 명심해야 한다.[39]

더불어 여성작가들을 비롯한 독자들이 간과해서는 안 되는 또 한 가지 사실은 사랑과 보살핌을 원리로 하는 모성이 임심과 출산이라는 생물학적 특성에서 비롯된 경험에서 나오는 것이기는 하지만 생물학적으로 어머니가 된 여성만이 모성을 실천할 수 있는 것은 아니라는 사실이다. 모성을 생물학적 개념으로 한정할 경우 불임 여성, 가임 가능성이 있지만 아이 낳기를 거부한 여성, 사랑과 보살핌의 원리를 내면에 갖고 있는 남성들을 배제할 위험이 있다.

---

39) 정순진, 「'우리'가 세운 나라 「에덴의 서쪽」」, 『여성문학연구』 제2호, 태학사, 1999, p.179

위계질서와 경쟁논리로 조직화되고 폭력을 통한 권력 획득이 일상화된 가부장의 세계가 '에덴의 동쪽'이라면 순환질서와 보살핌의 원리로 움직이는 사회를 그린 『에덴의 서쪽』은 여성들의 당당함과 부드러움을 보여주면서 새로운 사회를 만들어가는 페미니스트 유토피안 소설이다. 생명 자체의 귀중함을 깨닫고 실천하는 생명존중의 원리를 근간으로 하면서 대안가족까지 모색하는 페미니스트 유토피안 소설들은 생물학적 어머니로서의 모성의 개념을 개별 가족에게서 사회 전체로 확대한다. 남성과 다른 여성의 신체적 특성에서 기인하는 여성성의 원리를 확대한 모성, 자매애를 포함하는 여성 섹슈얼리티를 추구한 『한 꽃살문에 관한 전설』, 『반야』, 『에덴의 서쪽』 등은 1990년대 이후 여성작가들이 생산한 대항 담론의 성과물들이다. 이러한 성과물들을 바탕으로 2000년대를 살아가는 여성작가들은 대항담론으로서의 여성문학을 넘어서 여성문학사를 수놓을 다양하고 의미 있는 작품들을 창작해갈 것이다.[40]

---

40) 한국 사회에서 여성으로 산다는 것의 문제에 천착해 왔던 이경자는 '에덴의 서쪽'을 찾아 여행을 떠난다. 그리고 드디어 그곳을 찾아 돌아온다. 중국 서남부 윈난성의 소수민족 모소족 마을에 이르러서야 비로소 자신이 꿈꾸던 '삶의 원형'을 발견한 그녀는 이후 오늘을 살아가는 이 땅의 딸들에게 『절반의 실패』가 아닌 『딸아, 너는 절반의 실패도 하지 마라〈2007〉』는 편지를 전한다.

부록

고전 여성문학 자료

1_

여성 존재를 다룬 서사문학

1. 단군신화 檀君神話

옛날에 환인의 서자(庶子[1]) 환웅이 있었는데 자주 하늘 아래 세상에 뜻을 두고 인간 세상을 탐내어 구하였다. 부친이 아들의 마음을 알아채고 삼위태백三危太白을 내려다보니 그 곳이 인간에게 널리 이롭게 할 만하였다. 그래서 천부인天符印 세 개를 주어 인간세계에 보내어 가서 다스리도록 하였다. 환웅이 무리 삼천을 거느리고 태백산 마루에 있는 신단수神壇樹 아래로 내려와 그 곳을 신시神市라 일컬었으니 이를 환웅천왕이라고 이른다. 바람신·비신·구름신을 거느리고 곡식을 주관하고 생명을 주관하고 병을 주관하고 형벌을 주관하고 선악을 주관하여 인

---

1) 적자(嫡子)와 대를 이루는 서자(庶子)의 의미가 아니라, 장자(長子)와 대를 이루는 개념의 서자로 읽어야 할 것이다. 庶는 衆의 의미를 지니기 때문이다.

간 삼백 육십 여 가지 일을 주관하며 인간 세상에 살면서 다스려 교화
시켰다.

이때 한 마리 곰과 한 마리 호랑이가 같은 동굴에 살면서 늘 신 환
웅에게 기도하여 사람으로 변하게 해주기를 원했다. 환웅은 신령스러
운 쑥 한 다발과 마늘 이십 매를 주면서 말했다.

"너희들이 이것을 먹으면서 햇빛을 백 일간 보지 않는다면 곧 사람
의 형상을 얻게 될 것이다. 곰과 호랑이는 그것을 먹으면서 삼칠일[21일]
동안 금기생활을 하였는데 곰은 여자의 몸을 얻었으나 호랑이는 금기
하지 못하여 사람의 몸을 얻지 못하였다.

웅녀가 결혼할 대상이 없는 까닭에 늘 신단수 아래에 가서 주문을 외
며 잉태하기를 바라자 환웅이 임시로 인간으로 변하여 웅녀와 혼인해주
었다. 그로 인해 아들을 낳았으니 이름하기를 단군왕검이라 하였다.

―然,『三國遺事』

2. 김현감호金現感虎와 신도징설화

신라 풍속에 중춘仲春을 당하면 초파일에서 십오 일까지 도시의 남
녀들이 흥륜사에 있는 대웅전 탑을 다투어 돌며 그것을 복회福會로 여
겼다.

원성왕대에 김현이라는 젊은 남자가 밤이 깊도록 홀로 탑을 돌며
쉬지 않았는데 어떤 한 처녀가 염불을 외면서 뒤따라 돌다 서로 느낌
이 통하여 눈길을 보냈다. 탑돌이를 마치자 그들은 구석진 곳으로 이
끌고 들어가 정을 통하였다. 여자가 돌아가려 하자 김현이 따라나섰

다. 여자는 응하지 아니하고 거절하였지만 김현은 그래도 억지로 따라갔다. 길을 가 서산 기슭에 이르러 한 초가집에 들어가니 어떤 할머니가 "데리고 온 사람은 누구냐"고 여자에게 물었다. 여자가 그 사정을 이야기하자 할머니가 말했다.

"좋은 일일지라도 없는 만 못하다. 그러나 이미 이루어진 일을 간諫할 수 는 없지. 일단 몰래 숨겨두어라. 너의 아우와 오라비가 악행을 저지를까 두렵구나."

처녀는 젊은이를 구석진 곳으로 데려가 숨겨두었다. 얼마 지나지 않아 세 마리 호랑이가 포효하며 이르러 사람 소리로 말하였다.

"집안에서 비린내가 나네. 요기할 수 있다니 정말 다행인걸."

할머니와 딸이 꾸짖었다.

"코가 문드러진 모양이지. 무슨 미친 소리야."

그때 하늘에서 소리가 들렸다.

"너희들은 생명 해치는 것을 너무 좋아하였으니 죽여 악행을 징계함이 마땅하다."

세 호랑이가 그 말을 듣고 모두 근심스런 낯빛을 하였다. 여자가 말했다.

"만일 세 오라비께서 멀리 피해가 스스로 징계한다면 내가 그 벌을 대신 받겠습니다."

모두 기뻐하며 머리를 숙이고 꼬리를 떨어뜨린 채 도망갔다. 여자가 들어와 김현에게 말했다.

"애초에 저는 당신이 저의 족속에게 욕되게 임하는 것이 부끄러워 오시지 못하게 금하였던 것입니다. 그러나 이제는 이미 숨길 것이 없게 되었으니 제 깊은 속마음을 감히 펴 보이겠습니다. 게다가 저는 낭군에게 있어 비록 같은 인간은 아니라 할지라도 하루 저녁의 기쁨을 모실 수 있었으니 그 의리가 결혼의 인연처럼 귀중합니다. 세 오라비의 악행에 대해 하늘이 이미 염증 냈으니 온 집안에 닥칠 재앙을 제가 감당하고자 합니다. 그러니 등한한 사람의 손에 죽기보다는 차라리 낭군의 칼 아래 죽어 당신의 은덕에 보답하고 싶습니다. 제가 내일 저자에 들어가 사람들을 해치는 극을 벌일 것인데 나라 사람들이 저를 어찌할 줄 모를 것이고 대왕은 틀림없이 무거운 작위를 내걸고 응모하여 나를 잡으려 할 것입니다. 그러면 낭군께서는 겁내지 마시고 성 북쪽에 있는 숲 속으로 저를 추적해 오십시오. 제가 기다리고 있겠습니다."

김현이 말했다.

"사람이 사람과 교제하는 것이 인간으로서 떳떳한 도리요, 인간이 아닌 다른 부류와 교제하는 것은 예사롭지 않고 특별한 것이지요. 그러나 이미 서로 믿고 따를 수 있었으니 진실로 천만다행이오. 그런데 어찌 차마 배필의 죽음을 팔아 내 분에 넘치는 일생 누릴 관작과 복록을 바라겠소."

여자가 말했다.

"낭군님 그런 말씀 마세요. 저의 장수와 단명은 모두 천명입니다. 이는 제가 원하는 것이요, 낭군의 경사요, 우리 족속의 복이요, 나라 사람들의 기쁨입니다. 제가 한 번 죽는다면 다섯 가지 이익이 한꺼번에 이루어질 텐데 어찌 그것을 어기겠습니까. 다만 저를 위해 절을 짓고 진전真詮을 강講하여 뛰어난 보응을 받게 해 준다면 낭군이 저에게 베푸신 은혜는 이보다 더 깊을 수 없을 것입니다."

서로 흐느껴 울면서 이별했다.

다음날 과연 사나운 호랑이가 성안으로 들어와 대단히 표독하게 굴었으나 감당할 자가 없었다. 원성왕이 이 말을 듣고 영을 반포하였다.

"호랑이를 죽이는 자에게는 이급의 작위를 줄 것이다."

김현이 대궐에 나아가 아뢰었다.

"소신이 할 수 있습니다."

그러자 먼저 작위를 주어 격발시켰다. 김현이 짧은 무기를 가지고 숲 속에 들어가니 호랑이가 낭자로 변하여 기쁘게 웃으며 말하였다.

"어젯밤 낭군과 함께 했던 곡진했던 일을 낭군께서는 부디 잊지 말아주세요. 오늘 제 발톱에 상처를 입은 자는 흥륜사의 장을 바르고 절에서 부는 나발 소리에 귀를 기울이면 치료될 수 있습니다."

이내 김현이 차고 있던 칼을 취하여 스스로 목을 베고 쓰러졌는데 호랑이었다. 김현이 숲에서 나와 말하였다.

"방금 호랑이를 어렵지 않게 후려잡았습니다."

연유를 숨긴 채 누설하지 않고 다만 호녀가 알려 주었던 대로 치료하니 상처가 모두 나았다. 지금도 풍속에서는 그 방법을 사용한다.

김현이 등용되자 서천 변에 절을 짓고 호원사虎願寺라 이름하였다. 늘 범망경梵網經을 강하여 호랑이의 명계 여행을 인도하여 살신으로 자기를 성취시켜 준 호랑이 은혜에 보답하였다. 김현이 죽음에 임하여 이전 일의 기이함에 깊이 감동하여 붓을 들어 전을 이루니 세속에서도 비로소 들어 알게 되었다. 이로 인해 그 글을 논호림論虎林이라 이름하였는데 지금도 그렇게 일컬어진다.

정원貞元2) 9년 신도징申屠澄이 황관黃冠3)의 신분에서 한漢州 집방현什邡縣의 위尉4)로 임명되어 가는 길에, 진부현眞符縣의 동쪽 십리쯤에 이르러 바람

눈을 동반한 매서운 추위를 만나 말이 더 이상 나아가지 못했다. 길가에 초가집이 있었는데 그 안에 불이 피워져 있어 무척 따뜻하게 느껴졌다. 불을 비추며 다가가니 늙은 부부와 처녀가 불을 둘러싸고 앉아 있었다. 젊은 처녀는 나이 열너댓 쯤 되어 보였는데, 비록 엉클어진 머리에 때 낀 옷을 입고 있었지만 눈처럼 흰 피부 꽃 같이 붉은 뺨은 빛났고 행동거지 또한 아름다웠다. 노부부는 신도징이 오는 것을 보고 급히 일어나 말하였다.

"나그네께서는 심한 추위에 눈을 만나셨군요. 불 앞으로 오십시오."

신도징이 한참을 앉아있으니 하늘빛이 이미 어두워졌는데, 바람과 눈은 멈추지 않았다. 신도징이 말하였다.

"서쪽으로 현까지 가려면 아직 멀었습니다. 이곳에서 묵어가도록 해 주십시오."

노부부가 말하였다.

"이 오두막집을 비루하다 여기시지 않으신다면 감히 명을 받들겠습니다."

신도징은 마침내 안장을 풀고 이불과 휘장을 베풀었다. 어린 처자는 나그네가 그곳에 묵을 것을 알고 얼굴을 다듬고 단정하게 화장을 하고 내실에서 나왔는데 얌전하고 우아한 태도마저 있어 처음 보았을 때보다 훨씬 아름다웠다. 신도징이 말했다.

"낭자의 명석함과 지혜는 남달리 뛰어난 듯합니다. 다행히도 결혼

---

2) 중국 당(唐)나라 덕종(德宗) 연호(785-805).

3) 도사(道士).

4) 벼슬 이름임.

하지 않았다면 감히 제 스스로를 신랑감으로 천거하고 싶은데 어떠하신지요."

노인이 말했다.

"기대하지 않았는데 귀객께서 선택하시니 이미 정해진 분수인 듯합니다."

신도징은 마침내 사위되는 예를 다스리고, 자신이 타고 왔던 말에 그녀를 싣고 길을 떠났다. 관아에 이르자 받는 월급은 무척 박하였지만 아내가 힘써 집안을 이루어 마음 기쁘지 않음이 없었다.

후에 관직의 임기가 만료되어 고향으로 돌아가려 함에 이미 일남일녀를 낳았는데 그들 또한 명석하고 지혜로웠는지라 신도징은 아내를 더욱더 공경하고 사랑하였다.

신도징이 일찍이 아내에게 시를 지어 주었다.

한 벼슬살이 매복梅福[5]을 부끄럽게 하였고
삼 년 세월 맹광孟光[6]을 부끄럽게 하였네
이 실정을 어디에 비유할까
냇가에 원앙새 떠 있네

시 한편을 받자 아내는 이어 곧 화답하였다.

---

5) 매복: 한(漢)나라 사람 자는 자진(子眞). 왕망(王莽)이 정치하자 은거하였다. 후세에 그에 관련되어 신선이 되었다는 전설이 무척 많다.
6) 맹광(孟光): 동한(東漢) 은사 양홍(梁鴻)의 아내. 남편이 일하는 곳에 밥을 해 내갈 때 반드시 거안제미(擧案齊眉)하여 공경하고 사랑함을 보였다는 고사가 있다.

금슬지정 비록 중하지만
산림에 둔 뜻 본디 깊어라
늘 근심하노니 시절 변하여
백년가약 맺은 맘 저버릴 것을

마침내 함께 아내를 만났던 그 집을 찾아갔지만 인적이 없었다. 그러자 아내는 깊이 그리워하는 마음 때문에 종일 흐느껴 울었다. 그러다 문득 벽 모서리에 있는 한 호랑이 가죽을 보더니 아내가 크게 웃으며 말했다.

"이 물건이 아직 여기에 있을 줄은 몰랐네"

그리고는 그 가죽을 가져다 쓰니 즉시 호랑이로 변하여 울부짖으며 움켜잡더니 문으로 돌진하여 나가는지라 신도징은 놀라 피하였다. 신도징은 두 아이를 데리고 길을 찾아 가면서 산림을 바라보고 며칠간 크게 통곡하였지만 끝내 간 곳을 알 수 없었다.

아아! 신도징과 김현 두 공이 접했던 이물異物이 변하여 사람의 아내가 되었음은 동일하다. 그러나 신도징의 호랑이가 사람을 배반하는 시를 준 후에 울부짖으며 움켜잡더니 달아난 점은 김현의 호랑이와는 다르다. 김현의 호랑이가 부득이하여 사람을 다치게 하였지만 좋은 처방을 잘 알려 주어 사람을 구하였으니 짐승 가운데도 저처럼 인을 행하는 경우가 있다. 지금 사람이면서도 짐승만 못한 자가 있으니 어찌된 일인가.

일의 시종을 자세히 살피니, 탑돌이하는 불사에서 사람을 감동시켰고, 하늘이 악을 징계하는 소리를 보내자 그 벌을 스스로 대신하였고

신이한 처방을 전달해 주어 사람을 구하였으며 정사精舍를 두어 부처님의 가르침을 강講하였으니, 한갓 짐승 가운데 본성이 인자한 자일 뿐만이 아니다. 대성大聖은 사물에 응하는 방법이 많다. 김현이 탑돌이하며 정성을 바치는 것에 감동하여 그윽한 이익으로 보답하고자 하신 것일 뿐이니, 당시에 복과 도움을 받음은 당연하다.

칭송하여 말한다.

산가山家에서 세 형의 악을 견디지 못했다면
난초꽃 어찌 한 꽃인들 피울 수 있었을까
몇 가닥 의로움 중하게 여기고 만 번 죽음 가볍게 여겨
숲속에서 바삐 꽃 지는 것 허락하였네

3. 온달설화溫達說話

온달은 고구려 평강왕平岡王 때 사람이다. 용모는 추레하니 가소로웠으나 중심은 순수하였다. 집이 몹시 가난하여 늘 구걸하여 모친을 봉양하였다. 찢어진 한삼 옷에 헤어진 신발을 신고 시정 간을 왕래하니 당시 사람들이 바보온달이라고 지목하였다.

평강왕의 어린 딸이 울기를 좋아하니, 왕이 놀리며 말하였다.

"너는 늘 내 귀가 아프도록 울어대는구나. 네가 자라면 사대부 아내가 되지 못하고 바보 온달에게나 시집가야 할 걸."

왕은 늘 이렇게 말하였다.

공주의 나이 열여섯이 되자 상부上部 고씨에게 시집보내려 하니 공

주가 왕을 대하여 말하였다.

"대왕께서는 늘 말씀하시기를, '너는 반드시 온달의 아내가 될 것이다' 하시더니 이제 와서 무슨 연고로 전에 하신 말씀을 바꾸시는 것입니까. 보잘것없는 사내라도 식언하지 않으려 하는데 하물며 지극히 높으시고 존귀하신 대왕께서야 더 말할 필요 있겠습니까. 그러므로 '왕은 희언을 하지 않는다' 하였습니다. 지금 대왕의 명령은 잘못된 것입니다. 저는 감히 그 명을 받들지 못하겠습니다."

왕이 노하여 말하였다.

"네가 내 가르침을 따르지 못하겠다면 진실로 내 딸이 될 수 없으니 어찌 함께 살 수 있겠느냐. 마땅히 네가 시집갈 사람을 좇아라."

이에 공주는 보배로운 팔찌 수십 매를 팔꿈치 뒤에 매달고 궁궐을 나가 홀로 갔다. 길에서 한 사람을 만나 온달의 집을 물어 그 집에 이르러 눈먼 노모를 만나보았다. 공주가 다가가 절을 올리고 아들이 있는 곳을 물으니 노모가 대답하였다.

"내 아들은 가난하고 누추하여 귀한 사람이 가까이 할 수 없소. 지금 그대에게 나는 냄새를 맡으니 아름다운 향기가 남다르고 그대의 손을 잡아보니 솜처럼 부드럽고 매끄럽소. 틀림없이 천하의 귀한 사람일 것이오. 누구의 속임수로 여기까지 오게 되었소. 내 자식놈은 배고픔을 견디지 못하고 느릅나무 껍질을 취하러 산에 간 지 오래 되었는데 아직 오지 않고 있소."

공주가 집을 나서 길을 가 산 아래에 이르러 보니 온달이 느릅나무 껍질을 등에 지고 오고 있었다. 공주가 온달에게 가 자신이 품은 뜻을 말하자 온달이 버럭 화를 내며 말하였다.

"이곳은 나이 어린 여자가 다닐 곳이 아니오. 틀림없이 사람이 아니라 여우귀신일거요. 나에게 다가오지 마시오."

온달은 드디어 뒤도 돌아보지 않고 갔다. 공주는 혼자서 걸어가 사립문 밖에서 잠을 잔 뒤 다음날 아침 다시 들어가 모자에게 모든 것을 갖추어 말하니 온달은 우물쭈물하면서 결정을 내리지 못하였다. 그 모친이 말하였다.

"내 자식은 지극히 누추하여 귀인의 배필이 될 수 없고, 또 내 집은 지극히 가난하여 귀인이 살기에 마땅치 않소."

공주가 대답하였다.

"옛 사람이 말하기를 '한 말의 벼도 찧을 수 있고 한 척의 베도 꿰맬 수 있다고 하였습니다. 진실로 마음을 같이 한다면 어찌 꼭 부귀한 연후에만 함께 할 수 있겠습니까."

이에 금팔찌를 팔아 전택과 노비, 마소, 기물을 사 필요한 물품을 완전하게 구비하였다. 처음 말을 사면서 공주가 온달에게 말하였다.

"삼가 저자 사람의 말을 사지 말고 모름지기 병들어 수척해져 내놓은 국마國馬를 선택하여 사세요."

온달이 그녀의 말대로 하였다. 공주가 무척 부지런히 먹여 기르니 말이 날로 살이 찌고 건장해졌다.

고구려에서는 봄 삼월삼일이면 낙랑 언덕에 모여 사냥하였고 사냥한 돼지와 사슴으로 천신과 산천신에게 제사를 드렸다. 그날이 되어 왕이 사냥을 나오자 신하들과 오부五部 병사들이 모두 따라 나섰다. 이에 온달도 길러 둔 말을 타고 그 행렬을 따랐는데, 그가 타고 달리는 말이 늘 선두였고 잡은 사냥물도 많아 그를 능가하는 자가 없었다. 왕이 그를 불러 성명을 묻고는 놀라고 기이하게 여겼다.

이때 후주後周 무제가 군사를 내어 요동을 치니 왕이 군사를 거느리고 배산拜山 벌판에서 맞이하여 싸웠다. 온달이 선봉하였는데 민첩하게 싸워 수십 사람의 목을 베니 모든 군사들도 이기는 형세를 타 분발한 지라 크게 승리하였다. 그리하여 공을 의논하여 평가할 때 누구나 다 온달이 제일이라고 하였다. 왕이 가상히 여기고 감탄하여 말했다.

"이자는 내 사위요."

예를 갖추어 그를 사위로 맞이하였고 대형大兄 작위를 내렸다. 이로 말미암아 영예로운 총애를 더욱 두텁게 받았고 권위가 날로 성대하여 졌다. 양강왕이 즉위하자 온달이 아뢰었다.

"신라가 우리 한북漢北 땅을 베어 군과 현을 만드니 백성들이 몹시 한탄하고 있습니다. 저는 한 번도 부모의 나라를 잊은 적이 없습니다. 원하옵건대 대왕께서 불초를 어리석다 여기지 않으신다면 병사를 내어 주십시오. 가서 한 번에 우리 땅을 되찾아 오겠습니다."

왕이 이를 허락하였다. 출정함에 임하여 맹세하였다.

"계립현과 죽령 이서를 우리나라에 귀속시키지 못한다면 돌아오지 않겠다."

드디어 행하여 신라군과 아단성阿旦城 아래에서 싸웠는데 빗발치는 화살에 맞아 길에서 죽었다. 장사를 치르려 하였으나 널이 움직이려 하지 않았다. 공주가 와서 관을 어루만지며 말하였다.

"죽고 사는 것이 결정되었습니다. 돌아가십시오."

마침내 관을 들어 매장하였다. 대왕이 이 말을 듣고 비통해하였다.

金富軾, 『三國史記』 「列傳」

4. 열녀함양박씨전烈女咸陽朴氏傳

제나라 사람이 "열녀는 두 지아비를 섬기지 않는다" 말하였으니 예를 들면 시경의 백주柏舟[7] 같은 것이 그것이다. 그러나 나라 법전에 "개가녀의 자손은 정직正職에 임명하지 않는다"라고 했지만 이것이 어찌 서민 백성을 위해 세운 것이겠는가. 그런데도 나라 조정이 존재한 지 사백 년 동안 백성들은 이미 오랫동안 지속되어 온 도에 교화되어 귀한 여자이건 천한 여자이건 미천한 집안의 여자이건 현달한 집안의 여자이건 가릴 것 없이 과부 되면 수절하지 않음이 없어 드디어는 풍속을 이루게 되었으니 옛날에 칭한 바 열녀는 지금에는 과부에만 해당된다. 그래서 심지어는 농가의 젊은 아녀자 시골의 청상과부들이 실로 부모가 다그치는 것도 아니요 자손들에게 관작이 수여되지 않을 치욕의 가능성이 애초 없는데도 과부됨을 지키는 것만으로는 절개를 지키기에 부족하다고 여겨 왕왕 대낮의 촛불을 스스로 꺼버리고 묘혈에 순장되기를 기도하여 물에 빠져 죽고 불에 타 죽고 짐주鴆酒를 마시고 죽고 목매달아 죽기를 마치 낙지樂地 밟듯이 하니 열인 즉 열이지만 지나친 것 아닌가.

옛날 요직에 있는 형제가 있었는데 장차 청직淸職에 있는 사람을 해치려고 하였다. 그 일을 모친 앞에서 의논하니 모친이 물었다.

"무슨 허물이 있어 해치려 하니?"

---

7) 시경 용풍(鄘風)에 실린 편명이다. 전하는 바에 따르면 위(衛)나라 세자 공백(共伯)이 일찍 죽자 부모들이 공백의 아내 공강(共姜)을 재가시키려 핍박하니 공강이 이 시를 지어 스스로 재가하지 않을 것을 맹세하였다 한다.

"그 선조에 과부가 있는데 밖에서 그녀에 대한 의론이 무척 시끄럽습니다."

모친이 깜짝 놀라며 말하였다.

"규방의 일을 어떻게 아느냐?"

"풍문을 듣고 압니다."

"바람이란 소리는 있지만 형체가 없고 눈으로 보려 해도 보이지 않고 손으로 잡으려 해도 잡을 수 없는 것이란다. 허공에서 일어나 만물로 하여금 들떠 움직이게 만드니 어찌 형체도 없는 것을 가지고 들떠 움직이는 가운데 남을 논하려 하느냐. 게다가 너희들은 과부의 자식이다. 과부의 자식이 과부를 논할 수 있겠니? 거기 앉아라. 너희들에게 보여 줄 것이 있느니라."

품속에서 동전 한 매를 꺼내더니 말했다.

"이 동전에 윤곽이 있느냐?"

"없습니다."

"여기에 글자가 남아 있느냐?"

"없습니다."

모친이 눈물을 흘리면서 말했다

"이는 네 에미가 죽음을 견뎌낸 부절이다. 십 년 동안 손으로 매만졌더니 모두 달아 없어졌단다. 대저 사람의 혈기는 음양에서 근원하고 정욕은 혈기에 모이는 거란다. 그리운 생각은 한적하고 외로운 데서 생겨나고 마음이 아프고 슬픈 것은 또 그리운 생각으로 말미암지. 그런데 과부는 한적하고 외롭게 처하여 마음이 아프고 슬픈 것이 지극한 자이다. 혈기가 때로 왕성해지면 과부라고 어찌 정욕이 없겠느냐. 가물거리는 등잔불 밑에서 그림자를 위로하면서 홀로 지새는 밤

은 밝기도 더디지. 게다가 만약 처마에서 빗방울 뚝뚝 떨어지고 창에
서는 달빛이 희게 흐르고 낙엽이 뜰에 흩날려 떨어지고 외로운 기러
기는 하늘에서 울어대는데 멀리서 우는 닭소리에 메아리는 없고 나이
어린 계집종이 코라도 골아댄다면 말똥말똥 잠들지 못하는 고충을 누
구엔들 하소연할 수 있겠니. 그때마다 나는 이 동전을 꺼내어 굴렸단
다. 방안을 두루 굴리면 둥근 곳에서는 잘 달리다가도 구석진 곳을 만
나면 서버리지. 그러면 찾아서 다시 굴렸단다. 밤이면 늘 대여섯 번
굴리다 보면 날이 밝았지. 십 년 사이에 굴리는 횟수가 해마다 줄어들
어 십 년이 지나서는 혹 닷새 만에 한번 열흘 만에 한번 굴리다가 혈
기가 이미 쇠하여지자 다시는 이 동전을 굴리지 않게 되었단다. 그러
나 내가 이 동전을 열 겹으로 싸서 갈무리해 둔 것이 이십여 년 되었
단다. 그 까닭은 이 동전의 공을 잊지 못해서이고 때로 스스로를 경계
하는 바가 있어서이다."

아아, 끝까지 지켜나간 절개를 맑게 닦은 것이 이 같은데도 당시에
겉으로 드러나지도 않고 이름도 민멸되어 전하지 아니하니 어찌된 일
인가. 과부가 의리를 지키는 것이 전국적으로 마땅한 도리가 되어버
린 까닭에 한 번 죽지 않으면 과부의 문에 특별한 절개로 드러나지 않
기 때문이다.

내가 안의현의 일을 보게 된 그 다음 해 계축년의 어느 날이었다.
날이 샐 무렵 내가 잠에서 깨어나지 못하고 있는데 청사 앞에서 몇 사
람이 숨죽인 목소리로 비밀리 말하는 소리가 들렸고 다시 아파하고
슬퍼하며 탄식하는 소리가 있었으니, 급히 일어난 변고가 있는데 내
잠을 깨울까 두려워했기 때문이었다. 내가 큰 목소리로 물었다.

"닭은 울었느냐."

주위 사람들이 대답하였다.

"이미 서너 차례 울었습니다."

"밖에 무슨 일이 있느냐?"

"통인 박상효 형의 여식으로 함양으로 시집간 자가 삼년상을 마치고 독약을 마셔 거의 죽게 되었다는 급보가 와 상효를 구하는데 상효가 번을 들고 있는 중인지라 황공스러워 감히 마음대로 가지 못하고 있습니다."

나는 급히 가보라고 명령했다. 날이 저물자 물었다.

"함양 과부는 소생했느냐?"

주위 사람들이 말하였다.

"이미 죽었다고 들었습니다."

내가 서글퍼져 길게 탄식하며 말하였다.

"열녀로다! 이 사람이여."

아전들을 불러 물으니 대답했다.

"함양에 있는 열녀는 본래 안의 출생입니다."

"그 여자의 나이는 몇이고 함양 누구의 집으로 시집갔으며 어렸을 적부터 지조와 행실은 어떠했는지 너희들 중 아는 자가 있느냐?"

아전들이 한숨지으며 나오더니 말하였다.

"박씨녀의 집안은 대대로 현의 아전입니다. 그 부친의 이름은 상일인데 일찍 죽고 이 딸만을 두었죠. 모친 또한 일찍 죽어 어려서부터 대부모에게 길러져 자식된 도리를 다 하였습니다. 나이 열아홉에 시집가 함양 임술증의 처가 되었는데 그 집 또한 대대로 군의 아전이었죠. 술증은 본디 파리하고 약하여 함께 초례를 치르고는 돌아간 지 반 년도 못되어 죽었습니다. 박씨녀는 지아비의 상을 맡아 예를 다하여 치렀고 시부모를 모심에 며느리로서의 도리를 다 하니 양 읍의 친척과 이웃 마을 사람들이 모두 그녀의 현숙함을 칭찬하였는데 이제 과연 징험되었습죠."

어떤 늙은 아전이 감개하여 말했다.

"여자가 시집가기 몇 개월 전에 '술증은 병이 골수에까지 들어 사람 도리를 할 가망이 만에 하나도 없는데 어째서 결혼 약속을 물리지 않느냐는 말이 있었습죠. 대부모가 몰래 넌지시 말하며 달래보아도 그녀는 묵묵부답으로 응하지 않았습죠. 기일이 임박해지자 여자 집에서는 사람을 시켜 술증을 관찰하게 하니 술증이 비록 모습은 아름다웠으나 병으로 지치고 게다가 해소증까지 있어 버섯이 서있고 그림자가 행하는 것 같았습죠. 집안사람들이 크게 놀라 다른 중매쟁이를 부르려 하였지만 여자가 얼굴빛을 가다듬으며, '접때 재봉했던 것은 누구의 몸에 맞도록 한 것이었으며 또 누구의 옷이라고 하였습니까. 저는 처음 정했던 바를 지키고 싶습니다'라고 말하였답니다. 집안에서는 그녀의 뜻을 이해하고 드디어 기약했던 대로 사위를 맞아들였습죠. 비록 명색이 합근례를 치렀다고는 해도 기실은 끝내 빈 옷만을 지켰다 합니다요."

얼마 지나지 않아 함양군수 윤광석이 밤에 기이한 꿈을 얻고 그 감동으로 열부전을 지었으며 산청현감 이면제 또한 그녀를 위해 입전立傳하였다. 거창의 신돈항은 말을 할 줄 아는 선비이다. 박씨를 위해 그 절의를 밝힌 책을 저술하였다. 그녀는 시종 마음속으로 말하지 않았을까.

"젊은 나이에 과부가 되어 오래도록 세상에 남아 있으면 길이길이 친척들의 근심과 가련하게 여기는 바가 되며 이웃 마을 사람들의 망

령된 추측에서 벗어날 수 없으리니 속히 이 몸을 없이하는 만 못할 것이다."

슬프도다! 성복成服하고서도 죽음을 참았던 것은 장사치를 일이 남아 있기 때문이었고 이미 장사를 치르고서도 죽기를 참았던 것은 소상이 남아 있기 때문이요, 소상을 치르고서도 죽기를 참았던 것은 대상이 남아 있기 때문이었다. 대상을 치르는 것으로 상기喪期가 다 끝나자 같은 날 같은 시각에 순사하여 그녀가 애초에 지녔던 뜻을 이루었으니 열烈 아니겠는가.

5. 딸을 비밀리에 재가시킨 재상[8)]

어떤 한 재상에게 딸이 있었다. 그녀는 출가한 지 채 일 년도 못 되어 남편을 잃고 부모 곁에서 과부로 살고 있었다. 하루는 재상이 밖에서 집으로 들어오다가, 그의 딸이 아랫방에서 짙게 화장을 하고 화려한 의상을 입은 채 거울에 자신을 비춰보더니, 잠시 후 거울을 내던지고 얼굴을 가리고 크게 통곡하는 것을 보았다. 재상은 그 광경을 보고 마음속으로 몹시 측은하게 여겼다.

재상은 밖에 나와 몇 식경食頃[9)]을 말없이 앉아있었다. 그때 마침 친히 아는 무변武弁으로 그 집안에 출입하는 자이면서 집도 아내도 없이 사는 나이 젊고 건장한 자가 그에게 와서 문안 인사를 올렸다. 재상은

---

8) 이월영·시귀선 역주, 『靑邱野談』, 한국문화사, 1993.
9) 식경(食頃): 한 끼의 밥을 먹을 동안.

다른 사람들을 물리치고 말했다.

"자네 신세도 어찌 이처럼 궁곤한가? 자네 혹 내 사위가 되지 않겠는가?"

그 무변은 황공스럽고 감사하여 말했다.

"무슨 가르치심인지요? 소인은 어르신께서 가르치시는 뜻이 무엇인지 몰라 감히 명을 받들 수 없습니다."

"내가 장난으로 하는 말이 아닐세."

그러더니 재상은 상자에서 한 봉封의 은자銀子를 꺼내주며 말했다.

"이것을 가지고 가서 건장한 말과 가마를 빌려 오늘밤 파루罷漏[10] 후에 우리 집 뒷문 밖에 와서 기다리도록 하게. 절대로 시간을 어기지 말게나."

그 사람은 반신반의하며, 은자銀子를 받아 재상宰相의 말대로 가마와 말을 준비하여 뒷문에서 기다리니, 이윽고 어둠 속에서 재상이 한 여자를 데리고 나와 가마 안으로 들여보내더니 무변에게 훈계했다.

"곧 바로 북관北關[11]으로 가 그 곳에서 살게. 그리고 우리 집과는 종적을 끊게나."

무변은 무슨 곡절인지 알지 못한 채 다만 가마를 따라 성城을 나와 길을 떠났다.

그들을 떠나보낸 재상은 내실 아랫방에 들어가 통곡을 하며 말했다.

"내 딸이 자결했도다."

---

10) 파루(罷漏): 오경삼점(五更三點)에 큰 북을 33번 치던 일. 서울 도성에서 인정(人定) 이후 야간 통행을 금했다가 새벽이 되어 통행을 풀 때에 치던 신호.
11) 북관(北關): 함경북도 지방을 두루 일컫는 말.

집안사람들이 놀라고 당황하며 모두 슬퍼했다. 재상이 이윽고 말했다.

"내 딸은 평소 다른 사람들을 대하기 싫어했다. 내가 염습(歛襲)할 것이니, 비록 오라비라 할지라도 들어오지 말라."

그리고 나서는 혼자서 염(歛)을 하고 그것을 싸 시체 모양을 만들어 이불로 덮은 후, 비로소 딸의 시댁에 통고하고, 입관한 후 시댁의 선산 아래에 장사지냈다.

몇 년이 흐른 후 그 재상의 아들이 암행어사로 북관(北關)을 살피다가 어느 한 곳에 이르러, 그 곳에 있는 인가를 찾아 들어가니, 주인이 일어나 맞아들였다. 마침 그 방에서는 두 명의 아이가 책을 읽고 있었는데, 그 아이들은 생김새가 맑고 준수하여 자신의 안면과 자못 유사하였다. 그는 마음으로 괴이하게 여기면서도 날이 이미 저물고 또한 피곤한지라 그 곳에서 유숙하였다.

밤이 깊으니 안방에서 갑자기 어떤 한 여자가 나와 암행어사의 손을 붙잡고 흐느꼈다. 이에 놀란 암행어사는 자세히 바라보니 이미 죽은 그의 누이 아닌가. 놀라고 의아해 하며 물어보니, 부친의 가르치심에 따라 이곳에 살면서 이미 두 아들을 낳았는데, 이 아이들이 바로 그들이라는 것이었다. 암행어사는 입을 다물고 반향(半餉)[12]을 말없이 있다가 그 동안 막혔던 회포를 간략히 풀고, 날이 밝기를 기다려 그 곳을 떠났다.

그는 복명(復命) 후 집으로 돌아가, 밤중에 부친인 재상을 모시고 앉아 있다가, 때가 마침 조용해지자 낮은 목소리로 말했다.

---

12) 반향(半餉): 반나절.

"금번의 행차에서 괴이한 일이 있었습니다."

그 말을 들은 재상은 눈을 부릅뜨고 아들을 뚫어져라 바라보며 아무 말도 하지 않았다. 그 아들도 감히 더 이상 말을 꺼내지 못하고 물러갔다.

재상의 성명은 기록하지 않는다.

6. 길지를 차지한 계집종[13)

관동關東의 곽생郭生은 문벌이 높고 화려하였으며, 나이도 지긋한데다 집안도 잘 살았다. 날마다 한 중과 더불어 장기를 두었는데, 그들은 서로 너나하며 희롱하고 즐겨 마치 같은 또래의 친구처럼 지냈다. 곽생의 아들이 중과의 교제에 대해 세 번이나 간언을 하였으나 곽생은 이를 듣지 않는지라 집안사람들은 산승山僧을 몹시 미워했지만 어찌할 수 없었다.

곽생이 죽어 치상이 거의 끝나 가는데 중이 비로소 와서 조문하니 상주가 그를 책망하였으나 중은 조금도 개의치 않고 말할 뿐이었다.

"소승은 돌아가신 어르신네의 망극한 은혜를 받았었습지요. 천한 것을 자신과 대등하게 대해 주셨으므로 목숨을 바쳐서라도 결초보은 하려고 하였는데, 지금은 보은할 곳이 없어져 버렸습니다. 원컨대 길지 한 군데를 바칠 테니 시신을 안치하는 곳으로 삼아 주신다면 만분의 일이라도 은혜에 보답할 수 있을 것 같습니다."

---

13) 상동.

곽이 중의 말을 깊이 신뢰하지는 않았으나, 자신 또한 풍수를 알아 이름 있는 명산들을 널리 답사해 보았지만 십분 마음에 드는 곳이 없었으므로, 중의 말에 따라 일단 그가 말하는 길지의 좋고 나쁨을 살펴보고 작정하였다. 그래서 중과 더불어 한 산에 올라 용龍을 좇아 혈穴을 찾았더니 중이 한 곳을 가리키며 말하였다.

"이곳은 인장묘발寅葬卯發[14]로, 여러 세대에 공경公卿이 나올 곳이오. 더 볼 필요가 없겠습니다."

곽이 혈의 누름과 방향을 살펴보고 말하였다.

"풍수가의 책에서, 황제는 구중九重에 있으며 장군은 군막軍幕을 나서지 않는다고 말하지 않았소? 풍수에서는 산이 빙 돌아 있고 물을 안고 있으며 바람이 감춰지고 양지를 향하여 있는 땅을 귀하게 여긴다오. 이 혈은 내룡來龍[15]으로, 비록 높고 화려한 듯하지만 전체적으로 겁살劫殺[16]을 띠고 있으며, 안산案山[17]이 중첩되어 비록 우뚝 솟아 있는 듯하지만 도리어 광막하오. 이곳은 이처럼 득수득파得水得破[18]가 모두 불합격이니 다시 다른 곳을 봐 주시오."

중이 곧 한 언덕을 가리키며 말하였다.

"이곳이라면 어떻겠소?"

---

14) 인장묘발(寅葬卯發): 묏자리를 잘 쓴 탓으로 장사지낸 뒤에 곧 운이 트이고 복(福)을 받음.

15) 내룡(來龍): 풍수지리에 쓰는 말로, 종산(宗山)에서 내려온 산줄기.

16) 겁살(劫殺): 사물에 해로운, 독하고 모진 기운인 살(煞)의 하나. 이 살이 있는 방위(方位)를 범하면 사람이 죽는다고 함.

17) 안산(案山): 집터나 묏자리의 맞은 편에 있는 산. 청룡, 백호, 주산과 함께 풍수학상의 네 요소의 하나로, 여러 산이 중첩하여 있을 때에는 내안산, 외안산으로 구별함.

18) 득수득파(得水得破): 풍수지리에서 산 속에서 나와 산 속으로 흐르는 물을 이르는 말. 묘지에서 보아서 처음 뵈는 점을 득수, 나중에 뵈는 점을 파문(破門)이라 함.

곽이 앞으로 나가보고 크게 기뻐하며 말하였다.

"내가 상지相地한 예가 많지만 이같이 진선盡善하고 진미盡美한 곳은 아직 본적이 없소이다."

곽이 거듭 고맙다고 말하자 중이 말하였다.

"이 땅은 군수를 한 사람 낼 수 있는 곳에 불과합니다. 나으리께서 큰 것을 버리고 작은 것을 취하는 것은 무슨 까닭입니까?"

곽이 말하였다.

"나의 도안道眼[19]도 노사老師에게 뒤지지 않을 것이오. 어버이를 장사지내는 계획 또한 다른 사람보다 두 배는 될 것이니 그대는 여러 말 마시오."

말을 마치고 함께 귀가한 뒤 길일을 택하여 군수가 나오리라는 땅에 극진하게 장사지냈다.

처음 곽생이 산을 논할 때 한 어린 계집종으로 하여금 도시락 밥을 짊어지고 따라다니게 하였는데, 그 계집종은 매우 지혜롭고 영리하였다. 한바탕 묏자리를 품평하는 논의를 듣고 작은 주인이 복지福地를 포기하는 것을 몰래 탄식하였다. 그녀는 집으로 돌아온 뒤 자신의 모친에게 말하였다.

"아무 곳의 묏자리가 장차 다른 사람에게 점거당하는 것 보다는 차라리 돌아가신 아버지의 유해를 이곳으로 이장하여 후에 천직賤職에서 풀려나는 것을 바라는 것이 낫겠어요."

모친도 그러자고 하여 밤을 틈타 몰래 옛 무덤에서 시신을 파내었다. 두 여자는 복지의 땅을 파 하관을 하였으나 봉분의 형태는 만들지

---

19) 도안(道眼): 진실과 거짓을 결정하여 선택하는 능력.

않았다. 계집종은 다시 모친에게 말하였다.

"우리들이 이곳에 있다가는 끝내 비적婢籍에서 벗어나기 어려울 것이니 함께 먼 곳으로 가서 종적을 감춥시다."

모친은 평소 이 딸을 사랑하였던지라 한결같이 그녀 말에 따라 늦은 밤에 도망하여 기전畿甸[20]에서 품팔이를 하며 살았는데, 방적紡績하고 길쌈하며 몹시 부지런히 산업을 꾀하였다. 또 천우신조로, 그녀가 하는 일마다 순조롭게 이루어졌으므로, 곧 집을 사고 밭을 점유하여 대단한 부자가 되니 마을에서는 소녀가 신묘한 주략籌略[21]을 가지고 있다고 다투어 칭찬하였고 부잣집 자제들이 서로 다투어 그녀를 아내로 맞아들이려고 하였으나 그녀는 모두 거절하며 말하였다.

"비록 천곡千斛[22]의 곡식을 쌓아놓고 있다 해도 저들은 근본이 미천하니 내가 원하는 것이 아니오."

마을 안에 김씨 성을 가진 사람이 있었는데, 그는 고관의 후예였으나 어릴 때 고아가 되어 집이 가난하였으므로 남의 종살이를 하였고, 나이가 서른여섯이 넘었는데도 아직 배우자가 없었으며 사람 또한 어리석고 우둔한지라 온 마을의 웃음거리였다. 여자가 말하였다.

"이 사람이 아니라면 나는 종신토록 시집가지 않을 것이오. 이 사람이 상천常賤 무리에게 욕을 당하는 것은 나의 수치예요."

그녀의 모친은 난처하였지만 종내 어찌할 도리가 없는지라 마침내 화촉을 밝혀주었다. 그녀는 남편으로 하여금 농사일을 그만두고 스승

---

20) 기전(畿甸): 기내(畿內). 경기(京畿).

21) 주략(籌略): 계책과 모략.

22) 곡(斛): 10 말[斗]의 용량.

을 맞아들여 배우도록 하였다. 남편은 본래 용렬하고 노둔한 사람인
지라 해마다 애써 공부하여도 한 자도 알지 못하였다. 다만 성품만은
곧아 여자가 가르치는 바를 한결같이 좇아 거스르는 일이 없었다.

그녀는 천교(遷喬)[23]할 생각을 가지고 서울에 있는 초가집 한 채를 세
내어 살았는데 그 집은 마침 이이첨(李爾瞻)[24]의 집과 서로 이웃해 있었다.
그녀는 남편으로 하여금 종일 의관을 바르게 하고 단정히 앉아 책을
펴고 책상을 마주 대하고 있을 것이며 경망스럽게 말하지 말도록 하
였더니 남편은 한결같이 그녀의 말에 따랐다. 그러자 온 마을이 떠들
썩하도록 그를 '도덕군자'로 지목하였다. 이첨이 매번 출입하는 길에
높은 수레를 타고 그가 거처하는 방을 굽어보았는데, 늠연하여 함부로
범접할 수 없는 기상이 있었고, 세월이 지나도 시종일관 모습이 해이
되지 않았다. 게다가 이첨 집에 드나드는 손님들과 노복들 또한 그들
이 보고 들은 것을 가지고 이첨 앞에 와서 칭찬하는지라 이첨은 이윽
고 마음속으로 그를 두려워하게 되었다.

그녀는 또 몰래 송아지를 한 마리 사서 집안에서 길렀다. 꼴을 먹이
지 않고 부드러운 콩을 대신 먹이니 소가 몹시 살이 찌고 윤택하게 되
었다. 이첨이 마침 중병을 얻어 지라[25]가 썩고 입안이 알알한지라 온
갖 산해진미도 한결같이 먹을 수 없었다. 집안에서는 애가 타서 허둥

---

23) 천교(遷喬): 꾀꼬리가 골짜기에서 나와 큰 나무로 옮긴다는 뜻으로, 천한 지위에서 높은
    지위로 옮긴다는 뜻임.
24) 이이첨(李爾瞻, 1569-1623): 대북(大北)의 영수, 광해군 옹립을 주장. 광해군 즉위 후 정
    인홍과 함께 자기 심복을 끌어들여 대북세력을 강화, 임해군과 유영경을 사사케 하는
    등 소북일파를 숙청. 1617년 정인홍 등과 함께 폐모론을 발의하여 인목대비를 유폐.
    1623년 인조반정시 도망하다가 체포되어 참형당했으며 그의 세 아들도 모두 사형됨.
25) 지라: 위(胃)의 뒤쪽에 있는 오장(五臟)의 하나.

지둥하였지만 어찌해야 할지를 알 수 없었다. 그녀는 그 사실을 정탐하여 알고는 소를 잡아 포를 만들어, 그것을 이첨의 처에게 주었다. 이첨이 그것을 받아 한번 맛보자 병든 위胃가 갑자기 열리는 듯하여 그 포를 모두 다 먹고 또 달라고 구걸하였다. 이같이 하여 몇 개월 지나자 소 한 마리를 다 먹게 되었고 병도 그에 따라 차도가 있었다. 이첨은 크게 기뻐하여 언제 한번 틈을 내 그 집에 가서 그녀 남편이 공부한 바를 물어보려 하였는데, 계집종들이 그 말을 듣고 달려와 그녀에게 알렸다. 그녀는 남편에게 부탁하였다.

"이상서李尙書께서 오시길 기다리다가 상서께서 오시면 마땅히 공손하게 읍양揖讓만 하시고, 입을 열어 본색을 드러내는 일이 없도록 하십시오."

남편이 응낙하였다.

며칠 지나지 않아 이첨이 과연 말과 마부만 간략히 대동하고 내방하니, 김생은 담을 넘어 달아나려 하였으나 이첨이 그를 붙잡아 머물게 하였다. 인사를 나눈 뒤 접대함에 한결같이 머뭇머뭇하였다. 책상 위에 주역周易이 놓여있으니 이첨은 주역의 심오한 뜻을 물었고, 김생은 즉각 대답하였다.

"저같이 미련하고 거친 사람이 어찌 주역의 이치를 알겠습니까?"

여러 차례 질문하였지만 끝내 대답하지 않는지라 이첨은 물러나오며 그의 지조에 더욱 탄복하였다. 이첨은 곧바로 의정議政에게 부탁하였고, 결국 천거에 올라 관직을 내리는 임명장이 여러 차례 이르렀지만 그는 굳게 사양하고 벼슬에 나아가지 않았다.

그녀는 또 교외로 이사하여 살며 이윽고 아들 셋을 낳는데, 모두 옥수방란玉樹芳蘭26)으로 재주와 식견이 출중하였다. 그래서 고귀한 가문에 장가들었고 문사^{文史}에 크게 나아갔다.

하루는 그녀가 아들로 하여금 이첨의 허물을 남김없이 기록한 상소문을 한 장 짓게 하니 아들이 말하였다.

"어머님께서는 어찌하여 집안을 망칠 말씀을 하십니까? 그의 권세는 온 나라를 기울일 수 있는지라 만약 그를 침범한다면, 특별한 화가 뒤따를 것입니다. 게다가 그가 엄군^{嚴君}을 천거하여 주었으므로, 지금 우리가 이 지위에 이를 수 있었던 것이니 지금 그를 배신하는 것은 좋은 징조가 아닙니다."

모친이 크게 꾸짖으며 말하였다.

"너희들도 깊은 식견이 있을 것이다. 만일 내 말을 따르지 않는다면 맹세코 너희들을 보지 않겠다."

아들은 할 수 없이 억지로 글을 지으니 모친은 즉시 그 글을 베껴 바치도록 하였는데, 그 결과 남편은 견책과 벌을 받게 되었다.

천도^{天道}가 순환하여 성군^{聖君}께서 개옥^{改玉}하시자 적신^{賊臣}의 무리들은 이에 모두 제거되었으나 그녀의 남편은 지난해 올렸던 상소 한 장으로 세상에서 추앙을 받아 고관대작^{高官大爵}으로 천수를 마쳤고, 세 아들도 차례로 과거에 급제하여 각각 청요직^{淸要職27)}을 맡았으며 모두 청렴 결백하고 정직하였다.

하루는 세 아들이 권귀^{權貴28)}를 논박하려고 서로 더불어 모의하였는

---

26) 옥수방란(玉樹芳蘭): 재주가 뛰어난 사람.
27) 청요직(淸要職): 청직(淸職)과 요직. 청직은 학식과 문벌이 높은 사람을 임명하는 벼슬로 규장각(奎章閣), 홍문관(弘文館), 선전관청(宣傳官廳) 등의 벼슬을 말함. 지위, 봉록 등은 높지 않으나 이 관직에 임용된 사람은 뒷날 고관이 될 수 있는 자리임.
28) 권귀(權貴): 벼슬이 높고 권세가 강한 사람.

데, 모친은 그 사실을 알고 밤을 틈타 좌우를 모두 물리친 뒤 아들들을 불러 조용히 훈계하였다.

"너희들은 근본도 알지 못하면서 귀인의 방자한 기운을 부려 다른 사람 집에 화를 입히려고 하느냐? 나는 내 자손들이 이런 짓 하는 것을 원치 않는다."

아들들이 놀라 근본이라는 말에 관해 물으니 모친이 말하였다.

"쯧쯧! 너희들 에미는 본래 계집종이었느니라. 어려서 곽 아무개집에서 일하다가 여차여차하여 이에 이르렀던 것이니, 너희들은 마땅히 겸양하는데 겨를이 없어야 할진대 도리어 득의양양하게 스스로를 자부하여 보통 사람들과 똑같이 다른 사람을 비교하여 논박하느냐?"

이 말을 들은 아들들은 부끄러워하며 물러났다.

그 때 마침 도둑이 들어 이 이야기를 몰래 엿들었다. 후한 재물을 얻어내려고 나는 듯이 곽씨 집에 달려가 자신이 엿들은 사실을 아뢰었다. 곽씨는 마침 곤궁한데다 의지할 곳도 없는 처지였는지라 그 일을 듣고는 기뻐하였다. 곧장 김씨 집으로 가서 계집종으로 하여금 모친에게 기별하도록 하였다. 모친은 그 기별을 듣자마자 크게 기뻐하며 말하였다.

"우리 족남族男께서 오셨구나!"

곧 곽씨를 맞아들여 정성껏 대접한 뒤 사람이 없는 틈을 타서 노주奴主의 예禮를 매우 공손하게 갖추니 곽씨 또한 어찌할 수 없이 인척으로서 김씨 집안에 출입하며 후한 보살핌을 받았고, 또 김씨 아들들의 주선으로 음록蔭祿29)을 얻어 과연 군수에 이르렀다고 한다.

---

29) 음록(蔭祿): 부조(父祖)의 공덕(功德)으로 얻은 벼슬, 또는 그러한 관원.

7. 검녀劍女30)

단옹丹翁이 호남 사람에게 들은 이야기라고 했다.

소응천蘇凝天은 진사進士로 삼남三南에 명성이 있었는데 모두 다 기사奇士라고 지목하였다. 하루는 어떤 한 여자가 찾아와 절하면서 말했다.

"남몰래 큰 명성을 들은 지 오래입니다. 이 보잘 것 없는 몸으로 건즐巾櫛을 받들고자 하옵는데 허락해 주시려는지요."

응천이 말했다.

"너는 처자의 거동을 바꾸지 않았는데도 스스로 장부에게 천거하다니 처자로서의 일이 아니다. 노예냐? 창가집 여자냐? 아니면 이미 남을 섬겼으면서도 지금도 결혼하기 전의 모습 그대로를 지키고 있는 것이냐?"

그 여자가 대답하였다.

"남의 집 노예입니다. 그러나 주인집에는 이미 사람이라곤 아무도 없어 갈 곳이 없습니다. 또한 진정으로 바라는 바가 있어 평범한 남자를 우러러 바라보며 평생을 살기 싫었기 때문에 남장을 하고 세상을 돌아다니며 스스로 가볍게 더럽히지 않으며 천하의 기사를 택하여 스스로 어르신께 추천한 것입니다."

응천이 그녀를 받아들여 첩으로 삼고 수년 동안 동거하였다.

그 첩이 홀연 독한 술과 좋은 안주를 갖추어 한가한 달밤을 틈타 자신의 평생에 대하여 말하였다.

"저는 아무씨의 계집종이었습니다. 그런데 마침 주인집 아가씨와

---

30) 임형태·이우성 역편, 전게서.

같은 해에 태어났기에 주인집에서는 특별히 저를 낭자에게 주어 부리게 하여 장차 시집갈 때 교전비輔前婢[31]로 삼게 하도록 하였습니다. 나이겨우 아홉 살 때 주인집은 세력가에게 멸망하여 논밭과 동산을 모두 빼앗기고 아가씨와 유모만이 살아남아 타향으로 도망가 숨었는데 노예로 따르는 자는 오직 저 한 사람뿐이었습니다. 아가씨는 열 살이 넘자마자 저와 공모하여 남장을 하고는 멀리 나가 놀면서 검술 가르칠 스승을 구하였습니다. 이 년이 지나서야 비로소 스승을 얻어 검무를 배웠습니다. 오 년이 되자 비로소 공중을 날아 오갈 수 있게 되었지요. 이름난 도시에서 기예를 팔아 수천 금을 벌었습니다. 네 개의 보검을 구입하여 원수 집으로 가 기예를 파는 자인 양 위장하고 달밤을 타 검무를 추다가 검을 날려 눈 깜짝할 사이에 수십 개의 머리를 베니 원수 집안의 안팎이 모두 낭자하게 피를 흘리고 죽었습니다. 드디어 검무를 추면서 돌아와서는 낭자는 목욕하고 여자 옷으로 갈아입더니 주찬을 배설하여 복수한 사실을 선산에 고하고는 저에게 부탁하는 것이었습니다.

'나는 우리 부모님의 남자 아이가 아니었으니 비록 세상에 존재한다 하여도 끝내 대를 이을 중임을 맡지는 못할 것이다. 그런데 팔 년간 남장을 하고 천리를 돌아다녔으니 비록 남에게 몸을 더럽히지는 않았다 하여도 이 어찌 처자로서의 도리이겠느냐. 시집가려 한들 갈만한 곳이 없으며 가령 갈 곳을 얻는다 한들 어찌 뜻에 맞는 대장부를 얻을 수 있겠느냐. 또 우리 집안에서는 나 혼자만이 살아남았으나 강근한 친척이라곤 전혀 없으니 누가 나를 위해 혼사를 주관해 주겠느

---

31) 시집갈 때 새색씨가 데리고 가던 계집종.

냐. 나는 이곳에서 스스로 목을 베어 죽을 것이니 너는 나의 두 보검을 팔아 나를 이곳에 묻어다오. 죽은 해골이라도 부모님이 계시는 무덤에 갈 수 있다면 한이 없겠다. 너는 남의 부림을 받는 사람으로, 처신하는 도리가 나와 다르니 나를 따라 죽는 것은 옳지 않다. 나를 묻은 후 반드시 나라 안을 널리 노니면서 기사를 찾아 선택하여 그 사람의 처첩이 되거라. 너 또한 범상치 않은 뜻과 호걸한 기상을 지녔으니 범상한 자에게 머리 조아리는 것을 달갑게 여기겠느냐.'

아가씨는 그 즉시 자결하였습니다. 저는 양 검을 팔아 오백여 냥을 얻어 즉시 낭자를 묻어 주고 남은 돈으로 논밭을 사 향화를 이을 수 있도록 해 놓고, 남장을 그대로 입은 채 삼 년 동안을 떠돌아다녔습니다. 들은 바로는 어르신네만큼 이름 높은 이가 없기에 스스로 몸을 바쳐 모실 수 있게 되었는데, 어르신네가 능한 바를 가만히 엿보니 자그마한 문장의 재주와 천문·역술·율학·산학 및 사주·점복·부적·도참 등 자질구레한 술수요, 마음속의 생각 몸가짐 같은 큰 방법과 세상을 다스리고 후세에 모범이 될 큰 도리 같은 것에 있어서는 조금도 미치지 못하셨습니다. 그런데도 기사奇士라는 명성을 얻은 것은 너무 지나치지 않습니까. 실제보다 지나친 명성을 얻는 자는 태평한 세상이라 할지라도 스스로 화를 면하기 어려운데 난세에서야 더 말할 필요 있겠습니까. 어르신 삼가십시오. 종말을 온전히 하기가 틀림없이 쉽지는 않을 것입니다. 원하옵건대 이제부터라도 심산에 숨어살지 말고 유연하고 평범하게 전주 같은 대도시에 살며 아전자제들이나 가르치면서 의식이나 충당하실 뿐이지 별다른 희망을 가지지 않는다면 세상의 화를 면할 수 있을 것입니다. 어르신네가 비범한 선비가 아니라는 사실을 이미 알고 말았는데도 종신토록 우러르려 한다면 이는 제가 일찍부터 품어온 뜻을 저버리는 것이요, 아울러 아가씨의 명령을 저버리는 것입니다. 그래서 내일 날이 밝으면 작별하고 떠나 먼 바다와 빈 산에서 노닐고자 합니다. 남장이 아직 있으니 표연하게 다시 착용하고서 유랑할 것입니다. 어찌 다시 여자가 되어 아미를 낮추고 음식하고 길쌈하는 일에 손을 대겠습니까. 돌아보건대 삼 년 남짓을 가까이서 모셨으니 남아 있는 사람에게 작별하는 예가 없을 수 없고 게다가 평소 익혔던 뛰어난 기예를 끝내 닫아두고 어르신께 한 번도 보여 주지 않는 것은 옳지 않을 것 같습니다. 어르신은 이 술을 억지로라도 드시고 담력을 강하게 하셔 자세히 볼 수 있도록 하십시오."

응천은 크게 놀라고 부끄러워 낮을 붉힌 채 입을 다물고서 한 마디 말도 할 수 없었다. 다만 받들어 올리는 술잔을 받았을 뿐이었다. 평시의 주량이 가득 차 그만하려 하였으나 그 여자가 말하였다.

"칼날이 일으키는 바람이 무척 매서운데 어르신의 정신은 그렇게 강하지 못합니다. 술 힘에 의지해야 견딜 수 있으시리니 흠뻑 취하지 않고서는 아니 됩니다." 다시 십여 잔을 권하고는 스스로도 말술을 마셨다. 술기운이 거나하게 오르자 청존건·홍금의·황수대·백릉고·반서화로 이루어진 남장과 서릿발이 서리는 연화검 한쌍을 꺼냈다. 치마저고리를 몽땅 벗고 가뿐한 남장으로 갈아입더니 두 번 절하고 일어났다. 훌쩍 나는 것이 마치 날렵한 제비 같았다. 별안간 공중으로 칼을 던지더니 몸을 솟구쳐 그 칼을 겨드랑이에 끼는 것이었다. 처음에는 사방으로 흩어져 꽃잎이 지며 얼음이 부서지고, 중간에는 둥글게 모여서 눈이 녹고 번개가 번쩍이더니, 끝에는 훨훨 날아 고니처럼 높이 오르고 학처럼 날아 사람이 보이지 않으니 칼 또한 볼 방법이 없었다. 다만 한 줄기 흰빛이 동쪽을 치고 서쪽에 부딪치며, 남쪽에서 번

뜩이고 북쪽에서 번뜩하여 휙휙 하는 바람소리가 나고 싸늘한 빛이 하늘에 서리었다. 이윽고 외마디 소리를 외치더니 휙 하고 뜰에 선 나무가 베어지더니 검을 내던지고 사람이 서는데 남은 빛과 남은 기운이 차갑게 사람을 에워쌌다. 응천은 처음에는 그래도 굳건히 앉아 있다가 얼마 지나지 않아 벌벌 떨며 움츠리더니 끝내는 쓰러져 엎어진 채 거의 인사불성이었다. 기녀는 검을 거두더니 옷을 갈아입고 따뜻한 술로 즐겼다. 응천은 그때야 깨어났다.

다음날 아침, 그 여자는 남장을 한 채 작별인사를 하고 과연 떠났는데 그가 향해 간 곳을 막연하여 알 수 없다고 한다.

8. 평양기생이 잊지 못하는 두 남성[32]

평양에 한 기생이 있었는데 아름다운 자질과 뛰어난 가무로 어릴 적부터 이름을 날렸다. 그 기생은 스스로 말하기를, 많은 사람들을 겪었는데 그 중에서도 잊지 못할 두 남성이 있으니, 한 남성은 아름다워 잊을 수 없고, 다른 한 남성은 추악해서 잊을 수 없다는 것이었다. 혹자或者가 그 까닭을 물으니 대답하였다.

"제가 어렸을 적 순사巡使를 모시고 연광정練光亭에서 연회를 베풀고 있었습니다. 날이 저물 무렵 난간을 의지해 장림長林을 바라보니, 나이 어린 아름다운 한 사내가 나귀를 타고 나는 듯이 달려 강변에 이르더니, 배를 불러 타고 강을 건너 대동문으로 들어가는데, 풍채와 거동이

---

32) 이월영·시귀선 역주,『청구야담』171話, 한국문화사, 1995. pp.780-783.

토실토실하고 아름다워 마치 신선같아 보였습니다. 그 사내를 본 나는 마음과 정신이 취한 듯 되어 버리고 말아, 측간 간다는 핑계를 대고 누대를 내려와 그 사내가 머무는 곳을 살펴보았습니다. 그가 간 곳은 대동문 내에 있는 점사店舍였습니다. 그래서 그가 묵은 점사에 관해 자세히 알아두고, 연회가 끝나기를 기다렸다가 화장을 고쳐 춘 아낙네 복색을 하고, 저녁이 되자 그 사내가 묵은 점사로 찾아갔습죠. 창틈으로 들여다보니 옥 같은 미소년이 등잔불 아래서 책을 보고 있었는데, 이같이 아름다운 소년에게 천침薦枕하지 못한다면 죽어도 눈을 감지 못할 것이라고 스스로 생각했습죠. 창밖에서 기침소리를 내자 그 소년이 물었습니다.

'뉘시오?'

'주인집 아낙인데요.'

'무엇 때문에 늦은 밤에 이곳에 왔소?'

'저희 집에 장사치들이 많이 들어와 기숙寄宿할 곳이 없습니다. 그래서 윗목 한자리를 빌어 자고자 해서 왔습니다.'

'그렇다면 들어오시오.'

이렇게 해서 저는 문을 열고 들어가 등잔불 뒤에 앉았는데, 그 소년은 곁눈질도 하지 않고 단정히 앉아 책만 보았습니다. 밤이 깊어진 후 등잔불을 끄고 자리에 눕자, 저는 신음소리를 냈습죠. 소년이 물었습니다.

'어찌하여 신음소리를 내시오?'

'일찍이 흉복통胸腹痛이 있었는데 지금 방구들이 찬지라 숙질이 재발한 듯합니다.'

'그렇다면 내 등 뒤로 와 따뜻한 곳에 누우시오.'

제가 그의 등 뒤에 누운 지 식경食頃의 시간이 지났는데도 소년은 뒤도 돌아보지 않았습니다. 제가 말했습니다.

'행차는 어떤 사람이십니까? 혹 환관 아니십니까?'

'무슨 말이오?'

'저는 주인집의 아녀자가 아니라 관기官妓입니다. 오늘 연광정에서 행차의 풍채와 거동을 보고 마음속으로 몹시 선망하고 사모했습니다. 이 모양을 하고 여기에 온 것도 그대와 한 번 상대할 수 있기를 바라서일 뿐입니다. 저의 자질이 추악한 지경은 아니고 행차의 나이 또한 노쇠함에 이르지 않았습니다. 무인지경 고요한 밤에 여자와 함께 있으면서도 눈길 한 번 보내지 않으시니 환관이 아니라면 어찌 그럴 수 있겠습니까?'

그 소년이 웃으면서 말했습니다.

'네가 관가 기생이라고! 그렇다면 어찌 일찍 말하지 않았느냐? 나는 주인의 부인으로 알고 그랬던 것이다. 옷을 벗고 동침하자.'

인하여 서로 더불어 친압親狎하였는데, 그 소년의 풍류스러움과 흥취는 진정 화류장花柳場에서 익숙해진 한 탕자였습죠. 두 사람의 정이 모두 흡족하였습니다.

새벽이 되자 그 소년은 일어나 바삐 장비를 차리더니 떠나려고 하면서 저에게 말했습니다.

'뜻밖에 상봉하여 다행히도 하룻밤의 인연을 맺었는데, 이제 서로 헤어지면 만나는 것은 기약하기 어려우니, 이별하는 회한을 어찌 말로 다 할 수 있겠느냐. 내 행랑 중에는 정을 표할만한 물건이 달리 없으니 한편의 시를 남기겠다.'

그러더니 저로 하여금 치마폭을 들게 한 뒤 거기에 다음과 시를 썼습니다.

> 물은 원객遠客처럼 흘러 머무르지 않고
> 산은 가인佳人같아 보내는데 유정有情하도다.
> 은촉오경銀燭五更에 비단 휘장이 차가운데
> 수풀에 가득한 비바람은 가을 소리를 짓도다.

글을 다 쓰자 붓을 던지고 일어났습니다. 제가 그 소년의 소매를 잡고 흐느끼며 거주성명을 물으니, 그는 웃으면서 대답했습니다.

'나는 산수 간의 누대를 찾아다니며 방랑하는 사람이다. 거주성명은 물어 알 필요가 없도다.'

그러고 나서는 표연히 떠났습죠. 저는 집에 돌아온 후 그 아름다운 소년을 잊으려고 노력했지만 결코 잊을 수 없었습죠. 매번 치마폭에 써준 시를 껴안고 울었으니, 이 사람이 아름다워 잊기 어려운 사람입니다.

제가 일찍이 순사巡使의 수청기隨廳妓로 시립侍立하고 있을 때였습니다. 하루는 문졸門卒이 와서 모처에 사는 마름33)동지34)가 알현 차 와서 문밖에서 기다리고 있다고 아뢰었습니다. 순사가 들여보내라고 명하자 들어온 사람은 살찌고 몸집이 큰 촌놈이었습니다. 베옷을 입고 짚신

---

33) 마름(舍音):조선조 중기 이후 토지관리의 최하의 담당자. 지주의 위임을 받아 소작지를 관리했음.
34) 동지(同知):직함이 없는 노인에 대한 존칭.

을 신었으며 허리에는 반쯤 바랜 홍대紅帶를 두르고, 머리에는 금관자金
貫子랍시고 둘렀는데 순 똥색이었습니다. 미목眉目이 사나왔으며 생김새
가 추악하여 진실로 하나의 천봉장군天蓬將軍이었습니다.

그놈이 앞에 나와 절하니 순사巡使가 물었습니다.

'너는 무엇 때문에 멀리서 이곳까지 찾아 왔느냐?'

그놈이 대답했습니다.

'소인은 의식衣食이 구차한 것도 아니옵고, 사또에게 별다른 소망이
있어서 온 것도 아니옵니다. 평생 지녀온 소원은 다만 아름다운 기생
을 얻어 정을 통하는 것입니다. 이 소원성취를 위해 천리를 멀다 하지
않고 온 것이옵니다.'

순사巡使가 웃으면서 말했습니다.

'네 마음이 정히 그렇다면, 이곳에서 너의 마음에 흡족한 기생을 선
택하도록 해라.'

그 놈이 명령을 듣자마자 곧바로 수청기생방으로 들어오니 모든 기
녀들은 일시에 풍비박산하여 도망했습니다. 그놈은 도망 다니는 기생
들의 뒤를 쫓아다니다 한 기생을 잡았는데 예쁘지 않다고 놓아주고,
또 한 명을 잡더니 체격이 적합하지 않다고 놓아 주었습니다. 그러다
가 마침내 저를 잡더니 비로소, '족히 쓸 만하다'라고 말했습니다. 그
러고 나서는 곧바로 저를 안고 담 모퉁이로 데리고 가 강간하였습니
다. 저는 그 때 힘이 약했기 때문에 대적할 수 없었습니다. 죽도록 반
항했지만 어쩔 수 없어 마침내는 그놈이 하는 대로 맡겨두었습니다.

잠시 후 몸을 빼어 집으로 돌아와 온수로 목욕했지만 뒤틀린 비위
를 가라앉힐 수 없어 며칠 동안 음식을 먹을 수 없었습니다.

이는 진정 추악해서 잊을 수 없는 자입죠."

9. 양반과 나이 어린 계집종(혹은 기생)에 관한 몇몇 이야기

문이예경(文以禮經)[35]

사암思菴 박순朴淳[36]은 거동과 용모가 아름답고 밝았으며 성품 또한 청렴하고 결백하였지만 계집종 범하는 것을 지나치게 좋아하여 밤만 되면 곁채 방을 두루 휩쓸고 다녔다. 이름이 옥玉이라는 계집종이 있었는데 생김새가 지극히 추한지라 아무도 돌아보지 않았지만 유독 공만이 그녀를 범하였다. 혹자가 그 사실에 대해 비난하자 공이 웃으면서 말했다.

"저 아이는 진실로 가련하오. 내가 아니라면 누가 그 애를 가까이 해 주겠소."

공의 장인 댁에서 재산을 나누어 주는 날 공은 부인을 친정에 보내지 않았으며 문권文券[37]도 받지 않았다. 그의 벗이 이 말을 듣고 희롱하였다.

"공은 이처럼 재물에 얽매이지 않으면서 유독 옥이라는 계집종만은 남겨 두는 까닭은 무엇인가?"

옥이 공의 장인 댁에서 온 종이었기 때문에 이렇게 말했던 것이었다. 공이 성난 목소리로 말하였다.

---

35) 예경으로 둘러대다.

36) 박순(朴淳, 1523-1589): 문신·학자. 자는 화숙(和叔), 호는 사암(思菴). 서경덕의 문인. 시·문서에 모두 뛰어났음.

37) 문권(文券): 권리에 관한 사적(私的) 증서의 하나. 땅이나 집 따위의 소유권이나 그 밖의 권리를 증명하는 증서.

"자네는 『예기禮記』도 읽지 않았는가? '군자옥불거신君子玉不去身'38)이기 때문에 남겨 둔 것일세."

한 자리에 있던 사람들이 모두 껄껄 소리내어 웃었다.

홍만종, 『명엽지해』39)

매화발(梅花發)

옛날에 한 재상이 있었다. 그의 부인은 성격이 엄하고 법도가 있었기 때문에 재상은 이를 몹시 꺼려하며 혹 부인에게 업신여김이나 받지 않을까 하여 늘상 두려워했다. 그 집에는 한 계집종이 있어, 이름을 매화梅花라고 지어 불렀는데 어리고 예뻤다. 재상은 매번 그녀에게 도발할 기회를 엿보았지만 늘상 부인의 좌우에 있었으므로 그 마땅한 때를 잡지 못했다. 오직 간혹 가다 추파를 던지며 은근하게 대하면, 그 계집종은 몹시 냉락冷落한 반응을 보였는데, 그것은 대개 부인의 강정剛正함을 두려워한 까닭이었다.

하루는 재상이 내당內堂에 앉아있고 부인은 마루에서 치산治産의 일을 보고 있었다. 계집종은 부인의 사령을 받들고 방안에 들어왔다가 곧 다락에 올라갔는데, 한 발이 다락문 밖에 내려뜨려져 있었다. 재상이 그 발을 자세히 살펴보니, 마치 서리가 응고한 것처럼 희었으며, 신월新月처럼 조그마했다. 그것을 본 재상은 사랑스러움을 이기지 못하고 손으로 그 발을 잡으니, 계집종이 크게 놀라 소리를 질렀다. 부인이 정색을 하고 앞으로 나와 말했다.

---

38) 군자는 몸에서 옥(玉)을 떼어놓지 않는다.
39) 이월영·유화수·시권선 역주, 『고금소총』, 한국문화사.

"연로하시고 지위도 높으신 분이 왜 자중自重치 못하십니까?"

이 말을 들은 재상이 임기응변으로 대답하였다.

"내가 당신으로 잘못 알고, 당신의 발이 여기에 있기에 범했던 것일 뿐이오."

그 당시의 사람들이 말을 지어 말했다.

밤새도록 매화 피기만을 생각했는데

문득 창 앞에 이르기에 당신 아닌가 여겼소

相思一夜梅花發 매화는 계집종의 이름이고, 족(足)은 속명으로 발(發)이다

忽到窓前疑是君 부인의 발인 줄로 알았기 때문에 이같이 말한 것이다

『청구야담』

어린 기생의 눈물

어떤 한 연로한 병마절도사가 나이 어린 기녀를 얻어 끔찍이도 사랑하여 병영을 다 고갈시켜 가면서까지 그 기녀를 원하였다. 벼슬의 임기가 끝나 돌아가게 되자 우정郵亭[40]에서 기녀와 이별하는데, 병마절도사는 기녀의 손을 붙잡고 흐느껴 울어 적삼 소맷자락이 모두 젖었는데도 기녀는 눈물 한 방울 흘리지 않았다. 기녀의 부모가 병마절도사의 등 뒤에서 자신의 얼굴을 손으로 가리고 슬피 우는 형상을 지으면서 그렇게 하라고 기녀에게 가르쳤다. 그러나 기녀는 나이도 아직

---

40) 우관(郵館). 역마을의 객사.

어린 데다 억지로 꾸며내 울 줄도 몰랐을 뿐더러 병마절도사에 대한 정도 없었기 때문에 울고자 하여도 눈에서는 눈물이 나지 않는 것이었다. 그러자 부모가 손짓으로 나오라고 불렀다. 기녀가 나오자 부모가 훈계하였다.

"병사님이 병영의 재물을 고갈해가면서까지 너를 위하여 우리 집안을 일으켜 주었잖니. 너는 목석이니? 어찌 눈물 한 방울 흘리지 않고 전송할 수 있느냐."

마침내 부모가 서로 더불어 움켜잡고 구타하니 기녀가 엉엉 울었다. 그러자 부모는 기녀를 우정郵亭 안으로 들여보냈다. 기녀가 안으로 들어가 울자 병사는 그녀가 우는 것을 보고 더욱 흐느껴 울면서 말하였다.

"애야, 울지 마라. 너 우는 것을 보니 내가 더욱 슬퍼지지 않니. 애야, 울지 마라."

유몽인, 『어우야담』 보유편[41]

---

41) 이월영 역주, 한국문화사.

2_
여성 작가 시

1. 기녀 작가의 시

황진이 한시

상사몽

그리워하고 만나는 것 다만 꿈에 의지했더니

내 그대 찾아 길 떠났을 때 그대 또한 나를 찾아 길 떠났노라

원하나니 멀고먼 다른 날 밤 꿈에서는

같은 시각에 함께 꿈꾸어 도중에서 만나기를

相思相見只憑夢

儂訪歡時歡訪儂

願使遙遙他夜夢

一時同作路中逢

    반달을 노래함
누가 곤륜산의 옥을 잘라내어
직녀의 빗을 만들었나
견우 가버린 후로는
시름에 잠겨 푸른 허공에 던졌다오

誰斷崑崙玉
裁成織女梳
牽牛一去後
愁擲碧空虛

    소세양을 송별하며
달빛 아래 오동잎 다 지고
서리 맞은 들국화는 노랬었지
누대의 높이 하늘과 한 자의 차이인데
사람들은 천 잔의 술에 취했었지
유수 거문고에 화음하여 차갑고
매화향 피리에 들어 향기롭네
내일 아침 서로 이별한 후론
그리운 정 푸른 물결처럼 장구하겠지

月下庭梧盡

霜中野菊黃

樓高天一尺

人醉酒千觴

流水和琴冷

梅花入笛香

明朝相別後

情與碧波長

매창 한시

수심에 젖어

1.

비온 뒤 돗자리의 서늘바람 가을인데

둥그런 보름달 누대 머리에 걸렸네

침실에 밤새도록 귀뚜라미 슬피 울어

마음 속 많은 시름 남김없이 찧어내네

雨後涼風玉簟秋

一輪明月掛樓頭

洞房終夜寒蛩響

擣盡中腸萬斛愁

2.

평생 정처 없이 살아온 것 부끄러워했어도
달빛 비친 겨울 매화 홀로 사랑했네
사람들 이같은 그윽한 뜻 모르고
길가는 사람이라 억울하게 허물하네

平生恥學食東家
獨愛寒梅映月斜
時人不識幽閑意
指點行人枉自多

　취한 손님에게
취한 손님 나삼 붙잡으니
손길 따라 나삼 찢어지네
한 벌 나삼 옷이야 아까울 것 없지만
은정 끊어질까 두려울 뿐

醉客執羅衫
羅衫隨手裂
不惜一羅衫
但恐恩情絶

2. 규중 작가의 시

허난설헌 한시

　밤에 앉아

금 가위로 상자 속 비단 잘라내어

겨울옷 짓노라니 자주 손을 부네

등불 가에서 옥비녀 비껴 뺌은

붉은 불꽃 제치고 불나방 구함이라

金刀剪出篋中羅

裁就寒衣手屢呵

斜拔玉釵燈影畔

剔開紅焰救飛蛾

　가을의 한

붉은 사창 저 멀리 밤 등불 붉어

꿈을 깨니 비단 이불 반쪽이 비었구나

서리 차가운 조롱에선 앵무새 지저귀고

뜰 가득 오동잎은 서풍에 지네

絳紗遠隔夜燈紅

夢覺羅衾一半空

霜冷鳥籠鸚鵡語
滿階梧葉落西風

김삼의당의 한시

추규사秋閨詞 3

밤 깊고 깊어 오경에 가까운데
뜰 가득한 가을 밤 달 밝기도 해라
이불에 기대어 억지로 상사몽 이루어보나
낭군 곁에 이르자마자 놀라 깨노라

夜色迢迢近五更
滿庭秋月正分明
凭衾强做相思夢
纔到郎邊却自驚驚

오동우梧桐雨

오동나무 잎잎마다
잎의 크기 부채만 하네
한밤중 내리는 빗방울
연잎에 구르는 구슬 같아라
똑똑똑똑똑

시간 알리는 물시계인 듯
한 소리 또 다시 한 소리
소리 소리마다 울려 방안에 드네
가인은 꿈 이루지 못하고
그리움의 눈물 비처럼 흐르네

梧桐葉葉

葉大如扇

夜半雨雨鈴

却似荷珠轉

滴滴復滴滴

依如報更漏

一聲復一聲

聲聲鳴入戶

佳人夢不成

相思淚如雨